KB234353

사람의 아들은
이렇게 말했다

사람의 아들은 이렇게 말했다

초판 1쇄 | 펴낸날 2007년 6월 1일
1판 2쇄 | 펴낸날 2007년 10월 1일
1판 3쇄 | 펴낸날 2007년 10월 22일

지은이 | 이동진
펴낸곳 | 해누리기획
펴낸이 | 이동진
편집위원 | 김해석 · 유홍종
편집 | 박세영 · 신나미 · 송은정
마케팅 | 김진용 · 김승욱

등록 | 1998년 9월 9일(제16-1732호)
주소 | 121-816 서울시 마포구 동교동 155-35 (2층)
전화 | 02)335-0414 · 0415 | 0502-569-0588 · 3698
팩스 | 02)335-0416 | 0502-569-0589
E-mail | sunnyworld@henuri.com

ISBN 978-89-89039-86-0   03810

이동진 스물한 번째 시집

시로 읽는 복음서

사람의 아들은
이렇게 말했다

해누리

이름없는 모든 순교자와 착한이웃들에게
삼가 이 책을 바칩니다.

차 례

차 례

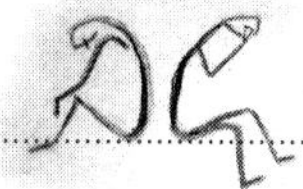

많은 사람이 그에 관해 기록을 했다 (루카 1:1)

어느 누구든 그가 한 말과 행동을 하나도 빠짐없이

모조리 기록으로 남긴다는 것은 불가능한 일이 아닌가?

그것이 필요하든 불필요하든 역시 불가능한 것

그래서 요한은 자기 복음서의 결론을 이렇게 맺었다

만일 그가 한 일을 낱낱이 기록한다면

그러한 책들은 이 세상을 가득 채우고도 남을 것이다

게다가 있는 그대로 정확하고 공정한 기록도 불가능하다

그가 살아 있는 동안에는 물론이고 사후에는 더욱더

선의에서 나왔든 의도적으로 조작되었든

오해, 와전, 과장, 헛소문 등이 진짜 사실과 뒤섞이게 마련이다

하물며 그가 죽은 지 수십 년, 백 년이 지난 뒤의 기록이라면

그를 직접 만나보지도 못한 사람들이 여러 세대에 걸쳐서

전해오던 말을 자기 나름대로 듣고 기록하는 것이라면

모든 구절이 사실 그대로라고 누가 장담할 수 있는가?

인류역사에 새로운 이정표를 세운 나자렛의 예수에 관해서도

이 천 년 전에 이미 수많은 사람이 다양한 기록을 남겼다

대부분이 익명이고 거의 모두가 그를 만난 적도 없었다

마르코도 루카도 남의 말을 듣고 나름대로 기록을 남겼다
수많은 고대문서들 가운데 거의 모두가 영영 사라지고
극소수만이 오늘날까지 전해지지만 그 가운데서도 유독
네 종류의 문서만을 우리는 복음서라 부르며 믿는다

물론 그는 구약시대의 순수한 히브리어를 사용하지 않았다
생존 당시의 아람어, 그것도 갈릴레아 사투리로 가르쳤다
그러나 복음서들은 모두가 그리스어로 기록된 것이라서
그의 입에서 직접 나온 말은 하나도 전해지지 않고 있다

그나마 같은 인물을 각각 다른 관점에서 바라보며
같은 사건에 대해서도 부여하는 비중이 서로 다르기 때문에
모든 내용의 일치란 처음부터 기대할 수 없는 것이 아닌가?
더욱이 일기를 쓰듯 날짜별로 사건을 기록한 것도 아니다
그러나 네 복음서가 기록된 공통된 이유는 분명히 있다
나자렛의 예수는 누구인가? 그의 가르침이란 무엇인가?
바로 그것이다, 우리는 그것을 알지 않으면 안 된다
그것을 정확히 알 때 비로소 신앙도 올바른 것이 되고
그렇지 않다면, 우리는 착각이나 미신에 빠져 있는 것이다

사람의 아들은
이렇게 말했다

아기의 이름은 요한이다
(루카 1:13)

일생에 단 한 번 성소에서 분향하던 늙은 사제는
그 천재일우의 기회에 필생의 염원을 기도로 바쳤다
창조자이신 주님! 아들 하나만 주십시오, 주님!
끊임없이 피어오르는 찬미와 감사의 연기 속에서 보았다
그는 제물의 연기보다 더 무한하고 영원한 자비를 보았다
주님의 자비가 그의 영혼 구석구석에 스며들어 적실 때
그는 마치 천사의 손에 들려 하늘로 올라가는 듯했다

아내도 너무 나이가 많다는 사실도 새삼 깨달았다
불가능한 것을 간청하는 기도는 모독이 아닐까?
더욱이 백성을 대표해서 제물을 바치는 바로 그 성소에서
개인적인 기도, 어쩌면 이기적인 기도를 바친다는 것은
불벼락을 맞아도 시원치 않을 엄청난 죄가 아닐까?
갑자기 엄습한 두려움에 그는 몸을 떨었다

사람의 눈에 불가능한 것도 주님은 이루어주시니
선조들이 노년기에도 아들을 얻은 경우가 적지 않다
그러나 나는 선조들에 비할 수도 없는 하찮은 자
어찌 감히 아들을 바랄 수가 있단 말인가?
결국은 안 될 줄 알면서도 공연한 기도를 바친 것
주님을 시험하는 기도를 바친 것이 아닌가?
주님을 시험하다니!
그는 온몸에서 식은땀이 줄줄 흘러내리기 시작했다

용서해 주십시오, 주님! 제가 죄를 지었습니다!
그러나 만일 아들을 주신다면 그를 주님께 바치고
주님의 길을 걷도록 제 목숨을 다해 가르치겠습니다!
그의 영혼은 절망적인 눈물로 맹세했다
이윽고 그는 영혼의 눈이 열리고 무한한 자비를 보았다
기도가 화살처럼 하늘나라 문에 꽂히는 것을 보았다
아기의 이름은 주님의 자비 곧 요한이 될 것이다
그는 모든 백성에게 주님의 바른 길을 선포할 것이다
그러나 나는 사람들에게는 아무 말도 하지 않을 것이다
그는 그렇게 결심한 채 성소의 문을 나섰다

마리아여, 두려워하지 마라
(루카 1:30)

나자렛의 마리아는 다윗 가문의 요셉과 약혼한 처녀
자신의 임신을 어느 날 갑자기 깨닫고 몹시 두려웠다
어느 처녀인들 공포에 질리지 않겠는가?
불륜의 처녀는 그 아버지의 집 앞에서 돌로 쳐라!
그것이 대대로 내려오는 율법의 명령이 아닌가?
약혼자 요셉도 이미 눈치를 채고 번민하지 않는가?
물론 마리아는 자신의 결백을 하늘에 맹세할 수 있었다
그러나 어떻게 그 결백을 증명할 수가 있단 말인가?

친척 엘리사벳이 그 늙은 나이에도 임신을 하여
이미 여섯 달이 지났다는 소식을 들었을 때 마리아는
여자들끼리 마음 터놓고 의논할 상대를 발견했다
동병상련이란 바로 이런 경우에 들어맞는 말이 아닌가!
엘리사벳은 부끄러워서 다섯 달이나 숨어 지냈다지 않는가!
마리아는 즉시 집을 떠나 발길을 한없이 재촉했다

마리아는 자신의 결백 이외에 고백할 것이 전혀 없었다
엘리사벳은 마리아에게 아무것도 캐어묻지 않았다
오히려 축복하면서 마치 예언자처럼 이렇게 말해 주었다
나는 주님의 자비 덕분에 아들을 낳을 테지만
당신은 주님의 은총을 충만히 받아 아들을 낳을 것입니다
먼저 태어나는 내 아들 요한은 주님의 길을 준비하는 반면
다윗 가문인 당신 아들은 주님의 나라를 세우고
모든 백성을 죄의 굴레에서 벗겨 구출할 것입니다
따라서 당신 아들의 이름은 주님의 구원 곧 여호수아입니다

마리아는 자신이 주님의 구원의 도구임을 비로소 깨닫고
신비한 불길에 휩싸인 영혼의 입을 열어 이렇게 말했다
나는 주님을 섬기는 비천한 하녀입니다
나를 도구로 선택하신 그분께 찬미와 영광을 드립니다
오로지 그분의 뜻만이 이루어지기를
그분의 나라가 영원히 이어지기를 바랄 뿐입니다
엘리사벳이 다시금 마리아를 축복하며 말했다
당신은 모든 여자들 가운데 가장 큰 축복을 받았습니다
석 달 가량 지나서 마리아는 그곳을 떠나 집으로 돌아갔다

요셉은 마리아를 몰래 버리기로 했다
(마태오 1:19)

마리아가 엘리사벳을 방문하러 길을 떠나기 전에
요셉은 마리아의 임신 사실을 이미 알고 있었다
가난한 목수였지만 요셉은 참으로 정직했으므로
어떠한 형태로든 결코 거짓말을 할 수 없었다
누구보다도 율법을 충실히 지켜온 사람이었으므로
약혼녀의 임신을 모른 척하고 숨길 수도 없었다

마리아는 자신의 결백을 그에게 고백했지만
그는 그 말을 이해할 수도 믿을 수도 없었다
마리아 자신도 백일몽 같은 이야기만 하지 않는가!
도대체 이게 무슨 마른하늘의 날벼락인가?
어떡하면 좋은가? 정말 어떻게 하면 좋단 말인가?
그는 참혹한 고뇌의 늪에 빠져 헤맸다
마리아가 돌아올 때까지 석 달 동안 밤낮 고민했다
아니, 절망의 밑바닥까지 굴러 떨어진 것이다

그는 마리아를 진심으로 사랑했고
결혼의 그날을 설레는 마음으로 기다리고 있었다
그러나 이제는 마리아와 결혼할 수 없게 되었다
결혼하기도 전에 임신한 마리아가 아닌가!
그렇다고 그 사실을 나자렛 사람들에게 폭로하여
율법대로 마리아가 돌에 맞아죽는 것도 원치 않았다
율법은 율법이고 사랑은 사랑이 아닌가!

진퇴양난에 빠져 있던 그는 드디어 결심했다
파혼하자 약혼 자체를 아무도 몰래 무효로 하자
마리아가 나자렛으로 다시는 돌아오지 않기를 바랐다
즈카르야의 집으로 사람을 보내 자기 뜻을 전하려 했다
임신한 처녀 마리아의 앞날이 어떻게 되든
그것은 마리아 자신의 업보 또는 운명이 아닌가!

마리아가 나자렛으로 돌아오자 요셉은 깜짝 놀랐다
마리아가 죽음마저 무릅쓰고 돌아온 무모함보다는
한층 더 부른 배도 아무렇지도 않게 여기는
뻔뻔스러움보다는 마리아의 태연하고 빛나는 얼굴
결혼을 기정사실로 믿고 말하는 확고한 어조 때문에
그는 놀랐고 결심도 심하게 흔들리기 시작했던 것이다

마리아는 정말로 결백할지도 모른다
그렇지 않다면, 왜 돌에 맞아죽으려 돌아왔는가?
임신은 모든 지식과 상식을 초월한 신비일지도 모른다
그렇지 않다면, 왜 자신의 죽음을 상상조차 하지 않는가?
마리아는 엘리사벳에게서 들은 대로 그에게 전했다
자기가 낳을 아기의 이름도 미리 알려 주었다
여호수아! 주님은 구원이시다!
그 말을 듣는 순간 요셉은 깊은 미몽에서 깨어났다

그는 베들레헴에서 태어났다
(루카 2:7)

그는 세상을 심판하러 다시 올 그때가 아니라
처음부터 구름을 타고 내려올 수도 있지 않았을까?
높은 바위산이 둘로 쪼개지면서 별처럼 솟아올랐다면
온 세상 사람들이 처음부터 엎드려 경배했을 것이다
그랬다면 역사는 다른 방향으로 흘러가지 않았겠는가!

그러나 그는 가난한 목수의 아내를 어머니로 삼아
유데아 지방 작은 마을 베들레헴에서 태어났다
그에게는 과연 부모와 호적이 필요했던가?
그렇다! 그는 자기 백성을 구할, 사람의 아들이 아닌가!
자기 백성을 구하려면 다윗의 후손으로 태어나야 한다!

그는 반드시 베들레헴에서 태어날 필요가 있었던가?
그렇다! 베들레헴이란 풍성한 빵의 집이 아닌가!
그는 언제나 누구에게나 영원한 생명의 빵이 아닌가!

그는 또한 아무도 몰래 태어날 필요가 있었던가?
그렇다! 그는 온 세상이 미워하는 진리가 아닌가!

일단 태어난 사람은 누구나 반드시 죽게 마련이고
거기에 예외란 단 하나도 있을 수가 없다
그는 모든 사람을 죄에서 구출하여 해방시키는 제물
하느님의 어린양이 되기 위해 스스로 죽을 것이다
그러나 태어나지 않는 한 어찌 죽을 수가 있는가?
그러므로 그는 사람으로 태어났다
그리고 예언자들의 말에 따라 죽었다
그의 탄생 자체는 장엄한 제사의 시작이었던 것이다

그가 처음부터 구름을 타고 왔더라면
비록 그가 스스로 죽는다 해도 그것은 제사가 아니라
아무도 이해할 수 없는 기이한 사건에 불과할 것이다
그러면 가장 위대한 속죄의 제사도 없고
인류가 죄에서 벗어나는 길도 발견하지 못했을 것이다

그가 베들레헴 곧 빵의 집에서 태어났다는 사실은
참된 사랑에 굶주려 죽을 지경에 놓인 무수한 사람들에게
예전과 같이 오늘도 또한 영원히
무한한 위로의 샘, 불멸의 희망의 빛인 것이다

가문은 그렇게도 중요한 것인가
(루카 3:23)

세상에 조상 없는 사람이 어디 있으며
아득히 먼 조상인들 그 조상이 왜 또 없겠는가?
아브라함의 자손이 있다면 단군의 자손도 있다
아무개의 자손이라거나
왕가의 후예라는 것이 그다지도 중요한 것인가?
그렇다면 기록에 전해오는 그의 혈통에 어찌하여
별로 아름답지 못한 이름들도 들어 있는 것인가?

유다와 그의 며느리 사이에서 베레스가 태어났다
다윗은 자기 부하 장수 우리야를 죽이고
그의 아내를 빼앗아 솔로몬을 낳았다
과부 룻은 스스로 보아즈의 잠자리에 들어간 뒤
보리 여섯 되를 받고 그의 아내가 된 여자다

가문, 족보, 혈통 따위란 하찮은 사람일수록
자신의 무가치를 위장할 때 내세우는 가면이 아닌가?

그가 정녕 온 세상을 구할 메시아라면 어찌하여
조상의 영광이나 음덕 따위가 필요하단 말인가?
굳이 다윗 왕의 후예라고 내세워야만 하는가?

그가 참으로 메시아라면 세리의 아들이면 어떻고
심지어 창녀의 자식이면 또 어떻단 말인가?
오히려 비천할수록 그는 더 영광스러운 것이 아닌가?
왕가든 귀족이든 혈통을 거슬러 올라가면 대개
살인자, 강도, 도둑, 창녀 따위가 있게 마련이다
왕후장상의 씨가 따로 없다는 말은 무엇인가?

그의 가문을 자랑한 것은 사람의 아들 자신이 아니라
바로 그를 사랑하고 따른다고 하던 제자들
그가 체포될 때 모두 달아났던 그들이 아닌가?
오로지 그의 이름에 매달려야만
무엇인가 일을 이룰 수가 있었던 그들이 아닌가?

입술로만 그를 찬미하는 무수한 사람들이 오늘도
그의 가문을, 그가 자기들의 스승이라는 사실을
온 천하에 드러내고 자랑하고 돌아다닌다
그의 유산이란 고작 그 정도로 충분한 것인가?

그는 왜 이 세상에 왔는가
(마태오 1:17)

무생물이든 초목이든 짐승이든 사람이든
모든 피조물은 타고난 본성대로 존재하게 마련이다
사람들이 서로 미워하고 싸우고 죽이는 것도
결국은 그 본성에서 나오는 행동일 뿐이 아닌가?
그것이 본질적으로 나쁜 짓, 끔찍한 죄악이라면
사람들이 점차 깨달아 스스로 고치면 그만일 것이다
사람의 본성만은 언제나 수정이 가능하기 때문이다

그런데 인간에게는 자정능력이 없다고 판단하여
그는 이 세상을 일부러 찾아온 것인가?
무한한 시간 속에 역사 일만 년은 일 초도 못 되는데
그는 천만 년, 백억 년 가량 기다려줄 수 없었을까?
인류를 너무나도 사랑하여 하루빨리 온 것인가?

하느님께 오로지 외아들만 있는지
아니면 다른 아들들이나 다른 딸들도 있는지는
사람의 좁은 식견으로는 결코 헤아릴 길이 없다
그러나 그가 정녕 그분의 외아들이라면
굳이 여기까지 찾아와 죽어야만 할 까닭은 무엇인가?

제사 때문이었던가?
소나 양을 잡아 바치는 제물보다도 뉘우치는 마음을
더 기뻐한다는 하늘나라의 아버지가 아닌가?
지상에는 뉘우치는 사람들이 그렇게도 없었던가?
정녕 단 한 번의 영원한 제물을 바칠 목적이었다면
눈물과 한숨, 피와 땀은 지상에 흘렸으면서도
몸은 하늘로 올라갔다니 이것은 또 무슨 의미인가?

아직도 우리는 도무지 알 길이 없다
아무도 제대로 가르쳐주지를 않고 있다
바로 그러니까, 그는 몸소 다시 찾아와야겠다고
어디선가 지금 단단히 벼르고 있는 것인가?

하늘에는 영광이, 땅에는 평화가
(루카 2:14)

베들레헴 동굴의 수도자가 들에서 목자들에게 말했다
율법학자들은 너희를 천하게 보고 멀리하지만
너희는 이곳 목자임을 부끄럽게 여기지 마라
위대한 지도자는 바로 여기서 나온다고 하지 않느냐?
그는 이미 오래 전에 탄생했는지도 모르고
바로 오늘 밤 그 어느 시각에도 탄생할 수 있다
포대기에 싸인 채 구유에 누워 있을지 누가 아느냐?
목자들은 늙은이가 또 헛소리라며 웃어넘겼다

그러나 헛간에 들어간 목자들은 소스라치게 놀랐다
아니, 포대기에 싸인 아기가 누워 있지 않은가!
그것도 가축의 여물을 담아두는 통인 구유 안에!
누군가 버리고 간 아기라면 대수롭지도 않은 것
그런데 작은 모닥불 옆에 산모도 누워 있지 않은가!
그늘 뒤에서 요셉이 나올 때 그들은 공포에 질렸다

그러자 요셉은 손을 내저으며 조용히 말했다
조금도 두려워하지 마시오
우리는 모두 지나가는 나그네일 뿐입니다

그때 저 높은 하늘에는 주님의 영광인 별들이 총총했고
땅에서는 주님을 섬기는 사람들이 평화를 누리고 있었다
목자들은 자기들이 본 것이 우연의 일치는 아니라 믿고
자기도 모르게 아기 앞에서 모자를 벗었다
목자들의 말을 전해들은 사람들은 누구나 크게 놀랐다
그것은 목자들의 말이 얼토당토않아서가 아니라
기억에도 희미한 예언자의 말과 비슷했기 때문이었다
안식일도 지키지 않고 양을 치던 그들이 아닌가?

그러나 마리아만은 조금도 놀라지 않은 채
목자들의 말을 귀담아듣고 의미를 곰곰 되씹어 보았다
지난 여러 달은 참으로 이상한 일의 연속이었다
앞으로 얼마나 기이한 일이 더 많이 일어날 것인가?
주님의 뜻은 결국 이루어지고야 말 것이다
그러나 그 뜻이란 과연 무엇인가? 축복인가 재앙인가?
땅바닥에 주저앉은 요셉도 깊은 생각에 잠겼다
그러나 생각의 실마리는 잡히지 않고 졸음만 쏟아졌다
그때 그가 누릴 평화는 잠시 편안히 자는 것뿐이었다

유대인들의 왕으로 태어나신 분
(마태오 2:2)

로마 황제 아우구스투스의 친구 헤롯은 유데아뿐 아니라
사마리아, 갈릴레아, 이두메아, 페레아, 바샨까지 포함된
거대한 왕국을 다스리는 강력한 군주였다
그가 비록 순수한 유대인이 아닌 폭군이었다 해도
그의 가문이 암살과 처형으로 얼룩진 것이었다 해도
30여 년에 걸친 그의 통치는 비교적 평화롭지 않았던가?

아라비아에서 오든 페르시아에서 오든 문제가 아니다
어느 곳의 점성가들이든 예루살렘에 나타나는 일은
그리 드문 일도 신기한 사건도 아니었다
무수한 별 가운데 하나가 유난히 밝게 빛나는 것도
천체의 질서 속에서 자연스럽게 일어나는 현상일 뿐

그러나 동쪽에서 온 점성가들의 질문은 기이했다
유대인들의 왕으로 태어나신 분은 어디 있습니까?
대왕이며 폭군인 헤롯이 다스리는 예루살렘에서

그런 질문을 감히 공개적으로 하고 다니다니!
더욱이 유대인도 아닌 외국인들이!
그 말은 왕조의 교체나 반란을 부추기는 것이 아닌가?
왕국도 군대도 없이 무엇을 믿고 무모하게 떠드는가?

그들이 내세우던 이유는 한층 더 기이했다
우리는 그의 별을 보고 그를 경배하러 왔습니다
다윗이 태어날 때 무슨 특수한 별이 떠올랐던가?
솔로몬을 비롯한 역대 왕들의 경우는 어떠했던가?
설령 새로운 왕이 탄생했다고 쳐도
유대인도 아닌 그들은 굳이 찾아올 의무도 없고
유대인들의 왕에게 경배할 자격도 없지 않았던가?

예루살렘의 지도자들은 놀라기는커녕 그들을 조롱했다
평화로운 이 시대에 헛소리는 시골구석에서나 하라
베들레헴에서 지도자가 나올 것이라는 예언은 있었지만
그것은 이미 수백 년 전에 지나간 말이 아닌가?
그러나 그 예언을 처음 들은 그들은 매우 기뻐했고
예루살렘을 떠나 베들레헴을 향해 길을 떠났다
그 후 그들이 어떻게 되었는지 누가 자세히 아는가?
베들레헴에 잠시 머물다 고향으로 돌아갔을 뿐인가?

점성가의 말을 믿어야 하는가
(마태오 2:3)

율법은 점성가들을 사형에 처하라고 했다
그런데 그가 지상에 태어났을 때
동방의 점성가 세 명이 찾아와 예물을 바쳤고
그의 부모는 그것을 받아들였다고 한다
물론 이게 웬 떡이냐고 받았을 리는 만무하고
비록 기록에 남아 있지는 않지만
슬그머니 받아두었다가 좋은 일에 썼을 것이다

그가 정녕 메시아라면 그들이 올 줄 알았을 것이다
그들을 인도하는 특수한 별이 뜨게 했을지도 모른다
점성가들이 그의 탄생을 더욱 영광스럽게 해주었다면
우리는 점성가들의 말을 과연 믿어야만 하는 것인가?
사람의 운명이 정녕 별의 운행에 달려 있는 것인가?

모든 시대는 나름대로 극심한 혼란에 시달리게 마련이다
연약한 인간은 자신의 운명을 어딘가에 걸고 싶어한다
인도하는 별도 없고 착한 목자도 보이지 않는 시대라면
누구나 점성술에나마 매달리고 싶은 심정일 것이다
그는 새로운 별들을 얼마든지 뜨게 할 수 있다
그러나 별의 의미를 제대로 읽어낼 점성가가 있을지
있어도 점성가의 말이 액면대로 통할지는 의문이다

그래도 새로운 별들은 계속 떠오르는 것이 좋다
어린아이들이 그 별들을 보고 기뻐할 것이다
비록 점성가들의 말은 믿지 않는다 해도
그의 탄생은 언제나 기억하고 있기 때문이다

아기의 부모는 예루살렘으로 올라가 할례를 베풀고
그의 이름을 주님은 구원 곧 여호수아라고 불렀다
그는 이제 요셉과 마리아의 적법한 맏아들이며
주님께 바쳐진 아들 곧 주님의 아들이 된 것이다

여호수아 곧 예수는 그 당시 매우 흔한 이름
백성의 갈망이 아기들의 이름으로 드러난 것이다
날마다 성전을 찾아와 기도하던 노인 시메온은
그 누구보다도 올바르고 경건했기 때문에
백성을 위로하는 구원의 빛을 간절히 보고 싶어했다
눈을 감기 전에 소원을 풀어달라고 날마다 기도했다

할례를 마친 아기 여호수아를 받아 안을 때마다
노인은 언제나 똑같은 기도를 바치고는 했다
주님, 이제는 당신 하인이 평화 속에 떠날 수 있도록

이 아기를 당신 백성의 구원으로 삼아주십시오!
주님은 구원이십니다!
이 아기는 여호수아 곧 예수가 아닙니까?
그가 외국의 모든 민족들에게는 진리의 빛이 되고
당신 백성 이스라엘에게는 영광이 되게 해주십시오!

요셉과 마리아는 노인의 기도의 뜻을 잘 알아들었다
그러나 흔한 이름인 여호수아라는 아기를 안은 채
숨이 넘어갈 듯 마지막 힘을 다해 바치는 그 기도는
그들에게 참으로 이상하게만 들리고 또 놀라운 것이었다
예루살렘에도 지방에도 어른 여호수아가 어디 한둘인가?
이스라엘의 영광은 반드시 여호수아만 되는 것인가?
그러나 그들은 예의상 침묵했다
기도는 그들이 아니라 하늘이 듣고 있는 것이 아닌가!

그 아기에 관하여 잘 알아보라
(마태오 2:8)

예루살렘의 지도자들은 점성가들의 말을 비웃었지만
무거운 세금과 압제에 짓눌린 백성들은 웃지 않았고
새로 태어난 왕의 의미를 이심전심으로 깨달았다
그것이야말로 그들이 고대하던 기쁜 소식이었는데
최초로 예루살렘에 전해준 것은 예언자가 아니라
외국에서 온 이교도, 그것도 점성가들이었다
백성들 입에서 입으로 소문이 퍼져나가기 시작했다
그 아기에 관하여 자세히 알아보자!

해가 바뀌어도 소문은 가라앉기는커녕 더욱 널리 퍼졌다
압제의 쇠사슬은 끊어지고 새로운 시대가 열린다!
헤롯의 첩자들이 전국에서 갑자기 분주히 움직였다
최후를 얼마 남기지 않은 헤롯도 비로소 몹시 놀랐다
예루살렘의 지도자들과 율법학자들도 불안에 떨었다
유언비어겠지만 소문이 혹시 사실이라면 어떡할 것인가?

헤롯은 미카 예언자의 말에 관해서 보고를 들었다
점성가들의 출현 시기도 거꾸로 계산하여 알아냈다
드디어 그는 결심을 하고 친위대에게 명령을 내렸다
그 아기에 관해서는 더 이상 알아볼 것도 없다
베들레헴과 그 일대를 두루 돌아다니며
두 살 이하의 아이들은 모조리 없애버려라
대왕의 명령은 식은 죽 먹기처럼 곧장 시행되었다

그러나 정작 헤롯이 노리던 그 아기는 거기 없었다
부모와 함께 예루살렘에 올라가 할례를 받은 다음
나자렛이 아닌, 안전한 곳으로 이미 피신한 뒤였다
아기의 부모 요셉과 마리아는 물론
베들레헴 일대에서 터져 나온 통곡소리를 듣지 못했다
너무나 거리가 멀어서 들을 수도 없었다
그러나 어찌 참혹한 소식을 모를 수가 있었겠는가?
폭군의 광증에 대해서는 폭군만이 책임을 질 것이다

헤롯은 어린아이들을 죽였다
(마태오 2:16)

가난한 목수의 아들이 마구간에서 태어났을 때
그는 자신이 유대인들의 왕인 줄 깨달았을까?
하찮은 아기가 유대인의 왕 헤롯의 자리를 노린다고
그 누가 상상이라도 할 수 있었겠는가?

동방의 점성가들이 찾아와 공연히 떠들지만 않았어도
아무리 스파이를 많이 풀어놓은 헤롯인들
그의 탄생 자체조차 모르고 지나갔을 것이다
그러나 메시아가 탄생했다는 소문이 퍼지자
사실 여부를 떠나 왕은 신속한 조치가 필요했다

점성가들이 마구간을 찾아갔다는 보고를 듣고
한때 헤롯은 기가 막혀 웃기만 했을 것이다

그러나 점성가들이 자기를 피해 달아난 것을 알고는
비로소 자신이 속은 사태의 심각성을 깨닫고 나서
베들레헴 일대의 아기를 모조리 죽여 버렸다

비록 그것이 왕권을 지키려는 것이었다 해도
아무리 후환을 근절하려는 비상조치였다 해도
자식 잃은 어머니들의 통곡은 무엇을 위한 것인가?

굶주림과 질병으로 오늘도 무수한 아기들이 죽는다
눈먼 욕망이 무수한 아이들을 길에 버리고 있다
눈먼 권력은 무수한 아이들의 정신도 죽이고 있다
그들은 정녕 새로운 메시아의 탄생을 위한 제물인가?

아버지의 집에 있어야 합니다
(루카 2:49)

해마다 과월절 축제 때 예루살렘에 올라가는 부모가
어린 아들만 집에 남겨두고 떠날 리가 있었겠는가?
그들은 해마다 아들을 데리고 예루살렘에 올라갔고
그가 열두 살이 되기 전까지는 별다른 일이 없었다
그는 서울에 올라간 시골아이들과 다름이 없었다

그러나 그해만은 평소와 전혀 달랐다
축제가 끝나 모두 고향으로 돌아갈 때
그는 부모를 따라가지 않고 홀로 성전에 남았다
주님을 섬기고 싶지만 사제가 될 수는 없는 신분
그는 레위 가문이 아니라 다윗 가문의 아들이 아닌가?
그래서 주님의 길 곧 율법을 좀더 자세히 알고 싶었고
율법학자들의 토론에 귀를 기울이며 가끔 질문도 던졌다
어른들은 그의 열성뿐 아니라 새로운 관점에 탄복했다
그는 나이에 비해 매우 조숙한 아이가 아닌가?

요셉과 마리아는 평소에 아들을 소홀히 대하지 않았고
그렇다고 금이야 옥이야 지나친 보호도 하지 않았기에
예루살렘을 떠나 하룻길을 간 뒤에야 겨우 사태를 깨달았다
열두 살 난 외아들이 미아가 되다니!
예루살렘으로 되돌아간 그들은 거리마다 사방을 돌아다녔다
아들을 보았느냐고 하루 종일 애타게 수소문하고 다녔다
아무 말 없이 사라진 아들이 얼마나 원망스러웠겠는가?

사흘 뒤 성전에서 그를 다시 만난 부모는 감정이 착잡했다
잃었던 아들을 다시 찾았으니 얼마나 기쁘고 반가운가?
이틀 동안의 노심초사를 생각하면 얼마나 괘씸한 아들인가?
언제부터 저 애가 율법에 관해 그렇게 관심이 많았던가?
아버지 요셉은 다른 사람들 앞이라 점잖은 체면을 지키려고
입을 꾹 다문 채 엄한 시선으로 바라보기만 했다
그러나 어머니 마리아는 드디어 한 마디 던졌다

이게 무슨 짓이냐? 부모에게 어떻게 이런 짓을 하느냐?
우리가 너를 찾아다니느라 얼마나 걱정했는지 아느냐?

그러나 어린 예수는 이상하다는 표정으로 태연히 대꾸했다
저를 왜 성전이 아닌 다른 데서 찾으려 헛수고를 했습니까?
저는 제 아버지의 일로 바쁜데 왜 공연한 걱정을 했습니까?
제가 머물러야 있어야만 할 곳은 언제나 아버지의 집입니다
그의 말은 매우 쉽고 또 평범한 것이었지만
요셉도 마리아도 주위 사람들도 전혀 이해하지 못했다
그가 철이 들어 자신의 참된 아버지를 발견했다는 사실을
아무도 깨닫지 못했다 아니, 아직은 깨달을 수가 없었다
그가 사람들을 가르칠 때가 아직 이르지 않았기 때문이다

회개하라! 하늘나라가 가까이 왔다
(마태오 3:2)

세례자 요한은 사람들에게 분명히 대답했다
나는 메시아도 엘리야도 예언자도 아니며
이사야가 예언한, 광야에서 외치는 사람이다
그리고 예루살렘 사람들이 쉽게 다가갈 수 있던 곳
예리코 근처의 요르단 강가에서 거침없이 외쳤다

정의가 실현되는 하늘나라가 가까이 왔다
그러므로 준엄한 단죄와 처벌을 면하고 싶다면
너희는 모두 지금까지 지은 죄를 진심으로 뉘우쳐라
회개란 말이 아니라 행동으로 그 증거를 보여야만 하니
너희는 착취나 강탈을 더 이상 저지르지 말고
가난한 이웃에게 입을 것과 먹을 것을 나누어 주어라

수많은 사람들, 특히 가난한 사람들이 몰려가
자신이 죄인임을 공개적으로 자인한 뒤

요르단 강에 들어가 온몸을 담그는 세례를 받았다
그것은 깨끗해진 몸과 영혼을 제물로 바치는 제사
새로운 시대를 여는 열쇠였다
죄의 용서를 갈망하는 사람은 언제나 무수하고
강물은 아무리 많은 사람이 들어가도 고갈되지 않으며
요르단 강물만 사람들에게 필요한 강물은 아닌 것이다
게다가 강물이 신성해서 죄를 용서해 주는 것도 아니다

요한은 물의 세례, 죄를 씻는 새로운 제사를 선포했지만
소나 양을 잡아 바치는 성전의 제물은 요구하지 않았다
요한의 제사는 예수의 마지막 포도주로 완성될 것이다
요한이 요구한 속죄의 조건은 오로지 선행과 자선뿐
그것은 누구나 손쉽게 할 수 있고 돈도 안 드는 일
그래서 요한의 가르침은 모든 사람에게 기쁜 소식이었다

그러나 모든 사람이 진심으로 회개한 것은 아니고
기쁜 소식을 기쁘게 받아들인 것은 더욱 아니었다
예수의 말대로 어느 예언자보다도 더 위대하긴 했어도
요한은 예언자들의 운명을 피할 길이 없었다
그러나 조금도 두려워하지 않았다
주님 이외에 지상의 그 누구도 겁내지 않고 외쳤다
회개하라! 그것만이 하늘나라에 들어가는 길이다!

독사의 무리들아
(마태오 3:7)

아브라함의 자손이라고 으스대지 마라!
차라리 지존하신 손이 빚어낸 길가의 돌들이
사람답지 못한 오늘의 너희보다 훨씬 더 고귀하다
너희는 입으로는 정의를 외치지만
손으로는 가난한 사람들의 목을 조르고 있다
너희는 높은 자리에 다투어 앉아 호강하지만
나라가 무너지면 비참한 노예로 끌려갈 것이다

너희는 사악한 말과 행실로 성전 기둥을
도끼로 찍어 넘기고 있는 독사의 무리가 아니냐!
입으로만 회개한다고 그게 어찌 참된 회개냐?
착하게 살라! 올바르게 행동하라! 자선을 베풀어라!
그렇지 않으면 분노와 정의의 도끼가 너희 목을 치고
너희 이름을 기억해줄 자손이 지상에서 사라질 것이다

황량한 들판에서 세례자 요한은 그렇게 외쳤다
수많은 사람들이 강으로 몰려들어 귀를 기울였다

그러나 독사의 무리는 비웃었다
회개는커녕 그를 잡아 죽일 궁리에만 몰두했다
머지않아 그는 감옥에서 목이 잘렸다
독사의 무리는 승리의 축배를 들고
피보다 진한 포도주를 마시고 취했다
그 후 50년도 못 지나 에루살렘은 폐허가 되었다
천년 왕국이 두 번이나 지날 때까지
후손들은 온 세상에 흩어져 방랑했다

독사의 무리는 결코 멸종하지 않는다
오늘도 그들은 정의를 외치고 개혁을 부르짖는다
그리고 높은 자리를 놓고 물고 뜯는다
수많은 백성이 그들 발아래 신음하고
나라의 대들보가 무너질 때 깔려 죽는다

독사의 무리는 폐허의 돌 틈 사이로
제일 먼저 빠져나가 어디론가 도망치고 만다
독사의 무리의 달콤한 말에 속는 백성은
이 넓은 천지 그 어느 곳에 하소연할 것인가?
아무도 그들을 동정하지 않는다
그들 자신이 파멸의 길을 선택했기 때문이다

이미 도끼가 나무뿌리에 닿았다
(마태오 3:10)

세례자 요한은 또한 이렇게 소리쳤다
지옥이란 너희가 손수 지은 바로 너희 집이 아니냐?
아니, 너희 독사들이 모인 곳이 바로 지옥이 아니냐?
너희가 서로 미워하는 증오심은 곧 기름이 되고
너희가 날마다 저지르는 악행은 곧 장작이 되어
지옥불은 이미 어디서나 무섭게 타오르지 않느냐?

세월은 참으로 부지런한 농부며
사람이란 누구나 그 밭에 심겨진 나무가 아니냐?
사람이 비록 백 년 이상을 산다고 해도 그의 일생이란
시작도 끝도 없는 그 밭에서는 한순간에 불과하므로
세월의 도끼는 항상 나무뿌리에 닿아 있는 것이다

너희가 아무리 막강한 권력을 자랑한다 해도
아무리 교묘한 수단으로 속이고 착취한다 해도
아무리 많은 재산으로 호강과 쾌락을 누린다 해도
너희 나무뿌리는 오늘 도끼날을 피할 수가 없고
불의 부패 압제를 일삼는 무리는 지옥의 장작이 된다

특히 독사들은 세월의 도끼날을 항상 두려워하라!
어린이들과 젊은이들에게 일부러 허위를 가르쳐서
그들의 정신을 썩히고 영혼을 병들게 하는 자들은
독사 가운데서도 가장 악독한 독사들이 아니냐?
스승이라 자처하며 오히려 자기가 가르치는 사람들을
지옥의 벼랑에서 마구 밀어 떨어뜨리는 자들이야말로
사탄을 섬기는 가장 비열한 노예들이 아니냐?

옷도 음식도 이웃에게 나누어주라
(루카 3:11)

세례자 요한은 요르단 강에 모인 백성들에게 소리쳤다
너희가 비록 날마다 독사들의 이빨에 물어 뜯긴다 해도
그들의 사악하고 거짓된 가르침을 피하기 어렵다 해도
너희에게는 하늘나라의 간단하고 쉬운 길이 열려 있다
남는 옷이 있으면 헐벗은 이웃에게 나누어주어라!
남는 음식이 있으면 굶주리는 형제에게 나누어주어라!
평생 쓰고도 남을 돈이 있다면 역시 그렇게 하라!

세상에서 가장 값진 옷을 입었다고 해서
창고에 비단을 산더미처럼 쌓아 놓았다 해서
그가 반드시 하늘나라에 들어가는 것은 아니다
오히려 벌거벗은 채 추위에 떨던 사람들이
그보다 먼저 또 가벼운 걸음으로 들어갈 것이다

세상에서 가장 맛있는 음식을 배터지게 먹는 사람은
생전에 온갖 질병에 시달리며 의사들을 기쁘게 하고
사후에는 지하에서 구더기들에게 잔치를 벌여줄 것이다
비록 그가 먹을 것으로 가득 찬 거대한 창고가 있다 해도
그것이 반드시 그를 하늘나라로 인도하지는 못한다
오히려 평소에 날마다 굶주림에 시달리던 사람들이
그보다 먼저 또 빠른 걸음으로 그 나라에 들어갈 것이다

세상에서 가장 큰 부자, 심지어 대왕이나 황제라 해도
어마어마한 그의 재산이나 권력은
그가 하늘나라에 들어가는 데 도움이 되기는커녕
오히려 그의 발목을 잡아 지옥으로 끌어내릴 것이다
평소에 멸시 천대 조롱 억압에 시달리던 가난한 사람들이
그보다 먼저 또 안전하게 하늘나라의 문을 통과할 것이다

지금 옷이 넉넉한 사람은 곧 헐벗을 것이다
지금 먹을 것이 많은 사람은 곧 굶주릴 것이다
지금 돈이 많은 사람은 곧 무일푼이 될 것이다
지금 권력이 많은 사람은 곧 노예가 될 것이다
그러므로 옷도 음식도 형제들에게 나누어주어라!

착취하지 마라

(루카 3:13-14)

세례자 요한은 백성을 괴롭히는 관리들에게 소리쳤다
너희는 무한정 세금을 쥐어짜도 된다고 생각하지만
백성이 굶주려 쓰러지면 누구에게 세금을 걷겠느냐?
양을 잡아먹고 나면 어디서 양털을 얻겠느냐?

부당한 세금을 걷어 너희 배를 잔뜩 채우는가 하면
뒷거래를 하면서 태연하게 뇌물을 챙기는 한편
상관의 환심을 사려고 거액을 바치는 너희야말로
백성의 거머리가 아니라 바로 도살자가 아니냐?

칼을 쥔 너희는 백성을 보호한다고 자부하지만
사실은 날마다 백성을 위협하여 재산을 강탈하고 있다
너희 칼과 창은 백성이 낸 돈으로 산 것이 아니냐?
너희 갑옷과 투구도 백성이 마련해준 것이 아니냐?
너희 성벽도 궁궐도 백성의 돈과 땀이 지은 것이 아니냐?

그런데 어찌하여 백성이 너희에게 바라는 일
나라의 안전과 번영, 법의 공정한 집행은 내팽개친 채
오히려 억압, 약탈, 투옥, 살해를 자행하느냐?
너희야말로 통치할 자격도 없는 강도 집단이 아니냐?

착취하지 마라!
백성이 거지가 되면 너희도 거지 취급을 받을 것이다
백성이 굶주려 쓰러지면 너희도 아사하고 말 것이다
적이 쳐들어와 나라가 무너지면
백성을 쥐어짜던 너희뿐만 아니라
너희 가족도 모조리 목이 비틀릴 것이다

착취하지 마라!
너희는 비록 지상에서 요행히 재앙을 면한다 해도
착취한 것을 오늘 밤 모조리 뒤에 남긴 채 떠날 것이다
남을 착취하는 자는 자기 영혼에게서 은총을 착취한다
그러므로 너희 영혼은 어둠의 맷돌에 영원히 갈릴 것이다

그는 성령과 불로 세례를 줄 것이다
(마태오 3:11)

요한이 요르단 강 건너편 베타니아에서 세례를 베풀 때
예루살렘에서 파견된 바리사이 무리가 그에게 도전했다
당신이 그리스도도 엘리야도 그 예언자도 아니라면
도대체 무엇 때문에 사람들에게 세례는 주는가?
당신이 외치는 회개는 무엇을 위한 것인가?

권위에 상처를 입은 그들의 속마음을 훤히 읽고 있었기에
요한은 담담한 어조로 이렇게 대꾸했다
내가 그리스도라면 물로 세례를 주지도 않았을 것이다
내가 만일 엘리야나 그 예언자라고 한다면
물로 세례를 줄 자격도 없고 다만 회개를 외쳤을 것이다

그러나 나는 너희가 보는 바와 같이 물의 세례를 준다
그것은 내 뒤에 올 사람, 나보다도 훨씬 위대한 사람이
앞으로 성령과 불의 세례를 베풀 것이기 때문이다

나는 그의 신발 시중을 들 자격조차 없지만 나의 세례는
그가 곧 너희에게 올 것임을 미리 알려주는 조짐이다

물의 세례는 씻어진 죄의 오물을 지상에 남기므로
너희는 여전히 서로 미워하고 죄를 다시 지을 것이다
그러나 그의 세례는 죄의 뿌리를 모조리 태우기 때문에
너희 영혼은 죄의 굴레에서 벗어나 새로 태어날 것이다
불은 참된 사랑을 일으키고 전파하는 힘이고
성령은 영원한 생명을 주는 불이 아니냐!

그는 이미 너희에게 왔고 또 너희 가운데 서 있지만
너희는 그가 누구인지를 전혀 알아볼 수가 없다
왜냐하면 너희는 그의 빛을 완강하게 거부한 채
너희 어둠 속에 계속 머물러 있으려 고집하기 때문이다
그는 진리의 빛이고 너희는 사탄의 암흑이 아니냐!

하느님의 어린양을 보라
(요한 1:29)

죄와 속죄의 악순환 고리는 참으로 오래 되고 질긴 것
양이나 소를 잡아 태우는 전통적 제사만으로는
그것을 영영 끊어버리고 새 시대를 열기란 불가능했다
요한도 예수도 그 사실을 일찍이 깨달았기 때문에
요한은 공개적 집단적인 물의 세례를 선포했고
예수는 요르단 강으로 그를 찾아간 것이다

요한은 자기에게 다가오는 예수를 한눈에 알아보았다
그는 죽을죄를 지은 적이 전혀 없는데도 불구하고
세상의 모든 죄를 홀로 자기 어깨에 짊어진 채
자기 자신을 주님께 제물로 바칠 각오가 되어 있다
그는 살아 있는 제물, 하느님의 어린양이 아닌가!
그가 여기 온 것은 단순히 세례 받기 위한 것이 아니라
자신이 어린양임을 모든 사람에게 드러내려는 것이다

요한은 자기 주변의 제자들에게 말했다
하느님의 어린양을 보라!
주님께 바쳐질 어린양을 보라!
그것은 우상에게 바치는 인신제물이 결코 아니다
그는 스스로 목숨을 버릴 것이다
그가 바치는 제물은 피가 아니라 참된 사랑이다
그는 아버지에게 아들의 진심과 사랑을 바치며
아버지는 그를 아들로 삼아 간청을 들어줄 것이다
그는 참으로 주님의 아들인 것이다!

요한의 제자들은 그 말을 당연한 것으로 받아들였다
주님께서 기뻐하시는 제물은 눈에 보이는 제물이 아니라
회개하는 마음과 사랑이라고 이미 예언자는 말했다
아브라함의 자손은 누구나 그런 제물을 바쳐야만 한다
하느님의 어린양도 그러한 제물이 아닌가?
최초의 사람 아담은 하느님의 아들이 아닌가!

예수는 요한에게 세례를 받은 뒤 곧장 광야로 들어갔다
그때 그에게는 단식과 기도가 가장 절실히 필요했고
그것만이 그의 영혼에게는 유일한 양식이었기 때문이다

예수는 요한의 세례를 받았다
(마태오 3:16)

예수는 유대인으로 태어나 유대인 부모 밑에서 자랐다
할례를 받았고 평소에 율법을 충실히 지켰으며
기도를 열심히 바치는 완전한 유대인이었지만
물로 세례를 받을 필요는 전혀 없었다
회개할 것도, 다시 태어나야 할 이유도 없었다
그는 성령과 불로 세례를 줄 사람이 아닌가!
요한이 오히려 바로 그 세례를 받아야 마땅했다

물로 자신을 정화하는 관습은 보편적인 것이었지만
형식적 과시적 효과만 노려서 악용되었기 때문에
사람들의 몸은 비록 물로 씻어졌다 해도
그들의 영혼은 여전히 어둠 속을 헤매고 있었다
요한의 세례는 근본적으로 불완전한 것이었다

예수는 요한의 세례를 받지 않고서라도
얼마든지 새로운 세례를 선포할 수 있었을 것이다
그러나 그가 요한의 세례를 받지 않았더라면
선의든 악의든 유대인들은 그를 비난했을 것이다
요한의 세례조차 받은 적이 없는 사람이 아닌가!

그는 스스로 요르단 강물에 몸을 담그고 나서
다른 유대인들과 똑같이 요한의 세례를 받았다
그는 앞으로 바른길을 선포해야만 하기 때문에
모든 사람에게 완전한 유대인의 모범을 보인 것이다

그는 율법의 파괴가 아니라 완성을 위해 왔다
그것도 율법의 형식을 완성하는 것이 아니라
율법의 참된 정신 곧 주님의 뜻을 완전히 이룰 것이다
기존의 전통을 무너뜨리고 버리는 혁명가가 아니라
그것을 완성하는 새로운 전통의 창시자가 될 것이다

세례도 씻지 못하는 죄가 있다

물이 있는 곳에 목욕이 있듯이
죄가 있는 곳에 세례가 있다
그렇다면 죄란 영혼에 묻은 때라서 언제든지
물로 씻어 제거할 수 있는 그런 것인가?
아니면, 영혼 구석구석에 스며들어
좀먹고 썩히고 문드러지게 만드는 바이러스인가?

더러운 옷은 그냥 물에 담가두면 소용이 없고
비누칠을 하고 문지르고 쥐어짜야 깨끗해진다
죄에 물든 영혼은 강물에 집어넣어도
샤워를 해도 감쪽같이 순결해질 리가 없지 않은가?
그러나 세례를 운전면허증 정도로
천당 문을 통과하는 입장권 정도로 믿는 사람들은
죄를 우습게 여겨 남을 속이고 학대하고 심지어는
신의 이름으로 전쟁과 학살도 서슴지 않는다
세례는 세상에서 가장 강력한 세척제지만

수백 번 물을 부어도 씻어버릴 수 없는 죄가 있다
그것은 죄를 짓고도 뉘우치지 않는 새로운 죄
진리를 배워서 알고도 실천하지 않는 더 큰 죄
생명을 주는 불 성령을 불신하고 조롱하는 죄다

차라리 회개가 뭔지 몰랐다면 죄도 아닐 것을!
차라리 진리를 몰랐다면 아무 탓도 없을 것을!
최초에 세례를 거행한 사람은 어찌하여 이 세상에
죄와 진리가 공존하는 사실을 확인했던가?

세례를 받고도 잊어버리거나 무시하거나
출세 또는 사교의 수단 따위로 이용하는 사람들은
아예 세례를 부정하는 사람보다 더 비열하지 않은가!
그들은 죄는 인정하면서도 진리는 부정하기 때문이다
구원은 바라면서도 좁은 문은 거부하기 때문이다
사랑을 외치면서도 불신과 증오를 퍼뜨리기 때문이다
남들을 속일 뿐 아니라 자신마저도 속이기 때문이다

죄는 결코 물에 녹지 않고
오로지 뉘우치는 마음속에서만 녹아 사라진다
죄를 완전히 녹여 없애지 못하는 세례라면
수천 번 받아도 영혼은 여전히 불구자일 뿐이다

요한은 많은 것을 가르쳤다
(루카 3:18)

하늘나라가 가까이 왔으니 너희는 회개하라!
물의 세례를 받고 너희 죄를 용서받아라!
그렇게 외치기 시작해서 헤롯의 감옥에 갇히기까지
세례자 요한은 바른길을 참으로 많이 가르쳤다

군주의 비행마저 여러 번 공개적으로 비판했으니
지도층의 불의와 부패는 얼마나 많이 질책했겠는가?
오죽하면 바리사이들이 그의 세례에 시비를 걸었겠는가?
백성들은 그를 그리스도인지도 모른다고 믿었고
바리사이들의 추궁을 받은 그는 부인하지 않았던가!

투옥 후 오랫동안 갇혀 있는 동안에도
처형의 순간까지 그는 기쁜 소식을 계속 전했다

헤로데는 그의 몸은 비록 쇠사슬로 묶었다 해도
자유로운 정신과 혀는 묶을 수 없지 않았던가!
세례자 요한에 관한 복음서들이 기록되었더라면
그의 제자들 몇 명이라도 그의 언행을 기록했더라면
그 책들은 예루살렘을 가득 채우고도 남았을 것이다
그러나 지금까지 전해오는 것이란 고작해야
극소수의 단편적인 이야기뿐이 아닌가!

그래도 그의 외침은 공허하지도 외롭지도 않았다
회개하라! 하늘나라가 가까이 왔다!
그의 외침은 다른 입을 통해 갈릴레아에서 이어졌고
그의 예상보다 훨씬 멀리 더 강하게 퍼져나간 것이다

유혹의 광야
(마태오 4:1)

세상의 번잡한 일들을 피하려고 광야에 나갔다면
그는 공연히 헛수고만 하고 말 것이다
인적이 끊어져 아무것도 없는 듯 보이는 바로 그곳에
바람에 수시로 형태가 변하는 모래언덕 바로 그곳에
유혹의 지뢰가 무수히 매설되어 있기 때문이다

세상에서 무엇인가 이루려고 하는 한
얻고 싶은 것이 어찌 한둘이겠는가?
세상에서 무엇인가 얻으려고 하는 한
반드시 궁리할 수단이 어찌 한둘이겠는가?
온갖 수단을 궁리하며 헤매고 있는 한
야망과 욕망이 어찌 끝이 나겠는가?

생각은 끊임없이 솟는 유혹의 샘
의지는 그 샘을 파헤치는 탐욕의 손

마음은 생각과 의지가 방황하는 황야가 아닌가?
정신은 거기 제멋대로 부는 바람이 아닌가?
단식으로 몸이 녹초가 될 때 모든 것이 맑아진다면
굳이 광야를 찾아 들어갈 필요도 없지 않은가?

유혹의 지뢰를 밟으려 일부러 광야로 가는 것인가?
그렇다! 현실에서 도피하기 위해서가 아니라
세상의 참모습을 발견하기 위해
사람들과 인연을 끊기 위해서가 아니라
모든 사람을 사랑하는 방법을 찾아내기 위해
유혹의 지뢰를 밟아 산산이 부서지기 위해 가는 것이다

유혹은 사람에게 그의 존재 사실을 확인해주고
존재 이유를 일깨워주는 기회며 은총이다
유혹에 충만한 광야는 은총의 바다
유혹이 없다면 광야도 우주도 무의미할 뿐
모든 존재 가운데 오로지 사람만이
살아 있는 동안 유혹에 흔들리고
쓰러지고 또 일어서는 것이 아닌가!

사람이 빵만으로는 살 수 없다
(마태오 4:4)

사람이 빵만 먹고는 살 수 없다는 것은
세 살 난 아이도 누구나 다 안다
고기도 야채도 먹어야 몸이 튼튼해진다고
어느 누가 모른단 말인가?
콜라, 주스, 술도 마셔야 할 게 아닌가?
그렇다! 그래야만 멋진 인생이 되는 것이다!
나자렛의 목수는 참으로 멍청한 말을 한 것이다!

그래서 빵만으로는 살 수 없는 자들이
꿀맛 같은 금화 은화 동전을 먹기 시작했다
자식들을 잡아 신들에게 제물로 바치고
노예의 사냥과 매매에 재미를 붙였다
전쟁은 거창한 기업 활동이자 최고의 도박
착취와 학정은 그 자본조달의 스포츠가 되었다
백성의 목숨이란 어차피 바람에 날리는 검불일 뿐

아무도 돌보지 않는 메마른 들판
아무라도 불을 지르고 달아나면 그만 아닌가!

빵만으로는 살 수 없다고 믿는 다른 무리들은
진리와 정의와 자유를 내걸고 칼을 휘둘렀다
여기저기 일컬어 지상천국을 건설하고
한때 번영을 과시하기도 했다
그러나 그것은 칼자루를 쥔 자들만 누리는 번영일 뿐
진리를 깨달은 자도 정의로운 자도 없고
아무도 안전하지 못하고 자유도 누리지 못했다
그들만의 진리의 기록 자체가 바로 절대적 우상
무수한 사람을 탄압하는 괴물이 아니었던가!

사람은 빵만으로도 살 수 있다고 외치는 무리가
드디어 나타나 세상을 뒤집어 놓으려고 했다

가족끼리 친구끼리 밀고하고 해치고 강탈하고
온갖 쾌락에 절어 자기 몸마저 학대하며 즐기고
돈, 권력, 대량살상무기 따위가 신으로 승격했다
인기만 얻으면 천치도 미친놈도 신으로 둔갑했다
어디선가 빵이 에베레스트 산처럼 쌓이는가 하면
어디선가 굶주림과 죽음이 사막을 휩쓸었다
빵이 넘치는 곳에서는 배가 터져 죽고
빵이 없는 곳에서는 절망과 증오에 말라죽었다
어리석은 자들의 목숨이란 원래 마른 풀과 같은 것
살아도 산 것이 아닌 바에야 죽음은 당연한 운명

사람은 빵만으로는 살 수가 없다
고기도 야채도 술도 분명히 필요하다
그러나 고기 야채 술이란 과연 무엇인지 모른다면
자기 배의 크기와 소화능력을 무시하고 욕심만 부린다면
빵이 아무리 넘쳐도 비참하게 죽을 것이다
빵만으로는 살 수 없다는 말도
빵만으로도 살 수 있다는 말도 무서운 구호지만
빵이 없어도 영원히 살 수 있다는 말이야말로
세상에서 가장 파괴적인 혁명구호가 아닌가!

하늘의 뜻을 시험하지 마라
(마태오 4:7)

누구에게나 하늘은 충분히 베풀어 주었다
가진 것이 부족하다고 불평한다면
자기 손발로 일할 생각이 없는 게으름뱅이거나
주위를 잘 살펴보고 깨닫는 안목이 없거나
남의 것을 탐내는 욕심이 너무 크기 때문이다
하루하루 하찮은 목숨 이어가는 데
도대체 무엇이 그리 많이도 필요하단 말인가?

평소에는 하늘을 까맣게 잊고 지내다가
위기가 닥치면 하늘의 구원을 철석같이 믿는다
자기만은 구원해야만 한다고 하늘에게 요구한다
사람은 누구나 귀하지만 위기 때마다
하늘이 반드시 구해주어야만 할 만큼
그토록 귀하거나 위대한 존재는 결코 아니다
광대한 우주에서 도대체 사람이 무엇이란 말인가?

자기 목숨이나 운명을 걸고 도박하는 사람에게
하늘은 영원한 침묵 속에 이렇게 말할 것이다
사람이란 살 때가 있고 죽을 때가 있다
그 시기는 네가 아니라 내가 판단하는 것이다
왕이든 거지든 사람은 누구나 검불에 불과하다
아무리 시험해도 나는 눈 하나 깜짝하지 않는다

민족 나라 심지어 인류 전체의 운명을 걸고 벌이는
도박이 오늘도 지상 구석구석에서 계속되고 있다
무수한 사람들이 수많은 이름으로 하늘을 부르며
오로지 자기들만 구해달라고 외친다
자기들 이외에는 모두 야만인들
당장 사라져야 지상에 평화가 온다고 소리친다
하늘은 원래 이름이 없고 또 필요도 없다는 것을
그들은 영원히 모를 것이다

권력과 영광
(마태오 4:9)

권력에는 으레 영광이 따른다지만
그 영광이란 백성이 마지못해 바치는 것이 아닌가?
참된 영광에 권력이 어찌 필요하단 말인가?
모든 이에게 행복과 자유를 보장하는 권력이라면
영원한 영광이 어찌 저절로 따르지 않겠는가?

내 앞에 무릎을 꿇으면 권력과 영광을 주겠다!
사탄은 그렇게 요구할 필요조차 없다
영광 없는 권력을 손아귀에 쥐려는 자들
권력가에게 구걸하여 영광을 받으려는 자들은
미리 알아 재빨리 무릎을 꿇지 않는가?

그들이 수많은 전승비를 세우고
수십만의 포로를 노예로 끌고 개선할 때
제국의 거창한 수도를 건설할 때

산을 깔보는 거대한 분묘를 조성할 때
왕과 함께 수만 명을 순장할 때
그들을 비웃은 자는 누구였던가?
미래의 폐허를 내다보던 현자들이 아니었던가?

권력과 영광은 오늘도 여전히
무수한 이름을 장난감으로 노예로 거느린 채
온 세상을 자신의 신전으로 삼아 군림한다
그러나 그 신전도 경배받는 우상도
시간이 소리 없이 좀먹고 있다는 사실은
아무도 깨닫지 못하고 있다
결국 권력도 영광도 사람의 상상력에서 파생된
한갓 환상 이외에 무엇이겠는가?

나를 따라라
(마태오 4:19)

사람이 어디서 와서 어디로 가는지
아니, 어디로 가야만 하는지 그는 알고 있었다
그는 참으로 자신만만했기에 외쳤다
나를 따라라!
너희는 길을 잃고 헤매며
날마다 헛수고만 반복하고 있을 뿐이지만
나 홀로 올바른 길을 알고 있다!

그의 길은 참으로 올바른 것이었다
그러나 누구나 걸어갈 수 있는 길은 아니었다
그의 길은 참으로 험한 것이었다
그러나 아무도 걸어갈 수 없는 길은 아니었다
그의 길은 참으로 수치스러운 것이었다
그러나 누구나 거기서 영광을 받는 길이었다

나를 따라라!
오늘도 그렇게 외치는 자들이 참으로 많다
그들은 올바른 길을 스스로 깨달은 것은 아니지만
배워서 알고는 있다
그러나 그 길을 걸어가지는 않는다
그들이 참된 제자라면 차라리 이렇게 외쳐야 한다
내가 아니라 그를 따라라!

그렇다고 그의 길을 해설할 필요는 없다
그의 길은 누가 보아도 분명하다
나를 따라라!
여기 무슨 말을 덧붙일 수 있겠는가?
모든 것을 버리고 십자가를 지지 않는다면
모든 것이 군소리밖에 더 되겠는가?
스승보다 더 많은 것을 가지고 누리는 자라면
누구나 그를 모독하는 거짓 제자가 아니겠는가?
나를 따라라!
거기 중립은 없다

사람을 낚는 어부들
(마태오 4:19)

아무리 그물을 잘 던져도 물고기를 잡지 못한다면
어부는 사랑하는 가족들과 함께 그날 굶어야 한다
또 아무리 많이 잡는다 해도 팔리지 않는다면
다가오는 겨울에 대비할 길이 막막하다
어부의 손에는 많은 식구의 입이 달려 있어서
잠시도 쉴 틈이 없는 것이다

그런데 사람을 잡으라니!
노예사냥꾼이 되라는 말인가?
경기장의 검투사처럼 그물을 던지라는 말인가?
아니면, 사람을 잡아먹는 식인종이 되란 말인가?
어부는 그물로 사람을 잡을 수 없다
잡는다 해도 그것을 무엇에 쓰겠는가?

영혼을 낚는 어부! 얼마나 멋진 비유인가!

그러면 자기 이름조차 쓸 줄 모르던 무식한 어부들이
이토록 차원 높은 비유를 금세 깨닫고 감동하여
목숨보다 더 귀한 자기 그물과 배를 버린 채
젊은 방랑자의 뒤를 즉시 따라갔다고 보는가?
그물과 배를 버리는 것은 가족과 집뿐만 아니라
자신의 평생 직업마저 버리는 것이 아닌가!

어부들이 방랑자를 따라 하루아침에 건달이 되었다면
분명히 중대한 이유가 있었을 것이다
사람을 낚는 어부가 되라!
이 말 이외에 우리가 아는 것이 무엇인가?
그러나 가장 보수적인 그들은 자신의 길을 바꾸었고
세상의 길도 모조리 바꾸어버렸다

무수한 사람이 그들의 그물에 걸렸다
그리고 무수한 사람이 그 그물 속에서 죽었다
모든 사람이 구원을 받은 것은 아니지만
적어도 그 그물을 치기 전보다는 더 많은 사람들이
지금도 올바른 길을 걸어가고 있는 것은 사실이다
처음에는 몰랐겠지만 뒤늦게나마 그들이
그물로 사람을 잡는 법을 깨달았기 때문이다

제게서 떠나가 주십시오
(루카 5:8)

노련한 어부가 젊은 목수의 말에 따라 그물을 던졌다가
엄청난 물고기를 잡고는 소스라치게 놀랐다
그리고 깨달았다 내가 헛살았구나!
속으로 울화통도 터졌을 것이다 여기를 내가 몰랐다니!
그러나 어부는 솔직하게 고백했다
저는 죄인이니 제게서 떠나가 주십시오!

물론 어부는 그때까지 죄 많은 사람이었다
다른 사람들처럼 앞으로도 많은 죄를 지을 것이다
그러니 그는 고상한 그 젊은이와 어울리지 않는다
게다가 어부와 목수는 친구가 되기 어렵다
아니, 친구가 될 생각조차 없는 것이다
예의를 차리지만 않았다면 어부는 이렇게 외쳤을 것이다
젊은 게 너무 잘난 척하지 마! 여기서 썩 꺼지지 못해?

어부는 젊은 목수에게 물고기 몇 마리 개평으로 떼어 주어
딴 데로 쫓아버리고 싶었을 것이다
그래야 수확이 좋은 그곳을 자기가 독점할 수 있을 테니까!
그러나 젊은이는 아무것도 요구하지 않았다
이 어리석기 짝이 없는 무지렁이들아!
그렇게 호통을 치지도 않았다 다만 한 마디 던졌다
물고기보다는 사람들을 잡아라!
계산 빠른 어부는 즉시 무릎을 꿇었다
제가 졌습니다! 한 수 가르쳐주십시오!
그의 눈에 젊은이는 이미 왕관을 쓰고 있었던 것이다

물 항아리들을 물로 가득 채워라
(요한 2:7)

일주일이나 계속되는 피로연에서 포도주가 떨어진다면

불만에 찬 손님들이 한바탕 소동을 벌일 테고

그들을 초청한 신랑은 일생일대의 수치를 당할 것이다

포도주가 없다면 즐거움도 없다고 하지 않는가!

그런데 갈릴레아 카나의 어느 피로연에서

제일 먼저 눈치 챈 마리아가 아들에게 말했다

하인들이 식탁에 내어갈 포도주가 더 이상 없다!

그러나 요르단 강에서 돌아온 지 며칠 되지도 않았고

제자들도 몇 명 없는 그에게 무엇이 가능했겠는가?

더욱이 나자렛 출신은 멸시당하던 시대가 아닌가!

그래서 그는 마리아에게 이렇게 대꾸했다

나는 이 집에 포도주가 동났다고는 보지 않습니다

게다가 지금은 내가 직접 나서야 할 때도 아닙니다

결혼식 손님은 누구나 포도주를 선물하는 관습이 있었다
가난한 집에 대해서는 더욱 푸짐하게 선물하는 법이다
신랑 집에서도 평소부터 손님들의 주량을 알기 때문에
모자라기는커녕 오히려 남도록 술을 준비하게 마련이다
그런데 술이 떨어졌다니!
예수는 사태를 나름대로 정확하게 파악하고 있었지만
나서서 주인에게 이래라저래라 할 처지는 아니었다

그는 어머니의 입장이 난처해지기를 바라지 않았다
어머니의 친척 집이 망신당하기는 더욱 원하지 않았다
그는 진심으로 신랑의 체면을 세워주고 싶었다
인생의 새 출발을 하는 행복한 신랑이 아닌가!
그래서 주인이 아니라 하인들에게 이렇게 말했다
물 항아리들을 물로 가득 채워라! 그런 다음에는
그 물을 잔에 담아 잔치책임자에게 주어 보아라!
마을 아낙네들은 하인들의 동작을 지켜보고 있었다

잔을 받아 술맛을 보자 잔치책임자는 비로소 깨달았다
종전에 나오던 술은 떨어지고 더 좋은 술이 나온 것이다
이런 술은 제일 먼저 내놓아야 마땅한데 신랑은
왜 여태껏 나도 모르게 따로 보관하고 있었단 말인가?
그가 신랑을 불러 항의하듯 따졌지만
신랑은 하인들이 하는 일을 몰랐기에 대꾸가 없었다

어쨌든 잔치에 참석한 손님들은 누구나 크게 만족했다
그러나 그는 두 번 다시 그런 일을 하지 않았다
마지막 만찬에서조차 잔을 물로 채우라고는 하지 않고
포도주가 든 잔을 들고 이렇게 말했을 뿐이다
너희는 이 잔의 포도주를 나누어 마셔라!
나는 너희를 위해 피를 흘릴 것이며
이 잔은 내 피로 맺는 새로운 계약이다!

물 항아리들은 그 잔을 미리 알려주는 조짐이었지만
거기 참석한 사람들 가운데 아무도 깨닫지 못했다
그들이 감당하기에는 너무나도 큰 잔들이었던 것이다

그는 더욱 커지고 나는 더욱 작아져야만 한다
(요한 3:30)

요한이 낙타털로 만든 옷을 입고 가죽 띠를 둘렀으며
오로지 메뚜기와 들꿀만 먹고 살았다고 한다면
그것은 회개와 속죄를 외치는 예언자의 당당한 모습이었다
수많은 사람이 요르단 강으로 몰려와 세례를 받았다

그러나 그 세례는 닥쳐올 주님의 분노와 재앙을 피하기 위해
겁에 질린 사람들이 취한 자기방어의 방편이 아니었던가?
과연 얼마나 많은 사람이 진심에서 우러나오는 열성으로
요한처럼 고행의 생활을 시작하려고 했던가?
또 얼마나 오랫동안 그것을 지속할 수 있었단 말인가?
게다가 요한은 포도주를 입에 대지도 않는 사람이 아닌가!

예수는 낙타털이 아니라 양털로 만든 옷을 입었고
메뚜기와 들꿀이 아니라 빵과 고기를 먹었으며
사람들의 손가락질을 받는 죄인의 초대도 마다하지 않았다
그리고 다른 사람들에 못지않게 포도주를 즐겨 마셨다
바리사이들은 그가 많이 먹고 마신다고 비난하지 않았던가!

그러나 그는 주님의 분노와 재앙으로 무조건 위협하기보다는
가난한 사람들에게는 그들이 차지할 하늘나라를 가르쳤고
천대와 억압 속에 좌절한 사람들에게는 희망의 빛을 주었다
더욱이 주님을 아버지로 모시고 서로 사랑하라고 권고했다
그의 가르침은 너무나도 단순하고 쉬운 것이었기 때문에
어른들은 물론, 아이들마저도 그의 주위로 몰려들었던 것이다
무엇보다도 그는 참으로 온유한 사람이 아닌가!

요한은 예수의 제자들도 자기처럼 세례를 준다고 들었다
사람들이 대부분 그들에게 몰려간다고 불평하는
자기 제자들의 성난 목소리에도 차분하게 귀를 기울였다
동시에 그는 불가피하게 닥쳐올 결과를 깨달았다
한 알의 밀알이 땅에 떨어져 죽고 썩지 않는다면
오십 배 백 배의 수확을 거둘 수가 결코 없을 것이다
나는 나보다 더 위대한 사람을 위해 죽어야 할 밀알이다
나의 사명과 역할은 이제 곧 끝날 것이다
그는 더욱 커지고 나는 더욱 작아지지 않으면 안 된다

요한은 참으로 역사상 그 누구보다 더욱 위대했다
소리쳐야만 할 때와 물러가야만 할 때를 깨달았기 때문이다

유대인들이 사마리아인들을 멸시하고 이교도로 취급하던 당시
유대인 남자가 우물가에서 그것도 사마리아 땅에서
사마리아 여자에게 말을 걸고 또 마실 물을 달라고 하다니!
그것은 참으로 파격적인 상식 밖의 행동이 아닌가!

그러나 예수는 상식이나 관습에 구애되지 않는 자유인이었다
단순히 먼 길을 걸은 뒤라서 지치고 갈증이 심했기 때문인가?
그는 누구보다도 인내심이 대단히 강한 사람이 아닌가!
아니면 평소에 사마리아인들에게 호감을 품고 있었던가?
참된 이웃사랑을 가르칠 때 착한 유대인이 아니라
착한 사마리아인의 비유를 들지 않았던가!

사마리아 여자는 물을 달라는 그의 요청을 거절했다
아니, 유대인 남자에게마저 말로 맞설 만큼 당돌했다
더욱이 야곱의 우물가에서 자기 조상을 내세웠던 것이다

당신이 우리 조상 야곱보다도 더 위대하단 말입니까?
두레박도 없이 어디서 남에게 줄 물을 긷겠다는 겁니까?

이제 그의 눈에는 야곱의 우물이 더 이상 보이지 않았다
그는 오로지 영원한 생명의 물만을 응시하고 있었다
그래서 속세의 일만 생각하는 여자에게 타이르듯이 말했다
너희는 육체를 섬기는 일에만 날마다 골몰하기 때문에
아무리 많은 물을 마셔도 갈증은 되살아나고 만다
그러므로 이 우물의 물을 마시는 사람은 그가 누구라 해도
다시 목이 마르고 또 반드시 죄 안에서 죽을 것이다
너희 조상 야곱도 죽지 않았느냐?

그러나 나의 물을 마시는 사람은 그가 누구라 해도
다시는 목이 마르지도 않고 또한 죽지도 않을 것이다
나의 물은 진리요 정의요 사랑이다!
그것을 마시는 사람은 영혼 속에 마르지 않는 샘을 얻어
다시는 탐욕의 갈증을 느끼지도 않고
또한 영원불멸의 생명 곧 영혼의 자유를 누릴 것이다

영혼과 진리 안에서 주님을 경배하라
(요한 4:24)

오로지 예루살렘 성전만이 주님의 성전이라면
땅 끝으로 흩어져 평생에 한 번도 거기 갈 수 없는 사람들은
어떻게 주님을 경배할 기회를 만날 수가 있겠느냐?
제물을 오로지 예루살렘 성전에서만 바쳐야 한다면
그들은 어떻게 제물을 단 한 번이라도 바칠 수가 있느냐?
성전이 건축되기 전에는 너희 조상이 어떻게 했느냐?
성전이 파괴된 뒤에는 너희 후손은 어떻게 할 것이냐?

올바른 마음과 정신으로 주님을 진정 경배하는 사람이라면
그가 유대인이면 어떻고 사마리아인이면 또 어떠냐?
장소가 예루살렘이든 사마리아든 그것이 무슨 상관이냐?
주님은 참된 사람을 언제나 어디서나 찾고 있지 않느냐?
주님이 찾는 사람이 어찌 예루살렘에만 있겠느냐?
주님의 참된 사람들이 어찌 사마리아에는 없겠느냐?

사람뿐 아니라 우주 전체를 창조한 주님은 영혼이다

살도 피도 숨길도 없고 어떠한 물질도 아닌 순수한 영혼

아무것도 없는 데서 무엇이든지 창조하는 영원한 빛

존재하는 모든 것을 보살피고 유지하는 무한한 사랑이다

사람의 손으로 만든 건물이 어찌 주님의 집이 될 수 있느냐?

하물며 사람이 낳은 육체가 어찌 주님의 집이 될 수 있느냐?

주님은 자기 모습대로 사람을 창조했다고 기록되어 있다

그러면 그분 모습을 닮은 것이 어찌 사람의 육체이겠느냐?

너희는 어찌하여 너희 영혼 자신만이 그분 모습을 닮고

오로지 너희 영혼만이 그분의 참된 집인 것을 모르느냐?

주님은 사람을 사랑하기 때문에 창조한 것이 아니냐?

그러면 너희는 어찌하여 그분을 진심으로 사랑하지 않느냐?

너희가 어둠과 오류에서 벗어나 주님을 진정 경배하려 한다면

그분의 참된 성전인 너희 영혼 안에서 경배하라!

그것은 너희 영혼을 바쳐 형제들끼리 서로 사랑하는 것이다

또한 참된 길인 주님의 정의 안에서 경배하라!

그것은 너희 생명마저 바쳐 불의는 뒤엎고 정의는 세우는 것이다

군 중
(마태오 4:25)

헛소문만으로 군중이 모이는 것은 결코 아니다
호기심만으로는 끌고 다닐 수도 없다
위기의 모면이든 불로소득이든
무엇인가 눈에 보이는, 손에 잡히는 이익이 없다면
그들은 집 안에 틀어박힌 채 꼼짝도 하지 않고
강제로 모아 놓아도 어느덧 흩어지고 만다

군중이란 조변석개가 하도 심해 믿을 수가 없지만
덧없는 오합지졸이라고 무시해도 큰코다친다
때로는 선동가의 말 한마디에
방화 약탈 살육도 서슴지 않는가 하면
때로는 돈 몇 푼에 매수되어 거짓 증언을 외치는
수많은 입은 얼마나 무섭고 잔혹한 것인가!

그러나 간절한 열망이 모든 이의 마음을 사로잡았을 때
그 실현의 실마리가 보인다고 모두 믿을 때라면
군중은 어디서나 저절로 모이게 마련 아닌가?
권력의 무자비한 탄압도
산더미 같은 금화의 유혹도 그들의 발을 멈추지 못한다
그들이 바라는 것은 오로지 기쁜 소식뿐이기 때문이다

가슴마다 정의의 불길이 타오르고
평화의 갈망이 분수처럼 솟구친다면
군중은 야수성을 버린 채 스스로 질서를 세운다
그들은 위대한 지도자를 대망하는 양떼로 변하여
뙤약볕 아래 비바람 속에서도 끈기 있게 기다린다
이제 그들에게 필요한 것은 기쁜 소식뿐이다

가난은 하늘의 축복이다
(루카 6:20)

지배세력이 바뀔 때마다 착취와 약탈이 반복된 땅에서
끌려간 자들이든 남은 자들이든 모두 노예인 땅에서
그들은 대대로 가난에 시달릴 대로 시달려왔다
이제는 차라리 죽음마저 반가운 손님처럼 여겨졌다
희망이란 말 자체가 사치스러운 장식품이 되었지만
그나마 버리면 하늘을 모독하는 산송장이 되기에
오직 거기 매달려 모진 목숨 이어오던 그들이었다

가난은 하늘의 축복이다!
그들은 자기 귀를 참으로 의심했다
아아! 고작 저런 말 들으려고 여기까지 따라왔던가!
그러나 젊은 목수는 계속해서 외쳤다
물질적이든 정신적이든 가난은 모두 축복이다! 기뻐하라!
그들은 자기도 모르게 손으로 돌멩이를 집어 들려 했다
그때는 정말 이렇게 외치고 싶었을 것이다
가난 따위는 개나 물어가라!

그러나 모두 잠잠했다 아무도 몸을 움직이지 않았다
어디선가 훌쩍훌쩍 우는 소리가 들렸다
그들 가운데 가장 가난한 과부가 흐느끼기 시작한 것이다
가난의 서러움, 천대받는 신세의 한탄 때문이 아니라
자기가 하늘의 축복을 받은 몸이라는 말을
난생 처음 듣고 너무 기뻐 주체하지 못하는 흐느낌이었다
어느덧 모두 얼싸안고 기쁨의 통곡이 들판을 뒤흔들었다
가난한 사람들의 가슴에 증오를 부추겨
파괴와 파멸을 자초한 선동가들은 얼마나 많았던가?
하늘은 가난한 사람들을 사랑한다!

새롭지도 않은 그 말이 그토록 군중의 마음을 감동시킨 것은
젊은 목수 자신이 그들보다 더 가난했고
그들을 진심으로 사랑했기 때문이 아니었던가?
증오가 아니라 사랑의 씨를
가슴마다 심어주었기 때문이 아닌가?

하늘의 사랑을 깨달은 그들은 자부심을 되찾았다
노예가 아니라 자유인들이 하늘을 사랑했다
그리고 서로 사랑하기 시작했을 뿐만 아니라
사랑의 기쁨과 보람을 풍성히 추수했다
하늘나라가 이미 그들 가운데 자리 잡았고
거기에는 가난한 자도 부자도 모두 사라지고 없었다
바로 그것이 가난의 축복이었던 것이다

비천한 사람들은 축복받았다
(마태오 5:5)

그들은 권력과 폭력을 구별할 필요조차 없었고
수많은 왕국이 얼마나 허망하게 폐허로 변했는지 보아왔다
온 세상을 차지한 듯 으스대던 고관, 저명인사, 부자들이
목이 잘리거나 노예로 끌려가는 꼴도 전혀 신기하지 않았다
짓밟히는 포도처럼 모든 것을 빼앗기고
채찍에 등가죽이 터지면서 중노동을 거듭하면서도
그들은 잡초처럼 번식하기만 했다
죽이지만 말아 달라! 그것이 유일한 간청이었다

물론 아무리 심한 멸시 천대 학대를 받는다 해도
누구나 사람대접을 받고 싶은 열망만은 간절했다
자기 땅을 가지고 자유인으로 살고 싶었다
천한 신분을 자녀들에게 유산으로 남기고 싶지는 않았다
그러나 가축이나 다름없는 처지에
그것은 결코 이룰 수 없는 꿈이 아니었던가!
영원히 뚫고 나갈 수 없는 절망의 절벽이 아니었던가!

그런데 젊은 목수는 외쳤다
비천한 사람들이야말로 참으로 축복을 받았다!
너희는 곧 토지를 상속받을 것이다!
처음에 그들은 어안이 벙벙했다
미치광이의 횡설수설을 들었다는 착각마저 들 지경이었다
이윽고 참을 수 없는 모욕감에 몸을 떨었다
마지막 남은 티끌만한 자존심마저 짓밟힌 것
거지가 자기보다 더 형편없는 거지에게 조롱당한 것이다

너희를 둘러싸고 있는 드넓은 대지를 보라!
왕후장상의 씨가 따로 있는 것은 결코 아니다!
이렇게 외쳤다면 목수는 당장 혁명적 왕이 되었을 것이다
그러나 그는 잠시 입을 다물고 기다렸다
그들이 상속받을 토지란 바로 사랑임을
토지보다는 사랑이 자녀들에게 한없이 더욱 값진 유산임을
그들 자신이 뼈저리게 깨닫기를 기다린 것이다
그리고 확신에 찬 맑은 시선으로 그들을 응시했다

사람이 사람답지 못하고 참으로 비천한 존재가 된 것은
지위 명예 신분 재산 그런 것 때문이 아니라
바로 사랑의 결핍 때문이 아니냐?
사랑의 나라는 그야말로 한없이 넓은 것이라서
거기 들어가는 사람이라면 누구나
자기가 원하는 만큼 광대한 토지를 소유할 수 있다
비천한 사람일수록 더 많은 토지를 받을 수 있다
그는 말없이 시선만으로 그렇게 가르치고 있었다

그가 왕이었다면 그들은 믿지 않았을 것이다

어느 왕국이든 모든 사람이 땅을 차지하기에는 좁다

더욱이 비천한 자들에게 땅을 나누어 줄 왕이 어디 있는가?

그러나 그들은 그가 말하는 토지가 사랑임을 알아들었다

그는 땅 한 조각도 없는 빈털터리였기에

그들과 똑같이 비천한 자였기에

그의 눈빛은 그들에 대한 진정한 사랑을 드러냈기에

그들을 위해 목숨마저 바치려는 결의가 분명히 보였기에

그들은 믿었다 그리고 감격했다

그들은 난생 처음 사람대접을 받았던 것이다

슬퍼하는 사람들은 축복받았다
(마태오 5:4)

그는 사람들이 올바른 길을 모르고 헤매는 것을 슬퍼했다
알고도 걸어가지 않는 사람들을 슬퍼했다
온 세상이 불의에 가득 차 있는 것을 슬퍼했다
죄를 짓는 자들이 짐승으로 전락하는 것을 슬퍼했다
그런 자들이 무수한 사람을 괴롭히는 것을 슬퍼했다
고통과 불행의 참된 의미를 모른 채
사람들이 몸부림치며 우는 것을 슬퍼했다

선행도 없이 시간을 낭비하는 사람들을 슬퍼했다
하늘을 섬기는 자들의 오만과 비리를 슬퍼했다
돈벌이의 장소가 된 성전을 슬퍼했다
덧없는 슬픔, 빗나간 슬픔뿐만 아니라
애처로운 슬픔, 애절한 슬픔, 절망의 슬픔마저
그는 속속들이 체험하고 뼈저리게 느끼고 있었다

슬퍼하는 사람이 위로를 받아들이려 하지 않는다면
위로의 노력은 헛수고에 그친다는 것도 잘 알았다
그는 모든 사람을 위로해 줄 수는 없는 현실을 슬퍼했다
그래서 그는 외쳤다
슬픔은 하늘의 축복이다! 위로가 뒤따를 것이다!

슬픔에 잠겨 있던 사람들은 놀랐다
하늘이 나의 슬픔을 알고 있다니!
누군가 나를 위로해 줄 것이라니!
물론 그의 말에는 더 깊은 의미가 내포되어 있었다
너희에게 슬픔이 오는 것은 남의 슬픔도 이해하고
남을 위로해 주는 법을 배우라는 사명을 주는 것이다
위로를 받으려면 너희가 먼저 남을 위로해야만 한다
너희보다 더 불행한 사람을 위로해주는 행위 자체가
바로 너희 슬픔을 가라앉히는 최상의 위로인 것이다!

자기 신세만 한탄하던 그들에게 그의 말은 사실 아리송했다
그러나 찡하게 가슴을 울리는 위로는 느낄 수가 있었다
그리고 놀란 눈을 더욱 크게 뜬 채
자기보다 더 슬픈 이웃을 찾아 두리번거리기 시작했다
그 변화야말로 바로 그들 자신에게
가장 놀라운 일 또한 가장 흐뭇한 위로였던 것이다

정의에 굶주리고 목마른 사람들은 축복받았다
(마태오 5:6)

칼과 금화가 정의의 가면을 쓰고 지배하는 시대에
참된 정의가 힘이라고 외치는 사람이 있다면
그는 목이 백 개라도 모자랄 것이다
그러나 그는 단호한 목소리로 소리쳤다
정의에 굶주리고 목마른 사람들은 축복받았다!

그는 과연 그 위험을 몰랐던가?
자기를 따르는 무리에게 죽음을 요구하는 것인가?
그렇다! 자기 목숨을 버리는 자는 얻고
자기 목숨을 구하는 자는 잃을 것이다
정의에 굶주리고 목마른 사람들은
영원한 생명으로 축복을 받을 것이다

그렇다면 그가 말하는 정의는 무엇인가?
남에게 당하기 싫은 것은 남에게 하지도 마라

남을 속이지도 해치지도 마라 억압도 착취도 하지 마라
피눈물을 흘리게 하지도 말고 죽이지도 마라
그의 정의가 고작 이 정도에 그친다면
굳이 목숨을 걸 이유가 어디 있겠는가?

굶주림이나 갈증에 쓰러져 죽어가는 사람들을
팔짱 낀 채 구경만 한다면 그것이 정의인가?
가난과 질병에 허덕이는 힘없는 민초들의 구제란
나라가 해야 마땅하다고 외치면 그만인가?
무수한 이웃들을 괴롭히는 불의 부정부패 폭력도
나의 일이 아니라고 외면하거나
오히려 거기서 단물을 빨아먹는 것이 정의란 말인가?

아무 일도 하지 않는 것은 정의가 될 수 없다
입으로만 외치는 정의는 죽은 것이다
이웃을 위해 자기 목숨을 내어놓지 않는 자의 말이란
아무리 그럴듯해도 모두 거짓말이니 믿지 마라
남을 가르치거나 지도하는 자들에 대해서는
말이 아니라 행동을 보고 판단하라
축복의 조건은 매우 명확하고 또 준엄한 것이다
그는 그렇게 외쳤다 그리고 자기 목숨을 내어놓았다
그러니까 그의 정의는 오늘도 힘차게 살아 있지 않은가!

자비를 베푸는 사람들은 축복받았다
(마태오 5:7)

자비란 가르치고 배우는 그런 것이 결코 아니다
남의 가슴에 심어주거나 길러줄 수도 없는 것이다
마음이란 욕심의 거미줄로 칭칭 동여매이면
날이 갈수록 자꾸만 작아지고 더욱 캄캄해지다가
드디어 오만의 불길이 치솟아 잔인해지는 법인데
자비는 마음을 밝혀주는 등불이 아닌가?

그러나 남의 자비를 기대하면서 자비를 베푼다면
그것은 자비의 탈을 쓴 이기적 위선에 불과하다
조건 없는 자비는 등잔의 기름을 크게 증가시키지만
계산된 자비는 등불의 빛을 약하게 만들 뿐이다
사람들의 칭찬이나 명예를 바라는 자비라면
마음을 썩게 만드는 독약을 스스로 마시는 것이다

더욱이 가까운 사람 친한 사람끼리만 자비를 베풀고
다른 사람들에게는 모질기 짝이 없게 대한다면
이승은 자비라는 말 자체가 죽어버린
지옥으로 이미 변했고 남은 것은 야수뿐이다
모든 입이 자비를 외치고 간청한다 해도
싸늘하게 꺼진 등불은 빛을 발산하지 못할 것이다

자비를 베푸는 사람들은 참으로 축복받았다!
그렇다! 정녕 자비를 누릴 것이다!
그러나 그것은 유형무형의 보상이 아니라
빛으로 가득 찬 마음의 기쁨 그 자체가 아닌가!
온 누리가 암흑에 잠긴다 해도
산 등불을 간직한 그들에게는 험한 길도 즐겁다
그들 자신이 이웃의 등불인 것이다

마음이 깨끗한 사람들은 축복받았다
(마태오 5:8)

무상으로 생명을 받아 이슬비처럼
힘 들이지 않고 대지에 내려 발붙이고 사는 사람들
대기도 물도 햇빛도 누구나 공평하게 누리는데
그 이상 더 욕심낼 것이 어디 있겠는가?

밤마다 지친 몸뚱이 하나 눕히는 공간마저도
무덤에서 죽은 몸이 차지하는 자리마저도
결국 자기 것이 될 수 없음을 잘 아는 사람들
대궐도 저택도 드넓은 토지도 부러워하지 않은 채
단칸방에서도 가족과 오순도순 화목하게 지내는 사람들
그들이야말로 참으로 축복을 받았다!

권세와 영광, 탐욕과 쾌락에 찌든 자들의 눈에는
결코 보일 리가 없는 그분의 참모습이 아닌가!

그러나 마음이 깨끗한 이들은 이미 보았다 그분을!
그들의 마음은 그분의 마음
그들의 눈은 그분의 눈
그들의 삶은 그분의 삶이기 때문이다!

움켜쥘수록 손은 아무것도 잡지 못하고
마구 채울수록 주머니는 더욱 텅 비고 마는 것
버리면 버릴수록 마음은 홀가분해지고
나누어주면 줄수록 영혼은 더욱더 깨끗해지는 법
가난하고 비천해도 날마다 짓밟혀도 원망하지 않고
그들은 뜨거운 혀로 찬미하고 있다 그분을!
오로지 그분만이 그들 마음의 주인이기 때문이다!

평화를 이룩하는 사람들은 축복받았다
(마태오 5:9)

수천 년 동안 고작 사람의 피로 역사를 기록해온 족속들

오늘도 곳곳에서 무죄한 이들의 피를 흘리는 족속들을

어느 천치가 호모 사피엔스라고 불렀던가?

그들은 눈곱만큼도 지혜롭지도 않고

오히려 야수보다 더 포악한 변종 동물이 아닌가?

평화! 듣기만 해도 가슴이 설레는 말이다!

그러나 대개는 평화를 외치면서 오히려 형제의 목을 노리는

시퍼런 비수를 등 뒤에 감추고 있지 않은가!

전쟁이 없는 상태가 곧 평화라고 믿는다면

그보다 더 어리석은 착각이 어디 있겠는가!

모두 노예로 전락한 상태를 평화라고 주장한다면

그보다 더 악랄한 위선이 어디 있겠는가!

사람을 죽이는 것은 과연 무기인가?

무기를 휘두르게 만드는, 무기 뒤에 숨어 있는 힘,

살기 띤 증오, 약탈의 탐욕, 지배를 노리는 허영,

바로 그것이 살육과 파괴를 저지르는 것이 아닌가?

그러니까 인류가 갈망하는 평화란

남의 목숨을 제 목숨처럼 아끼는 마음

서로 돕고 사랑하는 진심이 군림할 때 비로소

지상에 깃들일 수 있는 것이 아니겠는가?

평화를 이룩하는 사람들은 참으로 축복받았다!

그들은 하느님의 아들이 될 것이다

그분께서는 역사의 최종 목표를 참된 평화에 두셨고

그들만이 그분을 아버지로 모실 자격이 있기 때문이다

물론 평화가 온 세상을 뒤덮기 전에

그들은 피 흘리며 어디서나 쓰러지고 있다

그러나 그들 가슴마다 가득 채운 평화는 흘러 넘쳐서

편견과 분열, 증오와 탐욕의 둑을 모조리 무너뜨릴 것이다

축복이란 그들이 스스로 제물이 될 권리 바로 그것이다

박해받는 사람들은 축복받았다
(마태오 5:10)

박해자들이 사랑하고 자랑하던 권력이란 무엇인가?
산재한 고분과 폐허가 그들의 어리석음을 소리치고 있다
부귀와 명성이 과연 그들을 행복하게 만들었던가?
하늘의 조각구름이 그들의 말로를 증언하고 있다
아니, 그들 자신은 지금 모두 어디 가 있는가?
무수한 잡초가 그들의 일생을 비웃고 있다
튼튼한 성벽, 곳간을 가득 채운 금은보화 그리고 왕관이
그들에게 영원불멸을 보장해 주었던가? 천만에!

박해를 받을 때는 울지도 원망하지도 마라
박해가 심하면 심할수록 오히려 크게 웃어라
올바른 일 때문에 박해받는 사람들은 행복하다
그들은 직장에서 쫓겨나고 지위도 재산도 잃고
가족과 친구들에게 외면당하며
심지어 목숨마저 잃을 테지만 그들은 역시 행복하다

박해 자체가 그들에게는 축복의 확실한 징표이고
그들이야말로 하늘나라를 차지할 것이기 때문이다

그러나 공연히 박해를 자초하지는 마라
박해자에게 파멸의 불길을 덮어씌우지도 마라
겪어야만 하는 이에게나 구경하는 이에게나
박해란 원래 쓰라린 것, 견디기 힘든 것이 아닌가!
오늘의 승리자가 내일은 패배로 목이 잘리듯이
의기양양한 박해자들도 곧 먼지로 흩어진다 해도
그들이 칼을 휘두르도록 굳이 자극하지는 마라
오히려 평화가 군림하도록 모든 힘을 다하라

그렇다고 해서 불의를 보고도 고개를 돌리지는 마라
올바른 일 때문에 닥칠 박해가 두려워서 몸을 사린다면
구차하게 건진 목숨마저 지상에서 가치가 없고
하늘나라의 문은 그에게 영영 닫히고 말 것이다
정의를 외치기는 누구에게나 참으로 쉬운 일이지만
정의에 목숨을 내주는 이는 참으로 희귀하지 않은가!
박해가 닥치면 기뻐하라! 두 팔을 벌려 꼭 끌어안아라!
최대의 축복, 최상의 기회는 바로 그 날뿐인 것이다

참된 예언자와 거짓 예언자
(마태오 5:12)

성벽으로 둘러싸이지 않은 권력이 어디 있겠는가?

그러나 성벽이 완성되는 바로 그 순간부터

권력의 와해는 시작되게 마련 아닌가?

권력을 천년만년 유지하려는 권력자의 욕망 자체가

권력의 한계와 무상을 그의 입으로 소리치는 것이 아닌가?

법을 짓밟을수록, 백성들의 마음을 분열시킬수록,

게다가 그들을 모질게 쥐어짜고 혹사할수록

권력의 종말은 이미 한층 더 가까이 온 것이 아닌가?

거짓 예언자는 궤변과 선동으로 인기를 휘어잡고

강력한 패거리에 빌붙어서 부귀와 명성을 누린다

그는 하늘의 정의도 축복도 믿지 않은 채

권력자 앞에 엎드려 그를 우상으로 숭배한다

그에게는 오직 오늘만 있을 뿐 내일은 없으니

신의 우정 사랑 따위가 무슨 의미가 있겠는가?

그가 믿고 의지하는 권력의 성벽이란 지푸라기 울타리
민심이 떠나면 불씨 하나에 모조리 타버리고 마는 것

참된 예언자는 어느 패거리에도 편들지 않는다
패거리란 원래 자기네 이익에만 눈이 먼 것이 아닌가?
타락한 권력자의 회유도 위협도 칼도 아랑곳하지 않는다
그가 언제 권력자의 눈치를 보면서 외쳤던가?
진실에 귀 막은 민중의 돌팔매조차 두려워하지 않는다
다만 그들 모두의 구원을 위해 진리를 부르짖을 뿐이다
지상의 그 누구도 그의 우상이 될 수 없지만
그는 비천한 사람 하나라도 결코 무시하지 않는다

양심의 소리에 따라 언제나 어디서나 바른 말을 하고
올바르게 살아가는 사람은 참된 예언자다
그는 언제나 어디서나 박해의 축복만 받을 뿐이다
그러나 거짓 예언자는 무수한 사람을 타락시키고
자신의 양심마저 잃은 채 천한 짐승처럼 죽을 것이다
참된 예언자의 이름은 영원히 빛나는 별이 되지만
거짓 예언자의 이름은 허공에 떠도는 먼지가 된다
그는 차라리 태어나지 않았으면 더 좋았을 것이다

너희는 세상의 소금이다
(마태오 5:13)

사막이 마치 무한한 소금의 바다처럼 보인다 해도
모래는 결코 소금일 수가 없다
그런데 사막 아닌 그 어느 곳에서
소금이 더욱 절실히 필요하단 말인가?
사막에서는 땀이 아니라
소금이야말로 생명 그 자체가 아닌가?

사람은 육지에서 이동하는 한 마리 생선
끊임없이 반성하고 수양을 거듭하지 않는다면
하루해가 저물기 전에 썩어 악취를 풍기게 마련
그래서 사람이 온전히 자신을 보존하는 데는
소금보다 더 시급한 것이 무엇이란 말인가?
돈 지위 명성이란 바로 부패 촉진제가 아닌가?

수많은 사람이 한때 소금처럼 보이기는 하지만
사실은 불모의 모래알일 뿐
스스로 소금이라 자처하는 사람일수록 오히려
썩은 생선으로 드러나는 경우가 얼마나 많은가!
그들은 자신만 파멸하는 데 그치는 것이 아니라
무수한 사람을 벼랑 끝으로 끌고 가지 않는가!

소금이란 영혼의 비료인 진실 이외에 무엇인가?
사람과 사람의 관계를 바로 세우는 정의
사람을 누구나 하느님의 아들로 만드는 사랑이 아닌가?
지금 우리는 과연 순수한 진짜 소금인가?
썩은 생선으로 가득 찬 세상에서 우리마저도
짠 맛을 잃은 가짜 소금
밖에 내다버려 짓밟힐 쓰레기는 아닌가?

너희는 세상의 소금이다!
너희가 싱거워져 세상을 절이지 못한다면
내 이름을 모르거나 부인하는 사람들보다 오히려
너희가 한층 더 나를 모욕하고 박해하는 것이다
나를 주님이라 부르지도 마라!
너희는 구원을 외칠 자격조차 없는 것이다!

너희는 세상의 빛이다
(마태오 5:14)

세상은 원래 아무것도 없는 암흑에서 나온 것
사람들은 어리석음과 욕망으로 스스로 일으킨 혼돈의 소용돌이에
한갓 낙엽인 양 하염없이 까불리다가 다시 어둠으로 돌아간다

권력이란 자신의 허무를 위장하려는 허세가 아닌가?
쾌락이란 허무한 존재의 허망한 몸부림에 불과하지 않은가?
폭력과 지배란 날마다 더욱 가까이 오는 죽음이 두려운 나머지
미칠 지경인 자들이 허공에 휘두르는 무기력한 칼날이 아닌가?
지위도 명예도 허수아비가 걸친 누더기 이외에 무엇인가?

재산이란 채울 길 없는 욕망을 더욱 부채질하여
사람들을 야수보다 더 잔인하게 만들 뿐만 아니라
그들을 가축처럼 노예처럼 부리는 폭군이 아닌가?
태연한 척해도 그들 가슴에 끊임없이 고이는 불안이란
곧 그들을 삼킬 암흑을 일깨우는 시계의 초침 소리가 아닌가?

빛이란 어디서 나오는 것인가?
칼날에 목이 잘린다 해도 진리를 외치는 용기
화형대에서 몸이 불탄다 해도 정의를 실현하려는 의지
원수마저 용서하는 사랑 바로 그것이 빛의 원천이 아닌가?
빛이야말로 사람들을 노예로 부리는 암흑을 확인하고
암흑의 정체가 곧 죽음임을 폭로하는 것이 아닌가!

너희는 세상의 빛이다!
아니, 반드시 세상의 빛이 되어야만 한다!
암흑에 짓눌려 질식하는 진리와 정의를 드러내고
사랑의 불길이 불의와 부패의 검불을 모조리 태워버린 뒤
참된 평화의 태양이 날마다 떠오르게 해야만 한다
집집마다 암흑 때문에 우는 사람이 하나도 없게 하라!
증오와 외면의 강추위에 떠는 사람도 전혀 없게 하라!
너희는 세상의 빛이다! 그러나 얼마나 약한 빛인가!

교활하고 약삭빠른 암흑은 그 얼마나 강한가!
세상과 비굴하게 타협하면 너희 빛은 꺼질 것이다
방심하면 암흑의 밧줄에 목이 졸려 죽을 것이다

그러므로 매 순간 깨어 반성하고 기도하라!
언제나 어디서나 착하고 바르게 행동하라!
너희 말이 아니라 행동을 보고 세상 사람들이
수치를 느끼고 살아 계신 너희 아버지를 찬미하게 하라!
솔선수범할 때만 너희는 세상의 빛인 것이다!

율법의 완성
(마태오 5:17)

양처럼 온순한 그는 평소에 화내는 일이 거의 없었다

그러나 지도층 인사들이 법의 그물로 백성을 사로잡아

목을 조르고 통째 잡아먹는 것을 보고는 분노했다

힘없는 백성이 알 수도 지킬 수도 없는 복잡한 규정들

피하려도 피할 수 없는 교묘한 함정들을 마구 만들어

생사람 잡아 자기 배나 채우는 권력자들이

심지어 그들과 한통속이 되어 날뛰는 학자들마저

하느님 앞에 올바른 사람인 양 거드름을 피우며

성전에서 제사를 바치는 꼴을 보고는 치를 떨었다

무슨 법이든 모두 무조건 지켜야만 한다고 그들이 말할 때

그는 이렇게 외쳤다:

법을 위해 사람이 태어났단 말인가?

법이란 사람을 위해 만들어진 도구에 불과한 것이 아닌가?

법이 전혀 없던 시절에도 사람들은 사람답게 살았는데

법이 이토록 많은 지금 오히려 사람들은 짐승처럼 살고 있다
도대체 법은 누가 만들었는가?
너희가 말하는 법은 과연 모두 올바른 법이란 말인가?
잘못된 법은 반드시 고쳐야만 하지 않겠는가?

수많은 법조문은 사람을 죽이게 마련이다
그것을 피해가려는 욕망, 악용하려는 흑심을 일으켜
올바른 양심 건전한 양식을 썩히기 때문이다
그는 법조문보다 법의 정신이 먼저라고 강조했다
그래서 매우 단순한 한 가지 원리만 부르짖었다
너희는 서로 사랑하라! 원수마저 사랑하라!
그는 그 정신에 살고 그 정신에 죽었다
자기도 지키지 않는 법을 다른 사람들에게 가르치는 자가
얼마나 하찮은 위선자인지 모범으로 설파한 것이다

네 형제를 미워하지 마라
(마태오 5:22)

너 자신을 학대하지 마라
오히려 끔찍이 아끼고 보살펴라
그리고 매 순간 기억하라
네 형제가 바로 너 자신임을

네 얼굴에 스스로 침을 뱉지 마라
오히려 성심껏 매일 세수를 하라!
그리고 매 순간 기억하라
네 형제의 얼굴이 바로 네 얼굴임을

네 형제가 아무리 바보처럼 보인다 해도
그를 바보라고 욕하지 마라
그러면 너 자신은 바보의 형제가 아니라
바보보다 더 못한 천치가 되는 것이다

사람이 아무리 심하게 하늘을 모독해도
하늘은 상처를 조금도 받지 않는다
그러나 네가 형제를 미워한다면
형제도 너 자신마저도 엄청난 상처를 받는다
증오란 독이 묻은 양날의 칼이 아니냐?

형제를 미워하는 마음을 품은 사람이
제물을 바친들 그것이 어찌 갸륵하겠느냐?
거액을 바친들 어찌 가상한 것이겠느냐?
순교를 한들 어찌 구원을 기대하겠느냐?

너 자신을 사랑하라 목숨을 바쳐 사랑하라
그리고 매 순간 기억하라
가난하고 헐벗고 버림받고 학대받는 이웃
그들이야말로 언제나 바로 너 자신임을

마음으로도 간음하지 마라
(마태오 5:28-29)

여자를 바라보는 눈은 사람마다 다르다
여자라고 누구나 음욕을 유발하는 것은 아니다
남자라고 언제나 음탕한 생각을 품는 것도 아니다
그러나 매력적인 여자를 볼 때 흑심이 일지 않는다면
그런 사내란 목석이나 산송장이 아니면 무엇이란 말인가?
흥망성쇠를 거듭한 수많은 인물과 나라의 역사도
결국은 멋진 여자들을 둘러싼 쟁탈전이 아닌가?

여자를 바라볼 때 엉큼한 생각을 품는다면
이미 마음으로 그 여자를 간음한 것이라니!
남녀칠세부동석은커녕 남녀백세부동석!
아예 여자란 평생 쳐다보지도 말고 살란 말인가?
오른 눈이 죄를 짓게 하면 그 눈을 빼어버리라니!
애꾸 신세를 모면할 자가 단 한 명이라도 있겠는가?

육욕이 인류번식의 원동력임을 그는 알고 있었다

피로연 때 난처해진 주인을 위해
포도주를 공급해서 결혼도 축복해 주지 않았던가!
그러나 남녀노소 기혼 미혼을 불문하고
고삐 풀린 육욕이야말로 언제나 어디서나 파멸과
투쟁과 유혈을 부르는 무서운 세균임도 간파했던 것이다

남의 여자를 함부로 탐내지 마라
그렇게 하다가는 비참하게 큰코를 다치고 만다
처녀가 탐난다면 속으로 음욕이나 불태우지 말고
차라리 그 여자와 결혼하는 것이 더 낫지 않느냐?
여자를 바라보며 음란한 생각을 품는 것은
그 여자의 인격의 순결을 더럽히는 간음이 아니냐?
몸을 더럽히는 것보다 더 잔인하고 비겁한 짓이 아니냐?

육체적으로나 정신적으로나 간음하지 마라
남자든 여자든 서로 유혹하지도 마라
그것은 가족과 이웃과 배우자들에 대한 배신
하늘과 자신마저 속이는 비열한 짓이 아닌가?
스스로 더럽혀진 자에게는 구원이 올 리가 없다
차라리 눈을 빼고 팔목을 잘라서 버려라!
한세상 불구자로 살아가는 것이
영원한 후회보다는 백 배 천 배 낫지 않느냐?

아내를 내쫓지 마라
(마태오 5:32)

여자들이 가축 취급 받는 것을 당연시하던 시대에
남자들은 기분 내키는 대로 아내마저 내쫓았다
쫓겨난 여자는 어디로 간단 말인가?
여자들의 가련한 처지에 그는 가슴이 메어졌다
남자들의 불의, 위선, 이기심에 그는 분노했다
찢어진 가정들이 아이들 가슴에 사막을 넓히고
사회의 뿌리를 썩히는 것도 멀리 내다보았다
그래서 간통이라는 최소한의 조건을 내건 채
남자들의 무도와 횡포를 막으려 하지 않았던가?

아내를 내쫓아 다른 남자 품으로 내모는 자는
그녀가 저지르는 간음에 전적으로 책임이 있다
아내를 내쫓고 다른 여자를 품에 안는 자도
그녀와 자신의 간음에 절대적으로 이중 책임이 있다
태초에 한 남자와 한 여자가 창조되어 결합한 것은

하늘이 정해준 불변의 천도가 아닌가!
너희는 어찌하여 하잘것없는 인간의 궤변으로
남자들만에 의한, 남자들만을 위한 이혼을 자행하느냐?

상전벽해가 거듭되는 바람에 엄청나게 변해 버린 시대
어두운 길에서 추위에 떨며 그가 아무리 소리쳐도
대부분의 사람들은 그를 외면하거나 조롱하는 시대
남자든 여자든 이혼 구실은 그 얼마나 많은가!
문명이 발달할수록 찢어진 가정이 더욱 많아지는 시대
우주선을 아무리 많이 쏘아 올려도 조금도 변하지 않은
사람들의 불의, 위선, 이기심은 여전히 판치는 시대
버림받은 남편, 아내, 아이들은 어디로 가야만 하는가?

이것은 과연 남성 중심의 역사만이 자초한 재앙인가?
여자들이 온 세상을 마음껏 지배한다면
나자렛의 목수가 꿈꾸던 행복한 가정은 회복될 것인가?
남편도 아내도 아이들도 늙은 부모마저도 정녕
아무도 버림받지 않고 사랑 속에서 편안히 지낼 것인가?
하늘은 영광을 차지하고 땅은 평화를 누릴 것인가?
한때나마 사랑했다면 끝까지 사랑하라!
헤어질 용기가 있다면 용서하고 힘껏 껴안아라!
이런 외침은 정녕 허공을 스치는 입김에 불과한가?

아예 맹세를 하지 마라
(마태오 5:34)

갑옷이란 누구의 육체든 모두 약하고 보잘것없어
상처받기 쉽다는 사실을 서로 알리는 표지라고 한다
그러나 몸의 보호보다는 공포심을 감추기 위한 목적으로
갑옷으로 단단히 무장하는 버릇이 생기지 않았는가?
지위가 높을수록 금은 가죽의 갑옷을 입는 것은
오히려 공격의 집중을 자초하는 어리석은 허세가 아닌가?
황금 투구를 쓴다고 해서 두뇌가 한층 더 명석해지고
탁월한 전략이 나오기라도 한단 말인가?
황금 칼이 강철 칼보다 더 강하기라도 하단 말인가?

마음에 진실이 없다면 말은 하나같이 거짓말일 뿐
수없이 맹세를 거듭한들 무익한 갑옷과 같은 것
허위가 진리로 둔갑할 리도 없고
오히려 위장을 의심하는 마음만 키울 것이다

절세의 미녀는 화장하지 않아도 더없이 아름답듯이
진실한 말은 맹세로 치장할 필요가 전혀 없지 않은가?
긍정할 것은 긍정하고 부정할 것은 부정하면 그만
하늘과 땅, 성전과 성서에 걸어 어찌하여 맹세하는가?
인간의 자존심을 그토록 경솔하게 내팽개치려 하는가?

일생을 가난하게 살기로 결심했다면 그렇게 살아가라
그러나 다른 사람 앞에서 청빈을 맹세하진 마라
일생을 순결하게 지내겠다면 순결을 지켜라
그러나 어떠한 예식으로든 그러한 맹세는 하지 마라
자선사업에 헌신하겠다면 조용히 남몰래 실천하라
그것만으로, 아니, 그것만이 충분한 것이다
복음을 전파하겠다면 모든 것에 대한 모든 욕망을 버린 채
자신이 먼저 복음을 실천하고 부지런히 가르쳐라
그러나 아무것도 맹세하지는 마라 부질없는 짓이다
아니, 거룩한 일에 대한 맹세일수록
더 큰 허영과 이해타산에서 나오는 것이 아닌가!

나를 따른다면서도, 나를 지성으로 섬긴다면서도
결국 너희는 나의 말을 실천하지 않을 것이다

오른뺨을 치거든 왼뺨을 돌려대라
(마태오 5:43)

눈에는 눈으로, 이에는 이로 갚아라!
너희는 그런 것을 정의라고 주장하지만
그것은 인간의 정의, 불완전한 일시적 정의에 불과하다
그런데 너희는 그나마도 지키지 않고 오히려
눈에는 팔다리로, 이에는 목으로 보복하지 않느냐?
거듭되는 전쟁과 살육, 무수한 폐허와 노예는 무엇이냐?
피는 더 많은 피를 부르고
증오는 무수한 왕국을 파멸시키지 않았더냐?

오른뺨을 치거든 왼뺨을 돌려대라!
양쪽을 다 맞는다 해서 너희가 죽는 것은 아니다
속옷뿐 아니라 겉옷마저 내어준다 해서
너희가 당장 얼어 죽는 일도 없을 것이다
오 리뿐 아니라 십 리를 같이 걸어간다고 해서
너희 성한 다리가 부러지기라도 하겠느냐?
달라는 사람에게 준다고 너희가 거지가 되겠느냐?

설령 거지가 된들 굶어 죽기야 하겠느냐?
꾸려는 사람의 청을 물리치지 마라
너희가 파산해도 다시 일어날 기회는 얼마든지 있다

오늘 너희가 불의를 참고 견디는 것은 허약해서가 아니라
보복의 악순환 고리를 너희 손으로 끊기 위한 것이다
모든 것을 내어주는 것은 공연히 빼앗기는 것이 아니라
모든 사람의 마음을 영속적으로 휘어잡기 위한 것이다
누군들 뺨을 이리저리 맞고 싶겠느냐?
누군들 재산 아까운 줄을 모르겠느냐?
그러나 누군가는 참된 정의와 질서를 회복해야만 하고
그 길은 오직 솔선수범의 자기희생 밖에는 없지 않느냐?

올바른 일에 자기를 희생하는 사람들은 축복받았다
그들의 선의를 악용하는 자들은 파멸할 것이다
매 맞거나 모든 것을 내어주는 사람들은 위대하다
명성을 탐낸다면 그들도 파멸할 것이다
무리를 이루어 다른 사람들을 억압한다면
차라리 선행을 시작하지 않은 것만 못할 것이다
옳은 일을 할수록 더욱 자신을 낮추어라
선한 일을 할수록 더욱 자신을 감추지 않으면
헛고생만 하다가 수치 속에 사라질 것이다

제물을 바치기 전에 먼저 형제와 화해하라
(마태오 5:24)

너희 자녀들이 서로 미워하고 싸우고 빼앗고 죽이는 판이라면
너희에게 아무리 많은 빵 좋은 술 기름진 고기를 바친들
너희가 어찌 마음 편하게 그것을 목구멍으로 넘길 수 있겠느냐?
너희가 아무리 무딘들 아무리 멀리 떨어져 산들 어찌
가난하고 힘없는 자식들의 숨죽인 울음소리가 들리지 않겠느냐?
차라리 너희 자신이 굶주리고 목마르며 심지어 죽는다 해도
그들이 화목하고 서로 사랑하며 사는 것을 보고 싶지 않으냐?

참으로 하찮은, 벌레만도 못한 너희도 그런 부모 심정이라면
무한한 자비와 사랑 자체인 너희 아버지는 얼마나 더하겠느냐?
너희가 성전에 제물을 하나도 바치지 않는다고 해서
그분이 굶주리거나 목마르거나 심지어 죽기라도 할 것 같으냐?
너희가 그 알량한 돈을 단 한 푼도 바치지 않는다고 해서
그분이 누더기 차림에 사방을 돌아다니며 구걸할 것 같으냐?

형제들과 이웃사람들이 헐벗고 굶주리며
신음하는 것은 외면한 채
너희가 바치는 제물을 하늘의 아버지가 어찌 기뻐하겠느냐?
형제들과 이웃사람들을 원망하거나 미워하거나
시기질투하면서
너희가 바치는 감사 헌금이 그분에게 무슨 도움이 되겠느냐?
형제들과 이웃사람들의 재물을 탐내고
그들을 해칠 마음을 품은 채
너희가 바치는 기도와 찬미가를 그분이 어찌 기꺼이
받아들이겠느냐?

그분이 바라는 것은 제물이 아니라 바로 깨끗한
너희 마음과 영혼이다
거대한 성전의 건축이 아니라 너희가 서로 사랑하고 도우며
언제나 어디서나 화목하게 사는 삶 바로 그것이다
제물을 바치기 전에 먼저 형제들과 이웃사람들과 화해하라
그것이 없다면 너희 제물은 모두가 바람에 날리는 먼지와 같다
아니, 너희 자신이 바로 그 먼지처럼 허무하게 사라질 것이다

원수를 사랑하라
(마태오 5:44)

여태껏 이웃과 형제들을 충분히 사랑했으니
이제는 원수들을 사랑할 때라는 말은 아니다
사랑이란 아무리 베풀어도 언제나 남는 것
아무리 많이 받아도 한없이 갈증을 일으키는 것
시작은 있어도 끝은 없는 것이 아니냐?

사랑할 상대가 없어서, 너무나 고독하여
원수나마 사랑하라는 말도 아니다
원수는 언제나 구석구석에 도사리고 있으며
심지어 애인도 친구도 자주 너희 원수가 아니냐?
아니, 너희 자신이야말로 언제나 너희 원수가 아니냐?

사랑스러운 사람보다는 원수가 더 많은 세상이다
너희가 만일 원수를 사랑하지 않는다면 너희에게는
사랑을 실천할 기회란 평생 한 줌도 안 될 것이다

박해자들을 위해 진심으로 기도하지 않는다면
너희 선행도 희생도 언제나 공허한 것으로 그칠 것이다

사랑은 하나가 되는 것이다
원수를 용서하지 않은 채 어찌 하나가 되겠느냐?
용서할 줄 모르면서 어찌 용서받기를 바라느냐?
또한 용서받지 못한 채 어찌 하나가 될 수 있느냐?
하나가 되지도 못하면서 어찌 사랑한다고 말하느냐?

원수를 사랑하라!
너희를 미워하고 괴롭히는 자들을 위해 기도하라!
너희가 아버지의 참된 자녀가 되는 길은 오직 그것뿐
그러면 원수들도 너희를 죽이려는 자들도 언젠가는
그 길을 통해 아버지의 자녀가 될 것이다
너희는 서로 사랑하라! 그리고 하나가 되라!

원수에게도 돈을 꾸어주어라
(루카 6:35)

너희가 만일 원수의 타락을 조롱하고 경멸한다면
너희야말로 바로 가장 심한 조롱과 경멸을 받아 마땅하다
너희가 원수의 불행을 겉으로든 속으로든 기뻐한다면
그것이야말로 바로 너희 자신의 가장 큰 불행이다

너희가 만일 원수의 파산에 박수를 친다면
하늘에서도 땅에서도 도움을 전혀 받지 못할 것이다
너희가 만일 원수의 파멸을 방치하거나 조장한다면
너희 영혼이야말로 사랑의 고갈로 파멸할 것이다

자기를 사랑하는 상대방을 아끼고 돕고 사랑하는 것은
너희 원수는 물론 심지어 하찮은 짐승들도 하는 것이다
너희가 친한 사람들하고만 어울리고 상부상조한다면
다른 죄인들이나 짐승보다 더 나은 것이 무엇이냐?

원금에 이자마저 받을 가능성이 큰 사람들에게만
너희가 돈을 빌려준다면 돈 장사밖에 더 되느냐?
입으로는 진리와 정의와 사랑을 실천한다고 외치면서
너희가 고작 그 정도라면 어찌 나의 제자라 하느냐?

너희에게 상환할 가능성이 전혀 없는 원수라 해도
그와 그의 가족이 참으로 곤궁하다면 돈을 빌려주어라
그가 빚을 갚든 말든 그것은 너희가 상관할 일이 아니고
하늘의 아버지가 공정하게 판단해 줄 것이다

너희가 가진 모든 것은 원래 아버지의 것이 아니냐?
너희 선행은 아버지가 넉넉히 갚아주지 않겠느냐?
바람처럼 너희 손을 거쳐서 지나가는 돈을 가지고도
너희가 아버지의 아들임을 원수들에게 증언하지 못한다면
너희 믿음 소망 사랑은 도대체 무슨 소용이 있는 것이냐?

완전한 사람이 되어라
(마태오 5:48)

왕이든 거지든 사람은 누구나 불완전하다는 것을
홀로 하느님만이 완전한 분이라는 것을 그는 알았다
관 뚜껑을 덮어야 사람됨을 옳게 판단할 수 있다는 것도
지상에서는 완전한 인간을 발견할 수 없다는 것도
모를 리 결코 없으면서도 그는 목청껏 크게 외쳤다
하늘의 너희 아버지가 완전한 것과 똑같이
너희도 모두 완전한 사람이 되어라!
그래야만 비로소 너희는 그분의 참된 자녀가 될 것이다!

사람이란 남보다 더 완전해지기도 어렵지 않은가?
사람들 가운데 가장 완전해지기는 하늘의 별 따기
하느님처럼 완전해지기란 아예 불가능한 일이 아닌가?
아버지 눈에 지상의 자식들은 언제나 지지리도 못난 것들
내 편 네 편 가르고 끼리끼리 싸고돌며 사람 차별에
달면 삼키고 쓰면 뱉고 이해관계 따라 배신도 척척
그러니 완전한 자녀 되기를 아예 단념해야만 하는가?

인간이 얼마나 허약한 존재인지 훤히 꿰뚫어보았기에
바로 우리에게 그는 완전함을 요구한 것이 아닌가?
인간의 이기심과 변심을 너무나도 절실히 깨달았기에
바로 우리에게 아버지를 본받으라고 명한 것이 아닌가?

원래 불완전한 인간에게 완전함이란 무엇인가?
어제의 잘못을 깨달아 뉘우치고 오늘은 반복하지 않는 것
자기를 미워하고 해치는 사람마저도 형제로 껴안는 것
버림받고 외면당하고 짓밟히는 사람들을 보살펴주는 것
아니, 그렇게 하려고 결심하며 끊임없이 노력하는 것
바로 이것을 그는 인간의 완전함으로 보지 않았던가?

그에게는 불가능한 것을 요구할 어리석음은 없다
불가능한 것을 이루지 못했다고 처벌할 냉혹함도 없다
다만 인간의 능력으로 할 수 있는 것만 명하고 지켜본다

그러나 우리는 시도조차 않은 채 불평부터 늘어놓는다
노력도 해보지 않은 채 어림없는 일로 미리 단정한다
게으름 우둔함 때문이 아니라 안일 방종 때문이 아닌가?
아버지를 정성스럽게 모시려는 성의와 열정
참된 자녀답게 평생 살아가려는 결의와 의지
바로 이것을 우리는 구비 못하고 있지 않은가?
아니, 갖추려는 노력조차 전혀 없지 않은가?

자선의 나팔을 불지 마라
(마태오 6:2)

정의를 위해 박해를 받았다면 참으로 좋은 일이다
정의의 아버지 앞에 떳떳한 아들이 될 것이다
가난한 사람 억압받는 사람들의 권리를 되찾아주려고
피를 흘리고 목숨을 바쳤다면 참으로 좋은 일이다
아버지의 한없는 자비와 용서를 받을 것이다
그러나 좋은 일의 대가로 칭송과 명성을 바란다면
보상금, 연금, 지위, 심지어 권력을 요구한다면
사악한 위선자들과 다른 점이 전혀 없지 않느냐?

자선을 베풀 때 나팔을 불지 마라
의연금을 걷는답시고 장바닥에서 종을 치지 마라
신문 잡지 텔레비전에 이름도 사진도 내지 마라
왼손과 오른손 사이에 네 머리가 버티고 있는 것은
눈으로는 앞을 똑바로 보고 두뇌는 지혜롭게 써서

왼손의 일을 오른손도 모르게 하라는 뜻이 아니냐?
인기와 세력을 악용하여 코앞의 작은 이익을 얻는다면
네가 아버지께 바랄 것이 어디 남아 있겠느냐?

좋은 일을 했으면 즉시 잊어버려라
옳은 일을 했으면 그것만으로 만족하라
지상의 대가란 바라지 말고 준다 해도 받지 마라
훈장 포상 지위 따위란 오히려 네게 모욕이 아니냐?
세상 사람들이 모두 네 공로를 외면한다 해서
하늘에서 굽어보시는 아버지마저 너를 잊어버리겠느냐?
참된 자녀답게 아버지를 한없이 신뢰하라
그러면 네가 비록 크게 자선을 베푼 것이 없다 해도
그분의 사랑을 듬뿍 받을 것이다 언제나 어디서나

많은 사람이 모인 곳에서 보란 듯이 기도하는 사람은
마음과 영혼, 정신과 정성을 하늘이 아니라
사람들의 칭찬을 구걸하는 데 바치고 있다
그들은 명예와 이득을 얻을지도 모른다
그러나 아무리 간절히 구원을 간청한다 해도
그들의 말은 새소리 바람소리와 다를 바가 없다

지붕에 거대한 십자가를 세운다고 해서
그 집을 반드시 거룩한 집이라 하겠느냐?
성경책을 옆구리에 늘 끼고 돌아다닌다고 해서
그가 진리를 깨닫고 실천하는 사람이라 하겠느냐?
시장에서 길거리에서 지하철에서 주님을 믿으시오!
소리친다 해서 주님이 그를 축복하시겠느냐?

목수가 자기가 지은 집의 구석구석을 잘 알듯이
모든 사람의 속마음과 생각마저 들여다보시는 주님
그분이 높은 하늘 아득한 곳에 계신다고 생각하느냐?
네가 어디를 가든 바로 네 곁에 계시지 않느냐?
기도할 때는 골방에 들어가 문을 닫고 하라
그래야만 너는 비로소 겸손하고 솔직해질 수가 있고
그분은 단둘이 있을 때 바치는 기도만 원하신다

주님 앞에서 푸념이나 잔소리를 한없이 늘어놓지 마라
미사여구로 웅변을 하지도 마라 울부짖지도 마라
그런 것은 우상이 눈도 귀도 정신도 없는 물건임을
잘 아는 이교도들의 공허한 허례허식에 불과하다
너의 미래도 내다보시는 그분이 오늘 네게 필요한 것을
어찌 모른다고 네가 감히 생각하고 철없이 구느냐?

하늘에 계신 우리 아버지
(마태오 6:9)

나만이 홀로 아버지의 아들이라고 여기지 마라
너희도 모두 나와 똑같이 아버지의 아들딸이다
그러니까 너희는 모두 나의 형제며 자매
그분은 나 그리고 우리 모두의 아버지인 것이다
무한한 그분이 어찌 텅 빈 하늘에 계시겠느냐?
하늘이란 바로 우리의 깨끗한 마음이 아니냐?
그러므로 하늘에 계신 우리 아버지는
바로 우리 각자 마음속에 모시고 있는 아버지다

그분을 날마다 우리 아버지라고 부르는 너희는
한 분의 아버지를 모시는 자녀들이다
그런데 어찌하여 화목하고 서로 돕기는커녕
서로 싸우고 해치며 심지어 죽임으로써
아버지의 마음을 갈가리 찢어놓기 일쑤란 말이냐?
하늘에서 내리는 비는 그분의 눈물이 아니냐?
하염없이 쏟아지는 눈송이는 그분의 한숨이 아니냐?

너희는 서로 사랑하라! 이것이 나의 유언이다
목숨을 내어주면서까지 나는 모범을 보여주었다
그러나 너희는 편을 갈라 형제를 학대하고 짓밟는다
안심하려 무기를 개발하지만 공포만 더욱 조장하고
전쟁과 살육으로 증오의 수레바퀴를 계속 굴린다
자학과 자멸의 카타르시스마저 즐기고 있다
광대한 우주마저 너희 쓰레기로 차 위험해진 오늘
너희는 형제자매를 사랑하지 않을 뿐만 아니라
나마저도 잊어버리고 외면하며 조롱하고 있다

나는 그분을 영원히 아버지라고 부른다
그러나 자기 마음을 시궁창보다 한층 더 더럽힌 너희
자기 영혼이 얼마나 추악한지 깨닫지도 못하는 너희
그런 너희 마음속에 어떻게 그분을 모시겠다고 하느냐?
그분을 우리 아버지라고 부를 자격이 과연 있겠느냐?

정녕 그분을 아버지라고 부르고 싶다면 나처럼
효성이 지극한 아들답게 생각하고 말하고 행동하라
아니면 차라리 그분을 아버지라고 부르지도 마라
너희는 지금 하느님의 자녀들이 되기는커녕
사람의 자녀들마저 될 자격도 없지 않느냐?

아버지의 이름
(마태오 6:9)

사랑과 생명의 아버지 그분의 이름은 지극히 거룩한 것
깨끗한 마음, 진리의 혀로 언제나 찬미해야 마땅한 이름
그러나 하늘에 계신 우리 아버지를 날마다 부르면서도
오히려 너희는 그 이름을 더럽히고 욕되게 하지 않느냐?
학식이 많을수록 성서와 신학에 정통할수록
나의 제자로 행세하며 교회에 다닌 햇수가 많아질수록
그 이름을 더욱 악용하고 사리사욕만 채우고 있지 않느냐?

곰곰이 생각해 보라! 솔직한 눈으로 주위를 둘러보라!
헐벗고 굶주린 수많은 형제들이 절망감에 휩싸인 채
쓰레기 비닐봉투처럼 어두운 구석에 쓰러져 잠들 때
너희는 실컷 먹고 마시고 노래하고 춤추고 있지 않느냐?
무능하고 사악한 지도자들이 백성을 벼랑으로 내몰 때
너희는 무엇이 두려워 팔짱 낀 채 입을 다물고 있느냐?

진리의 외침, 목숨을 걸고 진리를 실천하는 솔선수범
오로지 그것만 애타게 갈망하는 무수한 양떼 앞에서
너희 돈 자루를 가득 채울 생각만 하고 있지 않느냐?

아버지의 이름은 결코 포장지가 아니고 그래서도 안 된다
그러나 너희는 무능과 위선을 그 이름으로 포장하여
세상의 존경과 명성을 두 손으로 움켜쥐려고 한다
아첨을 그 이름으로 포장하여 높은 지위를 차지하고
오만을 그 이름으로 포장하여 참으로 겸손한 척한다
탐욕을 그 이름으로 포장하여 사치와 방탕에 빠지고
허위를 그 이름으로 포장하여 진리를 침묵시킨다
그 이름을 군기처럼 내걸어 선동하고 폭력을 휘두르며
약탈과 방화, 살육과 전쟁을 서슴지 않는다

사람을 만들어 지상에 번식시킨 것에 대해 그분이
노아의 홍수 직전에 후회하셨다는 기록이 있지만
이것이 다만 성서 기록자의 절망의 외침에 불과하겠느냐?
그분이 다시금 후회할 때가 이제 되지 않았겠느냐?
지난 수천 년 동안 너희는 엄청난 지식을 축적했고
지상과 지하, 바다와 하늘을 지배하게 되었다
그러나 너희 마음과 영혼, 정신과 정성은 혼탁해지고
지혜는 날로 쇠퇴하여 물욕과 욕정의 노예로 전락했다
짐승보다 더 잔인해져서 서로 죽이고 잡아먹는 너희가
그분의 이름을 안다고 해서, 그 이름을 부른다고 해서
하늘나라의 문을 손쉽게 통과할 수 있다고 믿느냐?

해도 달도 바람도 우주에 존재하는 모든 것도
참새도 다람쥐도 이름 없는 풀과 나뭇잎마저도
그분은 기꺼이 하늘나라로 받아들여 함께 기뻐할 것이다
그러나 지극히 거룩한 이름을 알고도 모른 척하거나
그 이름을 모르는 자들보다 오히려 한 술 더 떠서
옳은 일을 회피하고 온갖 비행을 반복하는 바람에
날마다 그 이름에 먹칠이나 하고 있는 사람만은
하늘나라의 열린 문을 영영 보지 못하고 말 것이다

아버지의 나라
(마태오 6:10)

무수한 사람이 아버지의 나라를 기다렸습니다
수천 년 동안 학수고대 발을 동동 굴러 왔습니다
자기 생전에 그 나라는 아니 온다고 한탄하는 사람
체념 또는 절망하는 사람이 많습니다
당신의 나라는 아예 없다 코웃음 치는 사람
영영 아니 온다고 조롱하는 자들도 많습니다

확고한 신념으로 입장을 지킨다 해도 그 어느 쪽이든
모두가 어리석게도 착각에 빠져 있을 뿐입니다
그들은 당신의 아들이 무엇인지 알지도 못하고
당신의 참된 아들답게 행동하지도 않기 때문입니다

천년 왕국을 건설한다는 선동가들 사교교주들
황금옥좌에서 거드름피우는 왕들 독재자들은
무지한 백성을 속여 재산과 생명을 강탈하고 있습니다

그들은 자신이 당신의 대리자라고 믿고 또 주장하지만
그들 자신도 어리석게 착각에 사로잡혀 있을 뿐입니다
그들은 눈에 보이지 않는 나라를 인정할 수가 없고
정의와 사랑을 실천할 생각도 의지도 없기 때문입니다

당신의 나라는 지상에 세워진 것이 아니라고 했습니다
당신의 참된 아들로서 살아가는 사람들
바로 그들의 깨끗한 마음속에 건설된 것이기 때문입니다
당신의 나라에는 국경선도 없습니다
당신의 아들딸들이 온 세상에 퍼져 있기 때문입니다
당신의 나라에는 억압하고 착취하는 법률도 없습니다
당신의 신뢰와 사랑이 모든 것을 다스리기 때문입니다

당신의 나라가 오기를 간절히 고대하고 있습니다
정의를 외치기만 하지 않고 몸소 실현시키는 사람
사랑을 떠들기보다 말없이 실천의 모범을 보이는 사람
가난을 가르치기보다 스스로 가난하게 살아가는 사람
그런 사람들이야말로 바로 당신의 나라입니다
그들이 온 세상을 가득 채우기를 갈망하고 있습니다
아버지의 나라가 하루 빨리 오소서!

아버지의 뜻
(마태오 6:10)

무한한 당신의 품 우주 속에 한낱 티끌 같은 별
이 지구가 어디로 떠가는지 아무도 알지 못합니다
이 별에 달라붙어 기생하는 인류는 참으로 외롭습니다
고작 몇몇 다른 별 위를 기웃거리기는 하지만
자기와 비슷한 존재의 유무를 알 수도 없고
있다 해도 대화는 전혀 불가능하기 때문입니다

수많은 사람이 지구의 종말을 예언한 것처럼 과연
티끌 같은 이 별이 언젠가는 사라질 것입니까?
아니면, 우주의 질서는 극도로 정교하고 불변하기에
당신은 한없이 선하고 자비로운 분이시기에
이 별의 안전은 영원히 보장되었다 믿어도 됩니까?

당신의 존재를 마음 놓고 부인하면서도
당신의 무언중의 말씀을 하나도 믿지 않으면서도
외계로부터 지구의 파멸은 결코 닥치지 않는다고

확신하고 안심하는 사람들이 무수히 많습니다
그래서 그들은 언어, 인종, 피부색, 국적이나 종교
심지어 이데올로기, 한 조각의 땅, 한 줌의 돈 따위
하찮은 것으로 분열, 배척, 증오, 전쟁, 살육에 몰두합니다

이 별의 핵심에서 부글거리는 거대한 용암도
남극과 북극을 뒤덮은 만년설과 빙산도
높은 산들이 언젠가는 무너질 수도 있다는 것도
엄청난 양의 바닷물이 모든 육지를 덮을 수 있음도
사람들은 잘 알고 있지만 과학의 힘을 믿고 안심합니다
그러나 인간이 고안해낸 과학의 법칙들이란
과연 영구불변의 진리가 될 수 있는 것입니까?
사람들이 옳다고 믿는다 해서 대자연이 반드시
그들의 법칙에 영원히 따라야만 한다는 말입니까?

무한한 우주 속에서 티끌 같은 이 별은 외롭습니다
티끌 위에서 개미떼처럼 바글거리는 인류도 외롭습니다
그러니 수십 억 중 하나인 개인은 그 얼마나 외롭겠습니까!
하늘에서 이루어진 아버지의 뜻은 무엇입니까?
땅에서도 이루어지기를 우리가 바라는 당신 뜻은 무엇입니까?
너희는 서로 사랑하라 언제까지나 평화롭게 살라
그것 이외에 당신의 뜻이 또 있단 말입니까?

일용할 양식
(마태오 6:11)

내일 모레가 아니라 오늘 주십시오
다른 사람들이 아니라 바로 우리에게 주십시오
일년치가 아니라 하루치만 주십시오
일용할 양식을!
그러나 일용할 양식이란 도대체 무엇입니까?
누구에게 언제 어디서 왜 필요한 것입니까?

너무 많이 먹고 마셔서 병드는 사람들이 많습니다
그들에게는 먹을 것을 줄여 주시고
남는 것을 남들과 나누려는 착한 마음을 주십시오
사람이 빵만으로 사는 것은 아님을
그들도 이윽고 깨달아 영혼이 건강해질 것입니다

무수한 사람들이 굶주림에 시달린 나머지 병들고
무수한 아이들이 쓰러져 죽어 가고 있습니다
그들에게는 진리와 거룩한 길을 가르치기보다
목숨 이어가는 데 오늘 당장 필요한 빵과 물을 주십시오
그러면 언젠가 선행과 자비를 그들도 깨달을 것입니다

가난한 자를 멸시도 학대도 하지 않는 마음
그것이 바로 부자의 일용할 양식이 아닙니까?
부자를 선망도 시기도 증오도 하지 않는 마음
그것이 바로 가난한 자의 일용할 양식이 아닙니까?

약한 자를 무시도 억압도 착취도 않는 일
그것이 바로 강한 자의 일용할 양식이 아닙니까?
강한 자의 악행을 참고 견디며 용서마저 해주는 일
그것이 바로 약한 자에게 절실한, 일용할 양식이 아닙니까?

거대한 교회 건물, 금은보화로 장식된 십자가와 성상들은
허기진 몸과 영혼에게 일용할 양식이 결코 될 수가 없음도
당신 이름을 내세우는 목자들에게 먼저 가르쳐 주십시오
가난과 겸손을 실천하고 양떼를 위해 목숨을 바치는 일
그것이야말로 바로 목자의 일용할 양식이 아닙니까?

사람이면 모두 한 아버지의 똑같은 자녀, 형제자매임을
깨닫고 실천하는 일이 바로 우리의 일용할 양식이 아닙니까?
각자 잘못을 뉘우치고 서로 화해하여 평화를 이루는 일
그것이야말로 진정 우리에게 필요한 일용할 양식이 아닙니까?

용서 받으려면 먼저 용서하라
(마태오 6:12)

눈은 침침해지고 귀는 있으나 마나 하게 되는 것
살은 찢어지고 썩는 것 뼈는 부러지고 부서지는 것
위도 간도 허파도 삭아버리는 것 심장은 멈추는 것
목숨이란 언젠가 반드시 연기처럼 사라지는 것
그러니 제 아무리 골수에 사무친 원한인들
그토록 끔찍이 오래 오래 간직할 까닭이 어디 있는가?

남의 잘못을 네가 마음에 새겨두고 보복한다면
남도 네 잘못을 잊지 못하고 기회만 노릴 것이다
세상에 잘못 하나 없이 결백한 사람이 어디 있는가?
손가락은 반드시 안으로 굽혀지게 마련인 것처럼
남을 향한 네 비난과 증오도 결국은 네게 돌아온다
원수의 사지를 찢은들 네가 더 장수와 행복을 누릴 것인가?

형제의 용서를 받기 위해 그를 용서하는 것은 아니다
네게 가장 절박한 것은 바로 아버지의 용서가 아닌가?
우리가 불완전하게 태어나 잘못을 저지르게 마련인 것은
서로 용서하기를 일평생 배우라는 그분의 뜻이 아닌가?
남의 얼굴에 묻은 흙을 조롱하고 질책하기에 앞서
네 얼굴에 묻은 똥을 먼저 깨닫고 닦아내야 하지 않는가?

용서란 세상의 짙은 어둠을 밝게 비추는 등불
인간만이 스스로 쌓은 어둠 속에서 신음하지만
그 등불에 점화할 수 있는 것도 역시 인간뿐이다
우리가 등불을 밝히지 않는 한 아버지인들
무엇 때문에 손수 불을 붙이려 나서겠는가?
해, 달, 무수한 별을 본보기로 이미 주신 분인데!

하찮은 인간끼리 저지른 잘못은 모두 하찮은 것
하찮은 세상에서 용서받지 못할 죄가 어디 있는가?
용서하라! 자비의 바다에 가라앉을 것이다
억울해도 용서하라! 마음에 평안이 깃들일 것이다
박해마저 용서하라! 진정한 용기의 아들이 될 것이다
죽어도 용서하라! 참된 생명의 길이 보일 것이다

유혹에 빠지지 말게 하소서
(마태오 6:13)

유혹이 있는 곳은 오로지 이승뿐입니다
목숨이 언젠가 끝나는 곳도 여기뿐입니다
그리고 유혹에 흔들리는 것은 오직 사람뿐
껴안든 물리치든 유혹을 느끼는 사람이 없다면
유혹이란 빈 들에 지나가는 바람일 뿐입니다

황금, 권력, 쾌락 등에 눈먼 어리석음 때문에만
무수한 사람이 맥없이 유혹에 빠진다고 보십니까?
그들은 오히려 그 누구보다도 더 영리하고 잽싸며
의지력도 강하고 두뇌도 대단히 명석한 편입니다
그들보다 처세술이 더 능란한 자가 어디 있습니까?

그러나 그들은 기꺼이 유혹에 넘어가고 있습니다
유혹에 빠지는 일 자체를 마음껏 즐기고 있습니다
뜬구름 같은 저승은 도저히 믿을 수가 없기에

단 한 번 주어진, 가장 확실하다고 믿는 감각세계를
가난, 비천함, 고통으로 보내기란 너무나도 억울하기에
유혹을 구세주보다 더 반갑게 환영하고 껴안는 것입니다

게다가 그것만으로는 조금도 성이 차지 않는 그들이기에
팔 걷고 나서서 수많은 사람들을 유혹하고 돌아다닙니다
유혹에 망설이거나 외면하는 사람들을 사정없이 조롱하고
매수, 협박, 매도, 매장, 심지어 살인마저 서슴지 않습니다
그들이 진정 노리는 것은 유혹의 단물 자체가 아니라
하늘을 찌르는 오만의 과시 바로 그것일 뿐입니다
유한한 목숨, 그 허무함을 위장하려 허세를 부리지만
그들은 그 사실을 스스로 증명할 따름입니다

우리는 세상의 지혜에 어둡고 어리석기만 합니다
유혹을 즐기는 자들보다 한없이 약하고 우유부단합니다
여태껏 유혹에 빠진 적이 많았음도 고백합니다
그러나 이제부터는 세상에 그 흔한 유혹은 물론
스스로 유혹하는 자들의 손에서 우리를 건져주소서
설령 우리가 유혹의 바다에 빠져 허우적댄다 해도
우리 본심에서 나온 짓은 아님을 너그럽게 살펴주소서
외면하지 말아 주소서 매 순간 구명대를 던져 주소서

우리를 악에서 구하소서
(마태오 6:13)

더러운 물 한 방울을 보면 사람들이 더러운 줄을 모른다
실개천이 되면 더러운 줄 알면서도 염려하지 않는다
그러나 도도한 탁류가 되면 둑도 집도 무너뜨리고 만다
그제야 허둥지둥 살 길 찾으려 해도 때는 늦었다

더러운 물일수록 더욱 잘 모이게 마련인 것은
물방울마다 자신의 더러움을 제일 먼저 깨닫고
불안과 외로움을 가장 심하게 느끼기 때문이다
맑은 물방울이야 홀로 있다 한들 무슨 걱정인가?

더러운 물보다는 맑은 물이 훨씬 많은 세상도
미꾸라지 서너 마리만 작당해서 밑바닥 들쑤시면
금세 흙탕물로 돌변하는 연못과 무엇이 다른가?
악의에 찬 미꾸라지들 요동 누군들 막겠는가?

탐욕과 무지 덩어리들은 끼리끼리 잘도 뭉친다
극소수인들 온 세상을 짓밟는 파괴 세력이 된다
궤변, 거짓말, 위선, 부패, 무능, 폭력뿐 아니라
바로 편견, 독선, 오만 때문에 검은 세력이 된다

무수한 사람을 불행의 절벽에서 떨어뜨려 죽이고
자신은 절망과 허무의 심연에 몸을 던지는 무리
그들의 말이란 뒤집어서 들으면 모두 진실이 되니
이 얼마나 더럽고 지겨운 족속인가!

우리를 저들의 독단과 횡포에서 구해주소서!
아니면, 저들을 지상에서 말끔히 없애버리거나
우리 모두 하루 빨리 당신 나라로 불러주소서!
그러나 당신 뜻이라면 현상을 이대로 유지하소서!

단식한다고 자랑하지 마라
(마태오 6:16)

단식은 인내의 불길로 몸 속의 노폐물을 태워버린다
고통의 칼로 영혼에 붙은 욕망의 때를 벗겨낸다
오래 강요되면 죽음마저 부르기도 하는 기아
체면 세우기라면 참으로 어리석은 자학
그러나 기꺼이 감수하면 매우 유익한 스포츠

청소라 해도 좋고 목욕이라 불러도 좋다
날마다 반드시 할 필요는 없는 것이긴 해도
너무 풀어진 정신을 조이려면 때로는 의무적이다
그러나 몸의 때를 지나치게 벗기면 피부가 상하듯
과도한 단식은 몸에도 영혼에도 상처를 남기는 법

자신만을 위한 단식을 남들에게 과시하고 자랑한다면
그보다 더 공연히 미움만 사는 짓이 어디 있는가?
먹을 것이 없어서 굶는 것이 당연하듯이
먹을 것이 많아도 자기 몸과 정신의 건강을 위해
이기심에서 단식하는 것도 마찬가지가 아니겠는가?

단식해서 절약한 것으로 크게 자선을 베푼다 해도
사람들의 칭찬을 노려 나팔을 불어대지는 마라
그런 위선보다는 차라리 단식도 자선도 없는 것이 낫다
단식의 참맛을 즐기려면 아무도 눈치 못 채게 하라
진정한 무위는 평소와 조금도 다름없이 행동하는 것이다
그래도 보는 눈이 있다 사람의 속셈까지 훤히 보는 눈이

두 주인을 섬길 수 없다
(마태오 5:24)

두 주인이 아니라 세 주인도 섬길 수가 있다고

능력이 뛰어나고 부지런한 사람은 비웃을 것이다

그는 두세 주인에게서 칭찬도 보수도 받을지는 몰라도

사랑은 끝내 받지 못하고 말 것이다

그는 주인을 섬기는 목적을 착각했고

주인이 무엇을 바라는지 깨닫지도 못했으며

어느 주인에게도 자신의 모든 사랑을 바치지 않았기 때문이다

사람은 누구나 여러 가지 일은 할 수가 있다

그러나 마음은 여러 개가 아니라 하나뿐

게다가 여러 갈래로 갈라지면 이미 참된 마음이 아니다

갈라진 마음이 어떻게 참된 사랑을 낳겠는가?

어느 주인이든 오로지 자기만을 사랑하라고 요구하는데

갈라진 마음이 무슨 힘이 있겠는가?

하느님도 재물도 매우 엄격한 주인이고 시기심도 강하다
어느 주인도 갈라진 마음 어정쩡한 사랑에 만족하지 못한다
오로지 나만 섬겨라! 여기에는 양보도 할인도 없다
하느님께 기도해서 재물을 많이 얻으려는 사람이라면
그는 결국 실망해서 하느님을 떠날 것이다
많은 재물로 하느님을 섬기려는 사람이라면
그는 헛된 삶으로 재물도 하느님도 다 함께 잃을 것이다

재물은 방랑자
(마태오 6:19)

재물이란 잠시도 한 곳에 머물지 못하고
끊임없이 이리저리 떠도는 방랑자
그것은 재물의 천성이 변덕스런 탓이겠는가?
오로지 한 주인만 섬길 줄도 모르기 때문인가?
오히려 만족을 모르는 사람의 손아귀에 든 재물은
그가 더 값진, 더 많은 재물을 날마다 노리면서
자신을 푸대접하거나 처박아두기만 할까
불안에 못 견딘 나머지 달아나는 것이 아닌가?

게다가 무수한 사람이 노골적으로 던지는 추파를
재물인들 어찌 마다할 수가 있단 말인가?
재물에게 지조를 지키라고 요구하려는가?
자기도 모르게 고이는 샘물 같은 것이 욕심이라 해도
절제와 자족을 지켜야 비로소 사람다운 사람인데
자기 분수도 모르는 주제에 감히 재물에게

열녀가 되라고
오로지 자기만을 섬기라고 요구한단 말인가?

곳간을 재물로 가득 채우고 나서
자신이 재물의 주인이라고 믿는 사람이 있다면
누가 그보다 더 어리석을 수가 있단 말인가?
바람 난 여자를 거느리고 사는 남편이
빈 집의 주인에 불과한 것처럼
그는 재물이 아니라 곳간의 주인일 따름
도둑이나 그보다 더 강한 자가 나타나
모두 채어가는 것은 시간문제가 아닌가!

길들일 수 없는 야생마를 애마라 부르지 마라
영원한 방랑자에게는 정을 주지 마라
재산에 한번 마음이 뺏기면
재산은 물론 목숨마저 잃어버리고 만다
아니, 자신에게 가장 소중한, 하나밖에 없는
영혼마저 욕망의 암세포에 모조리 먹혀버리고 만다
재물은 누구나 노리는 썩은 고기 덩어리
그것을 삼키면 마음도 영혼도 썩기 때문이다

재물은 하늘에 쌓아 두어라
(마태오 6:20)

재물이 못 쓰게 되거나 도둑맞을 염려가 없는 곳간
낡아지지도 무너지지도 않는 영원한 곳간
그것은 하늘뿐이니 재물은 거기 쌓아 두어라
너희 재물이 있는 곳에 너희 마음도 있다

이것은 공중누각을 지으라는 말이겠느냐?
아니면, 달나라 우주선 티켓을 사듯
지상의 교회에 엄청난 재산을 바쳐서
하늘나라에 들어가는 입장권을 사란 뜻이겠느냐?

너희는 어찌하여 부질없이 내게 비단옷을 입히느냐?
황금 관을 씌우고 찬란한 옥좌에 앉히려느냐?
여관방도 못 얻어 마구간에서 태어난 나에게
거창한 성전, 왕중왕의 호칭 따위가 다 무엇이냐?

너희는 금은보화로 나를 매수할 수 있다고 믿느냐?
가난을 스스로 선택한 내게 무슨 재물이 필요하겠느냐?
나를 허수아비로 만들어 내세운 채
너희 자신이 왕으로 군림하려는 속셈이 아니냐?

물론 너희에게는 반드시 필요한 재물이 있다
그것은 사람들이 날마다 탐내는 것
무거운 것, 눈에 보이는 그런 것이 아니다
그것은 세상에서 가장 소중한 것, 가치 있는 것
도둑도 강도도 폭군도 뺏어갈 수 없는 것이다
너희 생명을 영원히 유지시켜주는 신성한 힘
사랑의 실천이야말로 바로 그것이다

내가 너희 재물로 인정하는 것은 그것뿐이다
생전에 지상에서 바로 이 재물을 많이 마련하라
그리고 기도를 통해 하늘에 차곡차곡 쌓아 두어라
가난한 자는 하늘나라에 들어가지 못한다
하늘나라는 사랑의 부자들만 차지하는 것이다

돈으로 너희 친구들을 얻어라
(루카 16:9)

돈이란 만지는 사람마다 욕망의 때를 묻혀서
날마다 한층 더 더러워지게 마련이다
더욱이 가난한 사람들의 눈물에 언제나 젖고
때로는 무죄한 사람들의 피에도 절어 있으니
참으로 잔인하고 무도한 괴물이 아닐 수 없다

그러나 어느 누가 돈을 싫어한다고 말하느냐?
세상에서 가장 무섭고 무거운 짐인 줄 알면서도
주머니 속에 잠시 머물다 어느덧 사라지는
한 줄기 바람인 줄도 뻔히 알면서도
남녀노소 누구나 돈이라면 사족을 못 쓰지 않느냐?
심지어 죽은 자도 귀신도 탐내는 것이 아니냐?

바로 그러한 돈이기 때문에, 바로 그러한 돈으로
너희는 친구들을, 그것도 영원한 친구들을 얻어라
더러운 것으로도 깨끗한 것을 얻을 수 있고
괴물을 통해서도 생명을 얻을 수 있기 때문이다
돈을 제대로만 쓴다면 세상에 무슨 선행인들 못하겠느냐?
눈물을 웃음으로, 절망을 기쁨으로 왜 못 만들겠느냐?

지상의 돈이란 너희가 대낮에 꾸는 헛된 꿈이다
그러나 꿈속에서도 제정신을 차리고 잘 살펴본다면
너희 삶이 결코 헛되지 않을 바른 길이 드러날 것이다
바로 그 길에 돈을 뿌려서 생명의 길을 닦아라!

돈을 좋아하는 바리사이들
(루카 16:14)

그는 돈을 쓰레기처럼 무조건 내버리라고 하지는 않았다
가진 것을 모두 팔아 가난한 사람들에게 나누어주라는 것은
바로 그것이 생명의 길을 걷는 데 가장 효과적이기 때문이었다
누가 사람의 아들보다 돈의 가치를 더 정확히 꿰뚫어보았던가?
돈의 무가치함을 모르면 어찌 그 가치를 완전히 깨닫겠는가?

바리사이들은 그의 말을 처음부터 끝까지 다 들었다
그것은 이해타산이 누구보다도 빠른 그들이 감동해서가 아니라
그의 말을 뒤엎을 구실을 하나라도 찾아내기 위한 것이었다
그리고 비웃었다 시골뜨기의 망상, 가난뱅이의 넋두리라고
그들은 돈을 좋아했다 게다가 예루살렘의 유지들이 아닌가!

의기양양한 그들 얼굴에 조소가 번질 때 그는 이렇게 말했다
그렇다! 너희는 학식도 많고 남들보다 훨씬 더 영리하며
남들 눈에 정의로운 사람으로 통하려고 교묘하게 처신한다

사람들은 너희의 궤변, 재산, 허명, 권력에 눌려 굽실거리지만
너희야말로 아버지의 눈에는 하찮은 인간쓰레기가 아니냐?
두 주인을 섬길 수 없다는 나의 말을 너희가 비웃는 것은
바로 너희 자신이 돈의 영원한 노예가 되어 있기 때문이 아니냐?

오늘도 수많은 사람이 그의 말을 처음부터 끝까지 다 듣고는
비웃는다 시대착오적 망상 비현실적 잠꼬대라고
특히 그의 가르침을 믿는다는 사람들이 더 심하게 조롱한다
그들은 무엇보다 돈을 좋아한다 게다가 명성마저 누리지 않는가!
그러나 그들 역시 그의 매서운 질책을 면하지 못할 것이다
돈의 노예로 남아 있는 한 너희야말로 가장 가난하고 비참한 자
영혼이 영영 죽어버려 소생의 가망도 없는 자들이 아니냐!
나는 너희를 모른다 돈의 노예들을 내가 어찌 알겠느냐?

부자들은 죽은 자가 부활해도 믿지 않는다
(루카 16:31)

그들은 재산의 힘만 믿고 하늘의 축복 따위는 비웃었으며
권력을 등에 업은 채 가난한 사람들을 우습게 보고 학대했다
진리와 정의를 부르짖는 예언자들을 태연히 죽이는가 하면
모세의 율법마저 제멋대로 왜곡하여 껍데기만 남겼다

두 주인을 섬길 수 없다는 사실을 너무나도 잘 깨달아
그들은 돈의 신전에서 향을 올리고 자신을 노예로 바쳤다
돈의 신은 쾌락, 안일, 허명, 출세로 그들의 눈을 멀게 하였고
그들은 소경의 눈으로 보는 것만이 세상의 전부라고 소리쳤다

그들은 죽은 자들의 부활을 믿지 않았을 뿐만 아니라
영혼의 존재도, 아니, 죽음 자체마저도 부정하지 않았던가!
신은 죽었다고 뻔뻔스럽게 소리친 사람들은 누구인가?
죽은 것은 진리, 사랑, 생명의 신이 아니라 오히려

그들이 섬기던 허위의 신
아니, 그들 자신의 썩은 영혼이 아닌가!

나무는 보아도 나무의 생명의 원천은 보지 못하는 그들
바람소리는 들어도 그 소리의 영원한 샘은 깨닫지 못하는 그들
설령 죽은 자가 부활하여 참생명의 길을 증언한다고 한들
그들이 어찌 그 증언을 믿고 새사람이 되려고 하겠는가?

산 사람의 입에서 나오는 진리의 말을
자기 귀로 직접 들으면서도
날마다 무시하고 조롱하며 궤변으로
허위를 퍼뜨리기나 하는 그들
그들에게 겨자씨만한 믿음을 기대하는 것은 연목구어가 아닌가?
그들이 어찌 죽은 자의 유령의 말을 믿고 회개할 수가 있겠는가?

진리를 가르치는 사람보다는 그것을 믿는 사람이 더 위대하다
믿음을 고백하는 사람보다는 그것을 실천하는
사람이 더 위대하다
눈으로 보고 믿는 사람보다는 귀로 듣고
믿는 사람이 더 위대하다
그러나 그들은 눈으로도 보았고 귀로도 들었지만 믿지 않았다

이제 그들의 길을 비추는 등불은 율법과 예언자들의 말뿐인데
그 등불마저 그들은 스스로 꺼버린 채 어둠 속에서 헤매고 있다
돈의 신은 오늘도 어둠 속에서
그들의 무수한 후예를 노예로 삼아
자신의 신전을 짓고 거기서 향을 피우도록 강요하고 있다

몸의 등불은 눈이다
(마태오 6:22)

눈을 감으면 누구나 어둠에 잠긴다
온 누리에 가득 찬 빛도 어쩔 수가 없다
빛을 거부한 몸이 어둠 속에 썩어 문드러져도
영혼이 절망 속에 고독과 자학의 채찍에 얻어맞아도
우주 전체를 비추는 빛인들 속수무책일 수밖에 없다
그 뜨거움도 그 찬란함도 투과할 수 없는 눈꺼풀은
오만과 욕망의 벽돌을 쌓아 만든 자멸의 성벽

눈을 뜨면 누구나 비로소 생명을 본다
눈을 뜰 때마다 다시 태어나는 것
아니, 어둠을 벗어나 부활하는 것이다
애써 빛을 찾지 않아도 빛은 어디서나 드러나고
눈은 빛을 흡수하여 더욱 맑게 빛난다

몸의 구석구석을 살균하는 빛의 효능은 매우 빠르다

노예사슬에서 풀려난 영혼은 하늘 높이 날아오른다

누구나 눈 속에 또 다른 눈이 있다

눈을 감아도 다른 눈은 뜨고 있는 사람들은 적다

그들은 언제나 진리의 빛에 젖어 생명을 바라본다

명상 반성 기도를 통해 사랑의 실천을 깨닫는다

그러나 눈은 떴어도 마음의 눈은 감고 있는 사람이 많다

그들은 빛을 보아도 눈으로 빛을 흡수하지 않는다

대낮에 어둠의 길에서 헤매고 있는 것이다

보이지 않는 눈이 보이는 눈을 바라보고 있다

그리고 보이지 않는 모든 눈을 바라보는 눈이 있다

과거 현재 미래는 물론 공간마저 초월하여 영원히 빛나는

그 눈, 아니, 빛 그 자체가 우리에게 남긴 말이 있다

눈은 몸의 등불이다!

보이지 않는 눈은 등불의 기름이다!

눈을 감으면 곧 죽음이다 눈을 떠라!

한 번이 아니라 끊임없이 수없이 다시 떠라!

아무것도 걱정하지 마라
(마태오 6:31)

목숨이 식량보다 더 소중한 줄 잘 압니다.

몸이 옷보다 더 소중한 줄 누가 모르겠습니까?

새보다 못한 자라고 어느 천치가 자처하겠습니까?

아무것도 걱정하지 마라!

너희 모두의 아버지께서 하늘에서 굽어보고 계신다!

선생님! 백만 번 천만 번 지당하고 또 남는 말씀입니다!

우리도 정말 아무 걱정 없이 하루를 지내고 싶은 마음

간절하고 또 간절할 따름입니다.

그렇지만 선생님! 모든 사람의, 모든 사랑의 선생님!

우리 몸은 왜 먹어도 먹어도 이렇게 배가 고프고

아무리 비싼 옷을 입어도 춥기만 한 것입니까?

우리 마음은 왜 잠시도 편안하지 못한 것입니까?

우리 영혼은 왜 이토록 지치고 병들어 비틀거립니까?
우리보다도 우리 자신을 더 잘 아시는 선생님!
우리는 걱정을 하든 말든 어느 것 하나
제대로 해결할 힘이 우리에게 없다는 것도 잘 알면서도
그래도 우리에게는 걱정이 태산 같은 것이 팔자 아닙니까?
아무것도 걱정하지 마라!
생각하면 할수록 더욱 알아듣기 어려운 말씀입니다.
욕심의 숨결로 목숨을 부지하느라 귀가 막히고
어리석음의 어둠에만 익숙해진 탓에 눈이 멀어
발가벗은 채 어린애처럼 살아야 하는 지혜도 모르는 우리
나무라지 마시고 계속해서 인도해 주십시오! 선생님!

내일을 걱정하지 마라
(마태오 6:34)

오늘 하루는 누구에게나 영원한 시간
바로 오늘 너의 아파트가 불타버릴 수 있고
너의 회사가 파산할 수도 있다
남편이나 아내가 애인과 함께 달아날 수도 있고
친구들이 영영 네게 등을 돌릴 수도 있다
부모형제 처자식이 교통사고로 이승을 떠날 수도
아니, 너 자신이 유람선과 함께 침몰할 수 있다

엄청난 해일을 누가 예측했던가?
수만 명이 죽는 지진 현장을
네가 피할 수 있다고 누가 보장하는가?
땅도 꺼진다
여객기가 추락하고 전투기는 민가에 추락한다
그것은 하늘이 무너지는 날벼락이다

굳이 걱정을 해야 한다면
오늘 하루 일어날 일만 걱정해도 머리가 터질 지경이다
내일을 걱정할 겨를이 어디 있는가?
물론 내일도 결국 잠시 뒤에 닥칠 오늘일 뿐
걱정은 하나씩 차례차례 하면 그만이다

그러나 참으로 걱정스러운 것은 너 자신의 무지
욕심의 안개 속에서 헤매기만 하는 너의 어리석음이다
너는 지금 무엇을 하고 있는가?
한 치 앞도 못 보는 목숨이 그리도 아까워서
삶의 참된 보람은 저버린 채
돈벌이에 껍데기 명성에 모든 시간을 낭비하는가?
너는 내일을 걱정할 자격조차 없지 않은가!

남을 심판하지 마라
(마태오 7:1)

남을 심판하지 마라! 그것은 당신의 말씀입니다.

옳은 것은 옳다 하고 아닌 것은 아니라고 하라!

그것도 당신의 말씀입니다.

그렇지만 불쾌한 표정도, 화내는 것은 더욱더,

결국은 남을 심판하는 것입니다.

미워하는 것 해치는 것은 심판이 아닙니까?

심판을 피하려고 불의마저도 외면한다면

그보다 더 비겁한 삶이 어디 있겠습니까?

사람인 우리는 어차피 심판을 받을 것입니다.

살아 있는 한 남을 심판하지 않을 수도 없습니다.

용서마저도 결국은 심판의 결과일 뿐입니다.

다만, 오만과 아집에서 독선에 빠지지 않기를,

자신의 불의를 감추려고 남을 박해하지 않기를,

어리석음 때문에 무수한 사람을 해치는 일이 없기를
간절히 바랄 따름입니다.
선행도 용서마저도 자랑하지 않을 수 있다면
남을 심판한 죄도 용서를 받을 것입니다.
언젠가 받아야 할 심판을 두려워하지 마라!
남을 심판할 때는 참으로 올바르게 하라!
이것이야말로 당신의 진정한 말씀일 것입니다.

형제의 눈 속의 티를 보는가
(마태오 7:3)

네 눈에 비록 대들보가 들어 있다 해도

형제의 눈 속의 티는 남김없이 보라!

눈이란 원래 남의 잘못만 보게 마련 아닌가!

남의 하찮은 잘못마저 엄하게 추궁하는 것이야말로

그를 완전한 사람으로 만드는 참사랑이 아닌가!

오늘 있다가 내일 사라질 돈과 권력을 쥔 자들이

그렇게 자기네 복음을 외쳐댑니다

그리고 또 이렇게도 마이크에 대고 악을 씁니다

내 눈의 대들보는 지적하지 마라!

내가 비록 발가벗은 왕이라 해도 입을 닥쳐라!

내가 비록 너희를 모조리 거지로 만든다 해도

불평하지 마라! 원망하지 마라!

나는 너희 운명이고 너희는 나의 쓰레기다!

남의 위선을 솔직히 꾸짖는 위선자마저 희귀하다 보니

남의 진실을 허위라고 고발하는 철면피는 너무 흔합니다

아첨을 조롱하는 지식인이 하도 귀하다 보니
오늘은 노란 불 내일은 빨간 불을 좋아하는 자들이
거리의 신호등을 독점하다 보니
이제는 아무도 신호등 따위 지키려 하지도 않습니다
눈에 티가 들었든 대들보가 들었든
그런 것은 할머니의 옛날이야기보다 못한 것
지금은 힘없는 무수한 양들이 늑대 몇 마리에 쫓겨
벼랑으로 떼 지어 떨어지려는 판
손바닥으로 해를 가리려는 자들이 떵떵거리는 판입니다

눈에 대들보가 박힌 자들이 스스로 빼겠습니까?
그것이야말로 백년하청!
자기 손 또는 남의 손이 그 대들보를 빼어버리는 순간
그들 눈은 피먹물을 쏟고 나서 멀어버릴 것입니다
그들의 눈은 대들보가 박혔든 그것을 버렸든
언제나 어디서나 아무에게도 필요 없는 공해입니다
그런데도 그들은 복음을 외치고 있습니다
우리를 믿어라, 온 세상이 깨끗해질 것이다!
우리를 믿어라, 지상에 낙원이 건설될 것이다!
우리를 미워하라, 너희는 불바다에 빠질 것이다!

거룩한 것을 개들에게 주지 마라
(마태오 7:6)

무수한 신전들이 약탈당했고
예루살렘 성전이라고 해서 예외는 아니었다
금 은 청동의 제사도구들을 정복자는 녹여서
금화와 은화를 만들었고 그것으로 용병을 산 뒤
살육과 정복을 계속했다
제사도구 자체는 과연 거룩한 것인가?
아니, 성전 자체는 과연 신성 불가침인가?

제사를 바치는 사람들이 깨끗한 마음이 없다면
제물은 시장바닥의 고깃덩이와 다를 바가 없다
제사보다 젯밥에 사제들이 더 눈독을 들인다면
그들은 사기꾼 도둑 강도와 무엇이 다르단 말인가?

하늘 아래 거룩한 것이 있다면 그것은 바로
사랑과 생명의 가르침 자체
그리고 그것을 믿고 따르는 백성뿐
그 이외에는 아무것도 거룩하지 않다

거룩한 것을 이용해 자기 탐욕을 채우는 자들
거룩한 것을 내세워 약탈 착취 살인을 저지르는 자들
거룩한 것을 발판으로 명예를 독점하는 자들
그들이야말로 더러운 개들이다
거룩한 것을 개들에게 주는 자는 누구인가?

진주를 돼지들에게 던지지 마라
(마태오 7:6)

네가 만일 참된 정의를 깨닫고 지상에서
실현을 갈망한다면 네 마음이 바로 진주다
네가 만일 참된 사랑을 깨닫고 남을 위해
목숨마저 버리겠다면 네 결심이 바로 진주다
네가 만일 참된 가르침을 알고 거짓 예언자나
거짓 지도자의 속임수에 넘어가지 않는다면
네 지혜와 분별력이 바로 진주다

돼지들은 돼지우리에만 있는 것이 아니라
각종 권력가의 저택에서도 우글거리고
크고 작은 부호들의 안방에서도 번식한다
조폭의 소굴, 창녀의 침대 위에도 돼지들은 있다
거룩해야 마땅한 교회 안에는 없는 줄 아는가?

돼지들에게 진주를 던져도 좋다!
그러나 함부로 던지면 큰코다치니 조심하라!
돼지들은 진주를 결코 먹지도 않고 먹을 수도 없으며
오히려 진주를 던지는 너를 잡아먹을 것이다
그러니까 정녕 진주를 던지고 싶다면 먼저
돼지들을 잡을 큰 칼부터 준비하라
돼지들을 몰아 진짜 돼지우리에 처넣은 다음
진주를 던진다면 그들은 칼이 무서워서라도
진주를 감히 짓밟지 못할 것이다

진주를 품고 있는 것은 매우 위험하다
그러나 진주의 현명한 사용은 행복이다

달라고 요청하라
(마태오 7:7)

박사도 자기가 무엇을 모르는지 모르면 질문할 수 없듯이
무엇이 필요한지 모르는 사람은 달라고 할 수도 없다
너는 지금 무엇이 정말 필요한지 아는가?
아니, 무엇이 네게 불필요한지 깨닫고 있는가?

누구나 탐내는 것이 반드시 좋은 것은 아니다
권력은 생명을 위협하게 마련이고
재산은 많을수록 마음만 더욱 삭막해진다
미모는 뛰어날수록 운명을 거칠게 만들고
인기는 폭발할수록 더 큰 상처만 남긴다

살 만큼 살다가 떠나면 그만인 이곳
오래 살게 해달라고 할 필요도 없다
우리에게 정녕 필요한 것은 오직 하나뿐
행복 이외에 그 무엇이 또 있겠는가?
행복에 이르는 길을 가르쳐달라고 하라
그러면 갑자기 그 길이 보일 것이다

끈질기게 요청하는 친구
(루카 11:8)

한밤중에 문을 두드리며 빵 세 덩어리를 빌려달라는 친구
아무리 절친한 사이라 해도 어느 누가 그를 반기겠는가?
집주인이 그의 목소리를 알면서도 모르는 척하든
그가 아무리 다급하게 계속 두드려도 못 들은 척하든
집주인을 탓할 사람은 아무도 없을 것이다

그러나 친구는 거지처럼 그냥 달라고 간청한 것이 아니다
자기나 가족들이 배가 고파서 구걸하는 것도 아니다
다만 여행 도중에 갑자기 자기 집을 찾아온 다른 친구를 위해
식탁에 내어놓을 빵을 다른 데서는 구할 수가 없었던 것이다
그는 하루 벌어 하루 먹는 가난한 사람이 아닌가!

그는 여분의 빵이 없다며 손님인 친구에게 양해를 구할 수도 있다
게다가 한밤중이니 그의 친구는 무리한 기대를 접을 수도 있다
그러나 그는 피로에 지치고 굶주린 친구를 외면할 수 없었다

그는 친구를 진심으로 사랑했기 때문에 체면을 내던졌던 것이다
그래서 주먹이 부르트도록 문을 두드리고 또 두드렸다
우정은커녕 성화에 못 이겨
집주인이 빵을 내어줄 때까지 두드렸다
결국 그는 빵을 얻었다 자기가 아니라 손님인 친구를 위해

화난 집주인이 문도 열어주지 않은 채
끝내 빵을 거절했다고 해도
빵을 내주면서 절교를 선언했다 해도
그는 원망하지 않았을 것이다
그는 자신의 무리한 요청도
집주인의 난처한 처지도 잘 알고 있었다
그러나 집주인은 고작 빵 세 덩어리 때문에 어리석은 짓을 하고
지치고 굶주린 친구를 사랑하는 그 참된 친구를 잃었을 것이다

한밤중이든 꼭두새벽이든 생명의 빵을 달라고
끈질기게 두드려라!
집주인은 화를 내기는커녕 너희 요청을 항상 기다리고 있다
그러나 오로지 자기 혼자 먹을 빵만 달라고 두드리지는 마라
오히려 자기 자신도 비록 지치고 굶주린 몸이기는 해도
자기보다 더 어려운 처지의 형제들에게 줄 빵을 달라고 두드려라
그러면 집주인은 요청한 것보다 한층 더 많은 빵을 줄 것이다

과부에게 굴복한 불의한 판사
(루카 18:5)

하늘도 두려워하지 않는 판사라면 어찌 정의를 알겠는가?
사람들을 무시하는 판사라면 어찌 공정하게 재판하겠는가?
그가 믿는 정의란 뇌물, 이권, 출세, 허명 따위일 뿐
그가 두려워하는 것은 권력과 칼뿐이 아니겠는가?

가난한 과부는 그 썩은 판사에게 바칠 재산이 없었다
알량한 유산마저 지도자들이 다 먹어치운 뒤가 아닌가?
힘없는 과부는 판사를 움직일 썩은 연줄조차 없었다
어느 누가 나서서 과부를 무료로 변호해 주겠는가?

그러나 과부는 자신의 정당한 권리를 결코 포기하지 않았고
죽을 때까지도 단념할 생각이 눈곱만치도 없었다
그래서 당당하게 소송을 걸고는 외롭게 호소했다
달걀로 바위를 치는 격이라며 사람들이 모두 비웃었다
판사도 별꼴 다 보겠다면서 속으로 코웃음을 쳤다
얼마 못 가 과부가 제풀에 물러설 것이라고 단정했다

수많은 소송사건이 판사의 예상대로 스스로 사라졌으니
수많은 사람이 달걀로 바위를 치는 헛수고를 하고 말았다
그러나 과부는 판사가 가는 곳마다 따라다니며 졸라댔다
밤이든 낮이든 가리지 않은 채 목청껏 호소했다
아무리 철면피 판사에게도 나름대로 지킬 체면은 있었고
아무리 강심장이라도 과부의 울부짖는 소리는 당할 수 없었다

결국 과부는 정당한 권리를 찾을 수가 있었겠지만 그렇다고 해서
그 한 건으로 그 판사가 정의를 바로 세운 것은 결코 아니다
어느 시대든 어느 장소든 판사 한 명만 썩은 것도 아니다
모든 사람이 올바른 경우에도 정의는 바로 서기 어려운 것이니
하물며 저 과부의 믿음이 희귀한 시대에는
얼마나 더 어렵겠는가!

나는 판사도 유산 분배자도 아니다
(루카 12:14)

너희는 나를 선생님이라고 부르는데
그렇다! 나는 너희에게 생명의 길을 가르치고 있다
그런데 어찌 너희가 형제들끼리 벌이는 유산 싸움에
나를 끌어들여 판사나 유산분배자로 세우려고 하느냐?

만일 재산이 너희에게 참된 생명을 주기라도 한다면
나는 기꺼이 너희에게 공정한 판결을 내려줄 것이다
그러나 재산이란 너희 목숨마저도 보장 못하지 않느냐?
보장은커녕 재산 때문에 잃는 목숨이 그 얼마나 많으냐?

나는 너희에게 형제를 제 몸같이 사랑하라고 가르쳤다
이웃을 사랑하라! 서로 사랑하라! 원수마저 사랑하라!
나는 날마다 공개적으로 그렇게 가르쳤는데도 불구하고
너희는 고작 하찮은 재산싸움에 나를 끌어들인단 말이냐?

재산을 두고 형제끼리 싸우겠다면 너희나 실컷 싸워라
썩어 없어질 재산에 내가 관심을 둘 이유는 전혀 없다
또한 나는 너희 판사도 유산 분배자도 결코 아니며
나의 제자들 또한 영원히 그러할 것이다

다만 나는 나 자신이 너희에게 물려줄 유산이 있는데
그것은 바로 생명의 가르침, 영원한 진리의 길이다
이 길의 힘을 위해서라면 형제끼리도 치열하게 다투어라
아니, 너희는 누가 더 열심인지 다투지 않으면 안 된다

누구나 똑같이 힘과 용기를 받는 것이 아니라
나에 대한 사랑의 열기에 따라 각자 따로 받기 때문이다
나는 누가 나를 얼마나 사랑하는지 판결할 것이다
또한 나의 유산은 그 사랑에 따라 공정하게 나누어줄 것이다

너의 모든 것이 누구 것이 되겠느냐
(루카 12:20)

지금 네 창고만 해도 가난한 사람의 집보다 훨씬 큰 것이다
너는 온갖 보물과 돈으로 채우느라 참으로 수고가 많았다
돈을 쓸 시간도 없이 긁어모으느라 정신없이 보낸 세월
인생의 참된 맛도 멋도 모른 채 사업에만 몰두한 덕분에
이제는 오직 부지런히 쓰기만 하면서 평생을 보내도 남을 재산
대대로 네 후손이 편안히 지내고도 넉넉히 남을 재산을 얻었다

그런데도 무엇이 부족하여 더 많은 보물과 돈을 탐내느냐?
평생 쓰고도 남는 돈이라면 그것이 도대체 네게 무엇이냐?
무엇 때문에 너는 애태우며 땀 흘리며 고생을 사서 하려느냐?
누구를 위해 남은 여생의 시간을 허공에 날려버리려 하느냐?
네가 비록 더 큰 창고를 수십 수백 채를 짓는다 해도
또한 창고마다 보석을 산더미처럼 쌓고 금화로 가득 채운다 해도
네 창고들은 모래로 가득 찬 지하실과 무엇이 다르단 말이냐?

막대한 유산으로 사후에 후손의 존경과 사랑을 받으려 한다면
네 생전에 이미 더러운 싸움을 시작한 바로 네 자녀들을 보라
살아 있는 동안에도 네가 그들의 마음을 좌우할 수 없는 판에
사후에 어찌 네가 진심의 추모와 사랑을 기대할 수 있겠느냐?
어쩌면 그들은 네가 남겨준 재산에 대해 감사하기는커녕
남 좋은 일만 시켜준 너를 천하의 바보라고 비웃지 않겠느냐?

혈육이란 네가 선택한 것이 아니라 불가피하게 연결된 사이
참된 사랑과 정성이 없다면 남의 집 사람들과 무엇이 다르냐?
반면, 남들도 너를 진심으로 사랑하고 사후에도 존경한다면
그들이 오히려 네 혈육보다
너에게는 더 소중한 사람들이 아니냐?
평소 네가 그들에게 후하게 베풀고 어려움에서 건져준다면
그들은 참으로 너의 영혼이 위대하다고 내내 칭송할 것이다

그러나 네 혈육이 네 막대한 유산으로 행복하게 살 수 있을지
재산을 보람 있게 사용하여 훌륭한 사람이 될지는 아무도 모른다
어쩌면 방탕에 빠져 몸과 영혼이 파멸되기가 십상이 아니냐?
더욱이 너는 많은 창고를 완공하기도 전에 또는 바로 오늘 밤에
네가 평소 잊고 지낸 주님 앞에 불려가 결산해야만 할 것이다
어리석은 사람아! 네 평생 고생이 그때 무슨 소용이 있겠느냐?

빵을 달라는 아들에게 돌을 주겠는가
(마태오 7:9)

하늘나라 아버지께서 먼저 너희를 사랑하여
그분의 사랑이 너희 마음속에서 고이지 않았더라면
너희는 그분의 아들들이 될 수도 없으며
너희 자녀에게 사랑을 베풀어 줄 수도 없다

그러므로 빵을 달라는 아들에게 차마 돌을 주지 못한다
비록 너희가 탐욕에 물들어 악행을 거듭한다 해도
어찌 돌을 빵이라고 아들에게 우기겠느냐?
생선을 달라는 아들에게 어찌 뱀을 내밀겠느냐?

배고픈 아들이 너희 돌을 받아 무엇에 쓰겠느냐?
원망하는 아들을 보고도 무표정하거나
오히려 기뻐하는 자라면 어찌 아버지라 하겠느냐?
느닷없이 뱀을 내밀면 아들이 어찌 다치지 않겠느냐?
아들의 비명소리를 듣고도 무감각하거나
오히려 재미있다 폭소하는 자라면 어찌 사람이겠느냐?

너희가 돌을 주어 아들을 굶어 죽게 만든다면
아버지도 너희에게 비가 아니라 피를 내릴 것이다
너희가 뱀을 내밀어 아들을 물려 죽게 한다면
아버지도 너희에게 독을 품은 썩은 생선만 줄 것이다

너희가 자녀들을 산 채로 길에 내버린다면
너희도 언젠가는 영원히 버림을 받고야 말 것이다
출생 전후를 막론하고 너희가 자녀들을 죽인다면
너희도 언젠가는 영원한 죽음을 당하고야 말 것이다

너희 형제와 이웃사람들도 모두 그분 자녀들이 아니냐?
가난하고 힘없는 그들을 착취하고 학대한다면
배고파 쓰러진 그들을 모른 척하고 죽게 내버려둔다면
너희가 아무리 그분의 아들들이라 나팔을 불어대도
어느 누군들, 심지어 그분인들 어찌 너희 말을 믿겠느냐?

그분께서 너희 마음속에 심어준 사랑의 불씨는
비록 눈에 보이지도 않고 매우 작은 것이기는 하지만
오직 그것만이 너희를 진정한 아들로 증명할 것이다
아버지를 영영 잃고 싶지 않다면 그것을 잘 보존하라!
너희 영혼 전체가 그 불길로 타서 재가 되게 하라!

빵을 돌로 만들지 마라
(마태오 7:10)

당신은 돌을 빵으로 만들 수 있었고
뱀을 생선으로 만들 수도 있었습니다
그것을 사람들은 기적이라고 불렀습니다
그러나 오늘날 당신의 제자들은
아니, 적어도 당신의 이름을 아는 권력자들은
빵을 돌로, 생선을 뱀으로 만들고 있습니다
그것을 사람들은 쇼라고 부릅니다

당신의 빵은 사람들에게 자비였습니다
당신의 생선은 사랑
당신의 축복은 영원한 희망이었습니다
그러나 그들이 주는 돌은 증오일 뿐
그들의 뱀은 속임수
그들의 약속은 절망일 뿐입니다

온몸이 부서질 때까지 두드리다 보면
언젠가 문이 열리기는 할 것입니다
그러나 그 안에 무엇이 기다리고 있습니까?
바닥 없는 심연, 탐욕과 지배, 정복과 학살,
신음과 허풍 떠는 웃음소리 이외에 무엇입니까?

단 한 가지 당신께 청할 것이 있습니다
남에게 봉사한다는 자들을 거두어가 주십시오
지상에서 악취나 풍기는 쓰레기가 아닙니까?
우리가 가난하든 병들든 괴로워하든 죽든
그들이 제발 건드리지나 말고 내버려두게 해주십시오
그들은 자기 배를 채우기에도 너무 바쁘지 않습니까?

네가 남에게 바라는 것 바로 그것을 베풀어라
(마태오 7:12)

오늘은 부자, 내일은 거지

풍요를 바란다면 빼앗지 마라!

오늘은 고관, 내일은 죄수

명예를 원한다면 부패하지 마라!

오늘은 왕, 내일은 노예

평화를 원한다면 정복하지 마라!

오늘은 쾌락, 내일은 골칫거리

행복을 바란다면 자학하지 마라!

그리고 가장 중요한 것 하나

네 목숨을 부지하기를 바란다면

남을 짓밟지도 해치지도 죽이지도 마라!

눈에 보이는 것은 모두 보이지 않게 되고

오늘 있는 것은 무엇이나 내일은 없을 것이다.

좁은 문

(마태오 7:13)

가진 것이 많으면 좁은 문으로 들어갈 수 없다

그는 잃을 것이 많고 경계할 적이 많기 때문이다

거느린 것이 많으면 좁은 문으로 들어갈 수 없다

그는 허영과 체면의 노예일 뿐이기 때문이다

미모나 재능을 자랑하는 자는 좁은 문으로 들어갈 수 없다

그는 자기를 바라보는 많은 눈이 필요하기 때문이다

권력을 먹고 사는 자는 좁은 문으로 들어갈 수 없다

그는 헛배가 너무 불러 말기 암 환자이기 때문이다

그러면 좁은 문으로 들어가는 사람을 보라!

그는 자기 몸 하나 이외에 가진 것이 없다

그는 외롭지만 의지할 곳도 없다

친구도 친척도 이미 모두 등을 돌렸다
그는 진리를 말하지만 늘 조롱만 받는다
그는 사랑을 실천하지만 늘 매만 맞는다
그는 어리석고 바보고 미치광이다

그러나 그의 양심은 깨끗하기만 하다
순수한 그의 영혼은 아무것도 부족한 것이 없다
이승에서 아무것도 누리지 못하고 바라는 것도 없다
그는 내세에서도 역시 좁은 문으로 들어가고
아무것도 바라지 않을 것이다
그는 언제나 그분을 지니고 있기 때문이다

넓은 문
(마태오 7:13)

얼마나 많은 성문이 파괴되었던가!
얼마나 많은 왕궁의 대문이 불에 타버렸던가!
또 고래 등 대문을 통하여
얼마나 많은 사람이 쇠고랑을 차거나
치욕의 관에 실려 집을 떠났던가!

문이 사람을 만드는 것이 아니라
사람이 문을 만든다는 것을 잘 알면서도
어찌하여 사람들은 사람다운 사람이 되기는커녕
고래 등 대문부터 세우고 있는가?
과거에 눈먼 자는 미래도 내다보지 못한다
왕궁에 고인 것은 지혜가 아니라 눈먼 권력뿐
참된 인물이 높은 자리에 없다면
대문을 지키는 자들은 모두 허수아비일 뿐

우리 몸이란 원래 발가벗고 나타난
이 세상의 작은 오막살이 집
들판에 갑자기 솟아오른 작은 버섯과 같다
몸 하나 겨우 지나갈 좁은 문이면 충분하다
왕궁 대문이든 고래 등 대문이든 무슨 필요가 있는가?
대문이 화려할수록 클수록 파멸은 더욱 가까이 있다
좁은 문으로 들어갈 때 슬퍼하지 마라!
오히려 좁은 문이 세상에서 가장 안전한 것이다!

약탈하는 늑대의 무리
(마태오 7:15)

그들은 양 떼의 속성을 누구보다 잘 알고
목장의 형편도 구석구석 훤히 들여다보고 있다
맛있는 고기가 어디 있는지도
값비싼 털가죽이 어떻게 쌓이는지도 안다
그들은 양고기로 마음껏 배를 채울 뿐만 아니라
양고기든 양이든 어디에 팔지도 모를 리가 없다
그들은 거짓 예언자로 자처하는 것이 아니라
실제로 백성들을 날마다 가르치는 예언자들이다

좋은 열매를 맺는 좋은 나무를 부지런히 모아다가
멋진 과수원을 만들 줄도 그들은 안다
나쁜 열매를 맺는 나쁜 나무의 모습으로
과수원에 나타나는 법이 그들은 결코 없다
남의 좋은 열매를 훔쳐다가 자기 가지에 걸고
무수한 사람의 존경과 찬사를 독점한다
어리석은 눈은 그들의 정체를 간파할 수 없다

그들은 으리으리한 성전을 사방에 짓는다
그들은 날마다 눈이 아리도록 향을 피워 올리고
귀가 먹도록 주님의 기도를 큰 소리로 외친다
그럴수록 그들의 창고는 양고기와 양의 기름으로 가득 차고
그들의 금고는 금은보화로 당장 터질 지경이다
그들은 주님의 가난을 누구에게나 권하면서도
스스로 가난한 삶을 살아갈 생각은 전혀 없다
그들은 주님의 자비를 날마다 가르치면서도
성전 세금은 단 한 푼도 깎아준 적이 없다
그들은 주님의 사랑을 찬미하면서도
자기 이외에 그 누구도 사랑하지 않는다
심지어 자기들의 스승이라고 내세우는 그분마저도
그들은 단 한순간이나마 사랑한 적이 없다

그들은 겸손한 종이라고 자처하지만
진리의 해석, 진리의 길, 아니, 진리 자체마저 독점한 채

가장 가혹한 폭군으로 군림한다
그들이 양 떼를 동원해서 짓는 성전이란
사실은 그들 자신의 영원한 왕궁이 아닌가!

예전에는 가시나무에서 포도를,
엉겅퀴에서 무화과를 딸 수가 없었다
그러나 돈만 있으면, 권력만 쥐고 있다면,
가시나무가 포도를 얼마든지 내다 팔 수 있고
엉겅퀴는 세상의 모든 무화과를 모을 수도 있다
사람들이 가시나무와 엉겅퀴를 알아본다 해도
이미 때는 늦었다
참된 목자들마저 늑대들이 모두 잡아먹어서
양 떼는 털가죽 더미 고깃덩어리일 뿐
늑대의 무리를 불러들인 것은 진리가 아니라
바로 양 떼 자신이다
그들을 배불리고 살찌게 한 것도 진리가 아니라
바로 양 떼 자신이다
나쁜 나무 나쁜 열매를 알아보는 것도 좋지만
차라리 양 머리에 황소 뿔이 돋는 것이 더 급하다
늑대에게 양 떼를 맡긴 것은 정말 누구인가?

주님의 이름으로
(마태오 7:22)

주님의 이름을 함부로 불러 마귀들을 쫓아내지 마라!
그들은 지옥 끝까지 너희를 추격할 것이다
주님의 이름으로 예언하지도 마라!
거짓말하는 혀가 너희 목을 모두 베어버릴 것이다
주님의 이름으로 기적을 일으키지도 마라!
속임수가 기적적으로 너희를 파멸시킬 것이다

주님이 너희를 모르는 것이 아니라
바로 너희 자신이 주님을 모르기 때문이다
주님이 너희를 사랑하지 않는 것이 아니라
너희는 주님도, 그분 말씀도 사랑하지 않기 때문이다
주님이 너희에게 헛된 희망을 준 것이 아니라
너희가 주님의 인내를 너무 오래 시험했기 때문이다

주님의 이름으로 너무 유창하게 기도하지 마라!
탁월한 말재주가 너희 검은 속셈을 폭로할 것이다

주님의 이름으로 축복하지 마라!
탐욕의 두 갈래 혀가 너희를 저주할 것이다
주님의 이름으로 용서하지 마라!
등 뒤에 감추고 있는 칼이 너희 등을 찌를 것이다
주님의 이름으로 영생을 약속하지도 마라!
빈말은 너희에게 영원한 죽음을 내릴 것이다

주님이 너희 기도에 귀를 막고 있는 것이 아니라
너희 기도가 바로 너희 귀에도 들리지 않기 때문이다
주님이 자비를 베푸는 데 인색한 것이 아니라
너희가 남의 행복을 기뻐할 줄 모르기 때문이다
주님이 용서를 거부하는 것이 아니라
남의 용서든 주님의 용서든
너희는 받아들일 마음이 전혀 없기 때문이다
주님이 선택된 무리의 숫자를 제한하는 것이 아니라
너희 자신이 그 숫자를 최대한으로 축소하여
너희는 물론, 남들마저도 거기 들어가지 못하게 하기 때문이다

너희 입술은 이미 너희 것도 아니고
주님의 것은 더더욱 아니다
너희 입술은 이미 죽은 입술이다!
그러므로 주님의 이름을 함부로 거기 올리지 마라!

모래 위에 지은 집
(마태오 7:26)

무수한 사람이 진리의 말을 들었다
인터넷 시대에는 누구나 진리를 안다 자부하고
언제든지 필요할 때마다
인터넷에서 진리를 꺼내 사용하면 그만이라고 생각한다
이제 진리란 바닷가 모래처럼 흔하고
싱크대의 행주보다 더 천하게 되었다
장터 같은 결혼식장에서 아무도 듣지 않는 주례사처럼
진리는 이제 상품화한 글의 장식일 뿐
아무도 땀 흘려 실천하지 않는다

그러나 예수는 외친다, 오늘도 이렇게 외치고 있다
나의 말을 수천 번 듣는다 해도
배고픈 사람에게 빵 하나도 주지 않는다면
너희가 들은 설교는 물 위에 쓴 사랑의 맹세다
나의 말을 목이 터져라 광장에서 소리친다 해도

형제를 박해하고 양 우리에서 추방한다면
너희는 나의 제자가 아니라 영원한 적이다

너희가 무수한 십자가로 건물을 장식해도
너희 자신이 십자가를 지고 가지 않는다면
그것은 나의 집이 아니라 악마의 소굴일 뿐이다
너희가 아무리 사랑을 강조한다 해도
사랑의 이름으로 무수히 세례를 베푼다 해도
사랑의 실천이 없다면 너희는 도둑이요 강도다

너희는 나를 잘 안다고 큰소리치겠지만
나는 너희가 도대체 누구인지 전혀 모른다
너희가 왜 세상에 태어났는지조차 전혀 모른다
나는 길을 보여주었지만 너희는 파괴하기 때문이다
나는 진리를 실천했지만 너희는 팔아먹기만 하기 때문이다
나는 생명의 샘을 팠지만 너희는 고갈시키기 때문이다

나는 가난했지만 모든 사람을 사랑했다
너희는 부유하지만 아무도 사랑하지 않는다
이제 너희는 나를 안다고 말할 자격이 없다
너희가 갈 길을 가라! 어둠 속으로 가라!

차라리 진리의 말을 한 번도 들은 적이 없었더라면
신선한 충격에 사람들은 감동할지도 모른다
새로운 눈으로 세상을 발견하거나
새사람으로 변신하거나 각자 선택할 것이다
그러나 이제는 너무 늦었다!
진리를 실천할 마음이 없는 세대는
오만의 벽돌로 모래 위에 집을 지을 뿐이다
하늘을 찌를 듯이!
진리의 홍수가 닥쳐 거짓 진리를 휩쓸어버릴 때
모래 위에 지은 집은 모조리 무너질 것이다
수백 층 빌딩도 흔적 없이 사라질 것이다

그들은 크게 놀랐다
(마태오 7:28)

당대 최고 학자의 가르침마저 비웃던 그들
대사제의 명령마저 코웃음 치며 멋대로 살던 그들
로마제국의 창칼마저 증오로 맞서던 그들
바로 그들이 이름 없는 시골 청년의 말에 크게 놀랐다
너무나 감동하여 즉시 그의 뒤를 따르기 시작했다
왜 그랬을까? 그들은 과연 무엇을 보았을까?
그들이 얻을 수 있으리라 확신한 것은 정말 무엇일까?

그는 철학에 관해 한 번도 들은 적이 없다
그러나 사람이 사람답게 사는 길을 제시했다
그는 신학이라는 것이 있는 줄도 몰랐다
그러나 모든 자녀를 사랑하는 아버지를 보여주었다
그는 산더미 같은 돈이나 보석, 광대한 토지는커녕
초가집 한 채마저 가진 것이 없는 떠돌이였다
그러나 누구나 참된 부자가 되는 방법을 가르쳤다

그는 창도 칼도 군단도 옥좌도 없었다
그러나 아무도 넘볼 수 없는 권위를 발휘했다
그는 진리를, 오로지 진리만을 외쳤고
자기 삶으로 실천하는 진리만을 가르쳤던 것이다

그의 이름을 내세워 무수한 신학박사가 등장했다
그러나 그들은 아무런 권위가 없다
그의 이름으로 교회법이 선포되고
무수한 박사들이 명성을 떨쳤다
그러나 교회법은 세상에 평화를 주지 못했고
박사들이 정말 구원되었는지 여부는 아무도 모른다
교회와 그 지도자들이 부귀와 권력을 누리면 누릴수록
그들의 권위는 더욱 심한 조롱의 대상일 뿐이다

이천 년 전 무식한 군중은 그의 말에 크게 놀랐다
그러나 오늘날 무수한 박사들은 눈도 깜짝하지 않는다
예전에 군중이 놀랐던 사실마저 의심하고
정말 그들이 놀랐다면
그것은 무지와 어리석음의 소치라고 비웃는다
그러나 오늘날 박식과 지혜를 자랑하는 자들이
꿈에도 깨닫지 못하는 것이 한둘이 아니다

그들은 자기 편견을 그의 이름으로 위장하고 있다
그의 가르침보다는 자기 이익을 얻는 방법만 연구한다
그의 가르침을, 실천하기는커녕, 자기합리화 수단으로 악용한다
그를 사랑하기는커녕 그의 이름마저 더럽히고 있다
한 마디로 그들은 그의 가르침은 물론이고
그분 자신마저도 전혀 모르고 있다
오늘날 무수한 군중은 이러한 그들을 바라보면서
참으로 크게 놀라 입만 딱 벌리고 있을 뿐이다

나병환자의 치유
(마태오 8:4)

오만은 영혼의 코가 썩어 떨어져나가게 만드는 나병

그는 다른 영혼의 향기를 맡을 수가 없다

허영은 영혼의 눈이 썩어 말라버리게 하는 나병

그는 주님의 자비의 손길을 알아보지 못한다

위선은 영혼의 피부가 썩어 벗겨지게 하는 나병

그는 자신의 불의와 범죄에 무감각해도 태연하다

방탕은 영혼의 발이 썩어 떨어져나가게 하는 나병

그는 반드시 가야만 하는 곳으로 걸어갈 수 없다

증오와 잔인성은 영혼의 손이 썩어 문드러지게 하는 나병

그는 자비와 용서를 간청할 손이 없다

탐욕은 영혼의 심장을 갉아먹어 버리는 나병

재산이 늘수록 그의 영혼은 죽음의 순간에 더욱 가깝다

나병을 치유해 준 그분은 오늘도 이렇게 말한다:

네 나병이 사라졌다고 사람들에게 자랑하지 마라

온 세상이 너를 성인 군자로 떠받든다 해도

결코 자만하거나 자아도취에 빠지지 마라
영혼의 나병은 언제든지 재발할 위험이 크다
재발하는 경우, 그 마지막은 처음보다 한층 더 비참하다
일단 나병이 치유된 뒤에 네가 할 일은
선행을 하고 자선을 베푸는 것이다
그것이야말로, 오로지 그것만이 치유의 증거이기 때문이다

그러나 오늘날 번영과 출세를 독점한 수많은 사람들은
자기는 나병에 결코 걸리지 않았다고 큰소리친다
그리고 불행한 나병환자들에게 돌을 던진다
그들의 영혼은 형체도 없이 참혹하게 변질된 채
그들의 육체가 무덤에 누울 날이나 기다리고 있다
구원의 희망은커녕 절망에서 벗어날 길마저 차단된 채
세상의 빛을 본 그날을 원망하기만 한다

육체의 나병환자는 그분 앞으로 나아갔다
그러나 영혼의 나병환자들은
결코 그분 앞에 나아가 무릎을 꿇지 않을 것이다
치유해 달라고 간청하지도 않을 것이다
이웃이 권하는 약을 거들떠보지도 않을 것이다
오늘도 그분은 그들을 끊임없이 기다리고 있지만
자기 병을 부인하는 한 그들은 영원히 나병환자로 남을 것이다

주님을 모실 자격이 없다
(마태오 8:8)

진리를 널리 펴기 위해 사방을 걸어 다니는 동안
그분 발은 몹시 심하게 부르텄다
시기, 비방, 증오의 돌부리에 채여 퉁퉁 부었다
우리는 그분 발을 씻어줄 맑은 물이 있는가?

가난한 사람들을 위로하기 위해 모든 것을 베푸는 동안
그분 두 손은 거칠어질 대로 거칠어졌다
조롱, 배척, 학대의 가시에 찔려 피를 흘렸다
우리는 그분 손에 발라줄 순수한 기름이 있는가?

절망하는 사람들을 일으켜주기 위해
희망의 빛을 뿌리는 동안
그분 마음은 지칠 대로 지쳤다
빵, 높은 자리, 권력을 요구하는 아우성에 질려 버렸다
우리는 그분 마음을 채워줄 빈 영혼이 있는가?

수많은 보석이 박힌 거대한 황금 십자가를 바친다 해서
어마어마한 교회를 지어 성전으로 바친다 해서
그분은 기꺼이 받아 거기 편안하게 머무를 것인가?
온 세상의 모든 돈을 받은들 그분은 만족하겠는가?
지상의 모든 나라를 다스리는 왕관을 바친다 해서
그분을 모실 자격이 있다고 자부할 수 있겠는가?

그분을 모실 수 있는 집이란 겸손과 신앙뿐
황제의 궁전인들 그분을 초대할 자격이 없다
그분은 자신이 원하는 시기에 자기만의 방식으로
우리의 뜻은 묻지 않은 채 스스로 찾아온다
우리는 마음을 깨끗이 쓸고 닦은 다음
끊임없이 기도하면서 기다릴 따름이다

한 마디만 해주십시오
(마태오 8:8)

우리는 아버지를 잊고 그분을 등지고 살아왔지만

당신은 우리에게 아버지를 찾아주셨습니다

우리는 당신을 모욕하고 수없이 배신했지만

당신은 우리를 형제로 삼아주셨습니다

당신 말씀은 우주 전체보다 더 무거운 것

이제 이렇게 한 마디만 해주십시오:

내가 너희를 사랑한 것처럼

너희도 서로 사랑하라고 나는 유언했다

내 말을 더 이상 무시하지 마라!

재산이 많을수록, 지위가 높을수록

그리고 권력이 클수록 내 말을 더욱 철저히 실천하라!

선행과 자선이 없는 신앙이란

우상숭배자들이 우상 앞에서 지껄이는 헛소리와

무엇이 다르단 말이냐!

아무것도 자랑하지 마라!

남을 사랑한다는 사실마저도 자랑하지 마라!

백인대장의 신앙
(마태오 8:10)

돈 많은 율법학자는 은밀히 밤에 그분을 찾아갔다

그는 체면을 걱정했고 동료들의 비난이 두려웠던 것이다

그러나 백인대장은 낮에 당당하게 찾아갔다

자기를 위해서도 자기 가족을 위해서도 아니다

그는 자기 하인의 병을 낫게 해달라고 간청한 것이다

신분, 권력, 지위, 재산 등 어느 모로 보나

자기와 비교도 안 되게 보잘것없는 그분에게

참으로 겸손한 자세로 간청한 것이다

그분은 의외의 장소에서 의외의 신앙을 발견했다
그리고 정말 크게 놀라고 또 감탄했다
백인대장은 그분과는 다른, 적대적인 이민족이었고
동족마저도 그분의 가르침을 비웃던 때가 아니었던가!
많은 사람들이 동쪽과 서쪽에서 모여들어
하늘나라의 잔치에 참석할 것이다
그분은 먼 미래의 세대를 내다보며 말했다
아니, 제자들은 그분 말을 미래의 예견으로 알아들었다

백인대장도 그의 하인도 잔치에 참석했을 것이다
그들은 그분의 자비를 굳게 믿었기 때문이다
그러나 지금 입으로만 그분을 찬미하는 무리는
바깥 어둠 속으로 영원히 쫓겨날 것이다

과부에게 죽은 외아들을 돌려주었다
(루카 7:15)

과부는 갑자기 하늘이 무너지는 것을 바라보자

가슴이 천 갈래 만 갈래로 찢어져 피를 철철 흘렸다

두 눈의 눈물샘도 화산처럼 폭발하여 작은 폭포들을 이루었다

외아들이란 어느 과부에게든 평생 의지할 하늘이 아닌가!

외아들이 죽었으니 과부에게 무슨 아들이 더 있겠는가?

가난한 과부였으니 더 이상 바라볼 하늘이 어디 있겠는가?

성문 밖에서 상여와 마주친 나자렛의 목수는

그냥 지나칠 수도 있었다

그러나 그때 과부의 얼굴에 문득 그의 어머니의

얼굴이 겹쳐졌다

아니, 나자렛의 가난한 과부의 얼굴이

그의 시선을 사로잡은 것이다

슬픔과 고독, 절망과 두려움에

숨이 넘어갈 울부짖는 과부를 보고

그는 머지않아 자기 어머니도 겪을 비통한 심정을
절실히 깨달았다
그 과부는 다른 마을의 낯선 여인들 중 하나에 불과했지만
사랑이 넘치는 그가 어찌 한없는 연민의 정을
느끼지 않을 수 있었겠는가?

그는 다가가서 과부의 두 손을 따뜻하게 잡아주고 이렇게 말했다
지금까지 충분히 울었으니 이제는 더 이상 울지 마십시오
그리고 잠시 과부의 얼굴을 응시하다가 낮은 목소리로 속삭였다
당신은 잃은 외아들 대신
이제부터는 수많은 아들을 얻을 것입니다
나를 따르는 제자들이 오늘부터는 모두 당신의 아들들입니다
또한 나의 가르침은 당신 외아들에게
이미 영원한 생명을 주었습니다
그는 죽었지만 결코 죽은 것이 아니라 지금도 살아있는 것입니다

나를 믿고 내 말을 실천하는 당신도 영원히 살 것입니다
그러므로 실성한 사람처럼 통곡하지 말고 장례를 잘 치르십시오

그는 자기 옷소매로 과부의 눈물을 씻어주었다
그러자 과부의 얼굴이 태양처럼 눈부시게 빛나기 시작했다
과부 곁에 서 있던 여인들은 감격에 벅찬 목소리로
이렇게 말했다
주님께서는 위대한 예언자를 자기 백성에게 보내주셨다!
그는 가난한 이 과부에게마저
수많은 새 아들들을 주었기 때문이다!
그 말에 상여를 따르던 사람들이 놀라고 또 두려움에 휩싸였다
그들은 기쁜 소식이 낳은 새 집안의
무수한 가족을 예상해서 놀랐고
그의 가르침이 줄 생명, 그 힘이 발휘할 변화가 두려웠던 것이다

베드로의 장모
(마태오 8:14-15)

베드로는 자기 집에 장모를 모시고 살았다
자기 배를 가지고 고기잡이를 하는 어부였다
그는 물론이고 다른 제자들도
그분이 돌아가신 뒤에도 고기잡이를 계속했다

베드로의 장모는 사위가 배와 그물을 버린 채
하찮은 떠돌이 젊은이, 그것도 자기보다 나이가 어린
나자렛의 목수의 제자가 되었다는 말을 전해 들었다
베드로는 평생 어부가 아닌가!
목수를 따라다녀서 무엇을 배우겠다는 말인가!
장모는 자기 자신과 딸네 가족의 앞날을 생각할 때
너무나 기가 막혀 눈앞이 캄캄해졌다
열이 갑자기 뻗쳐 그만 침대에 몸져눕고 말았다

그때 그분이 베드로의 집에 식사하러 갔다
그리고 베드로의 장모의 손을 잡아주었다
여자를 사람 취급도 않던 당시 관습도 무시한 채
그분은 처음 만난 여자의 손을 잡아준 것이다

그리고 다정한 목소리로 자기 제자의 장모를 안심시켰다
제가 책임질 테니 아무것도 염려하지 마십시오
먹을 것도 입을 것도 전혀 걱정하지 마십시오
모든 것을 하늘의 아버지께서 주실 것입니다

베드로의 장모는 그분의 말을 있는 그대로 믿었다
사위의 결단이 옳았다고 깨달았고
사위에 대한 원망도 분노도 어리석은 짓이라 깨달았다
기우 때문에 침대에 누워 있던 자신이 부끄러웠다
그분 말이 끝나기도 전에 열은 이미 다 식은 뒤였다

베드로의 장모는 침대에서 벌떡 일어나 옷깃을 여민 뒤
그분과 제자들이 앉은 식탁으로 다가갔다
그리고 그들의 시중을 들었다

귀신들린 사람들
(마태오 8:16)

남을 사랑하지 않는 사람은
자기 자신마저도 사랑할 줄 모른다
남을 미워하는 사람은
자기 자신마저도 미워하고 있다
남을 학대하고 해치는 사람은
결국 자기 자신을 학대하고 해치고 만다
부질없는 걱정, 지나친 욕심에 짓눌린 사람은
한낮에도 허깨비를 보게 마련 아닌가!
사람은 사람에게 귀신이다
귀신이란 사람의 마음속에서 튀어나오는 것
그리고 사람의 마음속에 도사리고 있는 것
귀신이란 온갖 종류의 질병을 일으키는
눈에 보이지 않는 세균인 것이다

그런데 그분은 가장 강력한 항생제를 가지고 있었다
그것은 바로 그분 입에서 나오는 한 마디 말
남을 자기 몸처럼 사랑하라!
그러면 남도 너를 자기 몸처럼 사랑할 것이다!
아무것도 두려워 말고 걱정하지도 마라!
그분 자신이 바로 그 한 마디 말이었다!
아무리 심하게 귀신들린 사람들도
그 말 한 마디에 모두 제정신을 되찾았다

나는 베개조차 없다
(마태오 8:20)

내가 어디로 가든지 따라오겠다고 너는 말한다

여우도 굴이 있고 새도 둥지가 있지만

나는 머리 밑에 깔 베개조차 없으니

먹을 것과 이부자리를 어떻게 네게 마련해 주겠느냐?

너는 지금 힘든 노동 없이 잘 먹기를 바라고 있다

가는 곳마다 후한 대접을 받기를 바라고 있다

내 뒤를 따라다니면서 명성을 얻으려고 한다

언젠가 때가 되면 높은 자리에 앉을 꿈을 꾸고 있다

또한 권력과 부귀를 마음껏 누리고 싶어한다

다시 말해 두지만 나는 베개조차 없고

앞으로도 늘 빈손으로 살아갈 것이다

너는 나의 길을 잘못 판단하고 있다

헛된 희망, 지나친 욕심에 눈이 멀었다

너는 나를 따라올 자격이 없다

돌아가라! 네가 원하는 것은 속세에 있다!

죽은 자들이 죽은 자들을 묻도록 하라
(마태오 8:22)

너는 터질 듯한 금화 자루가 그토록 부러운가?
번쩍이는 금붙이와 눈부신 다이아몬드가 탐나는가?
광대한 토지 으리으리한 저택을 손에 넣고 싶은가?
그런 것은 반드시 강한 자에게 약탈당하고 만다
진리에 등 돌린 자들은 죽은 자들일 뿐
네가 설령 그 모든 것을 차지한다 해도
너는 행복은커녕 그 독에 죽을 것이다

부자들의 황금 술잔을 부러운 시선으로 바라보는가?
그들은 그 잔을 잃을까 걱정에 편한 잠도 맛보지 못한다
그들이 즐기는 풍부한 고급 포도주에 군침이 도는가?
그들이야말로 취생몽사에 허망하게 세월을 낭비하는
산송장과 무엇이 다르다는 말이냐?
그들은 황금 마차에 황금 도끼마저 자랑하지만
결국은 그 도끼에 자기 목을 잃을 것이다

모든 사람이 항상 탐내는 그것을 가진 자는 불행하다

많이 차지하면 할수록 그는 더욱 비참하다

탐욕 자체가 바로 그의 무덤이 아닌가!

부러워하는 자에게는 선망이 그의 무덤

질투하는 자에게는 질투가, 강탈하는 자에게는 폭력이,

인색한 자에게는 재산 자체가 그의 무덤이 아닌가!

부자에 대한 증오도 가난한 자에 대한 경멸도

각자 자기 손으로 파는 무덤인 것이다

진리를 외면하는 자는 죽은 자일 따름

그에게는 기쁨도 만족도 행복도 없다

죽은 자들이 죽은 자들을 묻도록 내버려 두어라

지금, 여기서, 그리고 영원히 생명을 얻고 싶다면

너는 나를 따르라! 오직 나만 따르라!

호수에서 만난 거센 파도
(마태오 8:24-26)

그를 따르는 사람은 참으로 많았다

그러나 그의 말을 알아들은 자는 극소수일 뿐

밤낮 같이 생활하는 제자들마저도 그저 구경꾼이었다

긴 여행길에 답답한 심정에 그는 그 누구보다도 더 피곤했다

그래서 배에 오르자마자 곤한 잠에 떨어지지 않았던가!

평소와 달리 매우 거센 파도가 밀어닥치자

십여 명이 탄 쪽배는 침몰 위기를 맞이했다

제자들은 적어도 그렇게 판단하고 겁이 더럭 났다

그들은 죽기가 겁났다

그때뿐만 아니라 항상 죽음을 두려워했다

스승의 안전은 조금도 배려하지 않은 채!

스승이 얼마나 녹초 상태인지는 전혀 생각조차 안 했다

제자라는 사람들이 고작 그 정도였다

그들은 사정없이 그를 흔들어 깨웠다
파도 소리 바람 소리가 하도 커서 목청껏 고함쳤다
선생님! 살려 주세요! 모조리 죽게 되었습니다!
그는 너무나도 기가 막혔다
대부분의 제자는 평생 고기 잡던 어부들이 아닌가!
어부들이 목수에게 배를 구해달라고 소리친단 말인가!
벌떡 일어난 그는 이미 선장이 되어 소리쳤다
뭣들 하느냐? 왜 손을 놓고 하늘만 쳐다보느냐?
하늘은 스스로 돕는 자를 돕는다고 하지 않았느냐?
돛을 올려라! 있는 힘을 다해 노를 저어라!
모두 힘을 합쳐 빨리 이곳을 빠져나가자!

훌륭한 선장은 성난 바다와 파도를 원망하기는커녕
비록 난파당해도 자신의 능력 부족을 탓할 뿐이다
그는 호수와 바람을 꾸짖을 필요가 없었다
오히려 자기에게 기적이나 바라는 무기력한 제자들을
사정없이 호되게 꾸짖었다
각자 자신의 능력을 믿지 않은 채
최선의 노력조차 기울이려고 하지 않는 자들아!
그런 어리석음이 너희를 구해줄 것 같으냐?
돛을 올려라! 힘껏 노를 저어라!

돼지 떼 속으로 들어간 귀신들
(마태오 8:32)

귀신이란 괴로움도 고통도 모르고 다만 파멸할 뿐
진리의 아들이 그들을 괴롭히는 것이 아니라
그들 자신이 그의 앞에서 사라질 따름이다

진리의 빛이 널리 퍼지면 퍼질수록
생명의 길을 걸어가는 사람은 더욱 많아지게 마련
그러면 귀신들은 지상에서 깃들일 곳이 날로 줄어
결국 마지막으로 운명의 채찍을 맞을 수밖에는 없다

돼지는 탐욕 불신 쾌락 절망의 상징
귀신들은 원래 돼지의 그림자
이제 돼지와 귀신이 하나로 결합되어
파멸의 비탈을 내리달리다가 사라지고 말았다

사람들이 몰려와 그에게 썩 꺼지라고 아우성쳤다
그들은 그의 말에 귀를 막았다
그들은 돼지 떼를 버리기도 싫었다
그들 자신이 돼지였기 때문이다

그는 아무 말 없이 그곳을 떠났다
그러나 언젠가는 다시 찾아갈 것이다

중풍환자의 치유
(마태오 9:6)

도둑질이나 간통을 저질러 중풍에 걸린 것은 아니었다
죄를 지은 결과 중풍에 걸린다면
지상에는 제 발로 걸어 다닐 자가 하나도 없을 것이다

그는 대사제들의 가르침을 헛소리라고 여겼고
율법학자들의 말도 속임수라고 간파했다
천하에 그 누가 아무리 거룩한 소리를 해도
그는 아무도 아무것도 믿지 않았다

차라리 죽고 싶은 심정
영혼마저 절대적 절망에 사로잡혔다
불신과 절망은 결국 그의 육신마저 마비시키고 말았다
그러나 자포자기 상태에서 그분 앞에 끌려간 그는
자기도 모르게 속으로 크게 놀랐다
기이하게도 호기심이 샘솟기 시작한 것이다
호기심이란 사람이 살아있다는 증거가 아닌가!

그때 그분이 입을 열었다

너의 죄는 용서되었으니 용기를 내라!

중풍환자는 불신과 절망이 죄라는 것을 처음 깨달았다

그러나 그것을 이미 알면서도 위선의 죄를 계속 짓던

율법학자는 그분이 신을 모독한다고 비난했다

그는 자기 죄를 사람들 앞에서 숨기고 싶었기 때문이다

그분이 다시 입을 열었다

일어나 네 침대를 들고 집으로 돌아가라!

중풍환자는 일어났다 오로지 그분만은 믿었기 때문이다

사람들은 놀랐다 그러나 가장 크게 놀란 것은

중풍환자 자신 그리고 율법학자였다

환자는 기쁨 속에, 학자는 수치 속에 각각 놀란 것이다

죄에 대한 용서
(마태오 9:6)

죄인이 다른 죄인의 죄를 용서해 주는 것은

결코 권리가 아니라 날마다 베풀어야 할 의무다

너희는 서로 사랑하라고 그분은 말했다

용서 없이 사랑이 가능하겠는가?

그래서 일곱 번씩 일흔 번도 용서하라고 했다

죄를 지은 형제가 용서를 간청한다면

그는 이미 죄를 뉘우친 다음이 아닌가?

거기 무슨 다른 형식이 또 필요하단 말인가?

우리와는 참으로 달리 그분은 죄인이 아니었다

죄가 있다면, 공공연히 진리를 전파하고

모든 사람을, 원수마저도 자기 몸처럼 사랑한 죄뿐이다

그분이 죄인들을 용서하는 것은

결코 의무가 아니라 영원히 지닌 권한이다
그러나 그분은 마치 의무를 이행하기라도 하듯
모든 죄인을, 자기를 죽이는 자들마저도 용서했다

그러나 우리는 마치 죄인이 아닌 듯 위장한 채
날마다 남을 심판하는 재판석에 앉는다
복잡한 형식과 절차와 함정을 만들어 놓고
용서의 권리와 권한이 있다고 큰소리친다
일곱 번씩 일흔 번은커녕 단 한 번도 용서하지 않고
오히려 번번이 단죄하고 처벌한다
그러면서도 그분을 따른다고 자만한다
우리는 과연 그분의 용서를 받을 자격이 있는가?

의사는 환자들에게 필요하다
(마태오 9:12)

의사가 환자들에게 필요하다면
환자들은 누구에게 필요한 것일까?
환자들에게 필요한 것은 의사보다도 돈이 아닐까?
의사에게 필요한 것은 환자들보다도 돈이 아닐까?

환자들이 의사의 고마움을 모르고 돈만 믿는다면
의사들이 참된 의술을 외면한 채 돈만 밝힌다면
도대체 이 세상은 어떻게 굴러갈까?

환자란 자동차 수리공장에 들어갈 중고차 신세
의사란 중고차나 수리하는 기능공 신세
둘 다 돈이라는 무지개의 허깨비를 보는 정신병자들
환자는 자기 병이 왜 나아야 하는지도 모르고
의사는 환자를 왜 치료해야 하는지 깨닫지 못한다

의사는 환자들에게 절대로 필요하다
그러나 의사들에게도 환자들이 절대로 필요하다
의사 없이는 환자가 죽고
환자 없이는 의사도 죽는다

환자라고 해서 기죽을 필요는 없고
의사라고 해서 잘난 척 으스댈 것도 없다
의사도 병 들면 환자
환자도 치유되면 의사가 된다
오늘은 의사지만 내일은 환자가 아닌가!

나는 죄인들을 부르려고 왔다
(마태오 9:13)

사제들의 가르침을 고분고분 따르는 사람들

율법학자들의 지도를 하늘같이 믿는 사람들

성전에 제물을 꼬박꼬박 바치는 사람들

단식과 자선행위를 자랑하는 사람들

그런 사람들은 참으로 많기도 하다

그들은 스스로 올바른 사람이라고 뽐내며

죄인들을 경멸하고 또 모욕한다

자만을 귀마개로 하여 자기 귀를 막은 사람들

나는 그들을 부르려고 오지 않았다

내버려두어도 그들은 스스로 제 갈 길을 간다

그들의 길은 구원의 좁은 문이 결코 아니다

죄인일수록 죄를 짓는 핑계는 한없이 많기도 하다

그들은 올바른 사람들을 무시하고 조롱한다

하늘조차 무시하고 지상에서 영원히 살듯이

불의와 폭력을 일삼는다
자기 말과 행동은 무조건 모두 옳다고 믿고
궤변과 가면으로 두 눈이 먼 그들
나는 이런 종류의 죄인을 부르려고 오지도 않았다
내버려두어도 그들은 스스로 제 갈 길을 간다
그들의 길은 넓고도 매우 편한 길이다

세상에는 죄인다운 죄인들이 참으로 드물다
그들은 대개 비천하고 가난하다
목구멍이 포도청이란 말만 들어도 눈물 짓는다
자신이 죄인임을 뼈저리게 인식한 채
밤마다 몰래 숨어서 주먹으로 자기 가슴을 친다
그리고 하늘을 향해 기도한다 용서해 주십시오!
나는 이러한 죄인들을 부르려고 왔다
나는 그들을 도저히 내버려둘 수가 없다
그들은 사제들과 율법학자들에게 쉽게 속고
어느 것이 좁은 문인지조차 모르기 때문이다

겸손으로 귀가 열리고 갈망으로 가슴이 열린 그들
나는 그들을 구해주고야 말 것이다
오직 그들만이 나의 말을 알아듣고 또 실천하며
오직 그들만이 나의 참다운 양 떼기 때문이다

세리 마태오
(마태오 9:9)

자기 마을에서는 제법 유지 행세를 했겠지만

지방 세관의 한낱 세리에 불과한 그가

아무리 부자라 해도 뭐가 그리 대단했겠는가?

창고에 산더미같이 뇌물이 쌓여 있었을까?

호의호식에 신물이 나 엉뚱하게 딴생각을 했을까?

동족의 돈을 거두어 로마에 바치는 세리 노릇도 싫증나

새삼 자존심 또는 반발을 느꼈을까?

전통적 신앙심이 유난히 깊은 것도 아니었다면

나를 따르라는 낯선 사내의 말 한 마디에

그가 자리에서 벌떡 일어나 따라간 이유는 무엇일까?

따라간들 세리보다 더 높은 지위가 보장될 리도 없었다

돈을 더 많이 벌게 해준다는 약속도 없었다

따라가든 말든 전적으로 그의 자유

위험도 위협도 전혀 없었다

그런데 왜 굳이 자리에서 일어나 따라갔던가?

권태! 호기심! 바로 그것이 그를 일으켜 세웠던 것이다

그는 그분과 제자들을 위해 집에서 상을 차렸다

그 일대 세리들과 건달패들이 몰려들었다

떠돌이 선교사의 설교를 위해 판을 벌린 것이다

그때 그분은 점잖게 그를 꾸짖었다

나는 죄인들을 부르려고 왔다!

그는 죄인이라는 지적을 공개석상에서 처음 받았다

그를 감히 죄인으로 취급한 사람은 그분이 처음이었다

털어서 먼지 안 날 사람이 어디 있겠소?

그는 그렇게 소리 높이 항변하고 싶었다

세리라면 누구나 다 그렇게 대들고 말 것이다

그러나 그는 침묵했다

처음 보는 식객이 집 주인을 꾸짖고 있는데도

이상하게도 그는 그분이 매우 마음에 들었기 때문이다

이제 그는 더 이상 로마의 앞잡이도 죄인도 아니기 때문이다

신랑이 없는 피로연
(마태오 9:15)

목적 없는 단식은 단순히 굶주림일 뿐

사람들의 칭찬을 바라는 단식이란 남을 속이는 자학

명성과 출세를 노리는 단식은 하늘을 속이는 짓이 아닌가!

요한의 제자들과 바리사이들은 자주 단식했다

그러나 그들은 해서는 안 될 말을 하여

자신의 단식의 목적이 무엇인지 스스로 폭로했다

왜 당신 제자들은 단식을 하지 않는 거요?

그것은 분명 그분 자신에 대한 날카로운 비난이었던 것이다

참된 단식의 사람은 남이야 단식을 하든 말든

관심도 없고 눈여겨 감시하지도 않는 법이 아닌가!

극기를 통해 겸손의 진리를 깨닫지 못한다면

배고픔을 통해 가난한 사람들의 고통에 참여하지 못한다면

절약을 통해 자선을 베풀 줄을 모른다면

아무리 자주 단식한들 누구에게 무슨 소용이 있단 말인가?

단식이라는 형식과 제도를 위해 사람이 태어났는가?
무수한 사람에게 혜택을 베풀어주기 위해서
단식이라는 것이 원래 실시된 것이 아니었던가?

단식은 지혜의 빛을 간청하는 기도
진리와 사랑이 없는 곳에서는 단식을 해야만 한다
반면에 진리의 말씀을 날마다 전파하는 그분
가는 곳마다 사랑을 실천하는 신랑이 있는 곳에서는
흥겨운 잔치만 있을 뿐 단식은 불필요하다
그러나 신랑은 언제까지나 지상에 머물 수는 없다
그분도 우리와 똑같은 유한한 목숨의 사람이고
처음부터 자신이 가야 할 곳이 따로 있었기 때문이다

때가 되면 그분은 떠나갈 것이다
그러면 피로연이 끝나고 단식이 시작될 것이다

그 단식은 단순한 굶주림이 아니라
추방 고문 박해 그리고 죽임이다
그분처럼 단순히 십자가에 못 박히는 것이 아니라
사지가 갈가리 찢기고 사자 밥이 되는 것이다
순교자 명단에 올라 성인으로 추앙되는 것이 아니라
이름도 없이 어디선가 구덩이에 파묻히는 것이다

자주 단식한다고 해서 남을 비난하지 마라
구원은 한 줌의 위장에서 오는 것이 아니다
진리와 사랑을 담은 무한한 그릇
남을 위해 목숨을 던지는 그 마음에서 오는 것이다

새 포도주는 새 부대에 담아라
(마태오 9:17)

낡은 포도주는 이미 발효가 끝나 맛이 변하기 시작한다

부대도 포도주와 더불어 이미 낡았다

너희가 품은 편견 독선 아집 증오 탐욕

그리고 거기서 나오는 방탕 쾌락 부정부패 폭력 따위는

생명의 활력소를 모두 잃은 낡은 포도주다

회개를 거부하는 너희 낡은 부대에는 낡은 포도주뿐이다

새 포도주는 발효하기 시작하여 날이 갈수록 맛이 더 좋다

겸손 가난 화해 용서 사랑

그리고 거기서 나오는 절제 정의 자선 평화야말로

무수한 사람에게 생명을 주는 새 포도주다

회개하고 좁은 문으로 들어가는 새 부대만이

이 새 포도주를 담아도 안전하다

나에게는 천 년이 하루와 같다

그런데 나를 따른다는 너희가 아침에는 새 부대였지만

오후인 지금은 어느덧 낡은 부대로 변했다

한때 너희가 마시던 새 포도주는 지금 어디 있느냐?

왕궁보다 더 화려한 교회 안에 새 포도주가 있느냐?

돈이 가득 찬 금고 안에 새 포도주가 있느냐?

그것은 금실로 수놓은 옷과 모자와 금 지팡이에 있느냐?

설령 새 포도주가 어딘가 있다고 한들

너희는 과연 그것을 담아도 안전한 부대인가?

새 포도주를 담을 새 부대가 적지는 않다

그러나 모두 텅 비어 있다

헌 부대들이 새 포도주를 독점한 채 자기는 찢어지면서도

새 부대를 채위주지는 않기 때문이다

나는 이제 거대한 갈고리를 휘둘러

헌 부대를 모조리 긁어 모을 것이다

그리고 꺼지지 않는 불로 남김없이 태워버릴 것이다

마지막 날까지 기다릴 것도 없다

지금 당장! 여기서! 태워버려야겠다

헌 부대들의 악취가 지상의 구석구석은 물론이고

드넓은 하늘마저도 온통 뒤흔들어 놓고 있기 때문이다

제 딸이 방금 죽었습니다
(마태오 9:18)

새 포도주는 새 부대에 담으라고 말하는
바로 그분이야말로 새 포도주를 가지고 있었다
회당 지도자는 그 포도주를 맛보기를 갈망했다
그때 사람들이 다가와 그에게 슬픈 소식을 알렸다
그는 비통한 심정으로 그분에게 다가가 간청했다
제 딸이 방금 죽었습니다
제 딸에게 생명의 새 포도주를 부어 주십시오

그는 공개적으로 자신의 믿음을 고백하지 않았다
그분도 그의 체면을 고려하여 굳이 묻지도 않았다
그러나 그가 영원한 생명을 갈망하고 있다는 것을
이심전심으로 충분히 알 수가 있었다
다만 그의 갈망은 죽은 자의 부활을 요청하는
참으로 대담한 도전이기도 했다
그분이 자리에서 일어나자 제자들도 따라 일어났다

그들은 죽은 자의 부활을 믿지 않았다
호기심 불안 기대 그리고 타성으로 그분 뒤를 따랐을 뿐이다

회당 지도자의 딸은 분명히 숨을 거두었다
회당 안팎에서 사람들이 내쉬는 위선의 악취를
어린 소녀는 더 이상 견디어 내지 못했기 때문이다
사람들은 소녀가 죽었다고 단정했다
회당 지도자도 초상집에서 피리 부는 자들도
돈을 받고 곡을 하는 여인들도 소란 피우는 군중도
바로 자신들의 죄악과 위선의 관습 때문에
천진한 소녀의 숨결이 멎은 줄은 깨닫지 못했다

그러나 그분은 단호한 어조로 그들을 꾸짖었다
어린 소녀는 죽은 것이 아니라 잠이 들었을 뿐이다!
공연히 떠들지 말고 모두 밖으로 나가라!
죽은 것은 소녀가 아니라 바로 너희들이 아니냐?

영영 깨어나지 못하는 잠이 든 것도 소녀가 아니라 바로 너희다!
그들은 그분의 머리가 돌았다고 비웃었다
밝은 태양 아래 백일몽이나 꿈꾸는 몽상가
시체 앞에서도 죽음이 무엇인지 모르는 백치라고 조롱했다

방 안에 홀로 남은 그분은 소녀를 내려다보았다
그리고 앞으로 소녀가 치러야 할 단식
가난과 박해와 처형의 단식을 곰곰이 생각했다
소녀에게는 영원한 잠보다도 새로운 단식이 더 필요하고
그것이 더 가치 있고 또 영광스러운 것이 아닌가!
이 소녀는 깊은 잠에서 반드시 깨어나야만 한다!

그분은 소녀의 손을 잡고 귓가에 속삭였다
일어나라!
네 앞에는 새 삶 새 사명이 기다리고 있다!
소녀는 그분을 본 적도 그분 말을 들은 적도 없고
더구나 그분 말을 믿는다고 고백한 적도 없었다
그러나 그분 말은 소녀의 영혼을 먼저 뒤흔들었다
그분의 체온이 소녀의 온몸에 퍼져나갔다
회당 지도자 야이로와 그의 집안은 그날
새 포도주의 맛에 흠뻑 취해 버렸다

그분 옷자락만 만져도 구원이 온다
(마태오 9:21)

아무리 자기 병을 감추어도 마을 사람들은 알았다
그 여인이 12년 동안 하혈에 시달리고 있다는 것을
용한 의사든 돌팔이든 여기저기 찾아다니다 보니
재산은 이미 바닥이 난 지가 오래되었고
내일이면 길바닥에 나앉아 구걸할 지경이었다
전통에 빛나는 율법도 웅장한 예루살렘 성전도 그 여인이
절망의 낭떠러지에서 추락하는 것을 막을 길이 없었다

입에서 입으로, 마을에서 마을로
소문의 파도는 참으로 세차게 퍼져나갔다
속을 대로 속아온 여인은 호락호락 믿지 않았다
그러나 때로는 희망이 절망보다 강한 법
혹시나 하는 마음에 여인은 사람들을 따라가 보았다
제 딸이 방금 죽었습니다
그러나 당신 손을 얹어주면 제 딸이 살아날 것입니다

여인은 자신이 환청을 듣는다고 생각했다
회당 지도자가 연하의 젊은이에게 간청하는 것은
단순히 질병의 치유가 아니라 불가능한 일이었던 것이다

그 순간 여인은 군중의 기대가 무엇인지 보았다
사회 지도층 인사마저 믿음이 얼마나 강한지도 깨달았다
그리고 이루어질 것이라고 전혀 믿지 않으면서도
실낱같은 기대를 품고 그분 곁에 다가선 자기 자신
죽은 딸의 회생을 바라는 아버지의 간절한 소망에 비하면
정말 아무것도 아닌 하혈이 멎기를 바라는 자기 자신
그러한 자기 자신이 한없이 부끄러워졌다
동시에 그분 주위에서 소용돌이치는 믿음의 불기둥에
어느덧 휩쓸려 불타는 자신의 영혼을 보았다

여인의 몸과 마음은 이미 변화하기 시작했다
그래서 자기도 모르게 여인은 혼잣말로 중얼거렸다
저분의 옷자락만 만져도 나는 구원될 것이다!
구원, 그것만 얻는다면 치유는 없어도 좋다!
그러자 그 말에 그분이 대답했다
구원을 주는 것은 나의 옷자락이 아니라 바로 너의 믿음이다!
여인은 상상조차 못하던 영혼의 평화를 먼저 얻었다
이어서 기대하지도 않던 치유마저 덤으로 얻고 말았다

소경 두 사람의 눈을 열다
(마태오 9:29)

길에서 구걸하던 소경 두 사람이 그에게 자비를 간청했다

그는 아무런 대꾸도 하지 않은 채 그냥 지나갔다

그들의 믿음이 아직 익지 않았다고 간파한 것이다

그러나 집 안까지 그의 뒤를 따라 들어가면서

그들은 애절한 목소리로 계속해서 간청했다

다윗의 자손이여! 우리에게 자비를 베풀어 주십시오!

다윗의 자손이란 이스라엘 민족을 구할 목자가 아닌가?

그러면 그들이 원하는 자비는 무엇이었던가?

그가 엄숙한 목소리로 그들에게 물었다

너희가 간절히 고대하는 사람, 너희 눈을 열어줄 목자

내가 바로 그 착한 목자라고 믿느냐?

소경 둘은 한 목소리로 외쳤다

주님은 참으로 우리의 영원한 목자이십니다!

그의 발걸음 소리를 따라 한참 뒤따라가는 동안

그들의 믿음은 이미 급속히 성숙했던 것이다

이윽고 그가 손으로 그들의 눈을 각각 만지며 말했다
재물과 쾌락에 눈먼 자들아! 가진 것을 다 팔아
너희보다 더 가난한 자들에게 나누어 주어라
그것이 너희에게는 진정한 사랑의 실천이다
너희는 서로 사랑하라!
그러면 쾌락을 탐내지 않아도 큰 기쁨을 누릴 것이다
다만 왼손이 하는 것을 오른손이 알지 못하도록
사랑의 실천마저도 결코 소문나지 않도록 조심하라

그들은 그 순간 눈이 열렸다
또한 숨겨두었던 재물로 사방에서 자선을 베풀기 시작했다
그러나 아무리 소문을 막으려고 애써도 허사
왼손의 일을 오른손이 모르게 하기란 불가능했다
사실 그도 그런 것을 이미 알고 있었다

새사람이 되었다는 사실만으로도 오만해지기 쉬운 법
자선을 베풀다 보면 자기도 모르게 오만해지기 쉬운 법
그는 그것을 미리 경고했을 뿐이다
그들은 그의 소문을 널리 퍼뜨렸다
전혀 딴사람이 된 그들 자신이 소문의 원천이었고
그들 덕분에 새로 눈이 떠진 무수한 사람 자신이 바로
소문에 날개를 달아주었던 것이다

벙어리 귀신
(마태오 9:33)

바리사이들 손에 끌려 그분 앞에 온 벙어리
귀신 들린 벙어리는 온몸을 부들부들 떨었다
이자를 당장 돌로 쳐라!
그는 그런 말을 자기 귀로 들을 줄 알았던 것이다

그는 너무 가난해서 안식일을 지키지 못했다
그는 너무 착해서 바리사이들의 말을 따르지 않았다
그는 너무 정직해서 바른말만 했다
바리사이들은 그를 추방하고 죽음으로 위협했다
그는 마음이 너무 약해서 입을 굳게 다물었다
그들은 그가 귀신들린 자라고 낙인찍었다

그때 그분은 이렇게 말했다
율법학자와 바리사이, 너희는 독사의 무리다!
자기 손으로는 노동을 전혀 하지 않으면서도

백성들이 땀 흘려 일한 결실을 강탈해 먹는다
안식일이란 사람을 위해 만들어진 제도일 뿐
사람이 안식일을 위해 태어난 것은 결코 아니다
바른말을 하는 사람은 누구나 다 예언자다
그러나 독사의 무리는 언제나 예언자를 죽이고 만다
귀신들린 사람은 이 벙어리가 아니라
바로 저 독사의 무리다!
아니, 독사의 무리야말로 바로 귀신이다!

귀신들린 벙어리가 감격의 눈물을 흘렸다
그리고 참으로 오래간만에 혀가 풀렸다
주님! 지금까지 어디에 계셨습니까?
바리사이들과 그분의 대결을 지켜보던 군중은 놀랐다
수군거리는 소리가 호수의 파문처럼 번져나갔다
예언자들의 시대 이래 이런 일은 처음이다!

그러나 민심을 잃은 독재자들이 늘 그러하듯
바리사이들도 고분고분 물러설 리는 전혀 없었다
그들은 소란한 군중의 머리 위로 소리쳤다
저자는 귀신 두목의 힘을 빌려 귀신을 쫓아낸다!
그들의 권력과 위세에 눌려 군중이 잠잠해졌다
이윽고 그분이 다시 입을 열었다
너희 두목은 남에게 힘을 빌려주어서
부하인 너희들을 추방하고 죽이겠느냐?
군중은 배를 잡고 웃었다
그 웃음소리에 예루살렘 성전 기둥들이 흔들거렸다
동시에 그분은 살기 찬 증오의 표적이 되었다

그는 모든 도시와 마을을 돌아다녔다
(마태오 9:35)

어느 도시 어느 마을에나 그를 기다리는 양들이 있다
그래서 착한 목자는 모든 곳을 찾아가서 가르쳤다
어느 도시 어느 마을에나 그를 기다리는 적들도 있다
그러나 자기 양들을 위해 목숨마저 던지는 그는
그들의 함정을 겁내지 않고 어디나 찾아가서 소리쳤다

오늘날에는 단독주택이든 아파트든 가리지 않고
대문마다 방마다 서로 멀고 먼 도시
한 지붕 밑 가족들마저도 서로 멀고 먼 마을
아니, 개인의 마음마저도 어제 오늘이 전혀 다른 집이다
착한 목자라면 집집마다 무수한 양들을 찾아다녀야 하지만
오늘날의 목자들은 마치 자신이 생명의 샘이라도 되는 듯
양들이 찾아오기만 한가롭게 기다리고 있다

그는 발바닥이 부르트도록 걸어서 돌아다녔다
해가 저물 때 마을 사람들이 길을 막는가 하면

돌팔매에 쫓기고 벼랑 앞에 끌려가기도 했다
고향에 돌아갔을 때는 외면과 조롱만 받았다
그래도 그는 줄기차게 걷고 또 걸었다
자신의 시간이 얼마 남지 않았다고 잘 알았던 것
한 시간인들 하루인들 너무나도 귀중하고 아까웠던 것이다

오늘날에는 반드시 걸어서 다녀야만 하는 것은 아니다
자전거 오토바이 자동차 배 비행기 무엇이든지 있다
오늘도 수많은 목자들이 걸어다니고
산 넘어 강 건너 밀림과 사막조차 파고들지만
사람들의 마음이 자꾸만 멀어지는 이유는 무엇인가?

그는 군중을 바라보았다
목자 없는 양 떼처럼 시달리며 허덕이는 군중을 바라보았다
그리고 자기 눈에 보이는 사람들을 가엽게 여겼다
진리와 사랑의 빛에서 벗어나
세월의 도살장에 끌려가는 가축처럼 보였기 때문이다
오늘날의 사람들도 그 군중과 조금도 다르지 않다
그러나 과연 누가, 과연 몇 사람이나
무수한 백성을 진심으로 가엽게 여기고 있을까?
혹시 목자를 자처하는 수많은 사람들 자신이야말로
그가 오늘도 가엽게 여기는 양 떼가 아닐까?

추수할 것은 많지만 일꾼은 적다
(마태오 9:35)

좋은 씨든 나쁜 씨든 수십 수백 배 결실을 내는 반면
추수할 일꾼이란 그렇게 가을에 늘어나는 것은 아니다
그러니 추수할 것은 많은데 일꾼은 항상 적은 법
어느 시대나 어느 곳에서나 사정은 매일반이다
그러므로 더 많은 일꾼을 보내달라고 주인에게 요청하라!

일꾼이란 숫자가 많을수록 과연 다다익선인가?
어느 시대나 어느 곳에서나 정말 충실한 일꾼은 적고
게으른 자 꾀부리는 자가 더 많게 마련이 아닌가?
주인 눈치나 보며 아첨하는 자는 그 얼마나 많은가?
차라리 정직하고 유능한 일꾼을 먼저 파악하고 나서
거기 맞게 좋은 씨만 뿌리는 것이
나쁜 씨는 미리 걸러서 없애버리는 것이
한층 더 지혜롭고 유익하며 헛수고를 줄이지 않겠는가?

너무 많이 추수하면 곡물 값이 폭락한다고
저장할 창고도 부족하다고 일꾼은 걱정할 것인가?

농사보다는 목축업이 더 수익성이 높다면서
주인을 어리석다고 비난할 것인가?
일손이 부족하다면 노예를 대량 수입하거나
농기계를 더욱 개량하라고 말할 것인가?

식량과 사료를 생산하는 경우 일꾼도 할 말은 있다
그러나 사람을 추수하는 역사의 밭에서는 그렇지 않다
무슨 씨를 뿌리든 어떻게 추수하든
그것은 밭을 소유한 주인이 마음대로 하는 일이니
일꾼이 건방지게 간섭할 수도 없는 노릇이다
일꾼은 주인이 시키는 대로 일만 하면 그만
밭에서 썩는 곡식은 그렇게 썩는 것이 운명
곡식과 함께 밭을 갈아엎은들 무슨 상관이냐?

선행이든 죄악이든 추수할 것은 날로 많아지는데
일꾼 자체가 턱없이 부족하다
일꾼들의 성의도 솜씨도 예전 같지 않다
열심히 일하기는커녕 곡식을 빼돌려
자기 배를 채우는 일꾼들이 오히려 더 많다
그러므로 더 많은 일꾼을 주인에게 요청하라
더욱이 너희 자신보다 더 훌륭한 일꾼들을 보내달라고 하라

너희는 무료로 받았으니 무료로 주어라
(마태오 10:8)

너희는 두루 걸어 다니면서 나의 가르침을 전파하라

근심 걱정으로 병들고 기진한 환자들에게는 생명의 양식을 주어

그들이 원기를 회복하고 삶을 사랑하게 만들어라

탐욕으로 산송장이 된 자들에게는 만족하는 방법을 가르쳐서

그들의 영혼을 죽음의 늪에서 건져내고 되살려내어라

온갖 죄악으로 더럽혀진 나병환자들은 참회하게 하여

죄를 버리고 스스로 나병에서 벗어나도록 하라

증오의 귀신이 들린 사람들에게는 사랑을 심어주어

그들 자신이 남을 괴롭히고 학대하는 귀신이 되지 않도록 하라

너희는 나의 가르침을 무료로 받았으니

언제나 어디서나 누구에게나 무료로 주어라

너희는 물을 만들지도 않았고 만들 수도 없다

또한 너희 이름이 아니라 나의 이름으로 세례를 준다

그러므로 세례를 줄 때는 언제나 무료로 하라

사람들을 위해 나의 이름으로 기도해 줄 때도
역시 언제나 어디서나 무료로 기도해 주어라
사람들의 죄를 용서해 줄 때도
너희 이름이 아니라 나의 이름으로 용서해 주는 것이다
그러므로 무료로 용서하고 아무것도 요구하지 마라
산 사람이나 죽은 이를 위해 제사를 바칠 때에도
너희 이름이 아니라 나의 이름으로 바치는 것이다
그러므로 언제나 어디서나 무료로 제사를 바치고
제물이나 촛불 등을 구실로 어떠한 대가도 받지 마라

너희가 예루살렘 성전의 썩은 사제들을 본받아
가혹하게 십일조를 거두어 너희 창고를 가득 채우거나
호의호식하거나 권력을 휘두르며 백성 위에 군림한다면
너희는 이미 나의 제자가 아니라
나의 가르침을 파괴하는 최대의 적이다

내가 새로운 계명을 주었는데도 불구하고
너희가 새로운 율법의 굴레를 사람들에게 씌워
내 양 떼가 사방에 흩어져 방황하게 만든다면
그들이 구원의 길에서 벗어나도록 바른길을 막는다면
너희 오류 부패 타락이 바로 너희 자신의 멸망이 될 것이다

너희는 모든 것을 무료로 받았으니
모든 사람에게 무조건 무료로 주어라
나의 가르침을 돈벌이 수단으로 결코 악용하지 마라
착취나 지배의 수단으로도 절대 남용하지 마라
너희가 무료로 주지 않고 손아귀에 무엇을 움켜쥐든
그것은 너희 영혼을 태우는 영원한 불이 될 것이다

돈을 가지고 다니지 마라
(마태오 10:9)

진리의 원천을 너희가 모르고 있을 때
하늘나라는 너희에게서 참으로 멀고도 멀었다
그러나 이제 그 빛이 너희를 비추기 시작했으니
그 나라는 너희에게 참으로 가까이 다가온 것이다
너희는 밀림이든 사막이든 지상 저 끝까지 가서
바로 이 사실을 모든 사람에게 큰 소리로 선포하라
그들이 너희 말을 알아듣고 죄를 뉘우친다면
영원한 평화를 발견하고 언제나 만족할 것이다

그러나 금화든 은화든 돈이 든 자루는 가지고 다니지 마라
하늘나라를 선포하는 데 무슨 돈이 필요하겠느냐?
너희는 진리의 빛이 아니라 그 전령에 불과하다
평화를 주는 것은 너희가 아니라 진리 자체다
새사람을 만드는 것은 너희 능력이 아니라 나의 이름이다

너희가 만일 돈으로 하늘나라를 세우려고 한다면
그 나라는 지상에서 더욱더 멀어질 따름이다

하늘나라는 바로 너희 마음속에 들어 있는 것이다
아니, 그것은 사랑 진리 평화가 깃든 너희 마음 자체다
너희가 돈 자루를 무겁게 채우면 채울수록
마음은 더욱 공허해지고 영혼은 썩어서 죽는다
무엇을 먹을까 어디서 하룻밤을 묵을까 걱정하지 마라
너희가 돈 자루 없이 오직 진리만 가르친다면
사람들도 참된 돈 자루 즉 자신의 영혼을
너희에게 아낌없이 모두 바칠 뿐만 아니라
사랑 헌신 협력으로 그것을 가득 채울 것이다
그것이야말로, 오직 그것만이
너희에게 필요한 일용할 양식이 아니겠느냐?

제자들의 파견
(마태오 10:5)

로마 제국보다도 당나라보다도 천 배 만 배 이상 더 크고

천 년이 아니라 영원히 이어질 나라

그는 그러한 나라를 지상에 세우기 시작했다

그러나 탁월한 전략가도 장수들도 없었다

각 분야의 천재도 박사도 유능한 관리들도 모으지 않았다

인재를 뽑는 어려운 시험도 실시한 적이 없다

그는 황제도 왕도 되려고 하지 않았다

제자들을 뽑을 때 학력이나 자격증 따위는 요구하지도 않았다

열두 명 가운데 대부분은 문맹의 어부들

사회 계층의 밑바닥을 차지하는 사람들이 아닌가!

돈 자루를 가지고 다니지 마라!

어느 제자에게 금화나 은화가 있었던가?

식량도 여벌의 옷이나 신발도 가지고 가지 마라!

어느 제자에게 그러한 여유가 있었던가?

그러나 그들은 높은 자리를 차지하려고 서로 다투었다
그들은 돈도 지위도 권력도 원했다
그래서 그는 단호하게 명령했다
너희는 권능을 거저 받았으니 거저 주어라!
가장 낮은 사람이야말로 가장 높은 사람이다!

그의 영토는 지상의 모든 마음
그의 무기는 진리와 사랑과 평화뿐
무식하고 어리석고 힘도 없는 한줌 제자들을 파견할 때
그는 과연 하늘나라 건설의 성공을 믿었던가?
시체가 있는 곳에 독수리 떼가 몰려들듯
그는 제자들이 수없이 불어나는 앞날을 내다보았다
그들 사이의 시기 질투 경쟁 분열 살육 전쟁도 내다보았다
도금한 자신의 동상도, 보석 박힌 순금의 왕관도 내다보았다
유다 이스가리옷뿐 아니라 무수한 제자들의 배신마저 예견했다

그럼에도 불구하고, 바로 그러한 예견 때문에 그는 확신했다
하늘나라를 지상에 건설하는 것은 나의 제자들이 아니다
무수한 사람이 바치는 순교의 제사도 아니다
그것은 오직 나의 죽음
피로 물들여진 나의 십자가뿐
게다가 그 십자가란 황금 십자가가 아니고
보석으로 장식된 십자가도 아니며
장식품 부적 디자인으로 전락한 십자가도 아니다
그것은 자비와 사랑의 이슬비를 마시는 나무
헌신과 자선의 세월로 나이테가 늘어가는 나무
결국 자기 목숨마저 내어준 그 나무로 만든 십자가다

그가 제자들을 파견한 것은
하늘나라의 선포 그것만을 원했기 때문은 아니다
오히려 그가 간절히 바란 더 큰 목적은
어리석은 문맹자들 지위와 권력을 탐내는 제자들
그들 자신이 먼저 하늘나라의 참의미를 깨닫고
완전히 변신한 새사람이 되는 것이었다
그러나 길을 떠나는 제자들은 여전히 어둠 속을 헤맸다
이천 년이 지난 오늘날에도
우리는 그 제자들보다 더 깊은 어둠 속에 빠져 있다

W J LINTON

평화의 축복
(마태오 10:12)

하늘나라의 기초는 첫째도 평화 둘째도 평화 마지막도 평화

평화는 그 나라의 헌법, 아니, 헌법의 전부다

평화가 없다면 그 나라의 영토인 사람들의 마음은

천 갈래 만 갈래로 갈라지고

증오와 투쟁, 약육강식의 지배를 받고야 만다

어디를 가든 어느 집에 들어가든 누구를 만나든

너희는 항상 평화를 빌어 주어라!

그러나 너희 마음에 먼저 평화를 간직하고 있어라

너희가 들어간 집에 평화가 깃들이지 못한다면

너희 마음이 깨끗하고 순수하지 못하기 때문이다

허위와 위선 증오와 음모 탐욕과 명예욕이 가득 찬 마음이

어찌 남에게 평화를 베풀어 줄 수가 있겠느냐?

너희 자신마저도 평화를 누리지 못하고 있지 않느냐?

설령 그 집이 평화를 받아들일 만한 곳이 못 되어

너희에게 평화가 돌아온들 무슨 소용이냐?

평화란 기도한다고 해서 하늘에서 떨어지는 만나가 아니다
어둠의 세력과 피나는 투쟁 없이는 얻을 수 없다
자신의 탐욕과 허영을 죽이지 않고서는 평화도 없다
십자가를 거치지 않고 손쉽게 평화를 누리려는 자는
공중누각이나 짓고 할렐루야 노래하는 천치다

평화의 인사를 함부로 하지 마라!
그것은 건성으로 건네는 형식이 결코 아니라
너희에게나 상대방에게나 매우 무서운 약속이다
너희가 참된 평화를 서로 베풀어주지 않는다면
그 인사는 하늘을 향해 던지는 거짓 맹세이므로
너희 머리 위에 재앙과 저주의 숯불로 쏟아질 것이다

발에 묻은 먼지를 털어 버려라
(마태오 10:14)

너희가 진심으로 평화의 인사를 하는데도 불구하고
문조차 열어주지 않는 사람을 미워하지 마라
그들은 너희에게 원한을 품은, 너희 적이 아니다
무수한 사람이 평화의 축복을 누리는 것도
서로 사랑하고 도우며 공동의 번영을 즐기는 것도
그 무엇보다 싫어하는 그들은 자기 본능의 희생물이다
게다가 갈등 분열 투쟁을 이용하여 자기 배를 채우고
억압 착취 약탈 독재로 재앙을 초래하여
이웃을 괴롭히는 짓을 스포츠 삼아 즐기는 자들이다
그들은 분명 평화의 적이지만 미워하지는 마라
오히려 너희는 그들을 가련하게 여기는 마음으로
뜨거운 정성을 바쳐 그들을 위해 기도하라

너희가 무료로 생명의 가르침을 전파하는데도 불구하고
코웃음만 치거나 모욕하는 자들을 저주하지 마라

그들이 조롱하고 배척하는 것은 너희 자신이 아니라
지상에 참된 생명을 주는 진리의 빛이며
그 빛이 비추는 길을 걷는 사람이 증가할수록
그들의 권위 권력 번영이 더욱 크게 무너지기 때문이다
그들은 자기가 부정하고 비난하는 것이 무엇인지도 모르며
자기가 추구하는 행복이 얼마나 헛된 것인지도 깨닫지 못한다
그들은 틀림없이 진리의 적이지만 미워하지는 마라
오히려 너희는 귀머거리에 소경인 그들도 형제라고 여기고
그들을 위한 축복과 기도를 결코 포기하지 마라
언젠가 너희는 그들을 다시 만날 것이다

그러나 그들의 집 앞이나 도시를 떠날 때에는
너희 발에 묻은 먼지를 말끔히 털어 버려라
그것은 그들에게 주는 경고일 뿐
결코 심판이나 저주가 되어서는 안 된다
그들을 심판하는 것은 너희가 아니고
그들뿐 아니라 바로 너희 자신도 심판을 받을 것이다
먼지는 그들 자신의 불신일 뿐만 아니라
때로는 너희 자신의 불성실 무능 부패일 수도 있다
아니, 너희 자신의 실망과 불신인 경우도 적지 않다
그리고 발의 먼지를 털어 버릴 때에는
너희 마음속에 쌓인 두터운 먼지마저 털어 버려라!

양들을 이리 떼 속으로 보낸다
(마태오 10:16)

내가 너희에게 준 무기는 정의와 사랑과 평화다

그것은 죽은 영혼에게 새 생명을 주고

산 영혼의 생명은 더욱 강하게 만들어 주는 무기다

그러나 권력의 의자에서 볼 때에는

육체를 죽이는 도구와 무기에 비해 한없이 무력한 것이다

그래서 너희는 마치 이리 떼 속으로 들어가는 양들과 같다

나는 이리들을 죽이고 그들의 권력을 차지하라고

너희를 이리 떼 속으로 보내는 것이 아니다

너희가 그들에게 굴복하고 아첨하며 그들을 모방하거나

그들의 졸개가 되기를 바라는 것도 아니다

너희는 자신이 받은 무기를 마음껏 휘둘러라!

그들이 온갖 함정을 파고 올가미를 숨겨 놓는다 해도

뱀처럼 기지와 지혜로 모든 난관을 격파하라

그들이 온갖 도구로 고문하고 칼과 불로 죽이려 해도
비둘기처럼 비폭력과 양순함으로 대항하라
그러나 박해에 대해 무모한 죽음으로 맞서지는 말고
여기서 박해가 일어나면 다른 마을로 피신하라
바닷가에서 박해가 시작되면 산 속으로 달아나라

너희는 분명 나 때문에 미움을 받고 고통과 시련을 겪을 것이다
때로는 채찍질에 모진 고문 그리고 죽음마저 맞을 것이다
형제가 형제를 죽음에 몰아넣는가 하면
부모와 자식도 서로 고발하여 죽일 것이다
원수는 밖에만 있지 않고 바로 가족 안에도 있는 것이다
그러나 나는 너희가 나 때문에 모두 죽기를 바라지는 않는다
모두 죽어버린다면 누가 남아서 진리의 빛을 전하겠느냐?
그러나 자기 목숨을 아끼지도 죽음을 두려워하지도 마라
그들 앞에서 무슨 말을 할지도 미리 걱정하지 마라

그들의 허위와 폭력에 맞서 항변하는 것은
너희 혀가 아니라 바로 진리의 원천이기 때문이다

너희는 이리들이 우글거리는 들판에 가는 양들이다
더러는 잡아먹히고 더러는 쫓기다가 벼랑에 떨어질 것이다
그러나 양이 이리의 습성을 흉내 낸다면
하나도 남지 않고 모조리 죽어 버릴 것이다
양이면 양답게, 당당하고 충실하게 처신하라
나는 반드시 너희에게 돌아올 것이다
뜨거운 불덩어리로 너희 영혼 속에 돌아오고 말 것이다
그리고 너희와 더불어 온 세상을 이길 것이다
그때까지 참고 견디지 못해 내 이름을 부정하고
나의 무기를 도중에 내버린 자들은 얼마나 불행한가!

박해받을 때 변호할 말을 걱정 마라
(마태오 10:19)

하늘나라에 제일 먼저 들어가는 것은

지식인, 학자, 박사가 아니라

배운 것은 없어도 어린아이처럼 천진하고 착한 사람들이다

너희를 박해하는 자들이 너희 믿음의 근거를 대라고 요구하며

속세의 현자들이 자랑하는 모든 궤변을 동원하여 논쟁을 걸 때

너희가 어찌 그들과 맞서며 말로 그들을 이길 수가 있겠느냐?

설령 너희 말이 백 번 옳다 한들 허위의 칼을 쥔 그들이

어찌 너희가 믿는 가르침을 고분고분 받아들이겠느냐?

오히려 그들은 증오의 불길을 스스로 더욱 부채질하며

너희를 한층 무서운 고통으로 난도질할 궁리만 할 것이다

그들은 너희를 미워하지 않고는 배기지 못할 것이다

그것은 너희가 못된 짓으로 그들을 해치기 때문이 아니라

너희가 날마다 외치는 올바른 말, 날마다 보여주는 올바른 행동

아니, 그보다 너희를 올바른 길로 인도하는 바로 나의 가르침이
그들에게는 참을 수 없이 아픈, 눈에 든 가시기 때문이다

형제자매도 가족도 친척도 친구도 서로 잡아서 죽일 것이다
부모도 자식들도 서로 고발하여 가두며 고문하고 죽일 것이다
너희가 어디를 가든, 또한 세상 끝날 때까지 언제나 그들은
나 때문에 너희를 미워하고 모진 박해를 가할 것이다

그러나 잡혀갈 때는 무슨 말로 항변할지 미리 걱정하지 마라
장황한 이론이나 교묘한 논리로 그들을 이길 생각도 마라
진리를 버리지 않는 한 너희를 죽이기로 이미 결심한 그들
허위와 증오의 노예인 그들에게 무슨 말이 들리겠느냐?

다만 너희는 깨끗한 양심에서 우러나오는 말만 솔직히 해라
그것은 너희가 걱정하지 않아도 머리를 쥐어짜지 않아도

아버지가 무한히 샘솟게 해주는 참된 지혜의 말이 아니냐?
또한 너희에게도 너희 모범을 보고
나를 믿을 무수한 사람들에게도
그것은 영원히 생명을 주는 사랑과 진리의 말이 아니냐?

너희를 죽이고 승리의 축배를 드는 자들을 가련하게 여겨라
그들은 너희 말을 듣지 못했더라면 차라리 죄가 가벼울 테지만
이제는 정의의 채찍을 조금도 피해갈 도리가 없으며
너희는 비록 몸은 죽어도 영혼은 참된 생명을 얻는 반면
그들은 몸도 영혼도 죽음의 족쇄를 영영 차야 할 것이기 때문이다

제자가 스승보다 더 높을 수 없다
(마태오 10:24)

나뭇가지를 무시하는 잎은 땅에 떨어져 시들고 만다
줄기를 우습게 여기는 나뭇가지들도
뿌리를 외면하는 줄기도 역시 마찬가지 운명이다
뿌린들 대지를 떠난다면 무슨 별수가 있겠는가?
스승은 가르침의 샘이고 제자는 그 물을 마실 뿐
스승보다 높다고 자만하는 제자의 몫은 수치의 갈증뿐

그는 언제나 어디서나 진리와 생명의 영원한 스승
그는 모자도 없이 살다가 가시관을 쓰고 죽었다
그러나 오늘날 제자들은 황금 모자를 쓰고 으스댄다
그는 사글세든 전세든 방 한 칸도 없이 떠돌았다
그러나 그의 제자들은 으리으리한 저택에 산다
그는 땀에 절은 외투 한 벌로 평생을 마쳤다
그나마 군사들이 제비 뽑아 빼앗아 가고 말았다
그러나 그의 제자들은 수십 벌 비단 옷도 부족하다고 한다

그는 613조나 되는 율법도 사람을 위해서 있다고 가르쳤다
그러나 그의 제자들은 수천 조문의 법을 새로 만들었다

모든 것이 그의 이름으로 이루어지고 있다
그러나 제자가 스승보다 더 높을 수 없다는 말은
허공에 번지는 메아리에 불과하다
그의 가르침 자체보다 해설이 더 위력이 크고
그의 이름이란 그의 제자들이 거두는 이익의 도구
그들이 휘두르는 권력의 방패로 변했기 때문이다
그는 생명 자체를 주었지만
제자들은 생명의 화석만 나누어주고 있다
그는 진리를 가르쳤지만
그들은 진리의 형식만 전달해 주고 있다

제자가 스승보다 더 높을 수는 없다
그러나 죽은 스승보다는 산 제자가 더 높다
청출어람을 자처하는 거짓 제자들은
자기 스승을 죽은 청어 정도로 취급하기 때문이다
무수한 사람이 그들을 거짓 제자로 만들기 때문이 아니라
거짓 제자인 줄 알면서도 그들을 참된 제자로 떠받들기 때문이다
무수한 사람들 자신이 그의 가르침을 외면하기 때문이다

육체를 죽이는 자들을 두려워하지 마라
(마태오 10:28)

육체의 주인은 생명이고 생명의 주인은 영혼이다

남의 육체를 죽이는 자는 결국 자기 영혼을 죽이는

진정한 자기 자신을 죽이는

이승에서나 저승에서나 가장 어리석고 비참한 자다

이미 죽어버린 영혼이기에 사랑할 수도 없고

남의 사랑도 자비도 용서도 받아들이지 못하고 만다

그들은 얼마든지 잔인하게 남을 죽일 수 있지만

단 한 번만 죽일 뿐 두 번은 죽일 수 없다

그들도 언젠가는 반드시 죽고야 마는데

남은 물론이고 자기 자신마저도 되살릴 능력은 없다

그러므로 육체를 죽이는 자들을 조금도 두려워하지 마라

모든 생명의 원천은 또한 모든 죽음의 원천이다
그분은 자신이 준 것을 무엇이든지 다 거두어 갈 수 있고
육체의 죽음도 영혼의 죽음마저도 반드시 좌우한다
하찮은 참새 한 마리가 땅에 떨어지는 것조차
그분 허락 없이는 일어날 수가 없는 일
바닷가 모래알, 너희 머리카락, 하늘의 별들도 모두
그분은 이미 정확한 숫자를 기억하고 있다

사람이 죄를 아무리 깊은 곳에 감춘다 해도
그분은 낱낱이 끄집어내어 단죄할 것이다
온 세상을 지배하는 권력이 쉬쉬하는 비밀조차
그분은 훤히 들여다보고 모든 눈앞에 드러낼 것이다
사람이 참새보다 얼마나 더 귀한지는 너희도 알고 있다
너희를 죽이는 자의 죄가 얼마나 무거운지 그분은 안다
그러므로 그런 자들을 조금도 두려워하지 마라

언제나 어디서나 이승에서나 저승에서나
너희가 진정 두려워해야 마땅한 분은 바로 그분
권력을 휘두르는 자들이 아니라 오직 그분뿐이다
나는 그분에게서 사명을 받아 지상에 태어났으므로
남을 괴롭히고 죽이는 자들의 죄를 빠짐없이 기록하고
회개하지 않는 자들의 죄를 모조리 보고하며
너희가 당한 억울한 일도 대변해 줄 것이다
나는 무한히 영원히 너희를 사랑한다
그러나 만일 너희가 사람들 앞에서 나를 부인한다면
권력에 굴복하고 타협한다면 그들에게 아첨하고 추종한다면
난들 어찌 그분 앞에서 너희를 변호할 수가 있겠느냐?

육체밖에는 죽일 수 없는 자들을 결코 두려워하지 마라
내가 어두운 진흙 방에서 너희에게 베푼 가르침을
너희는 밝은 시장과 광장에서 큰소리로 외쳐라
(책, 신문, 잡지, 라디오, 텔레비전 등 모든 매체를 총동원하여
당당하게 진리 정의 사랑 평화를 소리쳐라!)
내가 너희를 사랑하듯 너희도 나의 이름을 사랑하고
권력 앞에서 나를 모른다고 결코 부인하지 마라
너희 비굴한 말과 행동 때문에, 내가 아무리 원해도,
너희를 변호할 수 없는 처지가 되게 하지는 마라!

나는 평화가 아니라 칼을 준다
(마태오 10:34)

진통을 겪지 않고서는 아기가 태어나지 못하듯
너희도 칼을 먼저 받지 않고서는 평화를 얻을 수 없다
칼이 정의로 통하는 세상에는 참된 영속적 평화는 없고
다만 공포에 질려 자유를 잃은 죽은 자들의 평온
위장된 거짓 평화만 있을 따름이다

나는 그러한 평화를 주려고 온 것이 아니다
칼이 정의인 세상에 나도 칼을 주려고 왔다
그러나 내 칼은 사람의 목은 물론 마음도 베는 것
그것은 바로 고난과 십자가의 칼이다
너희는 이 칼을 먼저 받지 않는다면 평화도 없다

가장 가까운 자들이 가장 무서운 적이다
아들이 아버지에게, 딸이 어머니에게,
며느리가 시어머니에게

나의 칼을 휘두르며 달려들 것이다
그럼에도 불구하고 맹목적 본능에 굴복하여
부모나 자식, 형제나 친척을 나보다 더 사랑한다면
너희는 나의 제자라고 말할 자격이 전혀 없다

세상에 속한 너희 자신도 새로운 너희 자신을 향해
나의 칼을 휘두르며 달려들 것이다
그때 자기 목숨을 나보다 더 사랑해서 아낀다면
너희는 내 제자라고 말할 자격이 없다
십자가 없이는 평화도 없기 때문이다!

그러나 너희에게 칼을 들이대는 적을 미워하지는 마라
그들은 칼의 승리를 믿고 도취하여 노래하지만
칼로 일어서는 자는 칼에 쓰러지고 만다
칼은 피를 먹고 빛나고 사자후를 토하지만
칼에 묻은 피는 결코 피로 씻을 수 없기 때문이다

너희는 오히려 너희 원수를 사랑하라!
그들이 너희에게 휘두르는 칼이 바로 은총이고
그들이 있기에 너희는 십자가를 질 수가 있는 것이다

너희는 그들이 칼을 버리게 해달라고 기도하지 마라
그들이 칼을 버리면 칼은 더 잔인한 무리를 찾아낸다
오히려 그들이 칼을 칼답게 사용하도록 기도하라
그들이 참으로 칼의 참된 의무를 깨닫고
그들 자신이 나의 참된 칼이 되도록 기도하라

나는 거짓 평화가 아니라 참된 칼을 주려고 왔다
너희가 진심으로 원수마저 사랑하여
모든 사람을 나의 참된 칼로 만들지 못한다면
나의 참된 제자라고 말할 자격이 조금도 없다

나의 제자가 되려면 자기 십자가를 져라
(마태오 10:38)

십자가란 동서남북으로 무수한 가지를 뻗는 생명의 길
동서남북에서 모든 죄를 모아들여 태우는 용서의 나무다
그러나 너희가 먼저 죽지 않으면 어찌 생명의 길을 걸으며
진정한 회개가 없다면 어찌 용서의 나무에 불을 붙이겠느냐?
나의 모든 삶은 오로지 십자가 위에서만 완성되었고
나의 모든 가르침은 오직 그 위에서만 진리가 된다
발이 부르트도록 구석구석 걸어서 찾아다닌 나의 여행도
머리 누일 곳조차 없이 가난하게 살아온 나의 일생도
십자가가 없다면 어찌 구원의 빛을 발산할 수 있겠느냐?

너희가 진심으로 나의 참된 제자가 되려고 한다면
나를 본받아 각자 자기 자신의 십자가를 져라
그것은 속세의 지혜를 버린 채 스스로 어리석어지는 것이며
세상 사람들의 비난과 조롱을 받는 바보가 되는 것이다
왜냐하면 너희는 모든 것을 팔아 가난한 사람들에게 주고
탐욕도 허영도 목숨마저도 다 버려야만 하기 때문이다

그러나 너희는 아직도 눈이 멀어 아무것도 보지 못한다
나의 십자가를 장신구나 장난감 정도로 알 뿐만 아니라
황금과 보석으로 치장하여 철저히 더럽히고 있지 않느냐?
나의 십자가가 어찌하여 왕관들의 장식품이 되며
전쟁터 방패들과 군기들에 새겨지는 상징으로 전락했느냐?
게다가 불륜의 남녀들의 목걸이에 매달린 것도 십자가냐?
위선과 불의의 무리가 낀 반지에 새겨진 것도 십자가냐?

자기 십자가를 지기는커녕 나의 십자가를 모독할 때마다
너희 지위 명예 재산은 너희 영혼을 베는 독 묻은 칼날이 된다
나의 제자라고 자랑하면서 오히려 나를 모욕할 때마다
표리부동한 너희 언행은 나를 다시금 십자가에 못 박는다
배불리 먹고 마시고 편안하게 모든 즐거움을 누리며 산다면
언제 무슨 수로 십자가의 길을 걸어갈 수가 있겠느냐?
비단옷에 사람들의 박수갈채를 받으며 귀빈석에만 앉는다면
가난한 사람들이 어찌 너희를 나의 제자라고 믿고 따르겠느냐?

나의 모든 삶은 오로지 십자가 위에서만 완성되었고
나의 모든 가르침은 오직 그 위에서만 진리가 된다
너희 모든 삶도 오직 십자가 위에서만 완성되게 하라!
너희 모든 가르침도 언행도 결코 십자가는 떠나지 마라!

도중에 중단하려면 시작도 하지 마라
(루카 14:29)

집을 짓는 사람이 돈도 충분히 마련하지 않은 채
기초공사만 끝내고 중단한다면 어느 누가 비웃지 않겠느냐?
이미 쓴 비용이 물거품이 된 것은 그렇다 치더라도
중단된 공사 자체가 두고두고 치욕의 샘이 될 것이다
그가 천치가 아니라 조금이나마 영리했더라면
무작정 손을 대기는커녕 아예 시작조차 하지 않았을 것이다

너희도 진리와 생명을 얻으려 무작정 탐만 낼 것이 아니라
나의 영광 곧 나의 십자가를 죽기까지 지고 가지 못하겠다면
나의 제자기 되겠다고 아예 처음부터 따라나서지도 마라

너무 힘들고 고통스러워 도중에 포기하고 돌아선다면
그 동안 흘린 땀과 눈물이 모두 허공에 흩어진 연기가 되고
너희는 나를 등진 채 가장 좋은 것들을 영영 놓칠 뿐만 아니라

이미 포기한 속세의 것들마저도 되찾을 수 없을 것이다
그러면 너희는 나 때문에 가진 것을 모두 버릴 때보다
세상 사람들로부터 한층 더 심한 조롱을 받을 것이다

그러므로 너희는 나의 제자가 되기 전에 먼저
자기 십자가를 분명히 깨닫고 자기 능력과 결심을 잘 살펴라
반면, 일단 나의 제자가 된 다음에는 결코 뒤를 돌아다보지 마라
모든 것을 버리고 모든 것을 가난한 사람들에게 나누어주었다면
그 사실 자체마저도 깡그리 잊어버려 미련의 싹을 잘라라
그러면 십자가는 너희가 생각했던 것보다 훨씬 가벼워지고
오히려 십자가 자체 안에서
너희가 모르던 기쁨이 흘러나올 것이다

승산이 없는 전쟁은 피하라
(루카 14:32)

중과부적을 미리 깨닫고 적국과 빨리 평화조약을 맺는 왕을
어느 누가 비겁하다고 손가락질할 수가 있느냐?
작은 나라가 자기보다 몇 십 배나 큰 나라에 싸움을 걸거나
질 줄 뻔히 알면서도 오기로 끝까지 싸운다면
어느 군사가 그 왕을 자살광이라고 원망하지 않겠느냐?
적군 자체보다도 그 왕을 더 미워하지 않겠느냐?

그러나 자기를 섬멸시키려 벼르며 신무기를 만드는 적국에게
이룰 수도 없는 평화를 애걸하는 왕이 있다면
어느 누가 그를 어리석다고 조롱하지 않겠느냐?
실제로 그가 패배하여 죽거나 온 백성이 적국의 노예가 된다면
어느 군사가 그를 가련하다고 동정하겠느냐?
적군 자체보다도 무능한 그를 더 저주하지 않겠느냐?

애당초 승산이 없는 전쟁은 무슨 수를 쓰든 피하라
나는 나의 가르침을 듣는 너희가 한 명도 남김없이 누구나
자기 십자가를 지고 나의 제자가 되라는 것은 아니다
그것은 승산 없는 전쟁처럼 바람직한 것도 아닐뿐더러
현실적으로 가능하거나 이상적인 것도 결코 아니다
또 설령 너희가 모두 나의 제자가 되어 나를 따른다 해도
누구나 십자가에서 마지막 숨을 거두지는 않을 것이다

그러므로 쟁기를 잡고 뒤를 돌아볼 사람이라면 나서지도 마라
자기를 위해서도 많은 사람을 위해서도 그것이 더 유익하다
나서지 않는 그를 나도 비겁하다고 탓하지는 않을 것이다
더욱이 나의 제자로서 걷는 나의 길 자체를 수단으로 삼아
이미 버린 것보다 더 많은 재산 명예 지위를 얻겠다고 한다면
그는 처음부터 나를 따라 나서지 않는 것이 더 낫다
자기를 위해서도 많은 사람을 위해서도 훨씬 유익한 것이다
그는 나의 제자로서 바라던 것을 많이 얻으면 얻을수록
자기 파멸의 늪에서 더욱 깊이 가라앉고 말 것이기 때문이다

목숨을 얻는 사람은 목숨을 잃는다
(마태오 10:39)

사람은 누구에게나 목도 하나 숨길도 하나뿐
목이 잘리거나 숨길이 막히면 죽음이라고 한다
누군들 유일무이한 목숨이 아깝지 않겠느냐?
사람의 아들인 난들 목숨을 함부로 버릴 줄 아느냐?

그러나 눈먼 자들은 영혼도 목이 있고 숨쉰다는 것을
전혀 깨닫지 못하거나 일부러 모르는 척한다
영혼의 목은 바로 나의 가르침이고
영혼의 숨은 바로 그것을 실천하는 삶이다

육체의 죽음을 두려워하는 자들은 목숨을 건지려고
모든 것을 내어주고 노예마저 기꺼이 된다
그들은 약하고 또 영혼의 죽음은 눈에 보이지 않기 때문이다
그러나 나의 제자인 너희가 나에게 등을 돌려
구차하게 목숨을 얻는다면 일시적 목숨은 얻겠지만
영혼의 영원한 목숨은 잃어버리고 만다

그것은 내가 너희 영혼의 목숨을 빼앗는 것이 아니라
너희 스스로 자기 영혼의 목을 베고
자기 영혼의 숨길을 끊어버린 것이다
그러나 나 때문에, 나와 함께, 십자가를 지고
자기 목숨을 잃는 사람은
영원히 새 목숨을 얻을 것이다
그는 나의 가르침을 실천했기 때문이다

냉수 한 그릇의 보상
(마태오 10:42)

예언자를 제대로 알아보는 사람은 참으로 축복받았다
예언자를 자기 집에 받아들이고 대접하는 그는
예언자와 똑같이 보상을 받을 것이다
그것은 돌팔매에 맞거나 투옥되거나 고문당하며
예언자를 거짓 예언자로 선언하라고 강요당하는 것
그리고 끝내 예언자와 똑같이 살해되고 마는 것이다
그는 자기 보상에 만족한 채 아무것도 후회하지 않는다

올바른 사람을 알아보는 사람은 참으로 행복하다
올바른 사람에게 침대를 주고 그 말에 박수치는 그는
올바른 사람과 똑같이 보상을 받을 것이다
그것은 가난과 실업, 조롱과 배척에 시달리고
정의를 불의라고, 허위를 진실이라고 위증하라는
유혹과 협박과 강요를 날마다 당하는 것

그리고 결국 올바른 사람과 똑같이 추방되는 것이다
그는 세상에 아무 미련도 없이 자기 보상을 기뻐한다

나의 제자를 알아보고 냉수 한 그릇이라도 주는 사람은
예언자나 올바른 사람보다도 더 큰 축복을 받았다
그는 나의 제자와 똑같이 보상을 받을 것이다
그것은 바보 천치 미치광이 사기꾼이라는 비난을 받고
형제자매 부모 친척 친구를 모두 잃는 것
그리고 나의 제자와 똑같이 십자가의 고독을 맛보는 것이다
그는 원수마저 사랑하고 용서하며 자기 보상을 껴안는다

건강 재산 출세 명예 권력 등 지상의 보상을 기대해서
나의 제자들을 대접하는 사람은 크게 실망할 것이다
나의 제자들은 가난하고 무력해서 그런 것을 줄 수가 없고
나도 그를 나의 제자와 똑같이 사랑하기 때문에
그 사람 자신에게 해로운 것은 하나도 주지 않을 것이다
그러나 그가 눈을 떠 십자가의 참된 가치를 깨닫는다면
그는 아무런 보상도 바라지 않을 것이다
바로 그것이 그에게 영원한 삶을 보장해 줄 것이다

세례자 요한마저 그를 의심했다
(마태오 11:3)

사해 동쪽 마케루스 요새의 지하 감방에 갇힌 요한은
일 초 또 일 초 다가오는 처형의 순간을 언제나 의식했다
요한은 그에 관해 흘러오는 온갖 소문을 들었지만
그때까지도 그를 메시아라고 믿을 수가 없었다
그는 자기 손으로 세례를 준 시골 청년이 아닌가?

그가 세례를 받고 강물에서 나갈 때
비둘기 한 마리가 하늘 높이 날아올랐다
요한도 그 비둘기를 유심히 응시했지만
요르단 강 근처에 흔한 새 가운데 한 마리가
어찌 역사의 증인이 될 수 있단 말인가?

요한은 그를 정녕 진심으로 믿고 싶었다
그러나 죽기 직전까지 의심을 버릴 수만 있었더라면
제자들을 보내어 질문을 던지지는 않았을 것이다
수천 년 동안 우리가 기다리던 그분이 바로 당신입니까?
의도는 달랐어도 요한은 바리사이들과 똑같이 질문했다

그러자 그는 이렇게 대답했다

세례자 요한마저 아직도 눈이 멀어 보지 못하느냐?

아직도 의심의 돌 뿌리에 채여 절룩거리느냐?

믿어 마땅한 사실에 대해 스스로 귀를 막느냐?

아직도 속세에 미련을 둔 영혼의 나병환자냐?

보라! 절망의 무덤에서 일어나는 저 백성을!

보라! 복음을 듣고 삶의 보람을 찾은 저 가난한 사람들을!

요한은 자기 사명을 완수해서 나보다 먼저 갈 것이다

칼은 그의 목을 베어도 그의 믿음은 베지 못한다

요한의 제자들이 떠나간 뒤 그는 잠시 생각에 잠겼다

요한의 질문은 단순하고 솔직하고 또 당연한 것이었다

요한은 그를 믿고 싶었기 때문에 제자들을 보냈다

그는 이해했지만 섭섭한 마음 또한 가시지 않았다

그는 자기 제자들마저도 똑같은 질문을 품고 있다는 것을

그 누구보다도 더 잘 알고 있었기 때문이다

그때 그는 새로운 사실을 비로소 발견했다

요한은 위대한 인물이지만 낡은 역사의 마지막 인물이다

새 역사의 하늘나라에서는 가장 하찮은 사람마저도

요한보다 훨씬 위대하다는 사실을 발견한 것이다

무엇을 보려고 광야에 나갔느냐
(마태오 11:7)

너희는 무엇을 보려고 광야에 나갔느냐?
바람에 흔들리는 갈대냐? 바로 너희 자신들이야말로
권력과 욕망의 광풍에 흔들리는 갈대가 아니냐?
화려한 옷을 걸친 채 금화를 뿌려주는 선동가냐?
그런 자들은 성전이나 왕궁에 있지 않느냐?

예언자를 보려고 너희가 광야에 몰려 나갔다면
너희가 얻은 피로와 허기는 결코 헛되지 않았다
세례자 요한은 아무것도 새로운 예언을 하지 않았지만
모든 예언자들 가운데 가장 뛰어난 예언자
역사상 모든 사람 가운데 가장 위대한 인물이기 때문이다

그러나 요한의 출현 자체가 바로 낡은 역사의 종말이다
번제와 물로 죄를 씻는 그 역사 속에서는
비록 요한이 가장 위대한 인물이라 해도
성령의 불로 죄를 씻는 새 역사의 나라 하늘나라에서는
가장 비천한 사람도 요한보다 더 위대한 것이다

제자가 스승보다 더 높을 수 없고
노예가 주인보다 더 존귀할 수 없듯이
선구자도 메시아보다 더 위대할 수는 없다
이와 같이 성령의 불을 받지 못한 요한보다는
복음의 세례를 받은 가난한 사람이 더 높은 것이다

너희는 율법을 자랑하지만 그 껍데기에만 기름칠을 한다
너희는 선택된 민족이라고 자만하지만
선택된 것은 너희가 아니라 너희 선조가 아니냐?
이 땅이 영원히 축복받았다고 장담하지만
얼마나 많은 무죄한 사람의 피로 더럽혀진 땅이냐?
너희는 나의 피마저 흘리려고 음모하고 있지 않느냐?

너희는 무엇을 보려고 광야에 나갔느냐?
세례자 요한이냐? 아니다! 결코 아니다!
너희는 회개하여 물의 세례를 받으려고 나갔다고 말한다
그것은 자신을 올바른 사람으로 과시하려는 형식일 뿐
진리와 구원을 얻으려고 나간 것은 결코 아니다
요한과 비교해도 너희는 참으로 아무것도 아니다
하물며 하늘나라의 가난한 사람들과 어찌 비교가 되겠느냐?

세례자 요한은 누구인가
(마태오 11:14)

그는 참으로 예언자답게 태어나 예언자답게 살았고
또 그 어느 예언자보다도 더 위대하게 죽었다
그의 목이 잘릴 때 솟구친 피는
메시아의 길을 평탄하게 만들기 위해
무수한 죄의 앙금을 가라앉히는 촉매제가 아닌가!

그러나 그는 과연 생전에 메시아를 보았던가?
그렇다면 어찌하여 감옥에 갇힌 뒤 예수에게
제자들을 보내 "당신이 그분입니까?"라고 물었던가?
성전에서 아기 예수를 품에 안고 시메온은
자기 눈으로 구원을 보았다는 말을 했다지만
그것 이외에는 아무런 유언도 남기지 않았다

광야에서 대도시에서 목청껏 외치는 부르짖음이란
역사의 한순간 울리고 지나가는 바람이라 해도
그는 과연 뉘우치라고 외친 빈 소리에 불과했던가?

그가 오기 전에도 그가 간 뒤에도 심지어는 오늘도
정의를 외치다 잘린 목이 무수히 길에 뒹군다
그들은 보이지 않는 그 누군가를 향해 오늘도
"당신이 그분입니까?"라고 말없이 묻고 있다
그분은 아무 대답도 없다
그러나 묵묵히 자신의 일을 끊임없이 할 뿐이다

거짓 예언자들이 사방에서 날뛰는 세상에서도
세례자 요한은 맑은 눈을 감았다
그가 본 것은 불멸의 빛이기 때문이다

장터에서 패를 갈라 싸우는 아이들
(마태오 11:17)

피리 부는 사람은 흥겨울 터이지만

듣는 사람이 모두 즐거워 춤을 출 필요는 없다

통곡하는 사람은 애통하기 그지 없겠지만

듣는 사람이 누구나 가슴을 쳐야만 하는 것은 아니다

그러나 너희는 사사건건 시비를 걸고

사람들이 모인 곳마다 가서 패를 갈라 싸움을 일으킨다

요한이 단식하고 술을 입에 대지 않은 것은

그 나름대로 이유가 있고 자기 사명을 위한 일이었다

그는 분명히 너희와 전혀 달리 살았다

그렇다고 해서 그를 미치광이라 욕하는 너희야말로

시비를 위한 시비에 미쳐 눈이 뒤집히지 않았느냐?

나는 무슨 음식이든 가리지 않고 주는 대로 먹는다
주인이 술을 내놓으면 사양하지 않고 마신다
상대방이 세리든 죄인이든 사람 차별도 결코 안 한다
나는 분명히 너희와 달리 살아가고 있다
그렇다고 해서 나를 게걸스러운 먹보라고 욕하느냐?
닥치는 대로 술이나 마시는 주정뱅이라 손가락질이냐?

나무는 그 열매에 따라 좋은지 나쁜지 가려지고
사람은 말이 아니라 행동으로 판단되는 법이다
이중 잣대로 요한도 나도 몹쓸 놈이라 욕하는 너희는
세리나 죄인보다 무슨 행동이 하나라도 더 나으냐?
궤변과 패싸움이나 일삼아 남을 비난하는 너희는
바로 너희 말과 행동이 영원히 단죄할 것이다

재앙을 자초한 도시들
(마태오 11:20-24)

놀라운 일이 벌어진다고 해서 반드시
엄청난 연쇄반응이나 파급효과가 따르는 것은 아니다
코라진에서 베싸이다에서 그리고 가파르나움에서
그는 참으로 놀라운 일을 다른 곳에서보다 더 많이 했다
그의 가르침을 믿고 새로 태어난 사람이 많았다
그러나 시민들 거의 전부는 회개하기는커녕
그를 떠돌이 돌팔이 정도로 보고 경멸했다

그들은 영리하고 세상물정에 매우 밝았다
글을 읽고 쓸 줄 알고 여러 방면에 박식했다
재산도 넉넉하고 성벽을 방어할 무기도 충분했다
따라서 가난 정의 사랑을 외치는 그의 가르침이란
그들에게는 마이동풍일 뿐
그들은 자신이 회개해야 할 이유를 인정할 수 없었다

그에게는 이제 시간이 얼마 남지 않았다

자아도취와 오만에 젖은 도시들을 찾아다니며

애써 새사람을 만들어 보여준 지난날들이 아까웠다

내가 공연히 헛수고만 하고 돌아다닌 것은 아닐까?

차라리 시돈과 띠로에서 가르쳤더라면

여기보다 더 많은 이방인들이 회개하지는 않았을까?

그는 먼 미래를 내다보았다

코라진과 베싸이다의 성벽이 파괴되는 장면이 눈에 선했다

소돔과 고모라보다 더 처참하게 더 철저하게

파괴되고 불타는 가파르나움이 눈에 어렸다

그 도시들은 스스로 재앙을 자초했다

시민들은 대부분 살해되고

남은 자들도 모두 노예로 끌려갈 것이다

그는 거기서 예루살렘의 멸망을 예고하는 조짐을 보았다

아버지와 아들
(마태오 11:25-27)

아들은 아버지의 나라를 모든 사람 앞에서 드러냈다
그러나 모든 사람이 그것을 본 것이 아니라
오직 어린애처럼 순진한 사람들만 보고 기뻐했다

지혜를 자랑하는 자들은 그 지혜에 눈이 멀었고
영리한 자들은 바로 탁월한 이해타산에 눈이 멀었다
그들의 지혜는 권력이 정의라고 가르쳤지만
하늘나라의 정의는 오로지 사랑뿐이었다
그들의 영리함은 재산이 행복이라고 믿었지만
그는 가난한 사람들이 행복하다고 가르쳤던 것이다

아들은 지혜로운 자 영리한 자들이 특히 미워서
그들에게 하늘나라를 일부러 숨긴 것은 결코 아니다
그들은 그의 가르침을 직접 자기 귀로 들었다
그가 일으키는 놀라운 일들도 직접 자기 눈으로 보았다

그러나 그들의 마음과 영혼의 문에는
이기주의와 오만의 빗장이 너무나도 단단히 걸려
그의 가르침의 빛은 안으로 스며들 수가 전혀 없었을 뿐이다

아들은 가난한 사람 비천한 사람들을 유별히 사랑하여
오로지 그들에게만 하늘나라를 보여준 것도 아니다
날마다 짓눌리고 빼앗기며 두려움에 떨던 그들에게
기쁜 소식은 절망의 빙산을 녹이는 불덩어리
그분의 모범은 신뢰와 희망을 솟구치게 하는 화산이었다
그들은 비록 무식하고 아무 힘도 없었지만
마음과 영혼은 언제나 어린애처럼 단순했기 때문에
그의 말을 즉석에서 모두 알아들었던 것이다

아들을 가장 잘 아는 것은 그의 아버지고
아버지를 가장 잘 아는 것은 그의 아들

그리고 아들의 말을 믿고 따르는 친구들이다
아버지는 모든 사람을 자기 아들로 삼고 싶지만
모든 사람이 아들다운 아들로 행동하는 것은 아니다
아버지는 모든 사람이 하늘나라를 깨닫기를 원하지만
모든 사람이 그것을 볼 줄 아는 눈이 있는 것은 아니다

지혜로운 자 영리한 자들이 그것을 무시하는 것도
가난한 자 비천한 자들이 그것을 보고 기뻐하는 것도
모두가 결국은 아버지의 뜻이다
아들은 아버지의 뜻을 따를 수밖에 없다
바로 그것도 아버지의 뜻이기 때문이다

나는 너희에게 휴식을 주겠다
(마태오 11:28-30)

가난한 사람들은 먹고살기에 지쳐버렸다
나는 너희가 무거운 세금 가혹한 노역에 허덕이는 것을 안다
부자인들 쾌락 권태 재산걱정에 찌들어 있지 않느냐?
세상의 어느 권력인들 풍전등화 아닌 것이 있느냐?

너희는 모두 나에게 오라!
주저하지 말고 눈치 보지도 말고 오라!
이제 너희에게 절실히 필요한 것이 있다면 그것은
육체의 휴식보다도 마음과 영혼의 휴식이 아니냐?

나는 너희에게 참된 휴식을 가르쳐주겠다
휴식은 원래 아무 일도 하지 않고 먹고 노는 것이 아니다
참된 휴식이란 영혼의 안식을 위해 참된 일을 하는 것
나의 가르침이 주는 멍에를 메고 짐을 지는 것이다
그것이야말로 참으로 위대한 업적을 이룰 힘을 기르는 것이다
세상 사람들은 하찮은 것을 가지고도 서로 난폭하게 다투지만

나는 가장 가치 있는 것에 대해서도 누구에게나 온순하다
그들은 곧 사라질 성과에도 오만하고 제 자랑에 바쁘지만
나는 영원한 생명의 길을 가르치면서도 누구에게나 겸손하다
그러므로 너희는 나의 가르침에 귀를 기울이고
스스로 영혼의 안식을 얻지 않으면 안 되는 것이다

나는 너희에게 돈도 재물도 요구하지 않는다
그것은 원래 너희 것이 아니라 애당초 내가 준 것이기 때문이다
거대한 성전을 짓기 위해 너희를 노예로 부리지도 않는다
나의 성전은 이곳이 아니라 하늘나라에 있기 때문이다
마음에도 없는 박수갈채도 너희에게 강요하지 않는다
그런 것은 독재권력을 휘두르는 허수아비들이나 하는 짓이다
나를 제단 위에 모시고 향을 피우라고 요구하지도 않는다
그런 것은 어리석은 우상숭배자들의 자기기만에 불과하다

나의 멍에는 진리 자체다
진리를 사랑하는 사람에게 그것은 얼마나 편한 것이냐?
나의 짐은 이웃에게 베푸는 정의와 자선이다
이웃을 사랑한다면 그것은 얼마나 가벼운 것이냐?
나는 나의 멍에 나의 짐을 기꺼이 지고 간다
너희가 모두 나에게 와서 나의 가르침을 잘 배운다면
너흰들 가볍게 지고 가지 못할 이유가 어디 있느냐?

안식일의 주인
(마태오 12:8)

똑똑한 사람들은 그가 세상물정도 모른 채
헛소리나 펑펑 쏟아내며 떠돌아다닌다고 비웃었다
그를 따라다니다가는 배만 쫄쫄 굶는다고 했다
과연 그들의 말은 옳았다
굶주리다 못해 당장이라도 쓰러질 지경이던 제자들은
밀밭에 닿자마자 허겁지겁 이삭들을 뽑아 먹었던 것이다
그것은 물론 남의 밀밭이었고
그들은 정의와 사랑을 외치는 스승의 제자들이었다
평일에도 호된 비난을 면치 못할 짓인데
그날은 공교롭게도 안식일이었다!

그는 배고픈 제자들의 행동을 말리지도 꾸짖지도 않았다
그들 앞에는 갈 길이 아직도 멀었던 것이다
그때 바리사이들이 그에게 다가와 조롱했다
당신 제자들은 안식일의 금지 규정을 어기고 있소!

저런 짓을 내버려두면서 어찌 당신이 남들을 가르친다는 거요?
그들의 말은 옳았다 겉만은 번드르르하고 참으로 옳은 소리였다
그들은 평소 한 번도 굶주림을 겪은 적이 없어서
남의 배고픔을 이해하지도 못했고 이해할 생각조차 없었다

성서 기록에 정통하다고 자부하는 그들이기에
다윗과 성전 사제들의 사례를 모를 리 없었다
그들은 그의 발밑에 함정을 파놓고 기다리고 있었다
그들의 속셈을 간파한 그는 스스로 함정에 뛰어들었다
그래서 평범하지만 참으로 대담한 말을 던졌다

예루살렘 성전에서조차 다윗 왕과 사제들에 대해
너희가 예외를 인정한 것은 성전을 위해서였다
그렇다면 바로 오늘, 바로 이곳에서 우리에게
성전보다 무한히 더 위대한 그분이 무엇을 원하겠느냐?

말도 못하는 짐승을 죽여 바치는 번제냐?
아니면, 이웃에게 베푸는 자선이냐?
굶주린 배를 채워 그분이 준 생명을 유지하는 것이야말로
자기에게 가장 가까운 이웃인 자기 자신에게 베푸는
최대의 자선이 아니냐?

너희는 안식일에 관해 모든 권위를 주장한다
백성에게는 감당할 수 없는 족쇄를 채우고
가난한 사람들의 먹을 것 입을 것을 강탈하고 있다
너희 권력과 지위, 사치를 위해 안식일은 있는 것이냐?
모든 사람에게 휴식을 주기 위해 있는 안식일이 아니냐?
너희는 너희가 알고 믿는 안식일을 지키면 그만이다
남이야 어떤 식으로 지키든 너희는 간섭할 권리가 없다
나는 내가 알고 믿는 안식일을 지킬 것이다
너희는 너희 안식일의 주인이고
나는 나의 안식일의 주인 것이다

W. J. LINTON Sc

안식일보다도 선행이 더 중요하다
(마태오 12:12)

안식일은 그분에게 바쳐진 날, 거룩한 날

그분이 원하는 것을 평소보다 더 많이 해야 하는 날

이웃을 사랑하고 너희 자신을 거룩하게 만들어야 하는 날이다

그러나 너희는 안식일이라는 이유 하나 때문에

몸과 마음이 병든 사람, 바로 너희 자신의 이웃을

치유해 주어서는 안 된다고 말한다

너희 자신이 병자라면 안식일에도 치유되기를 바랄 것이다

또 너희 양이나 말이 구덩이에 빠져 죽어간다면

안식일이든 뭐든 가리지 않고 끄집어낼 것이다

너희는 다른 사람의 고통은 아랑곳하지 않은 채

자기 재산만 아끼고 사랑한다

위선과 이기주의에 찌든 너희에게는

남의 행복이나 목숨보다 자기 양 한 마리가 더 귀한 것이다

안식일에 그분이 너희에게 바라는 것이 고작 그런 것이냐?
아무리 하찮은 사람이라 해도 그의 목숨 그의 구원은
양, 말, 소, 아니, 온 세상의 재물보다 더 귀하지 않으냐?
안식일 때문에 무수한 병자들의 신음 소리가 계속된다면
그분은 안식일을 만든 것 자체를 후회하지 않겠느냐?
예루살렘 성전의 유지나 너희 권위의 강화를 위해
안식일을 내세워 너희가 선행을 막는다면
그분은 차라리 안식일을 없애고 싶어하지 않겠느냐?

나는 분명히 너희에게 거듭 말한다
단 한 명의 구원이라도 안식일보다 더 귀중하다
아무리 거룩한 날이라 해도 선행을 막을 수는 없다
너희는 그분이 원하는 것이 무엇인지 깨달아라!
그리고 이웃 사랑을 실천하고 자비를 베풀어라!

바리사이들은 그를 죽이기로 결정했다
(마태오 12:14)

그는 분명히 말했다

나는 율법의 폐지가 아니라 그 완성을 위해서 왔다!

바리사이들은 그의 말에 기뻐했어야 마땅하다

율법을 그들보다 더 아끼는 사람이 어디 있는가?

율법의 완성을 그들보다 더 갈망하는 사람이 어디 있는가?

그러나 영리한 그들은 제 꾀에 넘어가

그의 말을 전혀 다른 의미로 받아들였다

저 사람이 무슨 권한으로 율법을 좌우하고

또 제멋대로 해석하여 사람들을 가르치는가?

그는 안식일이 사람을 위해서 있다고 말한다

그것은 사실상 안식일을 폐지하는 것이 아닌가?

그가 말하는 율법의 완성이란 도대체 무엇인가?

새로운 계명으로 낡은 율법을 폐지하는 것이 아닌가?

그가 가르치는 정의는 그들에게 매우 위협적인 것이었다

그것은 그들의 불의 착취 지배를 단죄하는 것이 아닌가!

그가 주장하는 자비도 그들에게는 눈엣가시였다

그것은 그들에게 권력의 포기를 강요하는 것이 아닌가!

그가 강조하는 이웃사랑도 그들에게는 날카로운 비수였다

그것은 그들에게 재산을 나누어주라는 선언이 아닌가!

한 마디로 그의 가르침이란 구구절절이

그들에게 천한 백성과 똑같이 되라는 것이 아닌가!

그들은 그의 메시지를 너무나 분명히 알아들었다

백성들이 그의 메시지를 받아들인다는 사실도

그 사실이 의미하는 위험마저도 그들은 깨달았다

낡은 사회의 기초가 통째 무너져 새로운 사회가 오고

자기들의 기득권 지위 권위도 모조리 사라질 것이다

그들은 정당방위에 나설 때가 되었다고 판단했다

신속하고 단호한 조치로 단숨에 문제를 해결해야만 했다

그들은 그를 죽이기로 결정했다

그리고 그 시기와 방법에 관해 음모하기 시작했다

나를 선전하지 마라
(마태오 12:16)

수많은 사람들이 그의 뒤를 따랐고 또 보람도 얻었다
그는 친절하게 한 사람 한 사람 모두 만나주었고
그들에게 절실히 필요한 위로와 격려를 베풀었던 것이다
그들은 너나없이 구원의 희망을 품고 돌아가며 말했다
우리가 고대하던 스승이 나타났다고 널리 알리자!
그것은 솔직하고 또 당연한 말이었다

그러나 그는 사람들을 엄하게 꾸짖었다
너희는 나를 선전하지 마라!
너희를 고쳐준 것은 나의 말보다도 바로 너희 믿음이다
그 믿음을 잘 보존하고 새사람답게 생활한다면
바로 그것이 나의 가르침을 널리 선전해줄 것이다
그러나 머지않아 다시금 낡은 사람으로 되돌아가
속세 사람들에게 나쁜 모범을 보여준다면
너희는 오히려 나의 이름을 더럽히고 만다

너희가 입으로 떠들고 다니며 선전한다고 해서
나의 진리가 더 위대한 진리가 되는 것도 아니고
나의 가르침을 더 많은 사람이 받아들이는 것도 아니다
너희가 믿음을 극기와 자기완성으로 증명하지 않는 한
너희가 희망을 인내와 죽음으로 지키지 않는 한
너희가 사랑을 선행과 자선으로 실천하지 않는 한
너희 선전은 나의 이름에 아무 도움도 되지 못한다

너희가 바라는 것은 구원이고 그것은 나의 가르침이 준다
그러므로 일시적이 아닌, 영원한 구원을 얻는 사람이
어찌 나를 널리 선전하며 돌아다니는 사람이겠느냐?
바로 나의 가르침을 몸과 마음으로 실천하는 사람이 아니냐?
너희는 나를 입으로 선전하지 마라!
다만 나의 가르침을 말없이 열심히 실천하라!

한 여인이 눈물로 그의 발을 적셨다
(루카 7:38)

사람들은 그가 세리나 죄인들하고만 어울린다고 비난했다
건강한 사람보다는 병자에게 의사가 더 필요하듯
그의 가르침은 사회가 외면하는 그들에게 더 절박했지만
어쩌면 올바르다고 자처하는 사제 율법학자 바리사이들에게
오히려 더 유익하고 더 절실히 필요한 것이었다
그래서 바리사이 시몬의 초대도 거절하지 않고 찾아가서
그는 식탁에 차린 음식에 감사하며 기꺼이 식사하지 않았던가?

물론 시몬은 진심으로 그를 믿고 존경해서 초대한 것은 아니었다
먼 길을 걸어온 그에게 관습대로 발 씻을 물도 내주지 않았고
반갑게 껴안으며 키스의 인사도 하지 않은 주인이 아닌가!
저명인사를 대접해서 자기 위신을 더 세우려는 속셈도 있었고
그의 언행을 가까이에서 직접 듣고 보려는 호기심도 작용했으며
다른 바리사이들과 함께 그를 함정에 빠뜨리려 했을 것이다

나쁜 행실로 평소 배척받던 여인을 문밖에서 쫓아버리기는커녕
오히려 식탁에 다가오도록 일부러 내버려둔 주인이 아닌가?
바리사이들은 그 여인이 누구인지 이미 잘 알고 있었다
더구나 옥합의 향유는 남자들을 유혹하던 여자의 무기였다
그가 만일 예언자라면 여인의 정체도 금세 파악할 것이다
예언자가 아니라도 미모와 교태와 옷차림으로 알아볼 것이다

여인은 그의 발 아래 쓰러져 두 손으로 그의 발을 잡았다
어느새 두 줄기 폭포가 된 눈물이 그의 발등에 흘러내렸다
여인은 검고 긴 머리채로 정성스럽게 눈물을 닦아내면서
하염없이 눈물을 흘리고 또 닦아냈지만 내내 말이 없었다
자기 죄를 온 세상 사람이 다 안다는 사실을 여인도 알았다
그러니 무슨 말이 필요가 있었겠는가?
눈물의 침묵보다 더 크게 용서를 간청하는 말이 어디 있는가?

그는 주인과 다른 바리사이들의 싸늘한 시선을 의식했다
그들의 입술에 맴도는 냉소의 의미도 알아챘다
그래서 이윽고 그는 주인에게 이렇게 말했다
당신은 내 머리에도 기름을 발라줄 생각이 없었지만
이 여인은 심지어 내 발에까지 향유를 부어주지 않았느냐?

자신이 죄인이 아니라고 우기며 용서를 청하지도 않는
바리사이들은 결코 죄인의 상태를 벗어나지 못하지만
모든 사람 앞에서 스스로 죄인임을 말없이 자백하고
눈물로 호소하는 이 여인은 이제 더 이상 죄인이 아니다
아무리 많이 죄를 지었어도 사랑이 극진하면 극진할수록
더 많은 죄의 용서를 받는 것은 당연한 일이 아니냐?

사람이 무슨 권한으로 사람의 죄를 용서하느냐고 묻느냐?
사람이 사람의 죄를 용서해주지 않는다면
아버지가 어떻게 사람들의 죄를 용서해주겠느냐?
서로 사랑하라는 말은 곧 서로 죄를 용서하라는 말이 아니냐?
이 여인이 죄를 용서받은 것은 나의 권한 때문만이 아니라
자신이 바로 나의 가르침을 사랑하여 참으로 뉘우쳤고
나에게 사죄의 권한이 있다고 진심으로 믿었기 때문이다
이 여인은 자기 믿음을 통해 스스로 영혼의 평화를 얻은 것이다

주인은 고개를 숙였지만 다른 바리사이들은 여전히 냉소했다
그들의 질투, 분노, 증오도 수그러들 줄을 몰랐다
용서받을 죄가 없다고 믿었기 때문에 그들은 믿음이 없었고
믿음이 없었기 때문에 아무 죄도 용서받을 수가 없었기 때문이다
스스로 구덩이를 파고 들어앉아 파멸을 기다리는 눈먼 그들은
오늘도 무수한 눈먼 사람들을 벼랑 끝으로 인도할 따름이다

그를 배신할 자는 도둑이었다
(요한 12:6)

눈을 뜨고도 못 보던 사람들에게는 진리의 빛을 보여주고
귀가 있어도 못 듣던 사람들에게는 생명의 말을 들려주며
닫힌 마음의 문을 여는 방법을 누구에게나 보여주는
그의 가르침 자체는 원래 아무 돈도 필요가 없는 것이었다
그가 언제 누구에게 가르침의 대가를 요구한 적이 있었던가?

그는 아무것도 없었고 또 그것으로 만족하며 살았다
그런데 한 여인이 값진 향유를 그의 발에 발랐을 때
바리사이들이 아니라 바로 그의 제자가 비난했다
저 향유를 판다면 엄청나게 큰돈이 생기지 않겠는가?
그러면 많은 가난한 사람을 배불리 먹일 수 있지 않은가?
그것은 여인뿐 아니라 자기 스승도 비난하는 말이었다

바리사이 집의 저녁식탁에서 벌어진 그 장면은 의외였다
머리가 아니라 발에 바른 향유도 분명히 사치와 낭비였고

그것을 비난한 제자의 말도 빈틈없이 매우 논리적이었다
그 제자가 가난한 사람들을 위해 평소에 헌신적이었더라면
자기에게 맡겨진 공동 비용을 정직히 올바르게 사용했다면
그는 못 들은 척하고 다른 대화를 계속했을 것이다

그러나 그는 곧 닥칠 자신의 죽음을 다시금 상기시키고
유다뿐 아니라 침묵으로 동의한 모든 제자들에게도 말했다
어느 누가, 어느 나라가 가난을 모두 구제할 수 있느냐?
사람들이 모여 사는 한 가난한 사람들은 언제나 어디서나 있다
그러므로 너희는 마음만 먹으면 언제든지 그들을 도울 수 있다

그러나 나는 언제까지나 너희 곁에 머물러 있을 수도 없고
또한 너희는 나를 돕고 싶다 해도 도울 길이 전혀 없는 것이다
이 여인은 진리를 외치는 예언자들에게
닥칠 불가피한 날을 보았고

그래서 나에게 마지막 예의를 차린 것이니
더 이상 시비하지 마라

오히려 너희는 본받고 이 선행을 세상 끝까지 전파하라
그는 거기서 말을 마쳤지만 다른 제자는 이렇게 추가했다
유다는 가난한 사람들을 생각해서 그런 말을 한 것이 아니라
돈주머니를 맡아 수시로 꺼내 쓰는 도둑이었기 때문이다

그렇다! 가난 구제라는 명분을 내세운 채 자기 배만 채우는 유다
그는 다른 동료들의 눈에도 분명히 도둑이었지만
최후의 만찬에도 참석한 열두 제자 가운데 하나인 것도 분명하다
오늘도 그는 돈주머니를 맡아 가진 채 날마다 꺼내 쓰면서도
향유를 팔아 가난한 사람들을 도와야 된다고 말하지는 않는가?
또한 여전히 만찬식탁에서 빵을 먹고 포도주를 마시면서도
스승의 가르침을 팔아 돈을 챙길 궁리나 하고 있지는 않은가?

369

친척들은 그를 미쳤다고 말했다
(마르코 3:21)

바리사이들은 그가 악마에게 사로잡혀 있기 때문에
악마의 노예가 되어 신기한 힘을 발휘한다고 비난했다
그것은 스스로 정통이라고 주장하는 허위와 위선의 무리가
진리를 외치는 사람들을 이단자로 몰아 죽이는 상투수법이었다
칼을 지배하는 자들이 진리를 결정할 때
얼마나 많은 양심과 정의의 사람들이 불타 죽었던가!

그의 친척들은 바리사이 세력에 맞설 힘이 없었다
그가 악마의 노예가 아니라고 증명할 도리도 없었다
누군들 바리사이들의 비난을 뒤집을 논리가 있었겠는가?
다만 친척들은 그의 목숨만은 구해주고 싶었기 때문에
그가 제정신이 나간 미치광이라고 말했던 것이다
바리사이들이 만일 제정신이 있는 자들이라면
미치광이를 어떻게 이단자로 처형할 수 있단 말인가?

친척들은 그가 미쳤다는 사실을 증명할 길도 없었다
그가 바리사이들의 올가미에 걸려 잡혀가기 전에
먼저 자기들이 그를 설득해서 데려가는 길밖에 없었다
그래서 그들은 나자렛을 떠나 그를 찾아다니면서 소리쳤다
세리와 죄인들과 함께 먹고 마시는 자는 미치광이다!
안식일을 무시하는 자가 어찌 제정신인가!

그러나 사람들은 오히려 그들의 말을 들은 척도 않거나
아예 그들을 정신이 나간 시골뜨기로 취급하고 말았다
그들은 화가 머리끝까지 뻗쳐 설득하려던 생각을 버렸다
이제는 강제로라도 그를 잡아다가 동굴에 가두어야겠다!

그날도 그는 어느 집에서 사람들을 가르치고 있었는데
친척들은 비집고 들어갈 수 없어서 말을 전해달라고 했다
당신 어머니와 친척들이 멀리서 찾아와 지금 밖에 서 있다!

그들의 말투는 위압적이었고 태도 또한 매우 오만했다
자기들의 친척인 그를 이토록 많은 사람들이 추종하다니!

그때 그는 친척들이 자기를 찾아온 이유를 분명히 알았다
그래서 그들의 귀에도 들릴 만큼 일부러 큰소리로 외쳤다
나를 악마의 노예라고 비난하는 사람들이야말로
악마의 어둠 속에서 헤매는, 영원히 파멸한 자들이다
나를 미치광이로 몰아 입을 막으려는 사람들이야말로
진리와 생명의 길을 끊어버리려는, 참으로 미친 자들이다

나의 어머니, 나의 형제, 나의 친척들을 나는 진심으로 사랑한다
그러나 그들이 만일 나의 참된 가르침을 믿지도 않고
나의 길을 걷지도 않는다면 어찌 영혼의 생명을 받겠느냐?

가난하고 헐벗었지만 진리에 굶주리며 목마른 이 사람들을 보라!

나의 가르침을 믿고 따르는 사람들

나를 사랑하며 나의 길을 걸어가려고 하는 사람들

바로 이들이야말로 내가 너희에게 열어줄 생명의 나라에서

나의 어머니, 나의 형제, 나의 친척들이 되지 않겠느냐?

그는 자리에서 일어나 문 밖으로 나갔다

그러나 그의 친척들은 아무도 감히 그에게 손을 대지 못했다

사람들의 시선이나 제자들의 울타리가 두려워서가 아니라

바로 그들 자신이 자기도 모르게

이상한 굶주림과 갈증에 갑자기 답답해졌기 때문이다

그는 새로운 양떼를 찾아 다른 마을로 걸어가기 시작했다

갈라져서 서로 싸우면 망한다
(마태오 12:25)

어느 집이든 도시든 나라든
갈라져서 서로 싸우면 망하고 만다
사람도 누구나 다 마찬가지
영혼과 육체가 갈라져서 서로 싸우면 둘 다 망한다

육체의 건강과 편안함을 돕지 않는 영혼이라면
그것은 육체의 적이다
또한 영혼의 행복과 구원을 돕지 않는 육체라면
그것은 영혼의 적이다
너희가 만일 너희 육체와 영혼 양쪽을 돕지 않고
어느 한쪽 편만 든다면
다른 한쪽의 적이 되고 만다

적이란 밖에 있는 것보다 안에 있는 것이 더 해롭다
자기에게 가까운 적일수록 더욱 무서운 것이다

그래서 사람에게 가장 큰 재앙은
자기가 자기 자신에게 적이 되는 경우다

너희는 육체와 영혼 어느 한쪽을 불가피하게
선택해야만 되는 때가 오지 않도록 기도하라
그러나 어쩔 수 없이 선택해야만 하는 경우에는
서슴지 말고 영혼을 친구로 삼아라
육체는 곧 사라지지만 영혼은 영영 없어지지 않기 때문이다

그런데 너희는 어찌하여 눈에 보이는 것만 귀중히 여기고
눈에 보이지 않는 것은 무시하고 저버리느냐?
그것이 바로 너희가 눈이 멀었다는 증거가 아니냐?
너희는 나를 눈으로 바라보고 있기는 하지만
나의 가르침은 조롱하고 배척하지 않느냐?
그것이 바로 너희가 눈이 멀었다는 증거가 아니냐?

너희 자신이 눈이 멀었기 때문에
너희 육체와 영혼이 갈라져서 서로 싸우고 있다
강한 것이 약한 것을 묶어놓고 모든 것을 약탈한다
그러면 결국 너희 자신은 망하고 말 것이다

내 편에 서지 않으면 나를 반대하는 것이다
(마태오 12:30)

가난한 사람들은 지금까지 절망의 귀신에 사로잡혀 있었지만
이제 그 귀신에서 벗어나 구원의 희망을 품게 되었다
돈에 눈먼 자들은 지금까지 물욕의 귀신의 포로였지만
이제는 해방되어 영혼의 생명을 얻게 되었다
너희 마음에서 귀신을 쫓아내는 것은 나의 힘이 아니라
하늘의 아버지가 보낸 성령의 힘이다
그러므로 하늘나라는 이미 너희 한가운데 와 있다

나는 너희에게 아버지의 뜻을 전해주고
너희가 그분의 뜻을 실천하도록 가르쳐주는
그분의 아들 그분의 하인이다
나는 너희도 나와 똑같이
그분의 아들 그분의 하인이 되기를 원한다
나나 너희나 일단 지상에 사람으로 태어난 이상
마땅히 그분의 아들이 되어야만 하지 않느냐?

너희는 내가 그분을 모독한다고 미워한다
그러나 그분을 참으로 모독하는 자는 과연 누구냐?
나는 머리 누일 곳조차 없이 떠돌아다니지만
너희 침대는 편안하고 창고는 재물로 가득하다
나는 아무것도 받지 않고 진리를 가르치지만
너희는 고작 율법이나 해설해주고 많은 돈을 뜯어낸다

나는 쓰러진 사람을 일으키고 죽은 영혼을 살려주지만
너희는 멀쩡한 사람마저 쓰러뜨리는가 하면
살아 있는 영혼들마저 그릇된 길로 인도해서 죽인다
나는 이승에서도 저승에서도 영원히 누릴 생명을 주지만
너희는 이승에서나마 생명은커녕 평화도 주지 않는다
참으로 그분을 모독하는 자는 과연 누구냐?

하늘나라가 너희에게 오지 않았을 때에는
너희가 가르치는 율법이 백성들에게는 등대였다
그러나 지금은 기쁜 소식만이 유일한 등대 유일한 바위다
너희는 나의 가르침을 분명히 자기 귀로 들었고
내가 한 놀라운 일들도 분명히 자기 눈으로 보았다
너희는 이 모든 것을 이성으로 이해할지는 몰라도
믿고 따르며 실천하려는 의지는 조금도 없다
그것은 너희 마음의 눈이 안일 재산 지위에 멀었고
너희 영혼이 오만의 독 기운으로 질식했기 때문이다

나는 사람들을 내 편 네 편으로 가르고 싶지 않고
지금까지 그렇게 편을 갈라본 적도 없다
오히려 편을 가르고 증오와 싸움을 부추긴 것은 바로 너희다
이제 나는 분명히 너희에게 말한다

하늘나라가 이미 너희 가운데 와 있는 이상
나의 가르침을 따르지 않는 사람은
그가 누구든지 나를 반대하는 사람이다
그는 나를 반대할 뿐만 아니라
하늘나라 자체를 거부하는 것이다
참으로 하늘의 아버지를 모독하는 것은 누구냐?

나를 반대하는 자는 얼마든지 내가 용서해 준다
일곱 번씩 일흔 번이라도 용서해 준다
그러나 하늘나라 자체를 부인하고 거부하는 죄는
이승에서도 저승에서도 결코 용서받지 못한다
그러한 죄는 용서의 대상도 아니고
그에게는 하늘나라 자체가 없기 때문이다

마음에 가득 찬 것이 입으로 나온다
(마태오 12:34)

독사의 무리들아! 너희는 마음속으로 나를 미워하기 때문에

나의 말을 알아듣지도 못하고 오히려 왜곡하고 뒤집어서

내가 그분을 모독한다고 단죄하여 죽이려 한다

입은 재앙의 문이고 혀는 목을 베는 칼이다

너희 입에서 나온 말이 너희 영혼의 목을 벨 것이다

그리고 너희 죽은 영혼이 풍기는 악취는 이 땅을 더럽히고

무수한 사람의 영혼을 병들게 하는 전염병이다

선생님! 선생님! 하며 나를 따르는 사람들아!

너희는 마음속으로 나를 사랑하지도 않으면서

겉으로만 나의 제자라고 사람들 앞에서 자랑한다

너희는 굶주린 이웃에게 빵 한 조각 주지 않고

목마른 형제에게 물 한 모금조차 주지 않으며

근심 걱정으로 병든 이웃을 부축해 주지도 않고

불의의 감옥에 갇혀 신음하는 형제를

찾아가서 위로해 주지도 않는다
너희 입에서 나온 위선의 기도 바로 그 말이
너희 영혼의 목을 벨 것이다
그리고 너희 죽은 영혼이 풍기는 악취는
너희 성전의 기둥을 썩히고 성전 자체를 무너뜨릴 것이다

독사의 무리는 나에 대한 증오를 솔직히 드러내기는 하지만
그래도 그나마 나름대로 율법을 지킨다
그들은 어리석고 오만하고 완고하여 스스로 구원을 버린다
그러나 나의 거짓 제자들은 오히려 그들보다 더 사악하다
그들은 지혜 겸손 충성을 가장한 채
나의 가르침을 왜곡하고 뒤집어서 가르친다
그들은 나의 가르침을 알아듣지 못해서가 아니라
잘 알면서도 자기 자신은 실천할 의지가 없기 때문이다
그러므로 그들은 나의 말을 알아듣지 못하는 독사의 무리보다
더 교활하고 사악하며 미움을 받아 마땅한 자들이다

포도 심은 데 포도가 나고 올리브 심은 데 올리브가 난다
좋은 나무에 좋은 열매, 나쁜 나무에 나쁜 열매는
당연하지 않느냐?
너희는 비록 가난하고 어리석은 무리라 해도 누구나
열매를 보고 나무를 판단하는 지혜 정도는 있지 않느냐?
그런데 사람의 열매는 말이 아니냐?
그리고 말은 입이나 혀가 아니라 마음에서 나오지 않느냐?
사악한 독사의 무리가 위증과 헛소문을 퍼뜨리는 것은 당연하다
어찌 그들 입에서 진실한 말이 나오기를 기대하겠느냐?

그러나 말만 가지고 사람을 판단하지 않도록 조심하라
말이라고 모두 말이냐? 올바른 말만 말이지
허위의 말은 독사의 혓바닥이 내는 잡음일 따름이다
물론 올바른 말이든 독사의 잡음이든
사람을 판단하는 기준은 되지만 무수한 사람이 속는다

말에 속기 싫다면 행동을 보고 판단하라
사람의 열매 가운데 행동이 말보다 중요하지 않느냐?
대사제 율법학자 바리사이들이 무슨 말을 하든
그들의 말보다는 행동을 보라! 언행이 일치하는지 보라!

왕이든 정치지도자든 그들의 약속은 절대로 믿지 말고
구체적으로 그들이 실시하는 조치를 보고 판단하라
너희가 만일 말만 가지고 사람을 판단하거나 믿는다면
바로 그 말이 너희 영혼의 목을 베는 칼이 된다
그러나 올바른 말을 듣고도 믿지 않는다면
바로 그 말도 너희 영혼의 목을 베는 칼이 된다

그러므로 남의 말을 들을 때에는 언제나 조심하라
믿든 안 믿든 그것은 너희 자유에 달려 있지만
그 말에 너희 영혼의 생사도 달려 있기 때문이다
하물며 영원한 생명의 말을 들을 때 너희는
얼마나 정신 차리고 각오를 단단히 해야만 하겠느냐?

그들은 기적을 요구했다
(마태오 12:28)

대사제 율법학자 바리사이들은 영리한 현실주의자들이므로
자기네가 로마에 대항할 힘이 없다는 것을 잘 알았다
그래서 마치 여호수아가 해와 달을 멈추었듯이
그가 기적을 보여주면 믿고 따르겠다고 대들었던 것이다
예수란 이름은 곧 여호수아를 의미하는 것이 아닌가?
그들은 자기네 도전의 승리를 확신했다

회심의 미소를 띤 얼굴들을 바라보며 그는 생각했다
내가 태양을 둘로 나누고 수십 개의 달을 만든다 해도
이 독사의 무리들은 결코 나를 믿지 않을 것이다
그들은 질투와 증오의 노예가 되어
나를 죽일 기회만 엿보고 있지 않은가!
설령 자기 조상들을 모두 내가 되살려낸다 해도
그들은 나를 마술사라고 몰아 처형할 것이다

이윽고 그는 입을 열어 차분한 어조로 말했다
너희는 자신이 얼마나 사악한지 아느냐?
자신이 성전과 율법마저 우상으로 만들어 섬기는
우상숭배자인 것을 깨닫지 못하느냐?
하늘이 무너지고 땅이 갈라진들 너희야말로
기적을 인정하지도 않고 궤변만 늘어놓을 것이다

기적이란 그것을 초래할 만큼 믿음이 뜨거운 사람에게만 오고
또한 볼 줄 아는 눈이 있는 사람만 보는 것이다
시기 질투 증오 탐욕에 눈먼 너희에게는
너희 자신이 지금도 살아 있다는 것 자체가 기적이지만
너희는 그것조차도 깨닫지 못하고 있다

너희는 살아 있지만 이미 죽은 자들이다
죽은 자들이 볼 수 있는 기적은 시체뿐이니

너희는 나의 시체를 볼 것이다
그것이야말로 너희가 나에게 바라는 기적이 아니냐?
요나의 기적 이외에는 내가 보여줄 것이 없다

그러나 그 후 너희 처지는 지금보다 더 악화될 것이다
너희 손으로 진리의 다리를 끊어 버렸고
사랑 대신 증오의 씨를 사방에 뿌리고 다니며
자선 대신 약탈과 착취의 제도를 강요하기 때문이다
너희는 지금보다 더 무서운 암흑 속에 갇힐 것이다

그러나 나는 반드시 돌아온다
내 제자들이 너희 손에 고문당하는 현장에
처형당하여 흘리는 그들의 모든 핏방울 속에
나는 반드시 돌아오고야 만다
나는 나의 가르침 속에 영원히 살아 있고
나를 사랑하는 제자들과 영원히 하나기 때문이다

누가 나의 어머니며 나의 형제들이냐
(마태오 12:48)

너희는 서로 사랑하라!

원수마저도 사랑하고 그를 위해 기도하라!

그러나 나는 하늘의 아버지의 뜻보다

혈육의 정을 앞세우라고는 말하지 않았다

부모 형제 친척 친구, 심지어 자기 자신마저도

나의 가르침보다 더 사랑하라고도 말하지 않았다

그러한 사람은 나의 제자라고 말할 자격이 없다

자녀들이 걸어가는 진리의 길을 막는 부모가 있다면

그들은 하늘나라에서 부모라고 말할 자격이 없다

지상의 부모는 일시적인 생명을 주었지만

진리는 영원하며 또한 영원한 생명을 주기 때문이다

형제가 실천하는 사랑의 길을 방해하는 형제가 있다면

그들은 하늘나라에서 형제라고 말할 수 없다

형제로 태어났다고 해서 모두 그 나라에 들어가는 것이 아니라
사랑을 실천하는 형제만 거기 들어갈 수 있기 때문이다

너희는 부모와 형제를 진심으로 사랑하라!
사람의 아들도 또한 너희 못지않게 사랑하고 있다
그러나 그는 아버지의 뜻을 따르는 사람들을 더 사랑한다
아버지의 뜻을 실천하는 사람들이야말로 사람의 아들에게는
하늘나라의 영원한 부모 형제 친척 친구기 때문이다

너희는 내가 혈육의 정을 무시하는
매정한 사람이라고 말하지 마라
나는 가난한 목수의 집안에서 태어나 자라서
굶주리고 헐벗은 삶의 쓰라림을 잘 알고 있다
부모의 고생도 그 은혜도 뼈저리게 느끼고 있다
그리고 언제나 부모의 행복과 영원한 생명을 위해 기도한다
너희도 너희 부모의 구원을 위해 항상 기도하라

다만 나는 나의 아버지에게서 받은 사명을 완수해야 한다
그것은 아버지의 뜻을 지상에서 실현하는 것
정의와 진리, 사랑과 자비가 새 세상을 열고
영원히 지배하도록 만들지 않으면 안 되는 것이다
나의 길은 부모도 형제도 그 누구도 막을 수 없다
그래서 아버지의 뜻을 따르는 사람들이야말로
나의 진정한 부모 형제 친척 친구가 되는 것이다

씨를 뿌리는 사람
(마태오 13:3)

너희는 씨를 뿌릴 때 가장 좋은 씨를 뿌리도록 하라
그러나 가장 좋은 씨가 없다면
손에 넣을 수 있는 씨를 뿌리는 것으로 만족하라
아무도 자기 능력 이상의 것을 물려줄 수 없고
또 그런 것은 부모에게서 물려받지도 못했기 때문이다

평범한 부모로부터 천재가 더러 나오기도 하지만
부모가 천재라 해서 자녀도 반드시 천재인 것은 아니다
어느 부모든 천재인 자녀를 욕심내지 마라
천재란 문자 그대로 하늘이 내려주는 선물이고
천재라 해서 남보다 더 훌륭하거나 더 행복한 것도 아니다
오히려 천재가 구원을 받기보다는
낙타가 바늘구멍을 통과하는 것이 더 쉬울지도 모른다

포도밭에서 포도가 나고 올리브 밭에서 올리브가 난다
씨를 뿌리는 사람이 아무리 욕심을 부린다 해도
자기 씨가 낼 결실은 처음부터 정해진 것이 아니냐?
많이 거두고 적게 거두는 것은 그의 노력에 달렸지만
많이 거둔다 해서 반드시 기뻐할 일도 아니다
어디선가 도둑이 노리고 있을지 누가 아느냐?

너희는 자기가 뿌린 씨가 싹이 잘 트도록 물 주고
싹 튼 뒤에는 잘 자라도록 성의껏 보살펴라
추수의 결과는 너희가 아니라 하늘이 정한다
다만 결실의 품질이 좋은가 나쁜가 하는 것은
평소에 너희가 보여주는 모범에 달렸으니 조심하라
누구나 자기가 뿌린 씨는 자기가 거두어야 하기 때문이다

어떤 씨는 길바닥에 떨어졌다
(마태오 13:4)

쪽배를 탄 그는 호숫가에 몰려든 수많은 군중에게
하늘나라의 비유를 들어 말하기 시작했다
그들은 물고기를 잡는 어부의 비유를 예상했지만
그는 엉뚱하게도 씨 뿌리는 사람의 이야기를 했다
그것은 그들의 허를 찔러
상상력을 자극하는 가르침의 기법이기도 했다

농부가 자기 밭에 나간 다음 씨를 뿌렸다
길바닥에, 돌투성이 땅에, 가시덤불 속에
또는 비옥한 밭고랑에 씨는 각각 떨어졌다
어디에 떨어진 씨가 더 많은지는 상관하지 마라
비옥한 밭고랑에 떨어진 씨만 추수 때 결실을 내고
그것도 씨마다 각각 수확량이 다르다는 것만 기억하라

그의 말은 너무나도 평범하고 누구나 알 수 있는 것이다
그러나 바로 그 이유 때문에

말 뒤에 숨은 뜻은 아무도 이해하지 못했다
심지어 제자들마저도 어리둥절해서 서로 얼굴만 쳐다보았다
사람들은 싱거운 이야기나 들었다고 투덜거리며 돌아갔다

얼마 후 저녁식탁에서 그는 제자들에게 말했다
너희는 세상 구석구석까지 가서 나의 가르침을 전할 것이다
그러나 언제나 어디서나 풍성한 수확은 기대하지 마라
길바닥에 떨어진 씨는 너희를 경멸하고 배척할 것이다
돌투성이 밭에 떨어진 씨는 너희를 배신할 것이다
가시덤불에 떨어진 씨는 너희를 박해하는 무리가 될 것이다
비옥한 땅에 떨어진 씨는 너희와 더불어 나의 제자가 되겠지만
그 숫자가 처음에는 그리 많지는 않을 것이다
그러나 실망하지 마라!
그것은 백 배가 아니라 수천만 배로 불어날 것이다

한편 너희는 각별히 조심할 것이 있다
비옥한 땅도 언제까지나 비옥하지는 않다는 것이다
세월이 흐르면 그 가운데 어떤 것은 길바닥으로 변하고
돌투성이나 가시덤불, 심지어 바위 덩어리로도 변할 것이다
나의 제자가 된 사람들마저도 수많은 사람이
거짓 제자로 변하여 참된 제자들을 박해하고 죽일 것이다
너희는 어떠한 경우에도 결코 실망하지 말고
이 모든 사람들을 위하여 기도하라!

백성들에게는 비유로 말해주는 이유
(마태오 13:10)

그가 살던 시대는 하루하루가 살얼음을 밟듯
참으로 위험하고 고달픈 나날이었다
군주마저 더 강한 군주의 노예인 판에
나머지는 더 말할 나위도 없지 않겠는가?
로마 군단의 칼과 횃불은 물론이고
동족인 지도자들의 압제 또한 잔혹하고 철저했다

하늘나라는 이미 너희 한가운데 가까이 와 있다!
그 말 자체가 사실은 권력에 대한 도전일 수도 있었다
그것은 지상의 왕국을 부정하는 의미도 포함하고 있었기에
귀에 걸면 귀걸이 코에 걸면 코걸이 식으로
얼마든지 처형의 구실로 삼을 수가 있는 말이 아닌가!

백성들뿐만 아니라 대사제들과 율법학자, 바리사이들마저도
새로운 나라가 시작되기를 간절히 원했다

그러나 그들은 공공연하게 선포하는 것이 아니라
은밀히 준비하여 하루아침에 실현시키려고 했다
그리고 그들이 꿈꾸는 새로운 나라는 칼에 의지하는
지배층의 교체, 또 하나의 절대권력의 출현일 뿐
그가 외치는 진리 정의 사랑의 나라는 결코 아니었다

그래서 그들은 그의 말을 듣고도 알아듣지 못했고
그의 놀라운 일을 보고도 그 의미를 깨닫지 못했다
그들은 그를 믿지도 않았고 믿을 생각도 없었으며
그의 가르침을 실천할 마음은 더욱이나 없었다
오히려 그의 하늘나라가 자신들의 새로운 나라에
중대한 장애물이 된다고 여겨 배척하기만 했다

그러나 가난하고 짓눌린 백성들은 다른 지도자들과 달리
그가 자기들을 진심으로 사랑한다고 느꼈다

바로 그 사랑 때문에 그가 참된 나라로 인도하려 하고
자기들을 위해 목숨마저 내놓으려 한다는 것을 알았다
하늘나라가 무엇인지는 알지 못했지만
하늘나라든 지상 왕국이든 그들에게는 아무래도 좋았다
백성들은 신뢰해도 좋을 스승으로 그를 믿고 따랐다
그러면서 대사제들 율법학자들 바리사이들이 두려웠다

그는 아직 자신의 때가 오지 않았다고 판단했다
보아도 보지 못하고 들어도 듣지 못하는 못난 지도자들
사사건건 올가미나 씌우려고 노리는 스파이들 앞에서
그는 하늘나라에 관해 자세히 설명하기가 싫었다
공연히 평지풍파나 일으키고 말 것이 뻔했다
자기를 신뢰하는 백성들에게는 비유만으로 충분했다

그러나 제자들의 경우는 전혀 사정이 달랐다
모든 것을 버리고 자기를 따라다니는 제자들이 아닌가!
그래서 그는 제자들에게 이렇게 말했다
바른말도 해야 할 때가 있고 삼가야 할 때가 있다
너희는 바른말이야말로 참으로 위험한 것
바른말이기 때문에 양날의 칼임을 모르느냐?

너희는 나를 믿고 따르기 때문에
하늘나라의 참된 의미를 깨달을 눈이 있다
마음의 눈을 뜬 사람은 그 의미를 더욱 많이 보겠지만
마음의 눈이 먼 사람은
이미 본 것마저도 영영 잊어버리고 말 것이다
수많은 예언자와 올바른 사람들은 너희가 보는 것을
보려고 염원했지만 끝내 보지 못하고 말았다
나의 말과 행동, 나의 가르침이 바로 하늘나라기 때문이다!

밀밭에서 자라는 잡초
(마태오 13:35)

나는 너희에게 한없이 넓은 밀밭을 맡겼다
잘 가꾸고 보살폈다가 가을에 풍성히 추수하라고 했다
밭에 허수아비들이나 세워두고 잠을 자지는 마라
너희 원수들은 너희보다 더 영리하고 부지런하기 때문에
너희가 잠든 동안 잡초를 사방에 심어놓고 간다

밀보다는 원래 잡초가 더 잘 번식하는 법
너희가 한눈을 파는 동안 잡초는 밭을 잠식한다
너희가 의무를 저버리고 있을 때
무수한 밀 이삭이 말라죽고 만다
너희가 뒤늦게 잡초를 뽑으려 해도
그것은 오히려 부작용만 커서 밀밭 자체를 망칠 수도 있다

추수할 때 나는 잡초들을 모조리 뽑아
마당에 쌓아놓고 태워버릴 것이다
그리고 밀은 하늘나라의 창고로 보낼 것이다
또한 밀밭을 가꾸기보다는 자신의 안일과 쾌락
명예와 지위, 재산과 권력에 더 몰두한 너희를
잡초보다 더 엄하게 처벌할 것이다

너희는 권한이 클수록 책임도 더 크고
지위가 높을수록 의무도 더 무겁다는 것을 모르느냐?
몰랐다면 그것만 해도 중대한 죄고
알면서도 불충실했다면 더욱 중대한 죄가 된다
나는 밀 이삭을 잘라 먹으라고 맡긴 것이 아니다
그런데 너희는 밀밭 자체마저 팔아먹고 있지 않느냐!
추수 때 큰 낫으로 먼저 벨 것은 바로 너희가 아니냐!

겨자씨

(마태오 13:32)

겨자씨는 세상의 씨앗 가운데 참으로 작은 것이다
너희는 겨자씨만한 믿음만 있어도 산을 움직인다
너희가 산을 향해 걸어가는 것이 아니라
산이 너희에게 가까이 다가올 것이다

너희는 겨자씨처럼 보잘것없고 재산도 무기도 힘도 없다
그런데 이제 너희 믿음을 온 세상에 전파하려고 떠난다
비웃음도 냉대도 두려워하지 마라
학대와 배척과 추방에도 실망하지 마라
고문과 박해와 살해를 당한다 해도 흔들리지 마라

나의 가르침을 받아들이는 사람들이 너희와 똑같이
비록 보잘것없고 가난하고 비천하다 해도
그 숫자가 한 줌밖에 되지 않는다 해도
결코 낙담하거나 자기 사명을 후회하지 마라

아무리 큰 강도 그 근원은 작은 샘에 불과하다
너희 믿음도 언젠가는 온 세상에 퍼지고 말 것이다
그러면 모든 민족들이 진리의 빛으로 눈을 뜨고
사랑의 열기에 한 덩어리로 녹으며
자비와 자선을 통하여 진정한 평화를 누릴 것이다

겨자씨만한 믿음의 소중함을 깨닫는 사람은 행복하다
그는 자기 십자가를 가볍게 지고 갈 것이다
겨자씨만한 구원의 희망을 품은 사람은 행복하다
그는 영혼의 생명을 갈망하여 삶을 즐길 것이다
겨자씨만한 사랑의 힘을 아는 사람은 행복하다
그는 자기 목숨을 내주어 온 세상을 이길 것이다

누 룩
(마태오 13:33)

누룩은 밀가루 반죽에 섞이면 사라지고 만다
그렇다고 누룩이 죽었느냐?
사라진 것처럼 보인다 해도 적은 누룩은
밀가루 반죽 서너 말마저 온통 부풀게 한다
누룩이 없다면 반죽이 어찌 스스로 부풀겠느냐?

너희 믿음은 바로 세상의 누룩이다
그것이 아무리 겨자씨처럼 보잘것없다 해도
언젠가는 온 세상 구석구석을 부풀게 하고
너희 믿음마저도 온 세상만큼 커질 것이다

세상의 누룩이 된 너희는 행복하다
부모 형제뿐 아니라 너희 자신마저도 잃을 것이다
그러나 너희가 믿음을 전파하지 않는다면
너희 믿음 자체가 고립되어 말라버리고 말 것이다

세상의 누룩이 썩거나 변질된다면
무엇으로 그것을 다시 누룩으로 만들겠느냐?
반죽에 섞여 사라지기를 거부하는 누룩이라면
그것을 어찌 누룩이라고 하겠느냐?
그러므로 너희는 누룩을 잘 보존하고 길렀다가
온 세상을 부풀게 하려고 아낌없이 버려라!
너희 자신을 모조리 내어주어라!

올바른 사람들은 해와 같이 빛난다
(마태오 13:43)

눈에 보이는 모든 것이 증오의 독기로 썩고
허무의 불길에 타버리고 만다는 것을 알면서도
너희는 거기 집착하여 하나도 버리지 않으려 한다
그러나 올바른 사람들은 참된 지혜의 눈으로 보고
나의 길을 걷기 위해 모든 것을 버리며
목숨을 던지고 자기 몸마저도 버린다

그들에게는 썩을 것이나 불에 탈 것이 하나도 없다
하늘나라는 너희 상상을 초월하는 거대한 불길이다
불에 탈 것이 많은 영혼일수록 더욱 심하게 멸망하고
탈 것이 전혀 없는 영혼은 해와 같이 빛날 것이다
너희가 지상에서 모든 것을 버리지 않는다면
그 나라의 문이 열릴 때 후회해야 이미 늦었다

재산이나 권력은 너희 영혼을 죽일 수도 도울 수도 있는
양날의 칼이니 생전에 지혜롭게 사용하여
하늘나라에서 너희를 변호할 친구가 되게 하라
그러면 너희도 올바른 사람들처럼 빛날 것이다

보라! 하늘나라는 이미 너희 가운데 와 있다!
올바른 사람들은 이미 지상에서도 해처럼 빛나고 있다
그러나 너희는 그 광채를 알아볼 눈이 없기 때문에
그들을 조롱하고 배척하며 미워하고 죽인다
너희 육체는 사라지지만 말과 행동은 영원히 남아
너희 자신을 가혹하게 단죄할 것이다

밭에 묻힌 보물
(마태오 13:44)

자기 밭에 보물이 묻힌 줄도 모르는 사람이라면
그가 밭의 주인인들 어찌 보물의 주인이라고 하겠느냐?
땅 속 보물이 엄청난들 그에게는 없는 것과 무엇이 다르냐?
도둑이 몰래 파가지고 간들 그에게 무슨 손해가 되겠느냐?
잃어버린들 땅을 치며 통곡할 이유가 어디 있느냐?

밭에 묻힌 보물을 알아본 뒤 자기 재산을 전부 처분하여
그 밭을 사는 사람은 참으로 지혜로운 사람이다
그는 밭주인에게서 훔치거나 뺏는 것이 하나도 없고
오히려 넉넉하게 땅 값을 치러주어 밭주인을 기쁘게 한다
그리고 자신은 세상에서 가장 큰 횡재를 하는 것이다
이것이야말로 누이 좋고 매부 좋은 일거양득
여기서도 이기고 저기서도 이기는 양면 승리가 아니냐?

달리 생각해 보라! 만일 밭주인이 그 보물을 알았더라면

그도 재산을 전부 처분하여 그 일대의 밭을 모두 사들여

더 많은 보물을 발견할 수도 있을 것이다

그러면 그는 더 큰 부자가 되었을 것이다

그러나 그는 보물을 알아보는 눈이 없었기 때문에

일생일대의 기회를 영영 놓치고 만 것이다

너희가 가진 재산과 재능, 지위와 권력도

아니, 지식과 지혜, 친절과 사랑마저도

너희 밭에 묻힌 보물과 조금도 다름이 없는 것이다

너희가 그것을 남을 돕는 좋은 일에는 사용하지 않고

오로지 자기 자신의 안일과 이익만을 위해 탕진한다면

너희는 자기 밭의 보물을 잃는 밭주인이 아니냐?

그러면 숨겨진 보물 가운데 가장 귀중한 보물은 무엇이냐?

그것은 너희 육체 속에 묻혀 있는 바로 너희 영혼이 아니냐?

허무한 보물들을 곧 사라질 육체만 섬기는 데 바침으로써

영원히 살아야 마땅할 자기 영혼을 죽인다면

그보다 더 큰 손해, 더 어리석은 짓이 어디 있느냐?

너희는 남을 비웃기 전에 자기부터 먼저 정신 차려라!

좋은 생선 나쁜 생선
(마태오 13:48)

세월의 그물은 성긴 듯 보여도 너무나도 촘촘하여
아무리 작은 물고기도 모조리 걸리고 만다
어리석은 눈이 그물코를 보지 못할 뿐이다
세월의 그물은 하늘보다 더 넓기는 하지만
좋은 생선이든 나쁜 생선이든 가리지 않은 채
하나도 놓치지 않고 모두 거두어들인다

좋은 생선은 평소에 시련의 소금에 절여진 채
정의의 매서운 파도에 단련이 잘 되어 있어서
상하지도 썩지도 않고 삶의 향기를 풍긴다
그러나 나쁜 생선은 탐욕의 비만증에 걸린 채
불의와 범죄의 단물만 빨아먹고 살아서
썩을 대로 썩고 죽음의 악취를 풍긴다

그래서 좋은 생선은 좋은 그릇에 담겨
영원한 생명의 물이 넘치는 연못으로 가고
나쁜 생선은 바닷가 모래밭에 버려진 채
뜨거운 햇빛 아래 영원히 몸부림칠 것이다

생선으로 태어난 운명을 탓하지 마라
생명을 받아 태어난 것 자체가 그 얼마나 큰 축복이냐?
바다와 파도를 탓하지도 마라
바다든 파도든 모든 물고기에게 공평한 기회가 아니냐?
좋은 생선이 되든 나쁜 생선이 되든
그것은 너희 각자의 자유 그리고 선택이 아니냐?

그는 목수의 아들이 아닌가
(마태오 13:55)

그는 진리의 길을 열어서 사람들의 신뢰를 받았다
그는 사랑의 힘을 증명하여 그들의 사랑을 받았다
그의 이름은 널리 알려졌고 제자들도 뒤를 따랐다
이제 그는 고향으로 돌아갔다
가난한 시절의 추억이 어린 나자렛으로 돌아간 것이다

그것은 명성을 과시하려는 금의환향이었던가?
그렇다면 그는 광장에서 큰소리로 외쳤을 것이다
보라! 수많은 사람이 나를 따르고 있다!
그러나 그는 조용히 회당으로 들어가 가르쳤다
그는 그 어느 곳의 다른 사람들보다도
바로 고향 사람들이 자기를 더 믿어 주기를 바랐다

그들의 기억에는 그가 고향을 떠날 때의 모습이 생생했다
불과 몇 달 전에 그는 홀로 초라하게 떠났다

그가 이제 괄목상대할 전혀 새로운 사람이 되어
회당에서 그들에게 전혀 새로운 가르침을 전한 것이다
그들은 놀랐다 참으로 놀랐다

그들은 그의 가르침에 놀란 것이 아니라
바로 그의 말재주와 지혜에 놀란 것이다
그들이 그의 가르침에 놀랐더라면 그를 믿었을 것이다
그러나 그들은 불과 몇 달 전의 그를 생각하면서
말재주와 지식에만 놀랐기 때문에 자기 귀를 의심할 뿐
도저히 그의 가르침을 받아들일 수가 없었다

그래서 그들은 자기들끼리 수군거리기 시작했다
저 사람은 그동안 누구에게 가서 공부를 했는가?
어떻게 저런 말재주와 지식을 빨리 배웠을까?
그는 우리가 잘 아는 그 목수의 아들이 아닌가?

그를 낳은 어머니는 마리아가 아닌가?
요셉도 죽었는데 누가 그의 학비를 대주었겠는가?

그들은 그를 믿기는커녕 경멸과 질투만 드러냈다
그의 부모의 가난과 비천함을 조롱했을 뿐만 아니라
그의 사촌 형제들마저 어리석고 하찮은 자들이라 매도했다
다른 지방 사람들은 그들을 매우 우습게 여기며 말했다
갈릴레아에서 무슨 예언자가 나올 수 있겠는가?
그러나 나자렛 사람들 자신은 그를 눈앞에 두고서도
'나자렛에서 무슨 예언자가 나오겠는가?' 라고 코웃음 쳤다

놀란 것은 그들뿐이었던가? 그들의 완고함과 불신에
그들보다도 더 크게 놀란 것은 바로 그분 자신이었다
그래서 그는 이렇게 대꾸했다
어디를 가나 존경받는 예언자라 해도

자기 고향과 집에서는 무시당하는 법이 아니냐?
시대를 앞서가며 미래를 분명히 내다보는 예언자는
모두 가난하고 비천한 집안에서 나오지 않았느냐?

오늘도 그의 무수한 제자들이 무수한 사람들을 가르치고
사람들은 그들의 말재주와 지식에 감탄하며 즐겨 따른다
그러나 이제는 아무도 놀라지 않을 뿐만 아니라
그의 가르침은 예전과 마찬가지로 외면당하기 일쑤다
그는 참으로 예언자보다 한없이 뛰어난 분이다
고향뿐 아니라 타향 어디서나 무시당하고 있기 때문이다
바로 오늘도!

그의 어머니는 마리아가 아닌가

(마태오 13:55)

나자렛 사람들은 그의 등 뒤에서 수군거렸다

그를 낳은 어머니는 우리 동네 마리아가 아닌가?

마리아는 바로 이곳에서 지금 과부로 살고 있지 않은가?

그들은 그도, 그의 가르침도 믿지 않았다

그러나 그들은 분명히 증언하고 있었다

그가 전설상의 인물이 아니라는 사실을

그가 어머니 마리아의 몸에서 태어났다는 사실을

아버지인 목수 요셉 아래 바로 그곳에서 자랐다는 사실을

그들은 비웃는 말투지만 자신도 모르게 증언하고 있었다

그들의 증언은 참으로 중대한 것이었다

그를 믿지 않는 사람들의 증언이기 때문에 더욱 중대한 것이다

그가 만일 그리스 로마 신화의 무수한 신들처럼

사람들의 상상력이 만들어낸 허구의 존재였더라면

미태오 복음에서 요한 계시록에 이르는 고대 문서는

아무런 가치도 없는 소설에 불과하고
그의 가르침도 죽음도 부활도 몽유병자의 잠꼬대일 뿐이다
무수한 순교자들의 피는 우상에게 바쳐진 짐승의 피와 같고
무수한 사람들의 신앙은 지나가는 역사의 웃음거리가 아닌가!

그는 분명히 어머니 마리아의 몸에서 태어났다
해산할 시기가 될 때까지 그를 잉태했던 마리아의 몸은
온 누리에서 가장 신성한 생명을 담은 가장 큰 그릇
하늘나라 자체를 예고하는 가장 거룩한 집
그에게 생명의 즙을 대어주는 가장 큰 생명의 샘이었다
마리아는 참으로 가난한 여인, 겸손한 여인
하늘의 뜻을 따라 모든 것을 바친 여인이었다
바로 그러한 이유 때문에 마리아는 그의 어머니가 되었고
그는 이미 태중에서 가난과 겸손의 참된 힘을 배웠고
하늘의 뜻을 따라야만 하는 참된 의미를 깨달았던 것이다

가난하고 비천한 어머니에게서 태어난 것이야말로
그에게는 얼마나 큰 축복인가!
오만하고 사치스러운 부잣집 여인에게서 태어났더라면
미모나 자랑하고 화장과 몸매 가꾸기에만 몰두하는
그런 여인에게서 태어났더라면
나자렛 출신의 예언자란 말은 아무도 듣지 못할 것이다
그를 조롱하고 경멸한 나자렛 사람들은 참으로 옳은 말을 했다
그의 어머니는 우리 마을의 마리아가 아닌가!
그들은 세상에서 가장 행복한 어머니와 아들이
단 한 번 그곳에서 살고 있었다고 증언한 것이다

의사여, 네 병이나 고쳐라
(루카 4:23)

자기 병도 못 고치는 의사에게 사람들은 말할 것이다
의사여, 남의 병은 고사하고 네 병이나 먼저 고쳐라!
그런데 이제 너희는 이 속담을 들어 나를 비웃고 있느냐?

가난한 사람들이 기쁜 소식을 듣고 눈물을 흘리는데도
억눌린 사람들이 참된 자유를 깨닫고 새 사람이 되는데도
쇠사슬에 묶인 사람들이 죽음에서 풀려나 생명을 얻는데도
모처럼 고향을 찾아와 진리의 길을 열어준 나에게
너희가 고작 조롱의 말투로 수군거리는 말이란 무엇이냐?

저 사람은 요셉의 아들이 아닌가!
저 사람은 마리아의 아들이 아닌가!

너희는 훌륭한 가문이라야 예언자를 보낸다고 믿느냐?
그런 가문의 사람들은 예루살렘에 수도 없이 많다

부자에 고위층인 부모라야 예언자를 기른다고 믿느냐?
그런 사람들을 찾으려면 너희는 그리 멀리 갈 것도 없다

그렇다! 너희는 가난하고 비천한 나의 부모를 잘 알고 있다
그렇다고 해서 어찌 너희가 나마저도 잘 안다고 자부하느냐?
너희는 눈으로 지금 분명히 나를 바라보고 있기는 하지만
너희가 생각하는 나는 얼마 전에 여기를 떠난 내가 아니냐?
영원한 진리를 가르치는 내가 어찌 어제의 나란 말이냐?
게다가 영혼의 생명을 내게 주신 아버지를 너희가 어찌 아느냐?

너희 영혼은 참으로 불치병에 걸려 있고 또한 곧 죽을 것이다
너희는 편견 아집 오만에 눈이 멀어 아버지를 보지 못하고
로마인들이 원형경기장에서 잔인한 쇼를 즐기듯
화려한 종교예식이나 신기한 기적만 요구하고 있기 때문이다
그러므로 오늘 나는 너희에게 단호하게 말한다
눈먼 자들아, 남의 눈은 고사하고 너희 눈이나 먼저 떠라!
너희가 죄를 깨닫고 회개하는 것이야말로 기적이 아니냐?
오늘 내가 여기서 보여줄 기적이 있다면 바로 그것이 아니냐?

베짜타 못가의 병자
(요한 5:8-9)

베짜타 못가에서 삼십팔 년 동안이나 누워 있던 병자는 이제
기적을 바랄 생각도 의욕도 스스로 일으킬 힘이 없었다
사람들이 기적이라고 소리칠 때마다 기뻐할 마음도 없었다
떠오르는 해보다 지는 해가 오히려 더 반가운 처지에서
그가 바라는 것이 있다면 몰래 조용히 숨을 거두는 것이었다
그나마도 그에게는 감히 바랄 수도 없는 행복이 아닌가!

지나가던 그가 문득 걸음을 멈추고 병자를 내려다보며 물었다
여기 오기 전과 마찬가지로 다시금 건강해지기를 바라느냐?
그것은 동정의 말이면서 동시에 질책과 자극이었다
못가의 무수한 병자들 가운데 어느 누가 건강을 마다하겠는가?
성한 사람이 어찌 제정신으로 그런 질문을 던진단 말인가?
모욕을 줄 의도가 아니라면 악의적 장난을 하겠다는 것인가?
물이 움직인들 돌보는 이 하나도 없는 그가 어쩌란 말인가?

그러나 그는 땅에 주저앉아 병자의 귀에 대고 속삭였다
수십 년 동안 당신은 많은 사람이 치유되어 떠나는 것을 보았다
그러나 남의 행복을 한 번도 같이 기뻐해준 적이 없고
오히려 시기심에 그들이 다시 병들기를 바라기조차 했다
당신이 처음 여기 오게 된 것도 바로 그런 마음 때문이 아닌가!
게다가 당신은 오로지 다리에 힘이 생기기만 고대하면서도
자기 영혼이 중병인 것은 조금도 깨닫지 못하고 지냈다
아니, 당신은 영혼이 있는지조차 전혀 관심이 없는 것이다

당신은 영혼을 먼저 되살린다면 건강도 스스로 회복할 수 있다
사람은 다리 하나만으로는 걸어갈 수 없듯이
몸만 건강하다고 해서 모든 것이 건강한 사람인 것은 아니다
당신의 영혼은 병든 것이 아니라 지금 죽어 있다
당신 자신이 비록 몸이 병들어 누워 있는 처지라 하더라도

슬퍼하는 이웃과 함께 동정의 눈물을 흘릴 줄 모른다면
기뻐하는 이웃과 함께 축하의 환성을 내지를 줄 모른다면
병든 이웃과 함께 질병의 고통을 줄이는 방법을
의논할 줄 모른다면
어느 누가 당신의 영혼을 위해 기도해 주겠는가?

이윽고 병자의 눈에서 눈물이 흘러내릴 때 그가 다시 말했다
당신은 믿음으로 영혼의 생명을 다시 찾았다
그러므로 안심하고 일어나라! 확신에 차서 일어나라!
이제부터는 자신이 아니라 이웃을 위하여 살아가라!

아버지는 사람의 아들에게 생명을 주었다
(요한 5:26)

사람의 아들은 모든 생명의 샘이신 아버지를 보았고
그분 생명을 사람들에게 나누어주라는 사명을 받았다
그래서 그는 진리 정의 사랑의 길을 선포하여
누구나 그 길에서 죽은 영혼을 되살리라고 가르치지 않느냐?

그러나 너희는 그의 길이 너무나도 좁고 험하다고 불평하며
죽음의 지배자가 닦은 허위 불의 증오의 길을 달려가고 있다
그것은 너희가 아버지의 이름을 날마다 더럽힐 뿐만 아니라
아버지의 뜻을 거스르는 언행을 언제든 서슴지 않기 때문이다

또한 너희는 영혼을 죽이는 죄는 태연히 저지르면서도
손가락 하나만 베여도 죽는다고 고래고래 악을 쓰기 일쑤다
그것은 너희가 영원한 단죄를 선언하실 그분은 무시하면서도
오직 육체만 죽이는 자들은 두려워하여 부들부들 떨기 때문이다

결국 눈먼 너희는 영혼의 죽음은 보려고도 하지 않는 반면
육체의 죽음은 무슨 수를 써서라도 피하려고 필사적이다
영혼은 불멸이지만 육체는 어차피 언젠가 사라지는 것이 아니냐?
천 년을 산들 어찌 지상에서 영원히 살 수가 있단 말이냐?

사람의 아들은 비록 길이요 진리요 생명이라 해도
너희가 걸어가지 않으면 그의 길은 보이지 않는 것이다
너희가 실천하지 않으면 그의 진리는 빛나지 않는 것이다
너희가 얻지 않으면 그의 생명은 시작하지 않는 것이다

나에게는 사람의 증언이 필요 없다
(요한 5:34)

요한은 캄캄한 밤길을 밝혀주는 등불이 되어 진리를 증언했지만

그의 증언마저도 사람의 아들에게는 원래 필요하지 않았다

무수한 사람의 갈채나 환호도 그를 위한 증언이 될 수가 없다

그의 증인은 오로지 그를 보내신 아버지 한 분뿐이며

아버지는 오직 성경을 통해서만 그를 위해 증언하시기 때문이다

그러나 너희 마음속에는 아버지에 대한 사랑이 없고

너희 희망이라는 모세, 그의 글에 대한 믿음마저 없으니

성경이 증언해주는 사람의 아들을 어찌 너희가 믿겠느냐?

너희가 만일 그가 하는 일을 보고서라도 믿었더라면

아버지의 엄한 심판을 면할 수도 있었을 터이지만

오히려 너희는 그를 잡아서 죽일 궁리만 하고 있지 않느냐?

아버지만이 유일한 증인이신 그의 사명이란 무엇이겠느냐?

아버지의 무한한 사랑을 너희에게 깨우쳐주는 것은 물론

너희도 목숨을 바쳐 아버지를 사랑하게 만드는 것이 아니냐?
우주 만물 가운데 아버지가 가장 사랑하는 것은 사람뿐이며
오직 사람만이 그분을 아버지로 사랑할 수 있는 것이 아니냐?

그런데 어찌하여 너희는 그가 가르치는 사랑의 길은 저버린 채
죽음에 이르는 쾌락 탐욕 증오의 길에서 벌거벗고 노느냐?
바로 너희 때문에 사람의 아들이 피 흘리는 제물이 된다면
바로 너희 때문에 비록 무수한 사람이 구원의 빛을 본다 해도
바로 너희 자신의 영혼은 죽음의 길에서 쓰러질 것이 아니냐?

사람의 아들의 길이 옳다고 증명하는 데 필요한 것이 있다면
그것은 사람의 증언이 아니라 바로 너희 믿음이다
사람의 아들의 동족인 바로 너희가 그를 받아들이는 믿음이다
그러나 너희는 부질없이 다른 곳에서 사람의 증언을 찾고 있다
그나마 외롭게 울리던 광야의 외침마저 너희는 믿지 않으니
죽었던 사람들이 살아나 증언한들 어찌 믿겠느냐?

쟁반에 담긴 세례자 요한의 머리
(마태오 14:11)

헤로데 대왕은 아기 예수를 죽이려다가 실패하고 말았지만
그의 아들 헤로데는 유대아 일부의 영주에 불과하면서도
세례자 요한의 목을 베는 데 성공했다
헤로데는 잔치 손님들 앞에서 체면을 지키려고
어린 소녀 살로메에게 한 약속을 지켰다
쟁반에 담긴 세례자 요한의 머리는
하찮은 무리의 눈요기인 춤의 대가였던 것이다

요한은 헤로데가 형수와 동거한다고 여러 번 비난했다
헤로데는 그를 죽이려 했지만 그를 예언자로 믿는
백성들의 폭동이 두려워 망설이고 있었다
한편 살로메에게 던진 자신의 오만한 맹세 때문에
요한의 목을 베어야만 했지만 마음은 몹시 괴로웠다

우리는 그러한 구절들을 지금도 읽고 있다

그러나 그것은 헤로데를 두둔하는 변호사의 말일 뿐

헤로데의 검은 속셈은 전혀 다른 것이 아닐까?

군주가 체면을 지키지 않으면 권위도 권력도 무너진다

그는 자기 영토의 절반을 살로메에게 주기도 싫었다

원래 요한의 목을 베고 싶어서 그 구실을 찾고 있었다

그때 살로메가 손님들을 즐겁게 하려고 춤을 추었다

그는 헤로디아가 요한의 목을 요구할 것을 이미 알고 있었다

그래서 무엇이든지 요구하라고 일부러 공개적으로 맹세했다

군주는 맹세한 약속을 지킬 것이다

그는 요한을 죽여도 백성이 항거하지 못할 구실을 찾았던 것이다

요한은 감옥에서 목을 잃었다

불의한 무리는 원하는 것을 얻었다

백성들은 침묵했다

그러나 그들은 과연 승리를 거둔 것인가?

외딴 곳으로 가서 조금 쉬어라
(마르코 6:31)

제자들은 철학도 신학도 모르고 박사도 아니었지만
그를 따라다니며 평소에 본 대로 들은 대로 가르쳤다
아니, 그들은 그의 기쁜 소식을 널리 전파한 것이다
목마른 사람들에게는 그것만으로도 충분했고
소박한 그들에게는 그것만으로도 몹시 힘이 들었다

돌아온 그들이 여러 마을에서 일어난 일을 보고하는 동안
너무나 많은 사람이 그를 찾아오는 바람에
그들의 모임은 자주 중단되었고 식사할 겨를조차 없었다
그들은 자기들의 체험을 이렇게 결론 지어 말했다
우리는 아는 것보다 모르는 것이 더 많다고 깨달았습니다
기쁜 소식에 관해 좀더 자세히 가르쳐 주십시오

그는 그들을 칭찬하지도 탓하지도 않았다
제자로서 당연히 해야 할 일을 했으니 칭찬받을 것도 없었고
본 대로 들은 대로 전했으니 탓할 것도 없었던 것이다
다만 피로에 절은 얼굴들을 바라보면서 그는 이렇게 말했다

인적이 없는 곳으로 가서 너희는 잠시 쉬어야만 한다
앞으로 필요한 것을 그래야만 더 많이 배울 수 있다
그것은 내가 더 많은 것을 이야기해 주어서만이 아니라
거기서 너희 스스로 좀더 깊이 생각할 수 있기 때문이다

너희는 요한이 얼마 전에 처형당했다는 소식을 들었다
그것은 낡은 시대가 끝나 이미 시작된 새 시대의 종소리며
진리의 모든 사람에게 닥칠 시련을 알리는 나팔소리다
그 시련을 면할 길은 없지만 우선은 잠시 피하는 것이 좋다

그러나 막상 시련이 닥쳤을 때 굴복하지 않고 이기려면
너희는 참된 사랑이 무엇인지 배우지 않으면 안 된다
진리를 믿고 남들에게 가르치는 것만으로는 충분치 않다
너희를 박해하고 죽이는 원수마저 사랑하지 않는다면
너희는 자신의 독선과 오만에 굴복하여 스스로 파멸할 것이다

그러므로 아무도 없는 외딴 곳에 가서 잠시 휴식하라
철저한 고독과 침묵 속에 나의 가르침을 깊이 생각하고
아버지의 뜻이 너희에게 요구하는 참된 희생을 깨달아라
그것만이 나와 함께 모든 시련을 극복하는 삶의 길이다

너희 이름이 하늘에 기록된 것을 기뻐하라
(루카 10:20)

너희는 엄청난 재산이 이름을 황금처럼 빛나게 만든다고 믿는다
막강한 권력만 잡으면 이름을 천하에 떨칠 수 있다고 믿는다
최고의 지식을 갖추면 이름을 영원히 남긴다고 믿는다
무슨 짓을 하든 인기만 얻으면 이름이 갈채를 받는다고 믿는다

그러나 그런 이름이란 육체의 옷에 불과하지 않느냐?
아무리 비싼 옷도 결국 낡아지고 해어지게 마련이다
유행이 지나면 제일 먼저 버림받는 것도 바로 옷이다
어느 누구의 몸이든 같은 옷을 영원히 입을 수 없듯
너희도 하나뿐인 옷 곧 육체마저 벗어야 할 날이 있다

그러므로 한때 빛나는 듯해도 영원히 사라질 이름보다는
없는 듯해도 하늘에서 영원히 빛날 참된 이름을 얻어라!
세상 사람들이 탐내는 모든 좋은 것을 얻기보다는
너희 이름이 깨끗이 보존되는 것을 더없이 기뻐하라!
온 세상을 얻는다 해도 더러운 이름을 안고 산다면
자애로운 아버지인들 어떻게 너희를 사랑할 수 있겠느냐?

너희는 아버지의 이름이 언제나 찬미받도록 해야만 하듯
너희 자신의 이름도 결코 더럽혀서는 안 된다
이름이란 너희가 영혼이 있기에 주어진 것이며
이름은 너희 영혼의 생명 바로 그것이기 때문이다

빵 다섯 개와 생선 두 마리
(마태오 14:17)

수많은 사람들이 여러 동네에서 호숫가로 모여 들었다
그들은 모든 것을 버리고 그를 따르는 제자들이 아니라
아내와 아이들을 거느린 채 하루나들이 나온 사람들
그 가운데 몸과 마음이 지치고 병든 자들도 많았다
그는 그들을 사랑했기 때문에 가엽게 여겼다
그들은 그의 마음을 알기 때문에 해가 저물도록 흩어지지 않았다

그는 물론 제자들도 군중도 몹시 배가 고팠다
그는 사람들이 자기에게 무엇을 바라는지 알고 있었다
제자들을 근처 여러 마을에 보내 빵을 구해 올 수도 있었다
그러나 그는 모처럼 온 획기적인 기회를 발견했다
하늘나라란 바로 굶주린 사람들에게 가르쳐주어야만 한다!

현실적인 제자들은 그가 군중을 해산시키면
각자 근처 마을에 가서 음식을 사먹을 것이라고 말했다

그것은 세 살 먹은 어린애도 아는 말이 아닌가?
그러나 그는 모두 빤히 쳐다보는 가운데 제자들에게 지시했다
그들을 멀리 보낼 것도 없다 너희가 먹을 것을 주어라!

그 말을 들은 사람들은 누구나 가슴이 몹시 부풀었다
수많은 군중에게 빵을 무료로 나누어주는 메시아가 여기 있다!
그러나 엄청난 기대는 곧 엄청난 실망으로 변했다
제자들 손에는 고작 빵 다섯 개 생선 두 마리뿐이 아닌가!
그것은 그와 제자들의 저녁 요깃감에 불과하지 않은가!

그는 빵과 생선을 두 손에 받쳐 든 채 하늘을 우러러보았다
누구에게나 일용할 양식을 주시는 그분께 감사의 기도를 바쳤다
그것은 그가 많은 사람 앞에서 최초로 바친 제사였다
이윽고 제자들은 축성된 빵과 생선을 나누어주기 시작했다
그는 물론 제자들도 그날 저녁은 영락없이 굶을 것이다

기대와 실망을 맛보면서 풀밭에 앉아 있던 수천 명의 군중은
빵 다섯 개와 생선 두 마리가 막 사라질 무렵 감격했다
그는 자기가 굶더라도 가진 것을 정말 모조리 나누어준다!
입으로만 가르치지 않고 자기 말을 실천하는 사람이 아닌가!
저마다 숨겨둔 빵과 생선이 그의 발 아래 쌓이기 시작했다
그것은 그들 자신과 가족이 먹을 저녁거리였지만
이제는 그의 첫 미사에 바치는 거룩한 제물이 되었다
각자 자기 것을 먹었더라면 대부분의 가난한 사람들은
굶주린 배로 집에 돌아가기가 무척 괴로웠을 것이다
그러나 모두가 바친 제물을 모두 골고루 나누어 먹었기에
소외되거나 배고픈 사람은 거기 하나도 없었고
오히려 빵과 생선은 열두 광주리씩이나 채우고도 남았다
그것은 그와 제자들의 양식이 되도록 군중이 바친 선물
사랑의 첫 공동체를 실현시킨 데 대한 감사의 예물이 아닌가!

백성들은 그를 왕으로 삼으려 했다
(요한 6:15)

왕은 있었지만 백성들이 원하던 왕은 아니었다

그들이 기대를 걸었던 요한마저 왕은 목을 베지 않았던가!

그들은 호숫가에서 보았다

맨손뿐인 가난한 청년이 수천 명을 배불리 먹이는 것을 보았다

백성의 마음은 하늘의 마음이다

백성의 마음을 얻은 사람은 천하를 얻을 수 있다

그들은 참으로 위대한 왕을 발견했다고 굳게 믿었다

설령 그가 왕이 되기를 바라지 않는다 해도

그것은 그들에게 아무런 문제도 되지 않았다

왕이 되어라! 아니면 죽어라! 그것이 그의 운명이다!

군중의 수상한 움직임을 제일 먼저 알아차린 것은 그였다

제자들마저 군중의 앞장에 서서 그에게 다가갈 것이다

그는 그들의 위협이 조금도 두렵지 않았고

언제나 어디서나 목숨을 내어줄 준비가 항상 되어 있었다

왕이 되자! 죽어야만 왕이 된다 해도 왕이 되자!
그는 그것이야말로 참으로 자신의 운명임도 깨달았다

그러나 그는 거기서 왕이 될 수는 없었다
설령 그가 원한다 해도 그것은 불가능한 일이었다
돈도 무기도 없는 수천 명의 군중이 불어나 수십만이 된들
그들이 훈련을 받아 수십 개 사단의 정예부대가 된들
그들이 유대아뿐 아니라 시리아와 이집트마저 차지한들
아니, 로마제국을 무너뜨리고 온 세상을 정복한들
그는 그들이 바라는 왕은 결코 될 수가 없었다
그들이 바라는 대로 왕이 되어서도 안 되는 일이었다

물론 그는 왕으로 태어났고 또 왕으로 죽을 것이다
그러나 그가 다스릴 나라는 지상의 왕국이 아니다
그가 다스릴 백성도 썩을 육체들이 아니라
지상에서나 하늘에서나 영원히 사는 영혼들이 아닌가!
사람들은 빵을 얻으려고 그가 왕이 되기를 바랐지만
그가 내어줄 것은 영원한 생명의 빵이 아닌가!
그는 흥분한 군중 멀리 몸을 피해 홀로 산으로 올라갔다

그는 물 위를 걸어서 제자들에게 갔다
(마태오 14:25)

날이 저문 뒤 빵과 생선을 열두 광주리나 배에 싣고
제자들이 호숫가를 떠나자 그는 산에 올라가 기도했다
그는 산길을 걸어 다른 마을에서 그들과 만날 것이다

밤에 역풍을 만난 배는 너무나도 거친 파도 때문에
마을 앞 해안선에 쉽게 접근할 수가 없었다
그 때 이미 산에서 내려온 그는 호숫가에 서 있었고
제자들과 말을 주고받을 만큼 가까운 거리에 있었지만
높이 치솟는 풍랑이 그들 사이를 막았다

새벽 네 시경 그는 배를 향해 걸어가기 시작했다
동트기 직전이어서 스승인 줄 알아보지 못한 채
겁에 질린 그들은 소리쳤다 유령이다! 유령이다!
그가 물결을 헤치며 걸어오는지 물 위를 걸어오는지
그들은 분간하지 못했지만 어렴풋이 보이는 형체 때문에
유령이 물 위를 걸어온다고 여겨 공포에 질렸던 것이다

그는 그들이 외치는 소리를 똑똑히 들었다
풍랑에 지친 그들이 겁마저 잔뜩 먹었다는 것도
그 상태에서는 배를 해안에 댈 수 없다는 것도 알았다
그래서 단호한 어조로 그들에게 소리쳤다
어부인 너희가 이 정도의 바람과 파도를 겁내느냐?
내가 왔다! 힘껏 노를 저어 나에게 오라!

얼마 후 베드로가 배에서 물속으로 뛰어내렸다
그리고 그를 향해 걸어가기 시작했다
그러다가 갑자기 웅덩이를 만나 몸이 물속에 잠겼다
선생님! 살려 주십시오!
그가 손을 뻗어 베드로를 일으켜 세우며 나무랐다
어찌하여 그렇게 빨리 또 쉽게 자신감을 버리느냐?

그는 배에 오른 뒤 제자들에게 말했다
오늘밤 너희가 겪은 풍랑은 아무것도 아니다
이보다 더 혹심한 풍랑 즉 십자가가 너희를 기다린다
자기 십자가를 지지 않는 사람은 나의 제자가 아니다
그러자 제자들이 그에게 대답했다
사람의 아들 스승이 십자가를 지고 간다면
제자들이 어찌 그것을 피하려고 하겠습니까?
그러나 그들은 과연 자기 말의 뜻을 알고 했을까?

하늘에서 내려온 생명의 빵
(요한 6:35)

지상에서 만든 빵은 먹으면 먹을수록 더욱 배가 고프고
아무리 많은 빵을 먹는다 해도
아무리 좋은 빵을 먹는다 해도 너희는 반드시 죽는다

그것은 너희가 탐욕의 노예가 되어 남의 것을 빼앗고
심지어 동족인 형제들마저도 노예로 부리며
증오와 원한의 노예가 되어 남을 해치거나 죽이고
어리석음과 오만의 노예가 되어 진리를 배척하기 때문이다

육체도 목숨도 유한한 너희가 무한한 욕망의 지배를 받으니
어찌 먹어도 먹어도 배가 더욱 고프지 않을 수가 있느냐?
또 어찌 마셔도 마셔도 목이 더욱 마르지 않겠느냐?

만일 너희가 모든 것을 버리고 오직 정의만 추구한다면
아무것도 바라지 않은 채 오직 진리만 사랑한다면

남을 위해 목숨마저 주면서 오직 사랑만 실천한다면
너희가 먹는 빵은 죽음과 멸망의 빵이 아니라
너희 영혼에게 영원한 생명을 주는 빵으로 변할 것이다
그것은 너희를 사랑하는 아버지가 날마다 주는 빵이므로
지상에서 나온 것이 아니라 하늘에서 내려온 것이다

나는 생명의 길을 열고 너희를 그 길로 인도하는 목자다
너희가 하나라도 오류와 죽음의 길에 들어서지 않도록
목숨마저 내걸고 극진한 사랑으로 너희를 가르치고 있다
아버지 앞에서 너희 영혼이 모두 참된 생명을 받게 하려고
새사람이 되는 길을 너희에게 가르치고 있는 것이다

그러므로 나의 가르침은 하늘에서 내려온 생명의 빵이다
이 빵을 먹고 새사람이 되어 생명의 길을 걸어가는 사람들
자신의 모범을 통하여 많은 사람에게 생명을 주는 사람들
그들의 일생 또한 하늘에서 내려온 생명의 빵이 될 것이다

많은 제자들이 그를 떠나갔다
(요한 6:66)

사람의 아들이 먹는 음식은 오로지 진리뿐이며

그러므로 그의 살은 곧 진리다

사람의 아들이 마시는 것은 오로지 사랑뿐이며

그러므로 그의 피는 곧 사랑이다

그의 입에서 나오는 말은 오로지 진리와 사랑뿐이며

그러므로 그의 가르침 자체는 생명을 주는 영혼이다

사람의 아들과 똑같이 참된 생명을 얻으려면

너희도 오직 진리만 먹어서 너희 살을 진리로만 채워라

오로지 사랑만 마셔서 너희 피를 사랑으로만 채워라

또한 너희도 입을 열 때마다 오직 진리와 사랑만 토하라

그가 그렇게 말했더라도 많은 제자들은 떠났을 것이다

그들은 진리만 먹고는 굶주림을 면할 수가 없고

사랑만 마시고는 갈증을 해소할 수가 없었기 때문이다

그런데 한 술 더 떠서 그는 이렇게 말했다
너희가 만일 사람의 아들의 살을 먹지 않는다면
너희가 만일 사람의 아들의 피를 마시지 않는다면
너희는 결코 영원한 생명을 얻을 수가 없다!

물론 그들은 눈앞에 보이는 사람의 아들의 살과 피가
무한한 분량이 아니라는 것쯤은 분명히 알고 있었다
아무리 하늘에서 내려온 살아 있는 빵이라 해도
물리적으로 도대체 몇 사람의 배를 채울 수 있겠는가?
사람의 아들은 유대아뿐 아니라 온 세상의 사람들
아니, 세상 끝날 때까지 올 모든 사람의 양식이 아닌가?

물론 그들은 바로 진리와 사랑이야말로
하늘에서 내려온 생명의 빵이라는 것도 잘 알고 있었다
그러나 진리와 사랑이 아니라 바로 그의 가르침 자체가

살아 있는 빵이라는 것을 그들은 믿고 싶지 않았다
아니, 그의 가르침에 따라 살아갈 마음이 전혀 없었다

그래서 그들은 이렇게 억지를 부리며 시비를 걸었다
그의 부모는 우리도 잘 아는 요셉과 마리아가 아닌가?
그런데 그는 어떻게 자기가 하늘에서 내려왔다고 말하는가?
더욱이 그는 어떻게 자기 살을 먹으라고 내줄 수 있으며
어느 사람이 다른 사람의 살을 먹고 피를 마실 수 있는가?
그들은 자기 말이 공연한 핑계임을 스스로 잘 깨닫고 있었다
바로 그렇기 때문에 사람의 아들을 버리고 떠나간 것이다

449

열두 제자 가운데 하나는 악마다
(요한 6:70)

많은 제자들이 그를 떠난 뒤 다시는 그에게 오지 않았다
얼마나 섭섭하고 안타까웠으면 그가 열두 제자들에게
너희도 떠나가고 싶다면 떠나가라고 말했겠는가?
게다가 자기 앞에 사람을 두고 단 한 번 이렇게 극언했다
너희 열두 명 가운데 하나는 악마다!

나머지 열한 명도 결국은 그를 버리고 달아났는데
그래도 그들은 모두 악마가 아니고 천사라는 말인가?
그를 등지지 않고 남은 제자들 가운데 하나가 악마라면
그를 떠나간 제자들이 모두 반드시 악마는 아니란 말인가?
그를 팔아넘긴 시몬의 아들 유다의 행동이 악마의 짓이라면
그를 세 번이나 부인한 베드로의 행동은 무엇이란 말인가?

유다의 배신을 처음부터 알고 있었는데도 불구하고
최후의 만찬 때까지도 그를 쫓아버리지 않은 이유는 무엇인가?
그가 스스로 제물이 되기 위해서는 악마가 필요했던가?
유다의 배신이 없었더라도 유대인들은 그를 잡았을 것이다
아니면 유다를 길 잃은 양으로 보고 각별한 사랑을 베풀어
그에게 회개하여 새사람이 될 기회를 주고 싶었던 것일까?
유다에게만 그렇게 특별히 기회를 주는 이유는 또 무엇인가?

의문은 꼬리에 꼬리를 물고 나오지만 모두 부질없는 짓이다
그가 살아 있던 당시에도 풀리지 않은 의문은 수도 없었다
생명의 빵을 선포한 바로 그때 그는 역설적으로
가장 심한 죽음의 위험을 맞이했고 많은 제자마저 잃었다
너희도 또한 나를 떠나가고 싶으냐?
그나마 남은 제자들에게 그렇게 물은 이유는 정말 무엇일까?

껍데기 효도는 죄악이다
(마태오 15:5-6)

부모를 공경하라
부모를 욕하는 자는 반드시 사형을 받아야 한다
이것은 이미 너희가 받은 계명이 아니냐?
그러나 너희는 지금 무엇을 하고 있느냐?

부모에게 먹을 것 입을 것 잠자리를 제공한다고
고작 그런 것을 효도라고 하느냐?
가축은 물론 애완용 강아지나 고양이조차도
너희 부모보다는 더 나은 보살핌을 받지 않느냐?

부모는 너희가 어렸을 때 무엇을 베풀었느냐?
굶주림 추위 헐벗음을 참고 사랑과 헌신을 베풀었다면
너희도 마땅히 사랑과 헌신으로 갚아야 하지 않느냐?
그들이 너희에게 바라는 것이 겨우 생활비뿐이냐?
그것보다는 오히려 너희 마음에서 우러나오는 사랑이야말로
그들이 간절히 바라고 목말라하는 것이 아니냐?

너희는 교회에 많은 돈을 내는가 하면 자신의 출세를 위해
취미와 여가를 즐기기 위해 또는 더러운 쾌락을 위해
아낌없이 돈을 펑펑 쓰고 있다
내가 번 돈이니 내 마음대로 써도 좋다고 소리친다
그러나 돈은 물론 네가 가진 모든 것이 과연
너 혼자만의 힘으로 번 것이라고 믿느냐?
그리고 과연 정당한 방법으로만 번 것이란 말이냐?

나는 거창한 자선사업을 요구하는 것이 아니다
다만 너희가 부모보다도 애완용 동물을 더 사랑하는 꼴에
내 가슴은 분노와 슬픔으로 터질 지경이다
대놓고는 부모에게 욕하지 않는다 해도
너희는 자신의 행동으로 부모를 욕되게 하지 않느냐?

너희가 부모를 외면하고 학대한다면
너희도 자식들에게 버림을 받을 것이다
너희가 지금 끔찍이 아끼는 자식이나 애완용 강아지가
너희에게 영원한 생명과 행복을 줄 것이라고 믿느냐?
그렇다면 너희야말로 우상숭배자가 아니고 무엇이냐?
껍데기 효도를 할 바에는 차라리 맷돌을 밧줄로 묶어
목에 건 채 바다에 빠지는 것이 더 낫지 않겠느냐?

소경이 소경을 인도한다
(마태오 15:14)

그들은 전통을 지킨다는 핑계로 계명을 어긴다

말단 지엽적인 것을 내세우고 근본을 무시한다

사리사욕은 채우면서 이웃 사랑은 외면한다

그들은 눈먼 지도자들이다

그들을 따라가는 사람들 역시 눈먼 소경이다

소경이 소경을 인도하면 둘 다 구렁텅이에 빠진다

그러나 그들은 구렁텅이에 빠지기를 오히려 바라고 있다

거기 그들이 좋아하는 것이 모두 들어 있기 때문이다

오늘날 그들은 사람의 아들의 대리인으로 자처한다

그들의 입은 곧 사람의 아들의 입이다

그러나 그들은 사람의 아들의 가르침을 위해서가 아니라

자신의 사리사욕을 위해서만 입을 연다

그들의 귀는 곧 사람의 아들의 귀다
그러나 그들의 귀는 진리의 말은 배척하고
허위와 아첨의 말은 가뭄의 단비처럼 빨아들인다
그들의 눈은 곧 사람의 아들의 눈이다
그러나 그들은 정의의 빛은 외면하고 탄압하면서도
불의의 암흑은 반기고 그것과 기꺼이 어울리고 있다

그들은 소경에 그치는 것이 아니라
벙어리에 귀머거리에 절름발이다
그들을 따르는 사람들 역시 마찬가지다
그들은 모두 구렁텅이에 빠지고 말 것이다
그러나 아무도 구렁텅이를 걱정하지 않는다
오히려 그들이 구렁텅이에 빠지는 것을 염려하는
사람의 아들이야말로 소경이라고 비웃고 있다

그는 지상에 하늘나라를 세우려 했지만
그들은 지상의 왕국을 건설하고 무수한 왕이 되었다
하늘나라는 이미 우리 가운데 와 있기는 하지만
소경이 소경을 인도하는 한
어제도 오늘도 내일도 영원히 미완성의 이상일 뿐이다

자녀들이 먹을 빵을 개에게 주지 마라
(마태오 15:26)

자녀들도 배불리 먹이지 못할 만큼 빵이 턱없이 부족한 판에
그 빵을 다른 동네 사람들에게 준다면 미친 짓이 아닌가?
아니, 그것은 자녀들을 굶겨 죽이는 살인행위가 아닌가?
더욱이 자기 자녀들을 죽이려고 칼을 갈고 무기를 장만하는
적에게 빵을 주어 그들의 원기를 북돋아 준다면
자녀는 물론 자신마저 죽이는 자멸의 광기가 아닌가?

그는 자기 백성을 가르치는 데만도 시간이 너무나 부족했다
제자들에게 미래를 위한 준비를 시킬 일도 벅차기만 했다
넘어야만 할 사회적 장벽도 갈수록 태산이었다
자녀들이 먹을 빵을 개에게 주는 것은 옳지 않다!
그렇다! 무슨 일이든 순서가 있고 거기 적절한 때가 있다
그렇다면, 수신, 제가, 치국, 평천하와 같은 말이 아닌가?

근면과 정직과 노동을 위한 수신이 없다면
어떻게 자녀들에게 줄 빵을 충분히 마련하겠는가?
집안을 제대로 운영할 능력이 없다면
있는 빵이나마 어떻게 자녀들에게 만족스럽게 나누어주겠는가?
자기 백성을 제대로 가르치고 지도할 정성도 능력도 없다면
적에게 빵을 주는 것은 고사하고 나라마저
왜 팔아먹지는 못하겠는가?
그런 자가 외치는 안전과 평화란 공염불은커녕
파멸의 저주가 아닌가?

아무리 아양을 떨어도 개는 개다
자녀들이 먹을 빵을 개에게 던지는 것은 미친 짓이다
다만 자녀들이 배불리 먹은 뒤 식탁에서 떨어지는
빵 부스러기가 있다면 개가 먹어도 모른 척하라
굳이 그것마저 막아 개를 발로 찬다면
굶주려 악에 바친 개는 주인의 발목도 물어뜯을 것이다

수신, 제가, 치국, 평천하!
수신, 제가, 치국, 평천하!
그 순서를 결코 잊지 말고 명심하라!

바리사이들과 사두가이들아! 백성의 지도자라고 자부하지만
너희는 너희 자신마저도 바른길로 인도할 능력이 없다
아침과 저녁의 노을을 보고 날씨는 예보할 줄 알아도
시대의 변화를 예고하는 바람은 어찌하여 못 깨닫느냐?

진리에 굶주려 죽는 사람들이 도시마다 가득 차는 것도
사랑에 목말라 쓰러진 사람들이 거리마다 넘치는 것도
너희는 눈을 뜨고 있어도 보지 못하는 청맹과니들이다
정의의 판결을 요구하는 무수한 사람들의 쉰 목소리도
자비와 자선을 바라는 가난한 사람들의 애타는 하소연도
너희는 귀가 있어도 듣지 못하는 귀머거리들이다

아니, 너희는 보지 못하는 것이 아니라 못 본 척한다!
아니, 너희는 듣지 못하는 것이 아니라 못 들은 척한다!

바로 그것이 한층 더 가증할 위선이 아니냐?
바로 그것이 한층 더 무거운 죄가 아니냐?
너희야말로 바로 백성의 지도자들로 행세하기 때문에
책임이 더 무겁고 처벌도 더 가혹하게 받아 마땅하다

폭력 불의 증오의 낡은 시대는 이미 끝났다
그런데도 너희가 전통과 관습에 매달려 깨닫지 못하는 것은
바로 너희 자신이 낡은 시대의 마지막 유물이기 때문이다
진리 정의 사랑의 새 시대는 이미 시작되었다
그런데도 너희가 탐욕과 권력에 매달려 깨닫지 못하는 것은
바로 너희 자신이 새 시대의 파괴자들이기 때문이다

너희는 시대의 징조들을 알아보지 못하는 것뿐만 아니라
그보다 훨씬 더 무서운 잘못을 저지르고 있다
그것은 징조들을 너희 입맛대로 왜곡해서 가르치는 짓
그래서 수많은 백성을 멸망의 벼랑으로 내모는 짓이다
너희가 마땅히 받아야 할 가장 공정한 처벌은 과연 무엇이냐?
그것은 너희 나라의 멸망이나 너희 자신의 파멸보다도
너희 허위와 위선에서 나오는 바로 너희 가슴의 절망이 아니냐?

위선자들의 누룩을 조심하라
(마태오 16:6)

그들은 소와 양, 집과 토지를 주겠다고 약속한다
그들의 약속은 참으로 귀에 달고 눈에 황홀한 것
그러나 그들은 한 번도 약속을 지킨 적이 없다
설령 너희에게 너희가 원하는 것을 준다고 해도
그들은 준 것보다 수십 배나 더 빼앗아 갈 것이다

그들은 자유 평등 독립의 깃발을 휘날리며
외세를 몰아내는 것만이 영원히 살 길이라 외친다
민족의 단결, 민족의 통일을 눈물로 밤낮 호소한다
좋다! 로마 군대가 이 땅에서 물러갔다고 치자
권력을 쥔 그들의 채찍 아래 누가 자유인이란 말이냐?
표리부동, 부패, 무능, 탐욕의 노예인 그들 아래
너희는 과연 그들과 평등하게 권리를 행사할 수 있겠느냐?

독립이란 참으로 좋은 것이지만
백성이 평화를 누리기 위한 수단에 불과하지 않느냐?
주변 민족들과 충돌하거나 제압할 강대국이 되려 한다면
너희가 바치는 피와 땀과 목숨은 누구를 위한 것이냐?
백성이 진정 모두 자유인이 되지 않는 한
독립이란 새로운 권력층의 대두 이외에 아무것도 아니다

그들이 진정 민족을 사랑하여 목숨마저 기꺼이 내어놓는다면
민족의 단결과 통일은 참으로 좋은 것이다
그러나 그들이 노리는 것은 온 백성의 번영과 행복은커녕
권력의 장악 또는 강화 이외에 무엇이란 말이냐?
단결이든 통일이든 바보들을 낚는 낚싯바늘일 뿐이다
교활한 그들은 천사들마저도 속일 속임수의 명수들이 아니냐?

동서고금의 수많은 나라의 역사를 보라!
통일과 분열을 거듭하거나 영영 사라진 민족들을 보라!

통일도 분열도 사람들의 삶의 한 형태인 것도 모르느냐?
어떠한 삶을 사는가가 가장 중요하다는 것도 모르느냐?
통일도 결국 백성들의 사람다운 삶의 수단에 불과한데
어찌하여 그 자체가 목적인 듯 뻔뻔하게 속이려 드느냐?

너희는 바리사이파, 사두가이파 사람들의 누룩을 조심하라
그것은 너희 헛된 꿈과 욕망을 한없이 자극하여
어마어마하게 큰 죽음의 빵을 부풀릴 뿐이다
너희가 비록 그 빵을 먹고 일시적으로 배가 부른다 해도
그들의 누룩은 너희 정신을 썩히고 영혼을 질식시켜
너희와 너희 자손을 노예로 삼은 뒤
이용가치가 사라지면 쓰레기로 내다 버릴 것이다
또한 실제로 민족과 나라의 위기가 닥치면
그들은 너희를 버려둔 채 제일 먼저 달아날 것이다

너희는 어떠한 종류의 지상왕국도 믿지 마라
그것은 아침 이슬 또는 신기루일 뿐이다
그러나 하늘나라는 목이 잘린다 해도 굳게 믿어라
그것만이 너희에게 참된 자유와 정의를 주고
참된 평등과 독립을 보장해줄 것이기 때문이다

사람의 아들은 누구인가
(마태오 16:13)

사람의 아들은 환생한 세례자 요한인가?

엘리야나 예레미야 예언자가 되살아난 것인가?

눈먼 자들은 그렇게 멋대로 소문을 퍼뜨렸고

제자들도 귀에 솔깃한 말에 마음이 흔들렸다

그는 세례자 요한처럼, 회개하라고 외쳤다

하늘나라가 가까이 다가왔다는 기쁜 소식을 전했다

백성들의 눈에 그는 분명히 예언자 가운데 하나였다

동시에 그는 사람의 아들이었다

사람들이 떠드는 구구한 억측을 그인들 몰랐겠는가?

그러면 왜 그는 제자들에게 질문을 던졌던가?

사람의 아들을 누구라고 하더냐?

제자들이 백성들의 소리에 늘 귀를 열어두기를 바랐던가?

여론이 중요하다고 강조하려는 의도였던가?

제자들의 중구난방 식 대답은 그에게 의미가 없었다
소문은 어디까지나 소문에 불과한 것이 아닌가!

너희는 눈먼 자들이 하는 말을 믿느냐?
아니면, 사람의 아들이 누구라고 생각하느냐?
그의 질문에 제자들은 무슨 대답을 해야 한단 말인가?
난감해진 그들은 멀거니 서로 얼굴만 쳐다보았다

이윽고 그들은 물러가서 토론하기 시작했다
그는 자기들이 모든 것을 버리고 따르는 스승
외세의 굴레를 벗기고 나라를 다시 일으킬 분이 아닌가?
굶주린 백성에게 빵을, 목마른 자에게 물을 주는
몸과 마음이 병든 자들을 위로해주는 메시아가 아닌가?

그러나 베드로는 그렇게 대답하지 않았다
당신은 하느님의 아들입니다! 그리스도입니다!
그는 자기가 하는 말의 뜻을 사실은 모르고 있었다
사람의 아들이란 말의 뜻도 모르고 있었는데
하느님의 아들의 뜻을 어떻게 그가 깨달았단 말인가?

그래서 그는 자신의 수난을 그들에게 예고해 주었다
사람의 아들이 하느님의 아들이 되기 위해서는
반드시 이단자로 몰려서 참혹하게 죽지 않으면 안 된다
진리를 배척하는 권력은 진리의 사람을 죽이고야 말 것이다

너희도 회개하면 누구나 사람의 아들이 될 것이다
진리와 하늘나라를 선포하는 사람의 아들이 되는 것이다
그러나 내 가르침을 믿고 내 행동을 그대로 본받는다면
누구나 모두 하느님의 아들이 될 것이다
내가 너희를 사랑하듯이 너희가 나를 사랑한다면
너희는 나를 믿고 나의 모든 행동을 본받을 것이며
너희는 모두 나의 형제, 하느님의 아들이 되는 것이다

나는 바위 위에 내 교회를 세운다
(마태오 16:18)

집을 짓는다면 내가 어찌 어리석게 모래 위에 짓겠느냐?

그런 것은 폭우에 힘없이 무너지고 말지 않겠느냐?

나의 집은 교회, 교회는 나의 집

내가 크고 단단한 바위에 우뚝 세운 그것은

바위와 하나가 되어 태풍에도 홍수에도 끄떡이 없고

죽음마저도 감히 흔들어대지 못할 것이다

바위는 나를 믿는 모든 사람들의 믿음 그 자체며

교회는 사람의 아들들, 하느님의 아들들의 모임이기 때문이다

그들은 어떠한 가난, 수치, 고통도 꺼리지 않은 채

'회개하라! 진리를 실천하라!' 고 외칠 것이다

그들은 목이 잘려도 몸이 불타도 믿음을 굳게 지킬 것이다

순교는 어디서나 누구에게나 참으로 어려운 일
그러나 너희에게는 그보다 더 어려운 것이 있다
그것은 요절하든 장수하든 죽을 때까지 언제나
불의, 부정, 부패 그리고 죄에 물들지 않은 채
아낌없이 나누어주고 이웃사랑을 몸소 실천하는 것이다

사람의 아들들은 누구나 나의 형제
하느님의 아들들도 누구나 나의 형제
땅에서도 하늘에서도 나는 늘 그들과 함께 산다
그들은 나를 위해 모든 것을 버리고 가난하게 살며
나를 사랑하여 나의 가르침을 위해 목숨을 바치기 때문이다

하늘나라의 열쇠들
(마태오 16:19)

바위 같은 신앙으로 그리스도를 알아보는 사람
바위 같은 희망으로 그의 가르침에 매달리는 사람
바위 같은 사랑으로 그에게 목숨을 바치는 사람
그들은 누구나 하늘나라의 열쇠들을 받을 것이다

그들이 서로 사랑하고 돕기로 지상에서 맹세한다면
하늘나라도 그들을 기꺼이 축복해 줄 것이다
남을 미워하거나 해치는 일을 지상에서 금지한다면
하늘나라도 철저히 감시하고 그들을 지원할 것이다

내가 너희에게 주는 열쇠는 황금 열쇠도 아니고
왕궁의 보물창고를 여는 것도 아니다
그것은 남을 지배할 권력도 주지 않으며
남을 착취할 권한도 주지 않을 것이다

그것은 모든 사람의 구원의 문을 여는 열쇠
오히려 너희에게는 시련의 십자가일 뿐이다
너희는 나의 가르침에서 벗어나는 길을 그것으로 막고
진리와 사랑의 실천의 길을 그것으로 열어야만 한다

그것은 하느님의 아들들만이 받을 자격이 있다
그러므로 너희는 모두 하느님의 아들이 되라!
나의 가르침을 왜곡하여 사리사욕을 채우지 마라!
약하고 가난한 사람들을 오도하거나 억압하지도 마라!

사탄아, 물러가라
(마태오 16:23)

요한의 세례를 받은 뒤 광야에서 그가 단식할 때
악마는 절대 권력과 엄청난 돈으로 그를 유혹했다
나를 섬긴다면, 너는 모든 부귀영화를 누릴 것이다!
그러나 악마 자체마저 참으로 헛된 것임을 깨닫고
그는 드디어 소리쳤다 사탄아, 물러가라!

종교 지배자들은 진리의 목을 비틀고 죽여서 버렸다
사람의 아들은 위선을 단죄하고 사랑, 정의, 평등을 외친다
그러므로 그들은 그를 잡아 잔혹하게 죽일 것이다
수많은 예언자도 진리 때문에 목숨을 잃지 않았던가!

그의 예고에 제자들은 충격과 실망에 휩싸였다
그가 건설할 새 나라에서 한 자리 기대한 그들이 아닌가!
세례자 요한처럼 그의 목이 칼날에 떨어진다면
그들은 가을바람에 흩어지는 낙엽에 불과하지 않은가?

그들은 그의 옷자락에 매달린 채 앞길을 막았다
절망의 비통한 부르짖음이 베드로의 입에서 터져 나왔다
그런 말이 도대체 어디 있습니까? 절대로 안 됩니다!
우리는 집도 재산도 가족도 친구도 다 버리고
오로지 당신만을 따라다니지 않았습니까?

베드로의 말대로 사실 그들은 모든 것을 버렸다
그러나 버린 것의 백 배 천 배의 보상을 바라고 있었다
명예욕도 남들을 지배하려는 욕망도 버리지 않았다
그들은 그의 가르침을 사랑하고 전파하며
그것을 위해 목숨을 바치려고 하기는커녕
새로운 형태의 지상의 군주가 되려고 한 것이다

그래서 그는 준엄한 어조로 외쳤다 사탄아, 물러가라!
진리로 위장하여 돈과 권력을 쥐려는 자는 사탄이다
하느님의 나라를 내세워 부귀와 명성을 누리려는 자
박해가 닥칠 때 비겁하게 먼저 달아나는 지도자
그들은 모두 사탄이다 사탄아, 물러가라!

시몬아, 나를 정말 사랑하느냐
(요한 21:16)

요한의 아들 시몬아, 너는 나를 정말로 사랑하느냐?

그 누구보다도 바로 네가 가장 많이 사랑한다고 생각하느냐?

너는 그렇다고 세 번이나 대답했다

나는 네가 나를 사랑한다고 생각한다는 것도 알고 있지만

너는 내가 바라는 사랑으로 나를 사랑하는 것이 아니라

네가 바라는 사랑으로 나를 사랑한다고 생각할 뿐이다

사랑한다고 생각만 할 뿐 실제로 사랑하는 것은 아니다

사랑이 어찌 생각만 가지고 이루어질 수 있겠느냐?

너는 아직도 나의 길을 깨닫지 못하여 내 앞을 막으려 했다

영혼에게 생명을 주는 단 하나의 길, 바로 십자가의 길을

너는 일시적이며 구차한 육체의 생명을 위해 가로막았다

나는 너를 알고 또한 너의 길도 알지만

너는 나를 알지 못하고 나의 길도 알지 못한다

그런데 어찌 네가 지금 나를 사랑한다고 말할 수 있느냐?

너는 다만 나를 사랑하려고 노력하고 있을 뿐이 아니냐?

그 누구보다도 네가 만일 정말로 나를 가장 많이 사랑한다면
내가 사랑하는 나의 양들에게 날마다 생명의 살을 주어라!
나를 사랑하는 나의 양들에게 날마다 생명의 피를 주어라!
내가 나의 살과 피를 너희에게 남김없이 내어주는 것과 똑같이
너희도 너희 살과 피를 양들에게 전부 내어주어라!
사악한 목자들은 양들을 잡아먹거나 그 털가죽을 벗겨 팔지만
나는 오히려 양들을 위해서 나의 목숨을 버리는 착한 목자다
나를 정말로 사랑한다면 모든 것을 버리고 나를 따라라!
그리고 나와 똑같이 착한 목자가 되라!

그러나 너보다 어리거나 약한 형제들을 억누르고 학대한다면
나의 양들을 밥으로 삼아 재산을 모으고 권력을 휘두른다면
너는 착한 목자는커녕 또다시 사탄의 앞잡이가 될 것이다
나의 양들이 영양실조로 쓰러지거나 굶어죽게 만든다면
내가 다시 오기를 그들이 목이 터져라 소리치는 날이 온다면
나를 사랑한다는 말조차 너의 혀는 부끄러워할 것이며
그 말은 오히려 네 영혼의 생명을 죽이는 칼이 될 것이다
요한의 아들 시몬아, 나를 사랑한다면 내 십자가도 져라!
나를 사랑한다면 나의 양들도 네 몸같이 사랑하라!

스승을 참으로 사랑한 사제
(요한 21:16)

팔십이 넘은 은퇴 사제의 굽은 등을 바라볼 때
한낮 맑은 하늘 가득히 조종 소리가 울려 퍼진다
우리가 함께 걸어온 길을 애도하는 것이 아니라
따로 따로 걸어온 더 많은 세월을 아쉬워하는 조종 소리

지위나 명성을 탐내지도 부러워하지도 않은 나날
아무것도 가지려 하지 않았고 지금도 빈손인
그의 오늘을 슬퍼하는 것이 아니라
받을 것 다 받고 누릴 것 지금도 다 누리고 있는
수많은 사제들의 빛나는 이력서를 조롱하는 조종 소리

스승의 이름을 좀더 거룩하게 선포하지 못해 자책하는
그의 수줍은 미소를 나무라는 것이 아니라
스승의 이름으로 많은 사람을 잘못 인도하고 있는
목이 뻣뻣한 자들의 어리석음을 하늘에 알리는 조종 소리

수십 층 아파트의 숲이 광활한 현대의 바빌론에서는
아무도 그 조종 소리를 듣지 못한다
늙은 사제의 귀에도 그 소리는 닿지 않는다
그가 교회를 떠난 것이 아니라
교회가 그를 떠났기 때문이다

그러나 그의 가슴에도, 그를 바라보는 우리의 가슴에도
생명의 교회는 영원히 빛나고 있다
스승의 유일한 유산인 십자가 그리고 참된 신앙에는
은퇴라는 말이 통할 수가 없지 않은가!

온 세상을 얻는다 해도
(마태오 16:26)

눈앞에 아무리 어마어마한 진수성찬이 차려진들
식욕도 건강도 없다면 무슨 소용이 있겠느냐?
창고에 아무리 산더미같이 금화와 보석을 쌓아 둔들
아무리 으리으리한 저택에서 수많은 하인을 부린들
수명이 며칠 남지 않았다면 그 모든 것이 무슨 소용이냐?
설령 황제나 왕이 된들, 온 세상을 정복해서 차지한들
자기 목숨을 잃는다면 엉뚱한 자들을 위한 헛수고가 아니냐?

돈으로 일어서는 자는 돈으로 쓰러지고
칼로 일어서는 자는 칼로 쓰러지게 마련이다
자기 목숨을 아껴서 비겁하게 구는 자는 목숨을 잃지만
정의와 진리를 위해 목숨을 아낌없이 버리려는 사람은
죽음의 계곡에서도 오히려 목숨을 얻을 것이다

진리와 사랑이 다스리는 하늘나라를 건설하기 위해
나는 이제 나의 목숨을 버리려고 가는 중이다
나는 지상과 하늘의 그 어떠한 힘도 파괴할 수 없는
영원한 생명의 샘을 드디어 차지하고 말 것이다
그러므로 나의 제자가 되고 나의 샘물을 마시려면
누구나 모든 것을, 자기 자신마저 버린 채 십자가를 져라!
가난과 수치, 천대와 배척의 십자가를 기꺼이 지고 가라!

너희가 버리는 것이 하찮으면 하찮을수록
너희가 얻을 것도 그만큼 더욱 하찮은 것이 될 것이다
그러나 너희가 버리는 것이 귀중하면 귀중할수록
너희가 얻을 것도 그만큼 더욱 귀중한 것이 될 것이다
그러므로 정녕 목숨을, 영원한 목숨을 얻고 싶다면
온 세상보다 더 귀중한 것 바로 그것을 버려라!
하나밖에 없는 것 바로 너희 목숨을 버려라!

두려워하지 말고 모두 일어나라
(마태오 17:7)

먼 길을 걸어 높은 산으로 올라갔기 때문에
스승이 기도하는 모습을 바라보다가
그들은 곧 피로에 지쳐 잠이 들었다
얼마 후 비몽사몽간에 졸린 눈을 비비며 바라볼 때
스승의 얼굴에서는 굳은 결의가 불꽃처럼 발산되었다
그는 자기 목숨을 제물로 바치기로 다지고 다진 뒤였다

그는 멍한 정신의 그들에게 단호하게 말했다
나는 예루살렘에 올라가 비참하게 죽을 것이다
나는 내 백성들에게 모세처럼 새로운 계명을 줄 것이다
그리고 엘리야처럼 하늘나라로 올라갈 것이다
나는 나의 아버지를 사랑하고
아버지는 아들인 나를 사랑하기 때문이다
그의 어조는 평소와는 전혀 달리 너무나도 무서웠다
구름이 밀려오자 그들은 한층 두려워져 땅에 엎드렸다

그는 제자들 이외의 다른 사람들에게 말하는 것 같았다
그들은 무슨 말을 해야 좋을지 알지 못했다
베드로는 얼마 전 그를 만류하다가 야단을 맞았지만
이번에는 간접적인 말로 그의 수난을 말렸다
이곳은 외딴 곳이지만 집을 세 채라도 지어드리겠습니다
선생님을 모시고 여기서 살고 싶습니다

사탄아, 물러가라! 그 말이 나올 법도 했지만
제자들의 마음속을 이미 들여다본 그는 꾸짖지 않았다
죽음을 두려워하지 말고 일어나라!
다만 내가 죽은 이들 가운데서 다시 살아날 때까지는
나의 수난 예고를 사람들에게 퍼뜨리지 마라!
그들은 소문을 퍼뜨리지도 않았고 그럴 능력도 없었다
수난도 부활도 무슨 뜻인지 전혀 깨닫지 못했기 때문이다

내가 얼마나 더 오래 너희와 함께 있겠느냐
(마태오 17:17)

배고픈 사람에게는 날마다 밥을 주는 것보다

차라리 씨 뿌리는 법 농사짓는 법을 가르쳐 주어라!

목마른 사람에게는 날마다 물을 주는 것보다

차라리 우물을 파고 물을 긷는 법을 가르쳐라!

그 누구도 가난한 사람들을 모두 구제해줄 수는 없고

천하의 명의도 병자들을 모조리 고쳐주기는 불가능하다

믿음도 없고 악에 물들 대로 물든 자들아!

내가 얼마나 더 오래 너희 가운데 머물러 있겠느냐?

얼마나 더 오래 너희 요구에 시달려야만 한단 말이냐?

설령 내가 백년을 너희와 함께 지낸다 해도

너희 가운데 병든 사람들은 여전히 늘어만 갈 것이다

그것은 너희가 아버지를 사랑하지 않기 때문이다

그분을 사랑하지 않기 때문에 그분 능력도 믿지 않는다

그것이야말로 바로 너희 모두가 걸린 병이 아니냐?
그래서 너희는 귀머거리, 벙어리, 소경, 반신불수에다가
앉은뱅이, 절름발이, 간질병자가 된 것이 아니냐?

너희는 하찮은 인간에 불과한 의사의 손에는 매달리면서도
생명의 원천인 아버지의 무한한 능력은 믿으려 들지 않는다
사지가 멀쩡하고 몸이 건강하다고 날마다 자만하지만
마음, 정신, 영혼이 죽을병에 걸린 줄은 깨닫지 못한다
그러면서도 왜 나만 보면 구해달라고 소리치느냐?

환자를 일일이 고쳐주는 의사는 훌륭하지만
그에게 스스로 낫는 법을 일깨우는 의사는 가장 훌륭하다
나는 너희에게 이미 그 방법을 가르쳐주었다
그러나 너희는 내 말을 조금도 실천하지 않고 있다
그것은 너희가 나를 믿지 않을 뿐만 아니라
나를 보내신 아버지마저도 믿지 않기 때문이다

내가 너희와 함께 머무는 시간은 그리 많지가 않다
나는 곧 너희 곁을 떠날 것이다
믿든 안 믿든 그것은 너희 자유에 달려 있다
병이 낫든 말든 그것도 너희 마음에 달려 있다
영혼이 살든 죽든 그것도 결국 너희 책임이 아니냐!

너희 믿음이 겨자씨만큼이라도 크다면
(마태오 17:20)

너희 믿음이 겨자씨 한 알만큼이라도 크다면
아무리 높은 산 앞에서도 이렇게 말할 수 있을 것이다
우리는 이 산을 저쪽으로 옮길 것이다!
그리고 아무리 오랜 세월이 흐른다 해도
쉬지 않고 꾸준히 일을 한다면
너희는 기어코 다른 곳으로 옮길 수가 있을 것이다

도대체 어찌하여 너희 믿음은 이토록 보이지도 않느냐?
원수는커녕 이웃마저도 사랑하지 않는 너희가
내 이름을 아무리 크게 외친들 그것이 어찌 믿음이냐?
가난하고 병들고 억눌린 형제들을 돌보지 않는 너희가
교회를 아무리 많이 지은들 아무리 크게 지은들
너희 믿음이 어찌 겨자씨만큼이라도 크다고 하겠느냐?

너희는 돈과 쾌락을 우상으로 삼아 섬기고
출세와 권력의 우상 앞에 무릎을 꿇고 향을 피운다
너희가 부르는 노래는 허무와 자포자기의 찬미
너희가 바치는 제물은 오만과 죽은 정신이 아니냐!
너희는 가치 있는 것과 무가치한 것
생명을 주는 것과 죽음을 주는 것조차 분별하지 못하느냐?

너희 각자에게 주어진 시간은 참으로 짧기만 한 것이니
언제나 주인을 배신하는 재물에 매달리는 자는 바보
언제나 주인을 타도하는 권력을 잡으려는 자는 미치광이
매 순간 식는 쾌락에 빠져 허우적대는 자는 천치가 아니냐!
그러한 너희가 어찌 겨자씨만한 믿음이라도 내세우겠느냐?

고작 입술로만 기도하고 건성으로 이웃사랑을 외친다면
말로만 뉘우칠 뿐 나쁜 짓 할 기회를 애써 찾는다면
너희는 산을 옮기겠다고 말할 자격조차 없고
차라리 당장 산사태에 깔려 죽는 것이 더 나을 것이다
그러면 너희는 적어도 내 이름을 더 이상 더럽히지도 않고
너희가 받을 벌이 더 이상 무거워지지도 않을 것이다

우리는 당연히 해야 할 것을 했습니다
(루카 17:10)

주인이 맡긴 것으로 하인이 아무리 엄청난 재산을 모은들
주인의 그늘 아래 아무리 빛나는 명성이나 지위를 얻은들
어찌 제멋대로 행동하고 처분할 권한이 있겠느냐?
더욱이 기분 내키는 대로 먹고 마시며 방탕할 수 있겠느냐?

어리석은 하인이 자기 마음속에 오만의 바벨탑을 쌓은 채
주인을 무시하거나 사람들 앞에서 모욕을 준다면
그런 자를 어느 누가 충직한 하인이라고 칭찬하겠느냐?
어찌 모든 것을 빼앗긴 채 어둠 속에 버림받지 않겠느냐?

아버지가 맡긴 것으로 너희는 많거나 적거나 재산을 모았다
평화와 질서, 가정과 건강은 너희에게 얼마나 큰 재산이냐?
슬픔과 고통, 시련과 죽음마저도 때로는 생명을 주고
때로는 의외의 행운을 불러주는 귀중한 재산이 아니냐?

그러나 너희는 새 바벨탑 불신의 기둥을 사방에 세운 채
아버지를 잊을 뿐 아니라 그분의 이름을 더럽히고 있다
목마른 이웃, 굶주린 형제, 병들고 가난한 사람들을 외면한 채
방탕, 사치, 불의에 빠진 너희가 어찌 아버지의 아들들이냐?

너희가 아버지의 뜻을 경멸하고 바벨탑을 더 높이 쌓는다면
그 탑에 이르는 길을 형제들의 뼈와 해골로 포장한다면
아무리 많은 재산인들 어찌 한 줌 먼지로 변하지 않겠느냐?
너희 영혼의 생명인들 어찌 어둠 속의 연기가 아니겠느냐?

그러므로 나는 너희가 허무하게 사라지지 않도록 길을 연다
너희는 모두 한 집안의 형제들이니 서로 사랑하라!
아버지가 너희를 사랑하듯이 너희도 그렇게 서로 사랑하라!
한평생 사랑을 행동으로 증명하는 것이 비로 너희 의무다
아무런 보상도 바라지 마라! 너희는 이미 그것을 받았다
너희에게 쏟는 아버지의 사랑보다 더 큰 보상이
무엇이란 말이냐!

열 명이 깨끗해지지 않았느냐
(루카 17:17)

참으로 많은 사람들이 그를 따라다녔고 곁에 서 있었으며
수시로 그의 가르침을 들었고 또 많은 것을 배웠다
그러나 그들이 누구나 참된 생명을 얻은 것은 결코 아니다
비록 진리의 씨는 영원히 변하지 않는 것이었다 해도
그들의 영혼이 모두 비옥한 밭은 아니었기 때문이다

더욱이 구원의 기쁜 소식에 한없는 위로를 받았다 해도
그의 말을 들어 비로소 아버지의 사랑을 처음 알았다 해도
그에게 진심으로 감사한 사람은 과연 몇 명이나 되었던가?
아니, 감사를 넘어 그를 사랑한 사람은 과연 있었던가?
그를 사랑하여 아버지마저도 사랑한 사람은 있었던가?

백성의 지도자들도 그가 말하는 참된 길은 알고 있었다
그 길의 힘이 무엇인지도 잘 알고 그래서 두려워했다
정의 진리 사랑의 길이 다스릴 세상에 대한 공포심

허위의 권력을 유지하려는 광적인 애착심
그들의 마음과 영혼은 바로 그 문둥병에 걸려 있었고
그들은 그 병을 치유할 방법을 밤낮으로 찾고 있었다
그들은 이미 그를 잡아 죽이기로 결정하지 않았던가!

하느님의 나라는 이미 너희 가운데 와 있다!
사람의 아들은 참된 길의 완성을 위해 제물이 될 것이다!
사제들, 학자들, 각계 지도자들은 비로소 그 말에 안심했다
이제 그들은 악몽 같은 문둥병에서 벗어난 것이다
그러나 그들 가운데 아무도 그에게 감사하지 않았다

다만 원수나 외국인처럼 지내던 사마리아 사람 한 명만
몰래 그를 찾아가 발치에 엎드린 채 감사의 눈물을 흘렸다
예루살렘의 지도자들처럼 지키고 싶은 권력도 없었지만
그는 하느님의 나라를 직접 보았기 때문에 감격한 것이다
사람의 아들 이외에 어느 누가 착한 사마리아 사람인가?
그분의 길을 사랑하면 누구나 착한 사마리아 사람이 아닌가!

성전 유지를 위한 세금
(마태오 17:24)

성전은 거룩한 곳이 분명하다
그것은 너희가 기도하는 곳이기 때문이다
그러나 기도에 참된 믿음 뉘우치는 마음이 없다면
그것은 이교도의 신전과 똑같이 단순한 돌무더기
또는 제물을 구실로 돈을 거두는 수단일 뿐이 아니냐?

너희는 성전을 그분이 사는 집이라고 가르치지만
그분을 모시기에는 우주 전체마저도 좁다는 것을 모르느냐?
아무리 미세한 어느 곳에도 다 머물러 있는 그분이
어찌 인간의 손으로 지은 특정 건물에만 머물러 있겠느냐?
너희가 성전 유지를 위해 거두는 세금이야말로
너희 말이 거짓임을 단적으로 증명하고 있지 않느냐?
해와 달과 무수한 별들이 모두 그분의 집인데
그 유지에 무슨 세금이 필요하다는 말이냐?

오히려 너희가 말하는 성전이란 바로 너희만의 집
너희 직업을 위해 유지하는 건물에 불과하지 않느냐?
그렇기 때문에 강제로 세금을 거두는 것이 아니냐?
성전이 만일 참으로 아버지의 집이라고 한다면
그분의 아들들이 어찌하여 세금을 바쳐야 한단 말이냐?

그분이 너희가 바치기를 참으로 바라는 것은
썩은 제물의 역겨운 연기가 아니라 바로 너희 사랑이다
어린애처럼 믿는 믿음 눈물로 참회하는 마음이다

안에는 송장 뼈만 들었고 겉은 번지르르하게 회칠한 무덤
거짓말에 악행만 거듭한 자가 자화자찬하는 장황한 예식
금은으로 만들고 보석으로 장식된 접시 촛대 술잔 따위로
너희가 감히 그분을 속이고 회유할 수 있다고 믿느냐?

성전은 참으로 거룩한 곳이 분명하다
이 세상에서 참된 성전은 바로 너희 마음뿐이다
그곳이야말로 너희가 참된 기도를 바칠 수 있고
또한 바쳐야 마땅한 곳이기 때문이다

생선을 팔아 사제들에게 주어라
(마태오 17:27)

그들은 그물을 던지지도 않고 낚시질도 하지 않는다
비린내 난다며 생선을 손으로 만지지도 않는다
그러나 생선요리에는 남보다 먼저 손대고
가난한 사람의 생선 판 돈은 언제나 기꺼이 받는다

그들은 성전에서 제물을 도살하는 자기 일만 거룩하다고
건성으로 예식을 거행하는 것을 성직이라고 뽐낸다
그들은 비록 눈에 보이는 성전에서 일하고 있지만
눈에 보이지 않는 마음의 성전은 파괴하고 있다

나는 너희에게 분명히 말해 둔다
죄짓는 행위를 제외하면, 천한 사람이든 귀한 사람이든
사람이 하는 일이란 무엇이나 다 거룩하다
일할 때 흘리는 땀방울보다 더 거룩한 것이 있느냐?
잘못을 뉘우치는 눈물보다 더 향기로운 것이 있느냐?

남의 고통을 아파하는 마음보다 더 아름다운 것은 무엇이냐?
자선과 자기희생보다 더 값진 제물이 어디 있느냐?

살아 있는 사람은 모두 성직자가 될 수 있다
정직한 삶 선한 삶 자체보다 더 거룩한 직업이 무엇이냐?
사제의 옷을 입었다고 해서 모두 사제가 된다면
왕관을 쓰면 허수아비도 나무토막도 왕이 되지 않겠느냐?
양 가죽만 쓰면 늑대도 목자가 되지 않겠느냐?

올바른 삶을 사는 사람들은 마음의 참된 성전을 지니므로
돌무더기에 불과한 성전에 세금을 바칠 의무가 없다
그러나 성전 사제들은 아직도 막강한 권력을 쥐고 있으니
그들의 비위를 거슬러 재앙을 자초하는 것은 어리석다

그러므로 너희는 바다에 나가 물고기를 잡아라
그리고 생선을 팔아 사제들에게 돈을 바쳐라
그것은 성전을 위한 세금이 아니라
회칠한 무덤들의 생활비를 보태주는 것일 뿐
참된 일은 날마다 하지 않은 채 살만 찐다면
땅속에서 구더기들이 그들을 기다리고 있을 뿐
그들은 평생 헛수고만 하는 것이 아니냐?

하늘나라에서는 누가 더 위대한가
(마태오 18:1)

아무리 하찮은 사람이라 해도

아무리 가난한 사람이라 해도

아무리 힘이 없는 사람이라 해도

자기보다 못한 사람을 동정하고 도우며

죄를 뉘우치고 하늘나라에 들어가기만 한다면

천하의 왕이든 정복자든 부자든 천재든

어느 누가 그보다 더 위대하다고 자부하겠느냐?

온 세상을 얻어도 자기 영혼을 잃는 사람이라면

차라리 태어나지 않은 것이 더 낫지 않겠느냐?

하늘나라에는 가난도 눈물도 한숨도 더 이상 없다

세금도 감옥도 없고 지배도 사형대도 없다

죽음의 그림자마저도 깃들이지 못하며

누구나 무한한 기쁨에 영원히 젖어 있는 그곳에서는

모든 영혼이 주님 앞에서 똑같이 아름다운 보석이다

영혼들 사이에 어찌 큰 것과 작은 것이 있느냐?
더 위대한 것이나 열등한 것이 어디 있느냐?

하늘나라에서는 누가 더 위대한지 묻지 마라
그런 질문을 가슴속에 몰래 품고 있는 한
너희는 결코 그곳에 들어가지 못할 것이다
너희의 선행도 고행도 희생도 모두 헛된 것이며
신앙도 소망도 사랑도 모두 거짓이기 때문이다

너희가 하늘나라에 들어가기를 진정으로 원한다면
지상에서는 가장 가난한 사람이 되어야만 한다
아무 힘도 없는 사람 가장 하찮은 사람
죄도 탐욕도 권력도 모르는 어린애처럼 되어야 한다
너희는 버리면 버릴수록 더 많은 것을 받을 것이다
어린애 같은 사람에게 물 한 모금이라도 베푼다면
나는 너희를 영원히 나의 친구로 기억할 것이다

반대하지 않는 사람은 너희 편이다
(루카 9:50)

너희는 반드시 좁은 문을 지나 나의 길을 걸어가야 하지만
그 길은 오로지 너희만이 걸어갈 수 있는 것은 아니다
하늘나라를 사랑하고 아버지의 뜻을 따르는 사람이라면
누구나 나의 길을 걸어갈 수 있고 또 그렇게 해야만 한다
언어 민족 나라 피부색 기타 그 어느 것도 또한 그 누구도
나의 길을 걸어가려는 사람을 가로막을 수는 없다
아무리 하찮은 형제라도 그의 앞길을 막는 자가 있다면
그가 누구든 하늘나라의 건설을 방해하는, 아버지의 적이다

너희는 너희 자신만이 한 울타리 안의 한 가족을 이루며
너희만이 나의 길을 전할 수 있고 또 그래야 한다고 믿지만
그것은 하늘나라를 독점하려는 헛된 욕심에 지나지 않는다
하늘에 계시는 아버지, 모든 아들을 사랑하시는 아버지
그 아버지의 나라가 어찌 너희만을 위해서 마련된 것이냐?
너희는 바람에 날려 사라지는 마른풀이 아니냐?

너희는 아직 자기 십자가를 지지도 않았을 뿐만 아니라
그것이 무엇인지도 미처 깨닫지 못하고 있지 않느냐?

너희는 온 세상 양들의 수를 이루 헤아릴 수도 없고
그들에게 얼마나 많은 울타리가 필요한지도 모르며
그들을 모두 맡아서 바른길로 인도할 능력도 없다
그러므로 너희와 어울려 날마다 같이 행동하지는 않아도
나의 길을 양들에게 올바로 전해주는 사람들이 있다면
그들이 도둑이나 강도가 아니라 성실한 목자인 한
적대시하거나 배척하지 말고 내버려두어라
그들은 결국 너희 일을 돕는 유익한 일꾼인 것이다

그러나 너희가 내 울타리 네 울타리를 가르고 싸운다면
내가 너희에게 남겨주는 평화는 말라죽고 말 것이다
너희가 전하는 기쁜 소식이 전쟁의 북소리가 되고
너희가 외치는 사랑이 당파심과 증오의 불길이 되는 날
허위의 가면을 쓴 너희는 오히려 아버지의 적이 되어
양들이 나의 길에서 벗어나 사방으로 흩어지게 만들 것이다
명심하라! 어리석음과 탐욕에 빠진다면
심지어 너희마저도 나의 길을 가로막는, 아버지의 적인 것이다

죄의 올가미를 남에게 씌우지 마라
(마태오 18:7)

손이나 발이 너희에게 죄의 올가미를 씌운다면
서슴지 말고 그것을 잘라버려라!
영혼에 유익한 일을 하라고 준 손발이 아니냐?
그것이 선행을 하기는커녕 죄로 영혼을 죽인다면
차라리 잘라내 불구의 몸이 된다 해도
영혼이나마 깨끗이 보존하는 것이 더 낫지 않느냐?
너희는 손이나 발이 썩기 시작하는데도 불구하고
그대로 내버려두어 목숨을 잃겠느냐?
죄는 살이 썩는 것보다 더 무서운 병이 아니냐?

눈이 너희에게 죄의 수단이 된다면
차라리 그것을 뽑아서 길에 버려라!
언제나 바른 길만 바라보고
날마다 참회의 눈물을 흘려야 마땅한 눈이 아니냐?
그것이 죄의 길만 찾아다니는 앞잡이나 되고
증오 살기 광기로 번득인다면

차라리 뽑아버려 소경이 된다 해도
몸과 마음, 정신과 영혼의 순결이 더 낫지 않느냐?
죄로 물크러진 위선자 권력가 대부호들보다는
가난하고 하찮은 소경의 삶이 더 값지지 않느냐?

너희가 나를 믿기 싫다면 마음대로 하라
나를 해치고 싶다면 얼마든지 해쳐도 좋다
그러나 나를 믿는 하찮은 사람 하나에게라도
죄의 올가미를 씌우려 노린다면
너희가 먼저 목이 졸려 죽고 말 것이다
너희는 차라리 맷돌을 맨 밧줄을 목에 건 채
바다에 던져져야 마땅한 자들이다
사람이 자기 영혼을 죽이는 것도 무거운 죄지만
남의 영혼을 죽이는 것은 더 무거운 죄기 때문이다

세상은 언제나 어둠과 어리석음에 뒤덮여 있으므로
죄의 올가미가 사방에 깔려 있게 마련이긴 하다
그러나 나를 믿고 영혼의 생명을 얻으려는 사람
힘없고 하찮은 나의 형제에게 올가미를 씌우는 자는
참으로 용서받기가 어려울 것이다
아무리 천하의 권력을 쥐고 흔든다 해도
온 세상의 모든 재산을 얻었다 해도 참으로 불행하다
올가미가 그를 영원히 노예로 끌고 다니기 때문이다

하찮은 사람이라고 깔보지 마라
(마태오 18:10)

너희가 남을 하찮게 본다고 해서 하늘나라에서도
그를 하찮게 보는 것은 결코 아니다
그렇다면, 어찌 그에게 수호천사가 있겠느냐?
너희가 찬미와 존경, 훈장과 명예를 받는다 해도
하늘나라에서는 오히려 너희를 하찮게 볼 것이다
그렇지 않다면, 너희 수호천사들이 왜 울고 있겠느냐?

높은 산의 바위라 해서 잘난 것도 아니고
바닷가 모래라 해서 천한 것도 아니다
바위는 부서져 모래가 되고
모래는 뭉쳐서 탑을 쌓을 것이다
하찮게 보이는 무수한 사람들이 없다면
존귀하게 보이는 자들이 어찌 세상에 있겠느냐?
모든 사람이 왕이 되려 한다면
밭은 누가 갈고 물고기는 누가 잡겠느냐?

그러나 너희가 하찮게 보이는 사람들을 깔본다면
바로 너희 수호천사들이 너희를 저버릴 것이다
너희가 그들을 조롱하고 속이고 재산을 빼앗는다면
바로 너희 수호천사들이 너희를 불칼로 내려칠 것이다
너희가 그들을 억압하고 해치고 고문하고 죽인다면
그들의 수호천사들이 너희와 자손들을 죽일 것이다

비록 남들이 실제로 하찮고 무가치하다고 해도
너희는 그들이 늘 그렇다고는 판단하지 마라
그들을 단죄하지도 무시하지도 경멸하지도 마라
너희 자신도 실제로는 하찮은 존재가 아니냐?
너희가 세상에서 발휘하는 가치란 도대체 무엇이냐?
그들도 언젠가 진심으로 뉘우치고 새사람이 된다면
너희보다 백 배나 더 나은 아버지의 아들들이 아니냐?

하찮은 사람일수록 수호천사는 더욱 열심히 돕지만
오만한 사람일수록 그의 수호천사는 도울 힘이 전혀 없다
너희가 모두 잠든 시간에도 천사들은 눈을 뜬 채
너희 생각과 마음마저도 들여다보고 있다
그러므로 너희는 아무리 초라하고 하찮은 사람이라 해도
깔보기는커녕 더욱 공손하게 친절하게 대하라

길 잃은 한 마리 양
(마태오 18:12)

백 마리의 양떼를 치다가 한 마리를 잃었을 때
길 잃은 양을 찾기 위해 양떼를 떠나는 목자가 있다면
너희는 그를 어리석은 자라고 비난하느냐?

늑대들이 양떼를 습격할지도 모른다
도둑이 양들을 몰아갈지 누가 아는가?
양떼는 벼랑으로 몰려가 떨어져 죽을지도 모른다
그렇다 해서 그를 무책임하다고 조롱하느냐?

너희는 길 잃은 양을 동정도 사랑도 하지 않으며
양떼를 단순히 잡아먹을 가축 또는 재산으로만 여긴다
그래서 목자는 양 한 마리가 아까워 찾으러 갔다고
탐욕에 눈이 멀어 다른 양들을 위험에 내맡겼다고
너희는 뻔뻔스럽게도 그를 바보 천치라 비웃는다

너희는 죄인이 단 한 명이라도 더 뉘우치는 것이
같은 사람이 단 한 번이라도 더 뉘우치는 것이
하늘나라에서 얼마나 큰 기쁨이 되는지 결코 모른다
길 잃은 양 한 마리라도 바른길로 인도하는 것이야말로
목자에게는 무한한 보람인 것도 너희는 깨닫지 못한다

그러므로 너희는 착한 목자이기는커녕
양가죽을 쓴 거짓 목자, 늑대, 도둑, 강도들이다
너희는 양의 털만 깎는 것이 아니라 가죽마저 벗겨서 팔고
그들의 살코기로 배를 채운다
남의 양떼를 강탈할 뿐 아니라 자기 양떼마저 팔아치운다
아니, 양우리마저도 강도들에게 넘기고 있다

착한 목자를 비웃는 너희야말로 길 잃은 양들이다
그러한 너희를 구출해 줄 목자는 어디 있느냐?
양떼를 팔아 마련한 진수성찬, 쾌락, 재산이
죽음의 문턱에서 너희를 구출해 줄 것 같으냐?
어둠의 지배자가 너희를 호락호락 놓아줄 것 같으냐?

길 잃은 양의 고백
(마태오 18:12)

저는 들판에서 홀로 비를 맞고 있었습니다
멀리서 들려오는 늑대 소리에 온몸을 떨었습니다
죽음의 공포보다는 오히려
외로움의 고통이 더욱 견디기 어려웠습니다

앞서 가버린 양들은 제가 길을 잃었다고 하지만
저는 길을 잃은 것이 아니었습니다
그냥 제자리에 멈추어 섰을 뿐입니다
길다운 길도 보이지 않았고
아무도 길을 가르쳐 주지 않았기 때문입니다

목자는 왜 우리는 돌보지 않은 채 책만 읽습니까?
바다 같은 학식이 늑대로부터 우리를 보호해 줍니까?
그는 왜 나무 그늘에서 낮잠만 즐기는 것입니까?
그의 안락한 생활이 우리의 배를 채워 줍니까?

그는 우리 살코기로 배를 채우고
우리 털로 좋은 옷을 만들어 입고 다닙니다
그러면 양 우리는 왜 무너지도록 내버려두며
우리가 안전하게 다닐 길은 왜 닦지 않는 것입니까?

길이 먼저 있어야만 양은 길을 잃을 수 있습니다
아무리 둘러보아도 길이 없는데
길 잃은 양이란 도대체 무슨 말입니까?
목자가 먼저 제대로 인도할 때 비로소
길을 잃는 것은 양의 잘못이 될 것입니다

저는 남을 탓할 자격도 그럴 마음도 없습니다
하늘나라의 기쁨을 증가시키기 위해서나
목자의 사랑을 시험해 보기 위해서
일부러 길을 잃은 것도 아닙니다

다만 비바람이 몰아치고 어둠이 닥치는데도
길이란 길은 전혀 보이지 않기 때문에
외로움의 고통이 너무나도 견디기 힘들기 때문에
허공에 대고 그냥 하소연하는 것뿐입니다
길이 정녕 없다면 새로 만들어 주시고
길이 있다면 누군가를 시켜 제게 가르쳐 주십시오!

은화를 다시 찾은 여인의 기쁨
(루카 15:9)

은화 열 개 가운데 하나를 잃은 여인이 한밤중에도
집안 구석구석을 빗자루로 쓸며 은화를 찾는다면
너희는 그 여인을 탐욕의 수전노라고 비웃겠느냐?
설령 돈밖에 모르는 여자라 해도 잃어버린 은화 하나
그것의 가치 자체는 누구보다 더 잘 알고 있지 않느냐?

너희는 남은 아홉 개만으로도 만족하지 못하고
악착같이 하나를 찾아내는 여인을 어리석다고 하느냐?
설령 어리석은 여자라 해도 잃어버렸던 은화 하나
바로 그것을 다시 찾은 기쁨을 너희가 어찌 알겠느냐?

더욱이 여인이 은화를 밤새도록 애써 찾은 이유가
그것이 자기 생활비로 쓸 돈이기 때문이 아니라

가난하고 어려운 이웃들을 위해 쓸 돈이기 때문이라면
아니, 은화 자체가 돈이기 때문이 아니라
아버지의 뜻을 실천하는 도구이기 때문이라면
여인이 잃어버린 은화를 자기 몸처럼 사랑했다고 한들
어느 누가 감히 조롱이든 비난이든 할 수 있겠느냐?

오히려 너희는 잃어버린 은화든 남은 은화든
은화 하나하나가 지닌 가치를 깨닫지 못하고 있다
잃어버린 은화를 찾아다니지도 않을 뿐만 아니라
남은 은화들마저도 낭비하거나 썩히고 있다
고작 이자나 바라며 편하게 앉아 있지 않느냐?
자기에게 맡겨진 은화도 아끼고 사랑하지 못한다면
너희가 어찌 형제와 이웃을 사랑한다고 말하겠느냐?

돌아온 탕자
(루카 15:32)

돈을 펑펑 쓰는 동안에는 누구나 왕도 부럽지 않지만
심지어 왕인들 돈이 떨어지면 날개 꺾인 새가 아니냐?
미리 받은 자기 몫의 유산을 먼 나라에서 탕진한 차남은
돼지우리에서 아사한 시체로 발견될 수도 있었다
설령 돼지들의 먹이로 한때 허기진 배를 채웠다 해도
그는 머지않아 굶주림과 질병에 쓰러졌을 것이다
그가 만일 시체로 고향에 돌아갔더라면
어느 누가 아버지의 슬픔을 달래줄 수 있었겠느냐?

굶어죽기 직전에야 깨달았다고 해서 비난하지는 마라
그나마 그때라도 정신을 차렸으니 얼마나 다행이냐?
그가 살아서 돌아간 것만 해도 대단한 결단과 용기며
본의는 아니지만 결국은 아버지를 기쁘게 한 효도였다

게다가 하늘과 아버지에게 지은 죄를 솔직히 고백한 뒤
그는 용서와 아들 대우는 감히 바랄 수도 없었기 때문에
하인으로 받아주기를 간청하는 것이 고작이었지만
바로 그것이 아버지에 대한 사랑을 드러냈던 것이다

아들의 권리를 주장할 때 그는 죽은 아들이었지만
아들의 지위를 스스로 포기할 때는 다시 살아났다
유산을 챙겨 떠날 때 그는 잃어버린 아들이었지만
하인이나마 되려고 할 때는 되찾은 아들이 되었다
스스로 높이는 사람은 한없이 구렁텅이에 빠질 것이며
스스로 낮추는 사람은 무한한 생명을 얻을 것이다
주인 노릇을 하려는 하인은 탐욕의 노예가 될 것이며
하인처럼 남을 섬기려는 사람은 참된 아들이 될 것이다

회개하지 않는 형제는 버려라
(마태오 18:17)

아무리 믿음과 사랑의 형제들만 모인 곳이라 해도
잘못을 저지르는 사람은 나오게 마련이다
그의 잘못이 아무리 중대하다 해도
처음부터 단죄하지 말고 회개의 기회를 주어라
여러 가지 방법으로 끈기 있게 설득하고 충고하라

그러나 그가 끝까지 고집을 꺾지 않은 채
형제들의 공통된 의견마저 무시한다면
너희는 그를 버려라
너희 모임에 나오지 못하게 하라
그는 너희에게 이방인과 세리와 마찬가지다
너희 형제가 될 자격이 없는 것이다

나를 믿는 너희가 두 명만이라도 모인 곳이 있다면
그곳이 바로 나의 교회며 나는 거기 항상 머문다
거기서 너희가 합의하는 것은 나도 인정할 것이다
그러나 명심하라!
너희 합의는 모든 형제의 구원을 위해서 있는 것이지
단 한 명이라도 파멸시키기 위한 것은 결코 아니다

비록 너희가 모임에서 버린 형제가
포도나무에서 잘려 말라버린 가지라 해도
너희는 합의를 내세워 그것을 불태울 권리는 없다
잘려나간 가지를 일단 불태우고 나면
그는 뉘우치고 너희에게 돌아갈 기회를 영영 잃는다
너희는 그 책임을 반드시 져야만 한다

그러므로 가지들을 잘라 내버린 뒤에도 너희는
날마다 끊임없이 반성하라 그들이 잘려나간 것이
혹시라도 너희의 오만 독선 위선 때문은 아닌지
너희의 무례 억압 탐욕 때문은 아닌지 반성하라
너희에게 티끌만한 허물이 있다면 즉시 사과하라
그들과 화해하고 그들을 위해 끊임없이 기도하라
그래야만 너희 자신도 추수 때 잘리지 않을 것이다

일곱 번씩 일흔 번이라도 용서하라
(마태오 18:21)

너희 형제가 죄를 뉘우치고 용서를 청한다면
일곱 번씩 일흔 번이라도 용서해 주어라
다만 다시는 죄를 짓지 않겠다는 다짐을 받아라

용서는 죄의 대가를 자동적으로 없애지 않는다
죄인은 남에게 끼친 피해를 마땅히 보상해야 한다
그것마저 사면해준다면
너희는 정의를 파괴하는, 백성의 원수가 될 것이다
그에게 보상의 능력이 모자란다면
차라리 너희가 힘을 합하여 그를 도와주어라

너희가 어찌 사람의 마음을 알 수 있느냐?
그가 거짓 회개하는지 누가 가릴 수 있느냐?
설령 진심으로 회개한다고 해도
속죄는 말로만 하는 것이 아니지 않느냐?
보상의무를 지우는 것이 바로 정의며 자비가 아니냐?

그러나 그가 뉘우치지도 용서를 빌지도 않으며
뻔뻔스럽게 죄를 거듭하는데도 불구하고
무조건 무한정 용서해 준다면
너희는 그의 죄에 대해 대가를 치러야만 한다
너희는 그의 공범일 뿐만 아니라
오히려 그보다 더 중대한 죄인이기 때문이다

진심으로 용서하라
(마태오 18:35)

너희가 먼저 남을 용서해 주지 않는 한
너희도 아버지의 용서를 결코 받지 못할 것이다
그러나 오로지 용서를 받으려는 이기적 타산에서
남을 용서한다면, 건성으로 말로만 용서한다면
그것은 거짓 용서일 뿐이다
거짓 용서를 하고 여전히 미워하거나 보복한다면
차라리 용서라는 말도 입에 담지 마라!

용서한다면, 진심으로 용서하라!
너희가 남을 용서해야만 하는 이유는
그가 바로 너희 자신의 형제기 때문이고
너희는 형제를 진심으로 사랑해야만 하기 때문이다
아버지의 용서는 서로 사랑하는 아들들에게
자연히 덤으로 따라오게 마련인 것이 아니냐?

너희가 그 누구보다도 가장 먼저 용서해야 할 사람은
바로 너희 자신임을 깨달아라
너희는 자기 자신부터 진심으로 사랑해야 하며
자기를 진심으로 사랑하지 않는 사람은
남을 사랑할 수도 용서할 수 없기 때문이다

오만과 독선에 찌든 사람들을 보라!
그들은 자기 자신을 사랑할 줄도 용서할 줄도 모르며
그래서 자기 잘못을 결코 인정하려 들지도 않는다
그들이 어찌 자기 잘못을 진심으로 뉘우치겠느냐?
그러니 다른 형제를 어찌 진심으로 용서할 수 있겠느냐?

아들들은 아버지의 뜻을 몰라보기 쉬워도
아버지는 그들의 마음속을 정확히 헤아리고 있다
한없이 자애롭지만 동시에 언제나 정의로운 아버지
그분의 눈길을 너희는 한순간도 피해갈 수가 없다

그러므로 너희는 진심으로 용서하라!
너희 또한 용서받고 죄에서 벗어나 자유롭게 되라!
그것이야말로, 아니, 오로지 그것만이
너희가 형제끼리 서로 주고받을 수 있는 것
다 함께 아버지께 드릴 수 있는 참된 사랑이 아니냐!

사마리아인들을 저주하지 마라
(루카 9:54-55)

나그네에게 하룻밤 쉴 곳을 제공하는 사람은 친절하다
그는 객지 어디서나 자기보다 친절한 사람을 만날 것이다
나그네를 내 편 네 편 갈라서 차별하는 사람은 매정하다
그는 자기 집안마저 분열하여 싸우는 꼴을 볼 것이다

사마리아인들이 우리에게 머물 곳을 거절했다고 해서
너희는 하늘에서 벼락이라도 치기를 바라며 분개하고 있다
그들은 우리 자신을 미워해서 배척한 것이 아니라
예루살렘으로 올라가는 사람은 모두 싫어서 그런 것이지만
결국 나그네를 푸대접해서 얻는 것은 비난과 원망뿐이다

그렇다고 해서 너희가 그들을 저주하는 것은 말도 안 된다
평소에 너희는 그들을 얼마나 멸시했느냐?

그들을 세리나 이교도들처럼 외면하고 비난하지 않았느냐?
그들이 너희를 형제처럼 받아들인다면 얼마나 좋겠느냐?
그러나 하룻밤 머물 곳마저 거절한다 해도
너희가 어찌 그들을 저주할 자격이 있단 말이냐?

설령 그들에게 먹을 것과 머물 곳을 베푼 적이 있다 해도
너희는 그들을 비난하거나 원망할 자격이 없다
똑같은 보답을 바란다면 친절이 어찌 참된 것이냐?
친절은 자발적인 것이지 의무가 아님을 어찌 모르느냐?
저 사마리아 마을이 불바다가 되라고 너희가 저주한다면
그들 역시 너희가 머무는 곳마다 불타라고 저주할 것이다
증오가 증오를 부르고 저주가 저주를 부른다면
그 악순환 속에서 나의 평화가 어찌 자리를 잡겠느냐?

친절함을 모르는 사람들을 미워하거나 원망하지 마라!
친절함이 없는 집이나 마을도 저주하지 마라!
너희는 그들을 떠나 다른 곳으로 가면 그만이다
그들은 너희가 전할 나의 축복과 평화를 얻지 못하니
너희는 오히려 그들을 위해서 기도하라!

그의 형제들도 그를 믿지 않았다
(요한 7:5)

해를 바라보는 눈이 스스로 해가 되겠다고 한다면
그 눈은 해가 되기는커녕 아무것도 볼 수 없게 된다
그것은 눈이 해를 바라보며 감사하고 찬미하기보다
해를 질투하고 스스로 오만의 늪에 가라앉았기 때문이다

해와 같은 진실을 가르치는 그를 바로 곁에 두면서도
그를 믿지 않은 형제들은 어리석은 눈과 같은 것이다
형제란 한 집안에서 태어났다고 해서 되는 것이 아니라
사랑과 신의로 다시 태어나야만 참된 형제가 아닌가?

유대인들이 자기를 잡아서 죽이려고 하기 때문에
그는 유대 지역을 피해 갈릴레아에서 가르치고 있었다
그런 줄 뻔히 아는 형제들이 그에게 이렇게 도전했다
네가 가르치는 진리가 참으로 모든 사람을 위한 길이라면
비겁하게 시골로 피해 다니지 말고 당당하게 외쳐라!
유대 지역에 가 모든 사람들에게 너의 길을 보여라!

그는 목숨 하나 건지려는 비겁한 도피자가 결코 아니었다
구원의 길을 위한 제물이 되기로 이미 결심하지 않았던가!
세상 사람들과 똑같이 죽음의 길을 걷고 있는 형제들
진리를 들어도 깨닫지 못한 채 어둠 속에서 헤매는 형제들
따르는 무리가 많아질수록 자기를 더욱 눈엣가시로 보는
형제들을 안타까운 시선으로 바라보며 그는 말했다

이 세상에 속한 너희는 참된 세상을 보지 못하고 있다
그러므로 세상은 너희를 자기편으로 여겨 미워하지 않는다
나는 이 세상에 속하지 않지만 세상을 미워하지도 않는다
세상이 죄악의 길을 걷는, 죽음의 노예라고 외치는 것은
내가 모든 사람을 사랑하여 그들에게 생명을 주려는 것이다
그러므로 세상은 나를 미워하여 죽이려고 한다

너희는 지금 어디서나 안전하게 걸어 다닐 수는 있지만
나를 믿지 않기 때문에 생명의 길을 걷는 것이 아니다
나는 언제나 어디서나 생명의 위협을 받고 걸어 다니며
나의 때가 이르면 나의 모든 것을 제물로 바치겠지만
아버지를 믿기 때문에 참된 세상의 문을 활짝 열 것이다
너희가 나의 형제로 태어난 것은 불행이 아니지만
나를 믿는 참된 형제로 다시 태어나지 못하면 얼마나 불행하냐!

너희는 왜 나를 죽이려 하느냐
(요한 7:19)

안식일에도 율법에 따라 육체에게 할례를 베푸는 너희는

안식일에 내가 영혼들에게 생명을 되찾아준다고 해서

나를 잡아 죽이려 음모했고 이제는 손을 대려고 한다

너희 육체를 지배하는 세상의 주인은 폭력이며

폭력은 너희를 어둠의 길 곧 죽음의 길로 인도하지만

영혼을 다스리는 하늘나라의 주인은 사랑이며

사랑은 영혼들을 진리의 길 곧 생명의 길로 인도한다

폭력은 바로 사랑을 미워하고 죽이려는 원수가 아니냐?

그러므로 너희는 나를 죽이려고 하는 것이 아니냐?

너희는 폭력으로 나의 육체는 죽일 수 있겠지만

내가 영혼들에게 열어준 사랑의 길은 결코 죽일 수 없다

너희가 나의 육체를 죽이는 행위란 다른 것이 아니라

그 자체가 바로 사랑의 힘을 두려워하는 것이며

사랑의 힘 앞에서 폭력의 패배를 드러내는 것이 아니냐?

불의 허위 죄악은 원래가 공허하고 허약한 것이기에
사람들을 오로지 폭력 아래 노예로 삼을 뿐이지만
사랑은 영혼들이 스스로 복종하게 하는 무한한 힘이 아니냐?

칼은 칼을 반드시 부르게 마련이다
칼들이 부딪칠 때 튀는 불꽃은 증오의 살기며
개선의 나팔소리는 죽은 자들의 원한의 함성이다
너희는 아직도 승리의 영광을 꿈꾸고 있느냐?
죽은 자들의 광대한 공동묘지 위에 무슨 영광이 있느냐?
아무리 거대한 제국이라 해도 죽은 자들의 묘지에 불과하고
너희가 자랑하는 역사도 죽은 자들의 죽은 역사가 아니냐?
너희는 나의 육체를 죽이려고 노릴 것이 아니라
나의 가르침에서 참된 생명을 받아 살아 있는 영혼이 되라!
그리하여 바로 여기서 지금부터 영혼들의 산 역사를 시작하라!

너희마저 속아 넘어갔느냐
(요한 7:47)

그를 잡으러 갔던 성전 군사들이 빈손으로 돌아와 보고했다

지금까지 아무도 그 사람처럼 말한 적이 없습니다!

그들은 군중이 두려워서 비겁하게 물러선 것만은 아니고

그의 가르침을 직접 듣고 새로운 눈을 뜨게 된 것이다

그들은 사제들과 바리사이들에게 이렇게 솔직히 말했다

우리는 모두 아버지의 아들들이며 서로 형제입니다

아버지가 너희를 사랑하듯이 너희도 서로 사랑하라!

율법의 모든 것은 이 한 마디에 들어 있습니다

그는 율법학자도 성전의 사제도 아니지만

그 누구보다도 더 위대한, 권위 있는 예언자입니다

지금까지 아무도 그 사람의 권위를 보여준 적이 없습니다!

성전의 지배자들은 분노에 찬 어조로 군사들을 꾸짖었다

율법을 모르는 무식한 군중은 멸망의 저주를 받았다지만

고도의 군사훈련을 받은 너희마저 그의 말장난에 넘어갔느냐?

군대를 움직이는 힘은 돈과 권력에서 나오고
군대가 모든 것을 정복하고 지배하는 세상이 아니냐?
그가 말하는 사랑이란 칼과 창 앞에서 무슨 힘이 있느냐?
무력 자체가 법이고 정의고 힘이다!
영혼의 영원한 생명이란 환상이요 꿈이 아니냐?
창세기를 보라!
진흙으로 빚어진 인간은 먼지에서 먼지로 돌아갈 뿐인데
먼지로 돌아가는 인간에게 어찌 영원한 생명이 있겠느냐?

군사들은 성전의 지배자들이 유식한 줄도 잘 알고 있었다
성서와 율법에 관해서는 그들에게 대꾸할 처지가 못 되었다
그러나 입을 다문 채 호된 질책을 당하면서도 의문을 품었다
육체의 죽음으로 모든 것이 정녕 끝장이라면
너희가 지금 누리는 권세와 영광, 번영과 쾌락은 무슨 의미인가?
모든 것이 헛되다고 예루살렘의 왕은 말하지 않았던가?
헛된 줄 알면서도 그 헛된 것을 압제와 폭력으로 왜 추구하는가?
예언자를 죽이고 권력을 유지하려는
노력 자체도 허무하지 않은가?
동시에 군사들은 심한 갈증을 느꼈다
정신을 잃을 정도로 포도주를 실컷 마시고 싶었다
아니, 그날만은 생명의 물을 단 한 잔이라도 마셔보고 싶었다

결혼제도가 없다면 간음도 없고
간음에 대한 율법이 없다면 간음죄도 없을 것이다
역사상 얼마나 많은 남녀가 간음했는지는 아무도 모르지만
무수한 여자들이 돌에 맞아 죽은 것은 사실이다
오늘도 어디선가 많은 여자들이 쫓겨나거나 살해될 것이다

여자 홀로 간음하는 것은 분명히 불가능한데도 불구하고
함께 죄를 지은 남자들은 모두 어디로 갔단 말인가?
그들은 한결같이 모두가 무죄인가?
게다가 돌을 던진 사람은 거의 전부 남자들이 아닌가?

사람들을 가르치던 그의 앞에는 종교지도자들이 끌어온 여자
간음하다 현장에서 잡혀 끌려온 여자가 서 있었다
율법은 이런 여자를 돌로 쳐서 죽이라고 명령하는데
당신의 가르침은 모세의 율법과 같은가, 아니면 다른가?
그들의 질문은 전혀 무의미한 듯이 보이는 것이었다

그들은 현장에서 여자를 돌로 처단하면 그만이었다
또 누가 감히 군중 앞에서 모세의 율법을 부정할 수 있는가?
게다가 그는 율법의 완성이 자기 사명이라고 하지 않았던가?
그러나 그 질문은 그를 올가미에 걸기 위해서는 필요했다
돌로 치라고 한다면 그가 외친 사랑과 용서는 무너질 것이다
율법을 부정한다면 그들에게는 그보다 더 바라는 승리가 없다

그는 깊은 생각에 잠겨 무심히 손가락으로 땅에 글을 썼다
너희 가운데 간음한 사람이 한둘이 아닐 텐데도
드러나지만 않으면 죄가 아닌 듯 태연하기만 하다
간음은 분명 죄지만 여자를 돌로 쳐서 죽이는 것도 살인죄다
간음과 살인, 어느 것이 더 큰 죄인가?

어떠한 죄인도 회개하면 용서해 주어야만 한다
일곱 번씩 일흔 번도 용서하라는 것은 무한한 용서다
한 번 잘못했다고 돌로 쳐서 죽인다면 언제 회개하느냐?

회개해도 죽인다면 새사람의 삶을 보여줄 기회는 영영 없다
죄가 없다는 자칭 의인들보다 오히려 회개한 죄인들이
한층 더 훌륭한 삶을 살아가고 있지 않는가?

사람은 남의 죄를 용서해 줄 권한이 없다고 하는가?
바로 사람이니까 남의 죄를 용서해 주어야만 한다
형제의 죄를 막아 주지 못한 것도 잘못이니까 용서한다
참으로 남의 죄를 용서해 줄 권한이 사람에게 없다면
그리고 간음한 여자도 용서해 주지 않겠다면
어느 누구도 남의 죄를 처단할 권한이 없을 뿐 아니라
자기 죄마저도 결코 용서받지 못할 것이다

이윽고 그가 일어나서 그들에게 말했다
양이나 소가 우물에 빠지면 안식일에도 너희는 끌어내는데
동족인 저 여자의 목숨은 너희에게 티끌만도 못한 것이냐?
사람의 목숨이 양 한 마리보다 더 하찮은 것이란 말이냐?

자기 손으로 법을 시행하려면 누구보다도 깨끗해야 한다
그러므로 너희 가운데 죄를 지은 적이 없는 사람이 있다면
그 사람부터 나서서 저 여자에게 돌을 던져라!

그는 간음한 적이 없는 사람은 나서라고 말하지 않았다
그러나 어린아이 같은 사람만이 죄를 지은 적이 없을 것이고
그런 사람은 세상에서 오래 살아남기도 매우 어려울 것이다
삶의 길이란 죄의 잡초가 무성하여 거친 길이 아닌가!
도둑이 제 발이 저리듯 나이 많은 사람들부터 자리를 떴다
올가미를 걸려고 하던 사람들도 모두 사라지고 없었다
이윽고 그가 다시 몸을 일으켜 여자에게 말했다
나도 돌을 던지지 않겠으니 돌아가서 새사람이 되라!
바로 그 순간, 용서의 큰 광채가 온 누리를 비추기 시작했다

나는 세상의 빛이다
(요한 8:12)

태초에 가장 먼저 창조된 것은 빛이며

그 빛은 암흑과 혼돈을 몰아내고 생명을 낳았다

그러나 세상은 생명을 깨닫지 못한 채

지금까지 여전히 죽음의 길을 걷고 있다

왜냐하면 세상은 폭력 증오 탐욕 쾌락을 섬기며

빛을 미워하고 죽이려고 하기 때문이다

모든 생명의 샘은 한 분이신 아버지뿐이며

아버지 없이는 아무도 태어나지 못한다

아버지의 뜻은 정의 진리 사랑이며

나는 참된 지혜로 아버지의 뜻을 실천한다

이제 나는 죽음의 노예인 모든 사람의 영혼을 위해

참된 생명을 주는 빛의 길을 열어준다

그러므로 나는 세상을 비추는 빛이다
나의 길을 걷는 사람은 모두 나의 형제며
그들 또한 나와 함께 세상을 비추는 빛인 것이다

무수한 세상의 빛이 반딧불처럼 꺼졌고
세상은 오늘도 어디서나 무수한 빛을 죽이고 있다
그러나 생명의 샘이며 빛 자체이신 아버지는
세상을 한없이 사랑하여 생명을 주시려고
세상의 빛을 끊임없이 내보내고 계신다

세상은 암흑과 혼돈을 생명의 빛으로 착각하지만
그것은 허위의 빛 죽음의 빛이며 언젠가 사라진다
온 세상이, 우주 전체가 참된 빛으로 가득 차는 날
사랑의 길을 걸은 모든 사람은 기쁨을 추수하고
증오의 길을 걸은 모든 사람은 슬픔에 젖을 것이다

나는 세상을 비추는 빛이다
관용과 용서, 사랑과 자비를 베푸는 빛이다
너희가 참으로 나의 가르침을 사랑하고 실천하다면
나와 함께 세상을 비추는 영원한 빛이 되어라!

그는 자살할 작정인가
(요한 8:22)

그는 곧 그들을 떠나 아버지에게 돌아갈 것이며
그들은 그가 가는 곳으로 따라갈 수가 없을 것이다
왜냐하면 그들은 사람의 아들을 알아보지도 못했고
그의 가르침을 믿지도 따르지도 않았기 때문이다
설령 그들도 머지않아 언젠가는 죽는다 해도
자신의 어리석음과 죄는 영원히 안고 떠날 것이다

그들은 정의와 진리를 외치는 예언자들을 죽였고
사람의 아들도 역시 잡아서 죽이려고 노리고 있었다
그가 자살하지나 않을까 의심했다면 그것이야말로
그들이 얼마나 지독한 소경인지 잘 드러내는 것이다

예언자들은 죽음을 두려워하지 않고 어디서나 외쳤고
사람의 아들도 자신의 죽음을 이미 여러 번 예고했다
그것을 그들이 자살이라고 착각하거나 단정했다면
눈먼 그들이야말로 영혼의 자살을 한 것이다

거지든 부자든 사형수든 왕이든 누구나 죽는다
죽음의 시기와 형태, 아니, 죽음 자체는 문제가 아니다
그러나 예언자의 죽음이든 사람의 아들의 죽음이든
그것이 아버지에게 바치는 제사인 줄은 그들이 몰랐다
각자의 죽음마저 제사인 줄도 깨닫지 못했다

그래서 그들은 죽음을 두려워했고 죽음으로 남도 위협했다
그러나 생명의 길을 깨닫고 그의 가르침을 실천하는 사람들은
순교든 자연사든 이띠한 형데의 죽음도 두려워하지 않았다
모든 죽음이 아버지에게 바치는 찬미의 제사며
죽음 자체가 생명의 문을 여는 열쇠임을 알았기 때문이다
아버지를 믿고 사랑하는 사람들의 승리란 바로 그것이 아닌가!

진리는 너희를 자유롭게 할 것이다
(요한 8:32)

너희는 자유인의 아들로 태어난 자유인이라 자부하지만
너희 영혼은 죄인의 아들로 태어난 죄의 노예며
아버지의 뜻을 깨닫지 못하는 어리석음의 노예다
그러므로 세상 사람들이 탐내는 것을 너희도 탐내며
그들과 똑같이 재산 돈 지위 명예 인기 등에 눈이 멀었고
증오 탐욕 지배욕 전쟁에 파멸하는 하루살이가 된다

모든 것을 창조하신 분은 진리의 아버지시다
오로지 진리만이 빛을 통하여 생명을 줄 수 있다
그림자에 불과한 허위가 어찌 생명을 주겠느냐?
너희는 모두 아버지의 아들들이다!
너희는 서로 사랑하고 서로 용서하라!
너희에게 필요한 진리가 이것 외에 또 무엇이냐?

너희가 나를 사랑하여 이 진리를 실천한다면
진리는 어리석음과 죄, 탐욕과 증오에서 해방하여
너희에게 영혼의 참된 자유를 줄 것이다
그러나 이 자유를 얻지 못한 영혼은 어둠 속에서
쇠사슬에 묶여 있어 하늘나라에 들어가지 못한다

쇠사슬의 고리를 날마다 하나씩 끊어버려라!
바로 그것이 너희가 진리를 깨달았다는 증거며
바로 너희의 실천 자체가 참된 증거가 된다
이 증거가 없다면 나의 제자라는 사실마저도
너희 영혼의 자유를 위해 무슨 도움이 되겠느냐?
오히려 더 엄한 판결만 초래하지 않겠느냐?

너희 아버지는 악마다
(요한 8:44)

나는 너희 영혼에게 자유를 주려고 진리를 가르치고
너희 모두에게 평화를 주려고 정의를 가르치며
너희가 죄의 용서를 받게 하려고 사랑을 가르친다
그러나 너희 마음은 씨가 싹트지 못하는 황무지
홍수가 닥치면 무너지는 모래 위의 집과 같아서
나의 말을 듣지도 않고 믿으려 하지도 않는다

너희는 오만과 아집에 매인 눈 뜬 소경이다
너희는 돈과 쾌락에 빠진 귀 열린 귀머거리다
너희는 연기 같은 목숨에 대한 애착에 매달리고
영원한 삶을 위한 결단을 내릴 용기가 없어
심장은 뛰고 있지만 모두 죽은 자들이다

진리의 사람들을 조롱하는 너희는 허위의 자식들
정의의 사람들을 박해하는 너희는 불의의 자식들
사랑의 사람들을 죽이는 너희는 증오의 자식들이다
악마란 바로 너희가 품고 있는 허위 불의 증오가 아니냐?
그러므로 너희는 악마의 자식들이 아니냐?

나는 아브라함보다도 먼저 존재한다
(요한 8:58)

누구든 먼저 태어났다고 해서 위대한 것은 아니다
민족의 선조라는 이유만으로 위대해지는 것도 아니다
아브라함이 위대한 것은 아버지를 믿었기 때문이며
아버지의 말에 순종하여 우상들의 도시를 떠났기 때문이다
그가 버린 것은 폭력의 우상, 권력의 우상, 황금의 우상
방탕의 우상, 살육의 우상, 쾌락의 우상이 아니냐?
모든 종류의 허위, 허무의 우상을 영영 포기한 것이 아니냐?

그렇다! 아브라함은 참으로 아버지를 믿고 복종했지만
그가 깨달은 아버지는 자기 민족만의 아버지였다
그러나 나는 이제 모든 사람을 아들로 삼아 사랑하시는 아버지
민족을 초월하여 모든 사람이 섬겨야 마땅한 아버지
자기를 아버지로 모시는 모든 사람에게 생명을 주시는 아버지
하늘나라의 참된 아버지를 너희에게 가르쳐 주고 있다

사람은 누구나 모두 한 분 아버지를 모시는 형제들이다!
나는 바로 이 진리의 길을 너희에게 가르쳐 준다
모든 영혼이 참된 생명을 얻는 길을 열어 주는 것이다
아브라함은 비록 위대한 선조라 해도 이 길은 깨닫지 못했다
그러므로 나의 가르침은 아브라함보다 먼저 존재하며
영원히 변하지 않는 참된 진리의 길인 것이다

진리의 길을 걸어가는 사람은 누구나 빛의 아들이며
어둠 속에서 살다 간 모든 선조들보다도 먼저
빛의 나라에서 태어나 먼저 영혼의 생명을 받는다
그러므로 육체가 먼저 태어났다는 것은 아무런 의미가 없고
죽은 영혼들보다는 산 영혼들이 먼저 태어난 것이다

너희는 자신이 아브라함의 후손이라고 자랑한다
그렇다면 어찌하여 나의 길을 걸어가려고 하지 않느냐?
아브라함마저도 나의 가르침을 듣고 기뻐하지 않겠느냐?
너희는 나에게 돌을 던지려 하지만 바로 그 돌은
나 자신이 아니라 아버지의 생명의 길에게 던지는 것이다
그러면서 어찌 너희는 아브라함의 후손이라 장담하느냐?

너희가 차라리 소경이었다면 무죄일 것이다
(요한 9:41)

아브라함과 이사악과 야곱, 모세와 다윗, 아담과 하와마저도
나를 보고 싶어했지만 생전에 보지 못한 채 죽고 말았다
나의 가르침을 간절히 듣고 싶었지만 때를 만나지 못했다

그러나 너희는 지금 나를 두 눈으로 바라보고 있으며
두 귀로 나의 목소리를 직접 듣고 있다
나의 손을 잡고 나의 옷자락을 만져볼 수도 있다
그러므로 너희는 선조들보다 더 위대한 시대
더 행복한 시대에 살고 있는 것이다

바로 그러한 너희는 보아도 나를 알아보지 못하고
귀로 들어도 진리의 길을 깨닫지 못하며
생명이 왔어도 너희 영혼은 죽음의 길을 걸어가고 있다
나를 보지 못해서 참된 길을 몰랐던 그들보다는
너희가 지금 저지르는 어리석음의 죄가 더 크지 않느냐?

너희가 차라리 소경이어서 나를 보지 못한다면
차라리 귀머거리여서 나의 말을 전혀 듣지 못한다면
나의 가르침을 믿지 않은 죄를 벗을 수 있었을 것이다
너희 선조들보다 더 심한 단죄는 피할 수 있었을 것이다
모든 것을 잘 본다고 하면서도 아무것도 깨닫지 못하는
너희는 자신의 말 때문에 생명에서 더 멀어질 것이다

내가 아버지에게 돌아간 뒤에 오는 사람들은
너희 선조들처럼 나를 보고 싶어도 보지 못할 것이다
그러나 그들은 나의 가르침을 자세히 전해들을 수 있고
나의 말을 듣는 너희보다 더 많은 것을 알 수가 있으며
진리를 배척한 너희 어리석은 행동마저 잘 알게 될 것이다

그럼에도 불구히고 만일 나의 가르침을 믿지 않는다면
그들의 죄는 너희 죄보다 비할 바 없이 더 클 것이다
시대는 변하지만 사람 자체는 변하지 않으며
지식이 늘수록 그들의 죄도 더욱 커지기 때문이다

악한 목자들은 도둑이며 강도다
(요한 10:1)

양들을 자기 재산으로 보는 자는 악한 목자다
이익을 얻기 위해 양들을 돌보는 자도 악한 목자다
그들은 양들을 잡아먹거나 팔아치울 것이다
양들을 자기 몸처럼 사랑하지 않는 자도 악한 목자다
그들은 채찍과 몽둥이로 양들을 후려칠 뿐만 아니라
늑대가 오면 자기 목숨만 구하려 도망칠 것이다

그들은 원래 양들을 인도할 자격조차 없으면서도
진실의 지팡이를 훔치고 사랑의 가면을 쓴 채
어둠을 틈타 양 우리에 몰래 침입하는 도둑이며 강도다
그들은 허위의 궤변이 탁월하여 진리마저 변질시키고
아첨과 매수로 문지기들의 눈을 가리며
달콤한 말과 선동으로 양들의 인기를 얻으려고 한다

그들은 광장에서 큰 소리로 기도하며 경건한 척하지만
사람들의 칭찬만 바랄 뿐 아버지는 사랑하지 않는다
그들은 말없이 끌려온 양들을 제물로 바치지만
자기 영혼과 목숨은 결코 함께 바치려 하지 않는다
그들은 사랑과 헌신을 제일 크게 또한 자주 외치지만
마음은 탐욕과 잔인함, 교활한 속임수로 가득 차 있다

그들은 세상의 모든 재물과 권력과 명예를 차지하지만
그것은 양들의 털가죽과 살코기를 팔아 얻은 것이다
아니, 양들과 양 우리를 통째로 팔아서 얻은 것이다
가장 악한 목자일수록 가장 선한 듯 보이는 것은
그들이 진리를 외치는 예언자들을 날마다 죽이고
허위를 감추기 위해 거짓말을 새로 지어내기 때문이다

그들은 아버지를 모르고 아버지도 그들을 모른다
그들은 진리를 미워하고 진리도 그들을 떠난다
그들은 영혼을 아끼지 않고 영혼도 그들 안에서 죽는다
그들은 생명의 길을 모르고 죽음의 길에서 사라진다
그들은 양들을 버리고 양들은 사방으로 흩어져서
굶어죽거나 늑대의 밥이 되고 말 것이다
그들을 몰라보는 어리석은 양들은 참으로 불행하다!

나는 착한 목자다
(요한 10:11)

아버지는 세상을 참으로 사랑하여 사람의 아들을 보내주셨다
그것은 그가 진리의 문을 활짝 열게 하려는 것이며
모든 양들이 그 안에서 참된 생명을 얻게 하려는 것이다
나는 착한 목자 곧 지금 내 눈에 보이는 양들뿐만 아니라
다른 모든 양들도 한 울타리 안에 들어오게 하는 목자다

나는 사랑의 풀밭에서 참된 생명으로 기를 뿐만 아니라
늑대들이 다가와도 결코 그들을 버리고 달아나지 않는다
오히려 나는 늑대들과 싸우며 나의 목숨을 내어놓는다
그들이 나의 말을 알아듣고 따르며 나를 사랑하기 때문이며
그들이야말로 모두 내가 사랑하는 친구들이기 때문이다

친구를 위해 바치는 목숨보다 더 고귀한 것이 무엇이냐?
양들을 위해 죽는 목자보다 누가 더 많이 사랑하느냐?
착한 목자는 아버지의 사랑을 알기 때문에 목숨을 바치며

바로 그의 죽음만이 참된 생명의 문을 여는 것이 아니냐?
그가 만일 달아나 자기 목숨 하나만 건진다면
양들이 어떻게 진리의 문으로 들어가 생명을 얻겠느냐?

나의 가르침을 실천하는 사람들은 나를 사랑하는 양들이다
그들을 위해 목숨을 바치는 사람들은 모두 나의 형제며 친구다
아니, 나를 알지 못하는 허위와 어리석음의 노예들을 위해서도
목숨을 내어주는 사람들은 누구나 나의 친구며 형제들이다
내가 착한 목자이듯 그들도 나와 함께 착한 목자들이다
내가 아버지의 아들이듯 그들도 아버지의 아들들이다

모든 것을 버리고 자기 십자가를 지고 나를 따라라
그러나 그것만 가지고는 나의 참된 제자가 될 수 없다
나를 본받아 너희도 모두 참으로 착한 목자가 되어라
양들을 괴롭히고 학대하며 팔거나 죽이는 목자가 아니라
그들의 참생명을 위해 목숨을 내어놓는 목자가 되어라
그래야만 비로소 아버지의 나라를 든든하게 세울 것이다

부부는 둘이 아니라 한 몸이다
(마태오 19:6)

사람이 남자와 여자로 창조되었다는 것은 무슨 뜻이냐?
그 어느 쪽도 결코 완전한 존재가 아니며
따라서 서로 돕고 이해하고 사랑하라는 뜻이 아니냐?

남자가 부모를 떠난다는 것은 무슨 뜻이냐?
열매가 익으면 땅에 떨어져 새 나무의 싹을 틔우듯
그도 이제는 아버지가 되어야 한다는 뜻이 아니냐?
창조주께서 사람을 창조하셨듯이
그도 많은 자손의 씨가 되어야 한다는 뜻이 아니냐?

남자가 아내와 결합한다는 것은 무슨 뜻이냐?
둘 다 불완전한 존재이므로 만일 결합이 없다면
그 어느 쪽도 결코 완전한 사람이 될 수 없고
원래 창조주께서 원하신 것과는 달리
인류는 바닷가의 모래처럼 번식할 수도 없으며
구원의 역사도 영원히 이어지지 못하지 않느냐?

부부로 결합되면 이제는 더 이상 두 사람이 아니라
오로지 한 몸이라는 말은 무슨 뜻이냐?
한쪽이 다른 쪽의 그림자나 노예나 가축 같은 것이라면
그것을 어찌 한 몸이라고 하겠느냐?
한쪽이 다른 쪽을 미워하거나 학대한다면
아니, 지배하거나 생사여탈의 권리를 휘두른다면
그것이 어찌 진정으로 한 몸이 될 수 있느냐?
그런 경우 어찌 제정신의 사람이라고 하겠느냐?

한 몸은 어디까지나 한 몸이다
거기는 아래도 위도 없고 왼쪽도 오른쪽도 없으며
평등도 불평등도 지배도 복종도 있을 수 없다
부부는 똑같이 한 몸의 주인이자 하인이므로
언제나 서로 섬기고 아끼고 동고동락하는 것이다
한 몸의 어느 한쪽이 변심 또는 배신하여
한 몸을 불구로 만들거나 죽이려고 한다면

다른 쪽이 상대방을 버리는 것은 정당방위가 된다
그래야만 한 몸이 생명을 유지할 수 있지 않느냐?
그러나 이런 경우 이외에 어느 한쪽이 제멋대로
돈, 쾌락, 지위, 명성, 인기 등 저속한 목적을 위해
다른 쪽을 버리는 것은 한 몸을 죽이는 짓이다

모세가 허락했다는 이혼증명서 따위는 내세우지 마라
그것은 너희가 이미 한 몸의 참된 뜻을 저버린 채
아내를 학대하고 지배하는 풍습이 굳어졌을 뿐만 아니라
아내를 제멋대로 버리고 있었기 때문에
너희가 인위적으로 만든 현실을 수긍한 것일 뿐이지
모세인들 어찌 창조주의 뜻을 거스르고 싶었겠느냐?

지상의 그 어느 권력도 세력도 법률도 조직도
심지어 하늘나라의 열쇠들을 받은 아들들마저도
창조주의 본래의 뜻을 거슬러서는 안 된다
그들이 현실과 타협하거나 거기 굴복하여 제멋대로
한 몸을 파괴하려 한다면 한 몸은 파괴될 것이다
그리고 그들 자신도 영원히 파멸하고 말 것이다

독신생활을 스스로 선택한 사람들
(마태오 19:12)

고자로 태어난 사람은 본의가 아니라 해도
이미 결혼의 굴레에서 벗어났다
그에게는 그것으로 충분하다
자의든 타의든 궁중의 환관이 된 사람은
권력의 부속품이 되어 누릴 것을 누린다
그에게는 그것으로 충분하다

정의, 평화, 사랑이 실현되는 하늘나라를 위해
스스로 고자가 되는 사람은 참으로 행복하다!
아내와 자녀들 때문에 근심 걱정할 것도 없고
유산을 남기려 탐욕을 부릴 필요도 없다
모든 시간을 하늘나라 건설을 위해 바칠 수 있으니
그 사람이야말로 진정한 자유인이 아니냐!

그러나 독신생활을 훈장처럼 여겨서 오만해지거나
그것을 내세워 특권을 누리려고 한다면
그는 귀족이나 궁중의 환관들과 무엇이 다르겠느냐?
정의를 외치면서 어찌 명성을 독점하느냐?
평화를 외치면서 어찌 남을 지배하느냐?
사랑을 외치면서 어찌 사람들을 분열시키느냐?

더욱이 자기에게 필요도 없는 재산을 모으기 위해
수단 방법을 가리지 않고 탐욕을 부린다면
그가 시정잡배보다 나은 것이 하나라도 있느냐?
자기가 마땅히 해야 할 일은 소홀히 한 채
좋은 자리 높은 지위에만 눈독들이고 아첨한다면
그가 도둑이나 강도보다 나은 것이 무엇이냐?

하늘나라를 위해 스스로 고자가 되는 사람은 행복하다
그러나 겸손하기는커녕 오히려 남들보다 더 오만하다면
자기희생은커녕 부귀와 특권을 누리며 지배한다면
그는 남보다 더 많은 유혹에 걸려 넘어질 것이다
보잘것없는 형제 하나라도 무시, 천대, 박해하여
하늘나라에 등을 돌리게 하거나 거기서 쫓아낸다면
그는 차라리 고자가 되지 않은 것만도 못한 자다

그러므로 명심하라! 스스로 고자가 되었다고 해서
모두 곧 하느님의 아들이 되는 것이 아니라
아버지에게 언제나 기쁨을 주는 아들답게 살아야만
그는 참으로 행복한, 하느님의 아들이 되는 것이다
그렇지 않다면, 결혼의 무거운 짐을 비겁하게 회피한 채
홀로 안일을 도모한 책임을 영원히 질 것이다

MICHAEL BURGHERS, DIELINE, ET SCULP.
S. Titus

어린애들이 내게 오는 것을 막지 마라
(마태오 19:14)

정의가 무엇인지 아는 사람은 참으로 많다

그러나 자기 이익이나 지위가 조금이라도 흔들릴 때

동원 또는 매수된 펜들이 비난의 집중호우를 퍼부을 때

죽창, 화염병, 칼과 총이 언제나 어디서나 위협할 때

비겁하게 침묵하는 부화뇌동의 무리도

한 입으로 두 말 하는, 곡학아세의 지식인도 참으로 많지만

목숨을 걸고 과감히 진리를 외치는 사람은 참으로 드물다

어린애들은 정의가 무엇인지 설명할 줄도 모른다

그러나 정의로운 사람의 말은 본능적으로 따르지만

불의한 세력의 속임수와 폭력에는 고개를 돌린다

그들은 남의 것을 힘으로 빼앗을 줄도 모르고

패거리를 만들어 약한 사람을 공격할 줄도 모르며

속임수로 권력을 장악하는 일 따위는 상상도 못 한다

너희는 어린애들에게 감히 정의를 가르치려 하지 마라!
그들이야말로 세상의 소금이다!
성한 것은 썩지 않도록 끊임없이 경고해 주는 것
이미 상한 것은 더 이상 썩지 않도록 충고하는 것
그것이 바로 세상의 소금이 아니냐?

그들은 사랑이 무엇인지 설명할 줄도 모른다
그러나 자기를 사랑하는 사람을 진심으로 사랑하지만
악의를 품은 자는 어떠한 미끼에도 멀리서 즉시 알아차린다
그들은 사랑을 증오와 배신으로 갚을 능력도 없고
거짓 사랑을 미끼로 사리사욕을 채우는 방법도 모르며
순간적 쾌락을 사랑으로 착각하는 어리석음은 더욱 모른다

너희는 어린애들에게 감히 사랑을 가르치려 하지 마라!
오히려 그들에게서 참된 사랑을 배워라!
그들이야말로 세상의 빛이다!

거짓 사랑에 눈먼 자들에게 위험을 늘 경고해 주는 것
거짓 사랑에 절망할 때에도 새 출발의 희망을 주는 것
그것이 바로 그들이 발산하는 빛이 아니냐?

어린애들이 내게 오는 것을 결코 막으려 하지 마라!
그들은 내가 진심으로 자기를 사랑한다는 것을 알고
사람 차별 없이 누구에게나 정의롭다는 것도 안다
너희가 그들을 막는다면 그것은 비록 내 곁에 있다 해도
너희 마음은 사실 내게서 너무나도 멀리 있기 때문이다

너희는 어린애들을 막을 자격도 권리도 전혀 없다
나의 제자인들, 나를 위해 목숨을 바친들 아무도
어린애와 똑같이 되지 못하면 하늘나라에 들어갈 수 없다
그러므로 너희는 어린애들을 막거나 가르치려 하기는커녕
오히려 그들을 진정한 평생의 스승으로 삼고 극진히 섬겨라!

영원한 생명이란 무엇인가
(마태오 19:16)

하루살이는 어제도 내일도 모르고 오늘만 안다

가을에 지는 꽃은 작년 여름도 내년 봄도 모른 채

오로지 자신이 만발하던 여름 한철만 안다

사람인들 하루살이나 한 송이 꽃보다 무엇이 더 나은가?

그가 아는 것은 오로지 오늘뿐

그가 살고 있는 시간도 오로지 오늘뿐

오늘 이전의 과거가 무한한지 아닌지도 모르고

오늘 이후의 미래가 무한할지 아닐지도 모른다

영원을 안다고 자처하는 사람은 참으로 많다

그러나 영원이란 과연 무엇인가?

시작도 끝도 없이 무한한 시간이 영원인가?

시간이란 사람들이 자기 편의상 토막을 친 단위일 뿐

원래 시작도 끝도 없는 일종의 흐름이 아닌가?

그러면 시간이란 시간은 모두 그 자체가 영원이 아닌가?

인간에게는 오늘 자체가, 아니, 오늘만이 영원이 아닌가?
더욱이 언젠가 태어나 언젠가는 죽는 사람이
시작도 끝도 없는 영원 또는 시간을 어떻게 안단 말인가?
설령 안들, 그 안다는 것이 무슨 의미가 있는가?

영원한 생명! 사람이면 누구나 그것을 바라는 것은
바로 지상의 삶이 유한함을 인식하기 때문이 아닌가!
피라미드도 무수한 교회와 탑도 보장할 수 없는 것
온 세상의 재물을 바쳐도 살 수 없는 것
천하의 그 어떠한 권력도 마음대로 손에 넣지 못하는 것
바로 그 영원한 생명이란 과연 무엇인가?

그것이 슬픔과 고통의 소멸에 불과한 것이라면
단순한 생명의 영원성 자체는 얼마나 지루한 것인가!
파멸한 영혼이 영원한 형벌을 받는다는 것은

그도 구원받은 영혼과 똑같이 영원히 존재한다는 것이니
그에게는 영원 자체가 소멸보다 더 지겨운 것이 아닌가?
또는 인간이 상상할 수 있는 모든 쾌락의 영원한 지속이라면
영혼에게 그런 쾌락이 어떻게 쾌락이 될 수가 있으며
설령 그가 쾌락을 누린들 어찌 질리지 않겠는가?

그렇다! 영원한 생명이 곧 영원한 사랑이 아니라면
무엇 때문에 우리는 그 생명을 바라야만 하겠는가?
온 세상을 얻어도 생명을 잃으면 무슨 소용이냐고 하지만
우리가 얻을 생명이 바로 영원한 사랑이 아니라면
온 세상을 버리고 그 생명을 얻은들 무슨 소용인가?

영원한 생명을 얻으려면
(마태오 19:17)

모든 것은 아버지의 것, 아버지는 모든 것을 줄 수 있다

그러므로 영원한 생명 곧 그분의 영원한 사랑을 얻으려면

너희는 그분의 계명을 남김없이 지키지 않으면 안 된다

그러면 계명을 지킨다는 것은 무엇이냐?

아버지의 뜻이 하늘에서와 같이 땅에서도 이루어지도록

앵무새처럼 날마다 입술로만 기도나 하는 것이냐?

모든 것을 바쳐서, 목숨마저 바쳐서 그분의 뜻을

너희가 몸소 모범을 보이며 실천하는 것이 아니냐?

사람들의 칭찬을 받으려 웅변적 기도를 길게 늘어놓지만

불우한 이웃의 근심걱정을 언제 조금이라도 덜어주었느냐?

우렁찬 찬미가와 설교 소리에 성전 기둥이 흔들린다 해도

길에 넘치는 거지, 창녀, 실업자, 소외되고 버림받은 자들에게

너희만 구원받으려는 그 열망은 도대체 무슨 의미가 있느냐?

소와 양, 많은 돈마저 성전에 제물로 바치지만

헐벗고 굶주리고 병든 이웃을 위해 한 것이 무엇이냐?

너희는 평소 계명을 다 지킨다고 자부하지만
계명 가운데 가장 큰 계명은 무엇인지 모른다
네 이웃을 네 몸같이 사랑하라는 계명이 아니냐?
다른 것은 다 지키면서도 그것만 지키지 않는다면
아버지가 사랑하시는 아들들을 무시하고 미워한다면
너희가 어찌 아버지의 영원한 사랑을 얻겠느냐?

온 세상을 버리면서라도 얻고 싶은 것
바로 그 영원한 생명을 얻는 길은 하나밖에 없다
네 이웃을 네 몸같이 사랑하라!
그러면 너희는 이웃의 진정한 형제가 되고
아버지도 너희를 아들로 삼아 영원히 사랑할 것이다!
그분의 영원한 사랑만이 너희 영원한 생명이 아니냐!

낙타가 바늘귀로 빠져나가는 일
(마태오 19:24)

사람들은 말한다
낙타를 팔아 실을 사거나
낙타를 작은 종이에 그려 돌돌 말거나
낙타를 태워 재를 만들어 바늘귀를 통과시킨다면
세상에 그보다 더 쉬운 일은 없다고
따라서 부자가 하늘나라에 들어가기도 매우 쉽다고

그들은 남들은 물론 자기 자신마저도 속이기 위해
거짓말은 물론 억지, 궤변, 모순, 착각, 환각마저 동원한다
그리고 기꺼이 태연히 편안하게 속는다
아니, 짐짓 속는 척도 한다
그러나 그들은 그분의 말이 무엇인지 분명히 안다

그분은 분명히 말했다
완전하신 아버지의 영원한 사랑을 받고 싶다면
너 자신도 완전한 사람이 되지 않으면 결코 안 된다
가진 것을 다 팔아 가난한 사람들에게 나누어준 뒤
나를 따르는 사람만이 완전한 사람이 아니냐?
부자가 하늘나라에 들어가는 일보다는
산 낙타가 바늘귀를 통과하는 것이 더 쉽지 않겠느냐?

그분 말씀에 착한 부자 청년은 기가 죽어 돌아갔다
제자들도 소스라치게 놀라 간담이 서늘해졌다
하늘나라에 들어가기가 그토록 어려운 일이라면
세상에서 도대체 몇 명이나 구원을 받는단 말인가!
제자들인들 반드시 들어간다는 보장도 없지 않은가!
그렇다면 구원이 무엇 때문에 사람들에게 필요하며
그런 구원이라면 바랄 필요가 어디 있단 말인가!

그러나 그분은 다시금 분명히 말했다
가진 것을 다 팔아 가난한 사람들에게 주는 일이
어째서 불가능하다고 너희는 여겨 두려워하느냐?
그것은 너희가 재산을 자기 것이라 믿기 때문이다
그러나 그것이 어찌하여 너희 것이며
오로지 너희 자신만을 위해 써야 할 것이냐?

이 세상 모든 것은 하늘에 계신 아버지의 것이며
너희 각자에게 잠시 맡겨둔 것일 뿐이다
그것도 너희와 이웃의 행복을 위해 잘 사용할 의무
많이 가지고 있을수록 더욱 무거워지는 의무
바로 무거운 짐을 너희는 지고 있는 것이 아니냐?

재산의 무게에 눌려 있는 한 아무도 자유롭지 못하고
재산의 노예가 되면 그 누구의 영혼도 완전해질 수 없다
두 남편을 섬길 수 있는 여자가 어디 있느냐?
두 주인을 섬길 수 있는 하인이 어디 있느냐?
두 아버지를 섬길 수 있는 아들이 어디 있느냐?
아버지는 너희가 완전한 아들이 되기를 바라신다!

부자가 하늘나라에 들어가기는 참으로 어렵다
그러나 너희에게 겨자씨만한 믿음만 있다면
산 낙타가 얼마든지 바늘귀를 지나갈 수 있다
어렵다고 해서 미리 절망하지 말고 먼저 믿어라!
아버지의 무한한, 영원한 사랑을 굳게 믿어라!
아무 걱정도 말고 가진 것을 다 팔아 나누어주라!
그러면 너희는 그분의 사랑을 얼마든지 받을 것이다!

첫째가 꼴찌가 될 것이다
(마태오 19:30)

나를 따르기 위해 집을 떠난 사람은 행복하다
열 배가 넘는 집에서 더 따뜻한 영접을 받을 것이다
부모나 자녀, 형제나 자매를 떠난 사람은 행복하다
열 배가 넘는 더 참된 가족을 만날 것이다
고향이나 토지를 떠난 사람은 행복하다
열 배가 넘는 가르침의 활동무대를 얻을 것이다

몸이 떠났다고 해서 마음마저 떠난 것은 아니다
마음이 뒤에 머무른다면 아무것도 떠나지 못했다
또한 너희가 등지고 떠난 모든 사람을 축복하고
그들의 깨달음과 구원을 위해 항상 기도하지 않는다면
아무리 떠나본들 그것이 무슨 결실을 맺을 수 있느냐?

나의 가르침을 따르기 위해 정녕 떠나가는 사람이라면
집이 크든 작든 그에게 무슨 상관이냐?

토지가 광대하든 한 줌이든 무슨 차이가 있느냐?
가문이 번듯하든 초라하든 무엇 때문에 비교하느냐?
왕국을 떠난 왕이든 판잣집을 떠난 거지든
진리의 나라에서는 다 똑같은, 평등한 형제가 아니냐?

많은 것을 버려도, 값진 것을 바쳐도 첫째는 아니다
진리를 가장 크게 외쳐도, 아는 것이 많아도 아니다
그 나라에서 첫째가 되는 사람이라 오로지
이웃을 제 몸같이 가장 많이 사랑하는 사람
아버지가 기뻐하시는 선행을 가장 많이 하는 사람뿐이다

그러나 첫째가 꼴찌가 되는 사람들이 많을 것이다
그들은 아버지의 사랑에 만족하지 못한 채
사람들의 인정과 찬사를 탐내고 자만심에 빠지거나
지나친 열성으로 남을 무시, 비난, 억압하기 때문이다

반면에 꼴찌가 첫째가 되는 사람들도 많을 것이다
그들은 자신의 선행을 공적으로 내세우기는커녕
모두 아버지의 보살핌 덕분임을 깨닫고 항상 겸손하며
자신의 부족함을 끊임없이 반성하기 때문이다

비록 세상의 모든 것을 떠난다 해도
마음속에 여전히 오만과 명예욕이 도사리고 있다면
처음부터 꼴찌고 또 영원히 꼴찌로 남을 것이다
그러나 비록 보잘것없는 형제를 조금 부축할 뿐이라 해도
아무것도 바라지 않고 자랑하지도 않는 마음이라면
처음부터 첫째고 또 영원히 첫째로 남을 것이다

초대받으면 제일 낮은 자리에 앉아라
(루카 14:10)

이 세상은 아버지가 차린 거대한 잔칫상이며
사람은 누구나 마음껏 먹고 마시도록 초대를 받았다
다른 곳이 아니라 바로 이 세상에 태어난 것은
아버지의 잔치에 초대받아 함께 기뻐하기 위한 것이다

상 위에는 크고 작은 접시가 참으로 무수히 많다
그러나 접시란 접시는 모두 텅 비어 있으니 조심하라!
너희 영혼이 배불리 먹고 참된 생명을 받으려면
접시마다 너희 손으로 만든 요리로 가득 채워야만 한다
너희는 각자 요리의 재료를 이미 충분히 받았다

그러면 너희가 각자 접시를 채울 요리란 무엇이냐?
그것은 너희가 아버지의 아들로서 서로 사랑하는 것

굶주린 형제에게는 먹을 것을 주고
목마른 형제에게는 마실 것을 주며
병든 형제에게는 약과 위로의 말을 베풀며
집 없는 사람에게는 편하게 쉴 자리를 마련해 주는 것
날마다 선행을 하고 자선을 베푸는 것이 아니냐?
그것만이 참된 생명을 주는 가장 맛있는 요리가 아니냐?

야곱이 맛있는 요리를 바쳐 상속의 축복을 받은 것처럼
너희도 가장 좋은 요리로 아버지의 사랑을 듬뿍 받아라!
그렇게 하려면 잔칫상에서 가장 낮은 자리에 앉아라!
그것은 세상에서 가장 가난한 사람이 되는 것
나와 함께 나와 똑같이 가난하게 사는 것이다
그것은 세상에서 가장 겸손하고 비천한 사람이 되는 것
나와 함께 나와 똑같이 겸손하고 비천하게 사는 것이다

기아와 갈증, 고독과 질병을 먼저 더 많이 겪지 않으면
너희가 어찌 남에게 자선과 선행을 충분히 베풀 수가 있으며
잔칫상의 접시를 가장 맛있는 요리로 채울 수가 있겠느냐?
가장 낮은 자리에 앉지 않는다면 아무리 많은 요리를 바쳐도
그것이 어찌 아버지를 가장 기뻐하게 하는 것이 되겠느냐?

잔칫상에 나아가 높은 자리를 두고 다투는 사람은 무수하다
그들은 재산이 많고 지위가 높으며 권세도 당당한가 하면
학식, 명성, 인기, 미모, 체력 등으로 자만심도 대단하다
아첨과 칭송에 눈이 멀고 남을 섬겨본 적도 없는 사람들
그들은 자기 손으로 좋은 요리를 만들려고 하기는커녕
남이 마련한 요리접시마저도 강탈하려고 치고받는다
결국 잔치를 망치는 그들은 대문 밖으로 쫓겨날 것이다

너희는 어리석은 자들처럼 높은 자리를 탐내지 말고
스스로 낮은 자리에 앉아 어리석게 보이는 사람이 되라
자기를 높이는 사람은 가장 낮은 곳의 수치를 얻고
자기를 낮추는 사람은 가장 높은 곳의 영광을 얻으며
아버지의 만나 곧 영혼의 생명도 아울러 얻기 때문이다

가난하고 병든 사람들을 초대하라
(루카 14:13)

재산이나 권력을 과시하려고 잔치를 베푸는 사람들은
부자들과 세력가들, 고관들과 저명인사들만 초대하는데
그들이 씹는 고기는 가난한 사람들의 살을 도려낸 것
그들의 포도주는 가난한 사람들의 피와 눈물이 아니냐?

또한 그들의 접시를 채우는 요리란 모두 허위와 불의
탐욕과 폭력, 독선과 압제, 살인과 방탕이 아니냐?
그런데도 그들은 칭찬과 각종 이권만 거두지 않느냐?

그들의 저택 입구에는 수많은 화환이 숲을 이루고
방명록 앞으로는 사람들이 강물처럼 흘러간다 해도
결혼도 부모와 자식의 관마저도 이용하는 잔치는
죽은 자들이 죽은 자들을 위해 베푸는 죽은 자들의 잔치다

배가 불러도 헛배만 부르니 거기 무슨 생명이 있겠느냐?
자기 집에서 더 좋은 음식을 마음껏 즐기는 사람들이
어찌 잔칫상에 만족하며 초대를 진심으로 감사하겠느냐?

너희는 잔치를 베풀 때 죽은 자들은 결코 초대하지 말고
가난한 사람과 병자들, 절름발이와 불구자들을 불러들여라
참으로 헐벗고 굶주리며 목마르고 아픈 사람들
그들이야말로 빵 한 조각 포도주 한 잔이 절실히 필요하다
감사의 마음 이외에는 아무것도 보답할 능력이 없지만
그들만이 아버지 앞에서 선행의 참된 증인이 될 것이다

그러나 영혼의 가난과 질병을 치유하는 진리의 빵이 없고
영혼의 눈물과 갈증을 씻어주는 사랑의 포도주가 없다면
가난하고 병든 사람들을 건성으로 들러리로만 세운다면
너희가 비록 나의 제자로 평생을 마친다 해도
아무리 겸손한 척해도 너희 영혼은 이미 죽은 것이며
너희 잔치마저 헛되고 헛된, 죽은 자들의 것이 되고 만다
죽은 자들을 동정하려면 너희가 먼저 산 영혼이 되라!

포도밭 주인이 주는 품삯
(마태오 20:15)

새벽부터 일하든 막판에 한 시간만 일하든 누구에게나
너그러운 주인은 똑같은 품삯을 준다
포도밭은 원래 그가 소유한 포도밭이고
품삯도 주인이 마음대로 정할 수 있는 것
게다가 그의 품삯은 넉넉하고도 남는 것이 아닌가?
그는 일꾼 누구에게나 자비와 사랑을 베풀었으니
아무도 그의 관대함을 비난할 자격이 없다
똑같은 품삯에 대해 불평이나 시기를 해서도 안 된다

태어나서부터 한평생 그분을 찬미하고 섬긴 사람이든
마지막에 크게 뉘우치고 모든 것을 버리는 사람이든
그분은 누구에게나 똑같이 영원한 생명을 준다
오래 믿었다 해서 더 큰 생명을 받는 것도 아니고
잠시 믿었다 해서 사랑을 덜 받는 것도 아니다
사람의 일생이란 길든 짧든 그분에게 한순간이 아닌가?
그분이 주는 생명은 누구에게나 영원한 것이 아닌가?

그러나 주인을 원망하고 비난하는 일꾼들이 적지 않다
그들은 포도를 틈나는 대로 먹어치우거나 버리거나
주인의 눈을 피해 자루에 담아 몰래 빼돌린다
가지들을 마구 부러뜨리거나 뿌리째 뽑아버린다
어쩌면 돌아가는 길에 포도밭에 불을 지를지도 모른다
자기에게 일자리를 준 주인에게 땀으로 보답하기는커녕
남들마저 품삯을 받지 못하게 포도밭 자체를 없애는 것이다

고약한 일꾼들을 고용한 주인이 어리석다고 탓할 것인가?
그는 그들의 속셈을 미리 간파하여
아예 일꾼으로 부르지 말았어야 마땅한가?
주인이 포도밭을 만들고 일꾼들을 고용하는 관계
주인이 더 큰 이익을 얻는 것은 원래 나쁜 것인가?
주인은 그 포도밭을 위해 얼마나 많은 고생을 했던가!
일꾼들도 언젠가 자기 포도밭을 가질 수 있지 않은가!

그러니 포도밭에 불을 질러 동료들의 일자리마저 없애는
사악한 일꾼들은 차라리 태어나지 말았어야 마땅하지 않은가!
포도밭 자체가 황폐해지면 일꾼들은 일할 데가 없다
첫째가 꼴찌가 되든 꼴찌가 첫째가 되든 무슨 소용인가!

나와 아버지는 하나다
(요한 10:30)

아들은 오직 아버지의 말만 듣고 따른다
그는 태초의 빛으로 온 세상을 비추며
죽은 영혼들을 아버지의 진리로 다시 살린다
그는 세상의 빛이요 진리요 생명인 것이다

그는 오직 아버지의 뜻의 실천만을 양식으로 삼고
바로 그것만이 아버지를 진심으로 사랑하는 길이다
그러므로 아버지도 아들을 무한히 사랑하며
하늘과 땅의 모든 것을 아들에게 맡기는 것이다

빛과 빛이 합치면 하나가 되듯
아버지와 아들은 빛의 나라에서 하나다
진리와 진리가 합치면 하나가 되듯
아버지와 아들은 진리 안에서 하나다
사랑과 사랑이 합치면 하나가 되듯
아버지와 아들은 사랑 안에서 하나다

아버지의 뜻을 실천하면 나의 형제, 친구가 된다
나는 그들을 위해 나의 목숨을 내어주며
나와 그들은 아버지 안에서 하나가 된다
그러므로 너희는 어둠의 길 죽음의 길을 버리고
빛의 길 생명의 길을 걸어 빛의 아들들이 되라!
그리하여 나와 함께 아버지와 하나가 되라!

사람이란 한낱 숨결이며 먼지며 이슬이지만
그 어느 별보다도 더 고귀하고 위대한 것
오로지 사람만이 아버지를 사랑할 수 있고
오로지 사람만이 아버지의 아들이 될 수 있다
사람의 영혼 자체가 가장 찬란한 빛이 아니냐?
그러므로 너희도 아버지와 하나가 되라!

나는 부활이요 생명이다

(요한 11:25)

나의 가르침은 생명의 길이다
살아도 산 것이 아닌 사람들에게 생명을 준다
욕정과 탐욕의 쇠사슬에 매여 사는 사람들에게
오만과 어리석음의 우리에 갇힌 사람들에게
눈과 귀, 마음의 문을 여는 생명의 열쇠를 준다
정의에 목말라하는 사람들에게는 생명의 물을
사랑에 굶주린 사람들에게는 생명의 빵을 준다

나의 가르침은 부활의 길이다
허위의 수렁에서 익사하면 진리로 되살리고
죄의 비단실로 교살되면 용서로 되살린다
증오의 불가마에서 타죽으면 사랑으로 되살리며
무관심의 광야에서 얼어 죽으면 포옹으로 되살린다

너희는 육체의 부활만 기적이라 부르며 놀라지만
영혼의 부활이야말로 더욱 놀라운 기적이 아니냐?
육체는 다시 살아나도 언젠가는 다시 죽겠지만
한 번 부활한 영혼은 영원히 새 삶을 누리지 않느냐?

나의 가르침을 믿는 사람들은 자기 영혼이
허위와 죄 안에서 다시는 죽지 않는 것을 볼 것이다
또한 그들은 오랫동안 죽음의 포로가 된 자기 영혼이
진리와 생명의 소리를 듣고 깨어나는 것을 볼 것이다
그들은 날마다 참으로 무수한 영혼들의 부활을 보고
내가 부활이요 생명의 샘이라는 것을 깨달을 것이다

그는 눈물을 흘렸다

(요한 11:36)

사람들은 그가 죽은 라자로를 사랑해서 운다고 말했지만
그의 눈물은 그보다 더 중대한 사실을 소리치고 있었다

사람들은 그를 따라다녔지만 그의 가르침은 믿지 않았고
날이 가도 그들의 삶에는 근본적인 변화가 없었다
신기한 이야기와 구경거리를 즐기려는 구경꾼들
마르타마저 그를 믿는다고 고백한 바로 조금 뒤
무덤 앞에서 시체가 이미 썩었다고 체념하지 않았던가?
제자들도 그가 잡힐 때 모두 달아날 것이다

그를 죽이려 벼르는 지배자들도 전혀 변하지 않고
허위와 위선, 독선과 아집을 영영 버리지 않을 것이다
설령 그의 가르침을 믿는 사람들이 나타나고

그가 죽은 뒤 새로운 공동체들이 여기저기 형성된다 해도
온 세상은 여전히 죽음의 그늘에 묻혀 있을 것이다
아니, 새 공동체들마저 새로운 불의와 부패에 물들고
그의 가르침은 왜곡되어 껍데기만 남을지도 모른다
모세도 수많은 예언자도 이미 그 길을 걷지 않았던가?

그가 사랑하는 친구 라자로는 죽었다
그것은 그가 사랑하는 세상이 죽었다는 말이다
그는 자신의 죽음도 얼마 남지 않았다고 깨달았다
그는 모든 친구를, 모든 사람들을 진심으로 사랑했다
그러나 그들은 그의 가르침을 믿지 않았고
그는 그들의 불신이 너무나도 안타까워 더욱 슬피 울었다

라자로야, 밖으로 나와라
(요한 11:43)

아버지는 모든 사람을 사랑하기 때문에 아들을 보냈다
모든 사람을 아버지의 아들들로 만들기 위한 것이었다
너희는 누구나 내가 사랑하는 형제며 친구들이다
그래서 나는 너희에게 생명의 길을 열어 주는 것이다
그런데 왜 나의 가르침을 믿지도 않을 뿐만 아니라
오히려 나를 잡아서 죽이려고 벼르는 것이냐?
내가 죽는다 해서 나의 가르침도 죽을 것 같으냐?

라자로가 무덤 속에 누워 있듯이
너희도 모두 불신의 무덤에 갇혀 있다
너희는 불신 때문에 너희 영혼을 죄의 사슬로 묶고
너희 영혼은 모두 죽음의 어둠 속에 갇혀 있다
너희는 증오 때문에 나의 진리의 길을 파괴하고
너희 영혼은 모두 허위의 무덤에 묻혀 있다

나의 가르침은 죽은 영혼들을 깨워서 일으키는 것
나는 라자로보다도 너희를 먼저 깨우려고 왔다
너희 죽은 영혼들아! 무덤 밖으로 나와라!
멀었던 눈을 아버지가 비추는 진리의 빛으로 떠라!
그리하여 나의 가르침을 믿고 죄의 길에서 떠나라!
영혼의 쇠사슬을 끊고 자유로운 사람이 되라!
나의 가르침을 실천하여 새 영혼으로 다시 태어나며
참된 길에서 영원한 생명의 샘을 발견하라!

그들은 놀랐다 그의 가르침을 깨닫고 믿어서가 아니라
자기 영혼이 죽었다는 말을 처음 들었기 때문이다
죽은 영혼들이 묻힌 무덤 그것도 처음 듣는 말이 아닌가?
라자로의 친구들은 그의 말이 진실하다고 믿었다
그는 위험한 곳으로 일부러 왔고 또 외쳤기 때문이다
그러나 그의 말과 행동을 밀고하러 간 사람들도 있었다
그들은 생명도 부활도 믿을 수가 없었기 때문이다

민족의 멸망보다는 한 사람이 죽는 것이 낫다
(요한 11:50)

한 사람이 죽어서 온 민족을 살릴 수만 있다면
그는 백 번 천 번이라도 기꺼이 죽을 것이다
그러나 설령 만 명 백만 명이 죽는다 해도
온 민족을 살리기는커녕 불의와 압제를 일삼는
극소수의 권력을 유지시켜 주는 데 그친다면
그들의 주검은 어디에 대고 정의를 호소할 것인가?

온 민족의 멸망보다는 한 사람이 죽는 것이 낫다!
대사제는 마치 메시아라도 된 듯 그렇게 선언했다
그러나 그는 과연 진심으로 민족을 사랑했던가?
백성을 위해 자기 자신이 먼저 죽을 각오가 있었던가?
대사제라면 마땅히 모범을 보여야만 하지 않는가?
그가 사랑한 것은 오로지 권력 그 자체가 아닌가?
그가 노린 것은 오로지 무죄한 희생양이 아닌가?

돈과 권력을 독점한 그들은 한 사람만 죽이지 않는다
민족의 생존을 구실로 자신들의 적은 모두 죽일 것이다
그런데 진리의 탈을 쓴 채 백성을 속이는 자들에게
가장 위험한 적이란 바로 진리의 사람이 아닌가!
외세의 지배에 아첨하며 부귀영화를 누리는 자들에게
가장 무서운 적이란 누구인가?
육체를 죽이는 자들을 조금도 두려워하지 마라!
영혼의 생명의 원천이신 그분만 두려워해야 한다!
그렇게 백성들에게 날마다 외치는 사람이 아닌가!

그들은 눈엣가시 한 사람은 죽일 수 있지만
그를 믿고 사랑하는 무수한 사람은 죽일 수 없다
그들은 사람의 아들은 죽일 수 있지만
그가 남긴 진리와 사랑의 가르침만은 죽일 수 없다
또한 한 사람을 죽여도 민족의 생존은 얻지 못한다
예루살렘의 권력, 아니, 로마의 권력마저 위협한 것은
그들이 한 사람으로 본 사람의 아들 자신이 아니라
대대로 무수한 사람들의 영혼 속에서 생명을 주는
바로 그의 가르침이기 때문이다
대사제들도 로마 총독도 무지와 착각에 빠진 채
권력은 물론 진리와 생명을 영영 잃고 말았다

그는 지명 수배를 당했다
(요한 11:57)

너희는 목숨과 영혼을 바쳐서 아버지를 사랑하라!
그리고 이웃과 형제들을 자기 몸같이 사랑하라!
아버지를 사랑한다면 그 아들의 가르침도 실천하라!
나는 율법을 완성하기 위해 왔고 또 가르치고 있다
너희는 모두 같은 아버지를 모시는 형제들이다
그러므로 서로 사랑하라! 이것이 율법의 전부다!
사람의 아들은 그렇게 백성들에게 말했다

그런데 율법의 민족을 이끈다고 자부하는 지도자들
대사제들과 바리사이들이 드디어 그를 지명 수배했다
그가 어디 있는지 아는 자는 반드시 신고하라!
그러면 무슨 혐의를 내걸었던가?

그는 살인자인가?
그는 살인보다 더 무거운 죄를 저질렀다
그는 증오로 살인하는 자들의 원수
전쟁으로 학살하는 무리의 원수
불의와 부패로 형제들의 영혼마저 죽이는 자들의 원수다
그는 꿈같은 사랑을 외치고 다니지 않는가!

그는 폭동을 선동하여 민족의 재앙을 자초했던가?
그렇다! 그는 민족과 언어, 빈부와 귀천을 초월하여
모든 사람이 형제며 친구이니 서로 도우라고 가르친다
잠자는 모든 사람의 영혼을 일깨워 새사람을 만든다
그들은 지상의 어떠한 권력도 두려워하지 않으며
오로지 사랑만이 최고의 지배자라고 믿는다
이것이야말로 바로 사랑의 엄청난 폭동이 아닌가!

그는 반란을 일으켰던가? 그렇다!
그는 진리의 힘으로 허위의 기초를 파헤치고 있다
정의의 힘으로 불의의 지배구조를 파괴하고 있다
사랑의 힘으로 증오, 폭력, 노예상태를 녹이고 있다
이것이야말로 수천 개 군단을 동원한 것보다
더 강력하고 무시무시한 반란이 아닌가!

그들은 사람의 아들을 지명 수배했다
사람의 아들은 오늘도 지명 수배 중이다
그의 가르침을 믿고 실천하는 사람이면 누구나
어디서나 오늘도 내일도 또 영원히 지명 수배 중이다
모든 것을 버리고 자기 십자가를 진 채 나를 따라라!
사람의 아들은 그렇게 말했기 때문이다

그러나 그를 미워하는 세상도 지명 수배를 당했다
언제나 어디서나 영원히 지명 수배 중이다
진리 정의 사랑은 아버지의 새세상이 확립될 때까지
낡은 세상, 허위의 세상을 끊임없이 지명 수배할 것이다

사람의 아들은 십자가에 매달릴 것이다
(마태오 20:19)

너희는 사람의 아들이 왕이 될 것이라고 믿는다
그렇다! 그는 반드시 예루살렘에서 왕이 될 것이다
그러나 그는 황금관이 아니라 가시관을 쓰고
백성의 피땀이 아니라 자신의 피땀을 흘릴 것이다
채찍으로 다스리는 것이 아니라 채찍에 얻어맞고
황금 의자에 앉기는커녕 십자가에 매달릴 것이다

백성은 그의 만수무강을 외치지 않을 것이다
나라가 무너지든 백성이 굶어죽든 상관하지 않은 채
오로지 권력만 쥐려는 자들의 매수나 협박에 못 이겨
백성들은 자발적인 듯 가장하여 목청껏 소리칠 것이다
반역자를 십자가에 못 박으시오!
사람의 아들을 십자가에 매달아 처형하시오!

지상에 태어난 사람이라면 누구나 언젠가는 떠난다
사람의 아들 역시 때가 되면 이승을 떠날 것이다

그러나 그가 반역자라면 누구를 거슬러 반역한 것인가?
그는 점령군을 무력으로 몰아내자고 선동한 적도 없다
그러면 그의 처형을 요구하는 자들은 로마 시민들인가?
로마에 충성을 맹세한 자들이라면 그들이야말로
자기 민족을 등지고 죽이는 반역자들이 아닌가!

사람의 아들은 십자가에 기꺼이 매달릴 것이다
그는 예언자들의 말을 모두 실현시키려 왔기 때문에
아무리 십자가를 피하고 싶어도 피하지 못할 것이다
십자가에 매달리지 않는 한 그는 왕이 되지 못한다
십자가에서 숨이 끊어지는 순간 그는 왕이 되는 것이다
너희는 목숨을 걸고 그를 지키지 못했다고 자책하지 마라
그것은 처음부터 너희에게 주어진 사명이 아니며
너희는 아무리 원해도 그를 보호할 능력도 없다

그러나 사람의 아들은 다시 살아날 것이다
그는 왕이고 왕은 결코 죽지 않기 때문이다
너희가 참된 왕을 알아보고 진심으로 사랑하게 될 때
그는 구름을 타고 와 너희 영혼 속에 자리 잡을 것이다
거기서 그는 영원히 살고 또 영원히 다스릴 것이다
새로 태어나는 너희 영혼이야말로 바로 그의 왕국이 아니냐!

나의 잔을 너희도 마시겠느냐
(마태오 20:22)

너희는 나의 잔을 마시겠다고 말한다
그렇다! 나는 스승이고 너희는 나의 제자들이기에
너희 말이 지금은 진심에서 나온 것이 분명하다
그러나 내가 그들에게 잡혀서 끌려갈 때
너희는 모두 나를 버리고 달아날 것이다
감미로운 포도주의 잔, 기분 좋게 취하게 하는 잔
그런 잔이 아니라 바로 피의 잔을 마셔야만 할 때
너희는 모두 잔을 버리고 달아날 것이다

비단옷을 입고 왕궁에서 살고 싶은 너희가 아니냐?
남보다 더 큰 명예를 얻으려 탐욕을 부리지 않느냐?
누구 지위가 더 높은지 서로 다투는 너희가 아니냐?
시기 질투 음모 모략마저 서슴지 않는 너희가 아니냐?
너희는 모든 것을 버렸다 해도 아무것도 버리지 않았다

남을 돕기는커녕 남의 것을 빼앗아 자기 배를 채운다
양떼를 인도하기는커녕 통째로 늑대에게 팔아치운다
그러한 너희가 나의 잔이 무엇인지 어떻게 알겠느냐?

너희는 길이길이 명심하라!
나의 잔은 가난한 사람들의 눈물로 가득 차 있다
병든 사람들의 신음, 억압받는 사람들의 고통이 가득하다
내가 마셔야 할 잔은 바로 나의 선혈의 잔이다
그것은 세상의 증오와 복수심을 없애려고 흘릴 피다
회개의 피, 용서의 피, 화해의 피다
하늘나라는 바로 이러한 피로 자라는 것이다
피는 곧 길이요 진리요 생명이 아니냐!

너희는 나와 함께 하늘나라를 전파하겠다고 말한다
그렇다면 내가 마셔야 할 잔을 너희도 마셔야만 한다
그러나 과연 자기 십자가를 지고 나를 따르겠느냐?
과연 자기를 죽이는 자들을 나처럼 용서해 주겠느냐?
자기 피도 흘리려 않으면서 어찌 남의 피가 되겠느냐?
피는 곧 자기마저 버리는 희생과 사랑이 아니냐!

나는 지배가 아니라 봉사를 하려고 왔다
(마태오 20:28)

칼을 든 자가 외치는 정의란 바로 그의 칼뿐이다

그가 세우는 질서란 약육강식의 무질서뿐이 아니냐?

정실인사를 일삼는 자가 내세우는 공정성의 기준은

자기편에 대한 맹목적 편애일 뿐이다

그가 외치는 사랑이란 불의, 부패, 횡포일 뿐이 아니냐?

탐욕에 눈먼 자가 내거는 평등의 깃발이란

약한 자들을 억압, 약탈하는 자들의 방종일 뿐이 아니냐?

그들은 백성을 힘으로 지배하여 자기 먹이로 삼고

권력으로 짓눌러 입도 못 여는 노예로 만든다

평소에는 백성을 장난감처럼 희롱하고 학대하며

전시에는 죽음의 들판으로 내몰아 비료로 만든다

길이요 진리요 생명인 내가 세우려는 나라가 고작

저 잔혹한 지배자들의 왕국 따위와 같다고 믿느냐?

그래서 너희는 누가 더 높은지 다투고 있단 말이냐?

그렇다! 너희 가운데 남보다 더 높은 사람도 있다
그러나 그가 속세의 지배자와 다를 바가 없다면
나의 제자라는 가면을 벗어던지는 것이 차라리 낫다
하늘나라를 전파한다는 미명도 차라리 버려라!
그리고 떳떳하게 지배자로 군림하면서 마음대로 하라!
그는 이미 나의 양떼를 인도하는 착한 목자가 아니다

남들을 지도하는 자리를 원한다면 먼저 하인이 되라
남들의 시중을 받기만 하겠다는 생각은 아예 버리고
언제나 어디서나 남들의 시중을 들기만 하라
사람의 아들이 시중을 받기만 하려고 온 줄 아느냐?

그는 결코 남들을 지배하려고 오지 않았고
언제나 어디서나 오로지 봉사만 하려고 온 것이다
그는 무수한 사람을 위해 자기 목숨을 바쳐서라도
그들을 영원한 죽음의 계곡에서 건져내려고 온 것이다
너희가 진심으로 나를 믿는다면, 나의 참된 제자라면
지위를 다투지 말고 나의 행동을 고스란히 본받아라!

그는 암나귀를 빌려 타고
예루살렘에 들어갔다
(마태오 21:7-10)

예루살렘에 입성할 때 그는 백마를 타지 않았다

새끼가 딸린 남의 당나귀를 빌려서 타고 갔다

황금 투구에 황금 갑옷 차림이 아니라

가난한 목수의 평상시의 흰옷 차림 그대로였다

그가 바라던 것은 전투나 정복이 결코 아니라

예언자들의 말에 따라 자신을 제물로 바치는 것뿐이었다

그는 참으로 겸손했다

바로 그 이유 때문에

예언자의 말에 따라 왕의 자격으로 입성한 것이다

그러나 모든 사람이 그를 왕으로 받아들인 것은 아니다

다윗의 후예 만세! 주님께서 파견하신 분 만세!

군중은 한때 흥분해서 그렇게 외쳐댔지만

성 안에 늘어선 군사들을 보자 슬그머니 기가 꺾였다

돈과 권력을 쥔 자들이 매서운 눈초리로 물었다
저 사람이 도대체 누구인데 이 소란을 피우느냐?
그러자 대담한 사람 몇몇이 나서서 대꾸했다
갈릴레아 나자렛 출신인 예언자 예수라고 합니다
돈과 권력을 쥔 자들이 코웃음을 쳤다
갈릴레아? 거기서 무슨 예언자가 나온단 말이냐!

조롱하는 자들의 말은 옳았다
갈릴레아에서 무슨 예언자가 나온단 말인가!
그러나 그들의 말은 틀렸다
입성한 사람은 예언자보다 더 위대한 분이 아닌가!
뒤따르던 군중의 의견도 가지각색이었다
그는 메시아다! 아니, 그는 예언자다!

어느 쪽 말이 옳든 그르든 무슨 문제가 되는가?
그의 출신이 갈릴레아든 예루살렘이든 무슨 상관인가?
그는 자기 사명을 완수하면 그뿐 아닌가!
이제 그에게 필요한 것은 오로지 확고한 믿음뿐
남들의 의견, 인정, 동의 따위는 거들떠볼 것도 없다!
살아남은 자들이 무슨 말을 제멋대로 하든
그는 왕이 될 것이다! 십자가의 왕이 될 것이다!

그는 성전에서 장사꾼들을 쫓아냈다
(마태오 21:12)

장사를 하려면 시장에 가서 하라!
돈을 바꾸려면 길거리에서 바꾸어라!
주님의 집은 기도하는 집이 아니냐?
어찌하여 성전을 강도의 소굴로 만드느냐?

사업상 이익을 노려 사교할 목적으로 교회에 간다면
너희는 성전 마당의 장사꾼이 아니냐?
명성을 위해 출세를 위해 교회에 나간다면
너희는 성전마당의 환전상이 아니냐?

너희가 오로지 자신의 돈벌이가 잘되기만 바라고
재산이 늘며 건강하고 행복하게 살기만 기도한다면
너희야말로 주님을 장사꾼으로 취급하는 것이 아니냐?
너희야말로 성전을 강도의 소굴로 만드는 것이 아니냐?

교회에서 일한다는 구실로 몰래 치부한다면
교회의 건물과 토지를 자기 재산으로 여긴다면
아니, 교회를 자기 세력의 아성이나 도구로 삼는다면
너희야말로 성전을 강도의 소굴로 만드는 것이 아니냐?

치부를 하려면 시장에 가서 장사를 하라!
세력을 얻으려면 길거리에 나가 외쳐라!
자기 죄를 뉘우치고 주님의 자비를 간청하는 기도
가난하고 고통받는 형제를 위한 기도가 없다면
너희는 모두 강도들이다 성전을 떠나라!

말라버린 무화과나무
(마태오 21:19)

배고픈 형제에게 제때에 먹을 것을 주지 않는 사람은
영원히 열매를 맺지 못하는 무화과나무다
너희가 비록 대사제의 옷을 입고 제물을 바친다 해도
헐벗은 형제에게 입을 것을 주지도 않는다면
너희가 세상의 모든 사람을 말뿐만 아니라
행동으로도 사랑하지 않는다면
너희가 자랑하는 옷과 제물이 무슨 소용이냐?

너희가 비록 순교할 각오로 날마다 뜨겁게 기도한다 해도
남을 속이거나 해치며 시기, 모함, 증오, 박해마저 한다면
오히려 신앙이 없는 자들보다도 못한 언행을 일삼는다면
영원히 열매를 맺지 못하는 무화과나무가 될 것이다
사람의 마음속까지 들여다보시는 아버지께서
입에 발린 너희 기도 소리에 속을 줄 아느냐?

또한 너희가 율법학자보다 지식이 더 풍부하다고 해도
어리석은 형제를 가르쳐 바른길로 인도하기는커녕
그를 경멸, 무시, 조롱, 외면, 방치, 배척한다면
영원히 열매를 맺지 못하는 무화과나무가 될 것이다
지식이나 지혜가 어찌 너희를 구원할 수 있느냐?
겸손, 회개, 사랑, 자비가 없다면 주님의 일에 관하여
너희 지식이 아무리 많은들 무슨 소용이냐?

남들에게는 가난을 사랑하라고 가르치면서도
너희 자신은 가난을 부끄럽게 여기고 부자처럼 산다면
너희야말로 말라버린 무화과나무가 아니냐?
너희 입에서 나온 모든 말이 너희를 심판할 것이다
너희에게 속은 모든 사람이 너희를 단죄할 것이다
너희가 섬긴다는 아버지마저도 너희를 외면할 것이다

너희가 선행의 열매를 맺을 수 있는 곳은 여기뿐이며
그 시기는 너희가 형제들과 함께 지내는 지금뿐이다
또한 모든 기회는 단 한 번뿐이 아니냐?
그러므로 아무리 사소한 기회라도 하나도 놓치지 말고
밤낮으로 선행을, 오로지 선행만을 형제들에게 베풀어라

무슨 권한으로 백성을 가르치는가
(마태오 21:23)

의사의 자격은 있어도 의술은 통달하지 못한 사람이라면
그가 어떻게 환자를 제대로 치료할 수 있겠는가?
대사제들과 원로들이 아무리 옷을 잘 입고 위엄을 부린들
평소에 언행이 올바르기는커녕
오히려 시정잡배들보다도 못하다면
그들이 어떻게 백성을 제대로 가르칠 수 있겠는가?

그러나 그들은 자기들만이 가르칠 권한이 있다고 주장했다
누가 옳고 그른지 무엇이 정의고 불의인지
자기들만이 권위 있게 판정할 수 있다고 우겼다
백성이 속으로는 비웃으면서도 그들에게 복종한 것은
그들의 말이 옳기 때문이 아니라
그들이 휘두르는 권력이 두려웠기 때문일 뿐이다

그는 대사제나 원로는커녕 정식 율법학자도 아니었다
그들에게서 권한을 받은 적도 없다
그러나 그는 가르쳤고 백성은 그의 말에 귀를 기울였다
그는 바로 대사제도 원로도 율법학자도 아니었기 때문에
그는 바로 아버지께서 보내주신 예언자였기 때문에
그의 말은 옳았고 그는 언행이 일치했기 때문에
백성들은 그의 말을 듣고 기쁘게 따랐던 것이다

그런데 대사제들과 원로들이 감히 그에게 대들었다
당신은 무슨 권한으로 백성들을 가르치는 것인가?
그러나 그는 자기 권한의 원천을 밝히지 않았다
아버지의 뜻을 따르지 않은 그들이야말로
백성을 가르칠 자격조차 없는, 소경에 귀머거리였고
그의 말이 아무리 옳아도 믿으려 하지 않았기 때문이다

성전을 사흘 안에 다시 일으킬 것이다
(요한 2:19)

바벨탑도 무너졌고 예루살렘 성전도 두 번이나 파괴되었다
로마든 진시황제의 함양이든 모두 폐허로 변했다
아무리 거대하고 높은 탑도 언젠가는 무너지고 만다
사람의 손으로 만든 것은 사람의 손으로 파괴되고 만다
산도 바다에 잠기고 바다도 육지로 변하지 않는가!
무수한 사람이 찬탄하든 자랑하든 궁전이든 성전이든
모두가 바람에 날리는 티끌 같은 역사의 신기루일 뿐

무수한 별도 우주 전체도 어느 날 허무로 돌아갈 수 있지만
결코 파괴되지 않는 참된 성전은 단 하나 사람의 영혼뿐이다
하늘과 땅의 그 어떠한 권력도 이 성전은 파괴할 수 없다
그것은 오로지 거기에만 아버지의 참된 생명이 깃들이고
오로지 영혼만이 아버지를 사랑할 수 있기 때문이다

진리를 미워하는 무리는 사람의 아들을 죽일 수 있다
십자가에 못 박든 화형에 처하든 얼마든지 죽인다
그러나 비록 그의 육체는 마지막 숨이 끊어진다 해도
한때 비겁하게 달아났던 제자들은 사흘 안에 다시 모여
그의 가르침을 깨닫고 참된 생명을 얻을 것이다
그들은 그가 아버지를 참으로 사랑하였기 때문에 죽었고
자기들을 진심으로 사랑하여 형제와 친구로 삼았다는 것을
비로소 깨닫고 자기들도 그와 함께 죽을 각오를 할 것이다

언젠가 무너질 성전, 그 붕괴는 그리 대수롭지 않다
그러나 아무리 어리석고 비겁하고 타락한 사람이라도
그의 가르침을 깨닫고 사흘 안에 새사람으로 태어난다면
그것은 무너진 성전의 재건보다 더 놀라운 일이 아닌가!
무수한 성전이 사흘 안에 다시 세워졌다
헤아릴 수 없이 많은 새 성전이 하늘과 땅에 가득할 것이다
아버지 안에서는 하루가 천 년이고 천 년이 하루가 아닌가!

세리와 창녀들이
먼저 하늘나라에 들어간다
(마태오 21:31)

세례자 요한은 외쳤다, 회개하라!
너희는 그의 말을 믿기는커녕 비웃으며 말했다
모세의 율법을 충실히 지켜온 우리가 아니냐?
그런데 무엇을 회개하라는 말이냐?

세례자 요한은 외쳤다, 하늘나라가 가까이 왔다!
회개하고 세례를 받아 그 나라의 자유인이 되라!
너희는 그의 말을 믿기는커녕 비웃으며 말했다
아브라함의 자손인 우리가 무슨 노예란 말이냐?
물의 세례 따위로 노예가 자유인이 된단 말이냐?
기름 부은 메시아도 나타나지 않았는데
이스라엘의 왕권마저 확립되지 못한 판인데
하늘나라라니 도대체 무슨 잠꼬대를 하는 거냐!

너희는 세리와 창녀들을 죄인이라고 단죄하고 배척한다
그들은 물론 죄인이다

그러나 세리에게 돈을 바치는 너희는 죄인이 아니냐?
창녀들과 어울려 놀며 술 마시는 너희는 죄인이 아니냐?
그들은 먹고살기 위해 죄를 짓지만 자기 죄를 안다
그러나 너희는 자기 보신과 쾌락을 위해 죄를 지으면서도
자신이 죄인임을 결코 인정하려 들지 않는다
자기 병을 부정하는 환자가 어찌 치료를 받겠느냐?

세리와 창녀들은 요한의 말을 믿고 회개했다
그래서 세례로 죄의 굴레에서 벗어나 자유인이 되었다
그러나 너희는 오만과 위선의 탈을 쓴 채
여전히 율법의 노예가 되어 죄의 수렁을 헤매고 있다
그러므로 나는 너희에게 분명히 말한다
세리와 창녀들이 너희보다 먼저 하늘나라에 들어간다
너희는 죄가 없다고 아무리 날마다 외친다 해도
회개하지 않는 한 그 나라에 들어가지 못할 것이다

소작인들은 주인의 아들마저 죽였다
(마태오 21:39)

백성을 가르치고 올바른 길로 인도해야 마땅한 너희는
진리, 정의, 사랑의 포도밭을 빌려 일하는 소작인들이다
너희는 밤낮으로 땀 흘려 열심히 포도밭을 가꾸어
진리의 포도, 정의의 포도, 사랑의 포도를 추수해야 한다
가을에 창고가 모자라 새로 지을 정도로 풍성하게
포도를 거두어들여야 많은 보수도 칭찬도 받을 것이다

그러나 너희는 포도밭을 정성스럽게 가꾸기는커녕
진리의 포도나무는 허위와 궤변의 잡초로 짓누르고
정의의 포도나무는 불의의 진흙탕으로 말려 죽이며
사랑의 포도나무는 증오, 불신, 분열의 광풍으로 태운다
게다가 아예 포도나무들을 뽑아 말려서 땔감으로 판다

예언자들이 와서 바른길을 가르쳐 주었지만
너희는 회개하기는커녕 그들을 잡아 죽였다
주인이 자기 아들을 마지막으로 보낸 것은
너희를 처벌하려는 것이 아니라 너희를 사랑하기 때문에
너희에게 다시금 회개의 기회를 주려고 한 것이다
그러나 너희는 회개는커녕 아들마저 잡아 죽였다
그것은 너희가 포도도 포도밭도 사랑하지 않고
포도밭을 너희 권력의 수단으로 삼는 탐욕 때문이다

너희는 포도밭을 차지할 자격도 권리도 힘도 없다
아니, 포도밭을 맡아서 관리할 자격조차 없는 것이다
너희보다 선하고 유능하며 충직한 소작인들이 오면
너희는 포도밭을 그들에게 빼앗기고 말 것이다
그리고 주인은 너희가 흘린 모든 피에 대해서
엄하게 책임을 묻고 너희를 공정하게 처벌할 것이다

너희는 잔치에 가지 않는다
(마태오 22:5)

주인은 살찐 소와 양을 잡아서 푸짐하게 잔치를 준비했다

그리고 자기가 늘 사랑하고 아끼는 너희를 모두 초대했다

그는 잔치의 기쁨을 정말 너희와 함께 누리고 싶은 것이다

그 잔치는 주인에게 도움이 되는 것이 아니라

바로 너희에게 절실히 필요하고 유익한 것이 아니냐?

그러나 너희는 초대받은 그 잔치에 가지 않는다

아니, 잔치 자체에 대해 흥미가 없는 것이다

평소에 주인을 잘 안다고 떠들고 다니는 너희가 아니냐?

주인을 사랑하고 그에게 충성을 바친다는 너희가 아니냐?

그런데 어찌 주인을 이토록 무시할 수가 있느냐?

초대받은 사람은 많아도 정작 참석하는 사람은 적다니!

너희는 주인에게 이웃사랑의 예물을 바치기가 싫어서
자기 밭을 울타리로 막고 집 주위에 높은 담을 쌓는다
너희는 가난, 극기, 고행의 예물을 바치기가 싫어서
돈벌이에만 몰두하고 재산, 안일, 쾌락의 노예가 된다
회개하여 새사람이 되는 예물을 바치기가 싫어서
너희는 바른길을 전하는 사람들을 박해하고 죽인다

세상에 잔치 손님이 너희뿐인 줄 아느냐?
주인은 날이 저물도록 너희만 기다리지는 않는다
새로 초대받은 사람들이 너희 자리를 대신 차지하고
사랑과 환희의 요리를 영원히 즐길 것이다
그러나 잔치에 두 번 다시 초대받지 못하는 너희는
썩은 음식을 두고 서로 싸우며 영원히 굶주릴 것이다

너희는 예복을 입지 않아 발가벗었다
(마태오 22:12)

비단옷에 진주목걸이를 목에 걸었다고 해서
잔치에 참석할 예복을 제대로 입은 것은 결코 아니다
황금 관에 황금 지팡이도, 황제의 지위나 수많은 훈장도
잔치에 적합한 예복을 마련해 줄 수는 없다
세계적인 인기나 명성인들 바다 같은 학식과 지혜인들
참다운 예복을 어찌 마련해 줄 수가 있겠느냐?

영혼이 입는 예복은 눈에 보이는 옷이 결코 아니다
그것은 가장 값진 것이지만 돈이 전혀 들지 않고
오히려 돈을 많이 쓸수록 더욱 얻기가 어려운 것이다
그것은 겸손한 사람에게 저절로 주어지는 옷
자기 죄를 뉘우치는 사람만이 입을 수 있는 옷
남을 자기 몸처럼 사랑하는 사람에게만 맞는 옷
가진 것을 모두 팔아 가난한 형제에게 나누어주는 사람만이
영원히 입어도 조금도 닳지 않는 빛나는 옷이다

너희는 잔치 마당에 뻔뻔스럽게도 들어오기는 했지만
마땅히 입어야 할 예복은 하나도 걸치지 않고 있다
지상의 값진 옷을 입고 온갖 장신구를 걸쳤지만
예복이 없는 너희는 오히려 발가벗은 알몸이다
비싼 화장품을 바르고 향수를 온몸에 뿌렸지만
너희 얼굴과 몸에서는 썩는 송장의 악취만 풍긴다

누구에게나 예복을 마련할 시간과 기회가 충분했지만
너희는 헛된 것에 눈이 멀어 참된 것을 모두 잃었다
너희는 내 집에 머물 자격이 없다 당장 떠나라!
너희는 자기뿐 아니라 남들마저도 부패시키는
온갖 불의와 죄의 세균이다 어둠 속으로 사라져라!
그리고 너희 오만, 위선, 탐욕이 풍기는 피비린내 속에서
영원히 서로 미워하고 가슴을 치며 통곡하라!

초대받은 사람은 많아도
선택된 사람은 적다

(마태오 22:14)

하늘나라 잔칫상은 한없이 넓고 크기 때문에

바닷가 모래알보다 더 많은 사람이 앉아도 남는다

주인의 사랑도 한없이 깊고 뜨겁기 때문에

인류가 우주의 모든 별을 다 채운다 해도

제한도 차별도 없이 누구나 잔치에 초대받는다

누구나 하나뿐인 목숨이고 게다가 유한하기 때문이다

그러나 누구나 잔치마당에 들어가는 것은 아니다

초대받은 사람은 많아도 선택된 사람은 적다

주인이 인색하고 기준도 매우 까다롭기 때문인가?

사람이란 원래 나약하고 게으르고 비겁하기 때문인가?

잔칫상 요리가 무엇인지 사람들이 알 길이 없어서

또는 별것 아니라고 우습게 보기 때문인가?

어떠한 이유를 내세우든 거기 들어가는 사람은 적다

재산을 주인으로 모시며 탐욕의 노예가 된 사람
이웃과 형제에게 아무것도 베풀지 않는 사람
남을 속이고 해치거나 남의 것을 빼앗는 사람
방탕과 쾌락에 빠져 날마다 허송세월하는 사람
체면, 이익, 출세 때문에 진리에 등을 돌리는 사람
목숨이 아까워 비열하게 주인을 배반하는 사람
자기 십자가를 버린 채 파멸의 넓은 문으로 들어가는 사람
그러한 사람들은 잔치마당에 결코 들어갈 수 없다
사랑을 거부했기에 사랑의 빛이 닿지 않는 어두운 곳에서
그들의 영혼은 영원히 외롭고 춥고 배고플 것이다

군주의 것은 군주에게, 주님의 것은 주님께
(마태오 22:21)

군주가 자기 것이라고 주장하는 것이 있다면
너희는 그것을 바쳐야 비로소 안전할 것이다
금화 은화 동전은 모두 그가 만든 것이 아니냐?
도시들과 토지도 그가 정복한 것이 아니냐?
그가 누리는 재산과 권력을 부러워하지 마라
그는 더 강한 자의 칼에 타도되거나
극히 드물지만 결국 세월의 칼에 숨이 끊어지고 만다

무덤이 아무리 화려한들 비석이 아무리 크다고 한들
그것이 사람의 위대성을 증명하는 것은 결코 아니다
황제든 노예든, 대부호든 거지든 땅 속에서 썩는 것은
누구나 똑같이 발가벗은 알몸의 송장이 아니냐?

그러나 만일 그가 자기 것이 아닌 것을 요구한다면
너희는 마땅히 거부해야만 안전할 것이다

너희 마음을 어찌 그가 만들 수 있단 말이냐?
너희 정신을 어찌 그가 만들 수 있단 말이냐?
너희 영혼을 어찌 그가 만들 수 있단 말이냐?
육체는 죽여도 영혼은 죽일 능력이 없는 그가
어찌 너희에게 영원한 생명을 베풀 수 있단 말이냐?
이 모든 것은 오직 주님의 것이 아니냐?

군주의 것은 군주에게, 주님의 것은 주님께 바쳐라
그래야만 너희는 지상에서나 내세에서나 안전할 것이다
너희가 만일 주님의 것을 군주에게 바친다면
군주는 너희를 개미처럼 짓밟고 경멸할 것이며
주님은 너희를 바람에 날리는 티끌로 보실 것이다
그러나 너희가 군주의 것을 주님께 바친다면
군주는 너희를 죽이겠지만 주님께서는 살려주실 것이다
재산과 권력은 죽은 자들에게 장난감으로 맡기고
너희는 마음과 정신과 영혼을 다하여 주님을 섬겨라!
바로 그것이, 오직 그것만이 영원히 안전한 길이 아니냐!

부활한 사람들은 천사들이다
(마태오 22:30)

너희는 너희 몸을 하늘보다 더 귀하게 섬기고 있다
건강을 유지하려고 너희가 못하는 짓이 무엇이냐?
질병 치료에 너희가 바치지 않는 것이 무엇이냐?
건강도 질병도 결국 육체의 자연 상태가 아니냐?

얻은 뒤 후회할 줄 알면서도 쾌락을 누리려고
너희가 무릅쓰지 않는 위험과 모험이 무엇이냐?
또한 얼마나 많은 사람을 괴롭히고 해치느냐?
쾌감도 고통도 결국 일시적인 것에 불과하지 않느냐?

너희는 육체적 사랑을 하늘보다 더 귀하게 섬기고 있다
사랑의 미명 아래 너희가 거래하지 않는 것이 무엇이냐?
사랑의 가면을 쓴 채 너희가 못하는 짓이 무엇이냐?
너희 사랑도 이기심으로 위장되지 않은 것이 무엇이냐?

참된 생명을 주는 것은 너희 몸이 결코 아니다
건강도 사랑도 부부도 형제자매도 친척도 친구도 아니다
그것은 이 모든 것을 버리는, 바로 너희 죽음이 아니냐?
죽음을 통해야만 얻을 수 있는 바로 너희 부활이 아니냐?

부활한 사람들은 하늘나라의 천사들이다
육체의 모든 필요와 욕구에서 완전히 해방되었기에
그들은 참으로 자유롭고 영원히 행복하게 살 것이다
너희를 기준으로 삼아 감히 그들을 판단하려 하지 마라!
너희는 죽은 자들이지만 그들은 산 사람들이다
하느님은 오로지 산 사람들만의 주님이 아니시냐!

이웃을 자기 몸같이 사랑하라
(마태오 22:39)

너희가 비록 율법의 모든 계명을 지킨다 해도
이웃을 자기 몸같이 사랑하지 않는다면
율법의 모든 계명, 아니, 율법 자체가
너희와 이웃에게 무슨 소용이 있겠느냐?

날마다 너희는 배불리 먹지만 이웃은 굶주린다면
그것이 이웃을 자기 몸같이 사랑하는 것이냐?
그가 추위에 떨며 길거리에 쓰러져 있는데도
너희는 따뜻한 방에서 입술로만 기도하고 있다면
그것이 어찌 이웃을 자기 몸같이 사랑하는 것이냐?

아이들에게 허위를 가르쳐 편견과 증오를 심어준다면
툭하면 거짓말을 토해내 백성을 선동하고 속인다면
그것이 어찌 이웃을 자기 몸같이 사랑하는 것이냐?
건물, 성전, 도시들의 건설을 큰 업적으로 자랑하지만

그것은 너희의 끝없는 권력욕과 탐욕에서 나온 것일 뿐
어찌 이웃을 자기 몸같이 사랑했기 때문이라 하느냐?

너희가 비록 세상의 모든 지식을 얻는다 해도
모든 재물, 토지, 권력을 자기 손아귀에 넣는다 해도
이웃을 자기 몸같이 사랑하지 않는다면 헛될 뿐이다
너희가 비록 주님을 위해 목숨마저 버린다 해도
이웃을 자기 몸같이 사랑하지 않는다면 헛될 뿐이다

너희가 진심으로 주님을 사랑한다면
이웃도 자기 몸처럼 진심으로 사랑하라!
너희가 이것을 깨닫지 못하고 실천하지도 않는다면
율법의 모든 계명도 모든 예언자들의 말도
결국 너희에게는 티끌보다 못한 것이 아니냐!

누가 나의 이웃입니까

(루카 10:29)

너희는 이웃이 누구인지 정말 몰라서 묻는 것이냐?

이웃집에 사는 사람만이 어찌 네 이웃이 되겠느냐?

이웃사람의 이웃도 역시 네 이웃이 아니냐?

같은 마을 같은 지역 같은 나라 사람만이 네 이웃이냐?

인종도 나라도 언어도 피부색도 모두 초월하여

온 세상의 모든 사람, 사람이면 누구나 네 이웃이 아니냐?

이웃이 너를 이웃으로 대하지 않는다고 해서

그가 네 이웃이 아닌 것은 결코 아니다

그가 너를 원수로 여기고 미워하면 미워할수록

오히려 너는 그를 더욱 네 몸같이 사랑하라

너를 심하게 괴롭힐수록 네게 피해를 많이 줄수록

오히려 너는 더욱 친절하고 더 많이 베풀어 주어라

너를 죽인다 해도 용서하고 그를 위해 기도하라

그래야만 너희는 참으로 아버지의 아들이 되며
세상은 너희를 통해서 아버지를 보게 될 것이며
사람들이 회개하여 너의 참된 이웃이 될 것이다
이웃이란 너희에게 그냥 주어지는 것이 아니라
너희가 스스로 노력해서 만들어내는 것이 아니냐?
모든 것을 버리고 참고 희생하여 이웃을 만들어낸다면
너희야말로 나의 진정한 이웃이 되는 것이다

너희는 아직도 이웃이 누구인지 묻고 있느냐?
너희가 찾고 있는 이웃이 바로 나인 줄을 모르느냐?
가난한 사람, 병든 사람, 버림받은 사람, 학대받는 사람
소외된 사람, 낙오된 사람, 모자라는 사람, 우는 사람
고통받는 사람, 불행한 사람, 모두가 바로 나다
그들이야말로 너희가 찾는 이웃, 바로 나 자신이다
언제나 어디서나 그들에게 착한 이웃이 되라!

착한 사마리아인
(루카 10:33)

당나귀와 올리브기름과 돈이 있었기 때문에
그가 착한 사마리아인이 된 것은 결코 아니다
길에서 강도에게 두들겨 맞아 죽어가는 사람을 보고도
고개를 돌린 채 다른 길로 피해간 사제와 레위인도
사마리아인 못지않게 넉넉히 가지고 있었지만
이웃을 이웃으로 보려는 눈이 없었고
이웃을 이웃으로 본다 해도 사랑이 메말랐으며
시간은 있어도 시간을 내어줄 마음이 없었던 것이다

지상에 사람으로 태어난 이상 누구나 아버지의 아들이며
가난한 사람일수록 병든 사람일수록
쓰러져 죽어가는 사람일수록 더욱 귀한 아들이 아니냐?
사제와 레위인은 이런저런 핑계를 늘어놓을 수 있겠지만
결국은 아버지의 아들을 알아볼 눈이 없었고
그들 자신도 참된 아들이 될 기회를 영영 놓치고 말았다 그러나 유대인들이 원수처럼 여기는 사마리아인을 보라!
그는 쓰러진 사람이 사마리아인인지 여부를 묻지 않았다
돈과 시간의 낭비라는 생각조차 하지 않았다
대단한 선행을 베푼다는 자의식마저 들지 않았다
죽어가는 사람은 무조건 살려놓고 볼 일이 아닌가!
그래서 그는 그날 아버지의 참된 아들이 된 것이다

너희가 사제나 학자, 고관이나 부자라고 해서
당연히 아버지의 참된 아들이 되는 것은 아니고
더욱이 영혼의 생명을 반드시 받는 것도 아니다
권력과 지위, 재산과 명예 따위는 많이 누릴수록
생명의 길에서 더욱 멀어지기 쉽지 않느냐?

언제나 어디서나 착한 사마리아인을 본받아라!
사람들의 칭찬도 상대방의 보답도 결코 바라지 마라!
오히려 하찮은 사람에게 보답할 힘도 없는 사람들에게
더욱더 많은 친절과 선행을 베풀어 주어라
그들이야말로 아버지 앞에서 너희를 위해
가장 크고 진실한 목소리로 변호해 줄 이웃인 것이다

필요한 것은 한 가지뿐이다
(루카 10:42)

진리를 가르치는 사람들의 시중을 드는 일은 중요하다
그러나 가르침의 실천보다 의식주에 더 매달린다면
자기 배를 주인으로 섬기는 이교도들과 무엇이 다르냐?

진리 정의 사랑을 가르치는 사람들!
그들은 먹을 것이 변변치 않아도 아무 상관이 없다
헐벗고 추위에 떨며 머물 집이 없어도 좋다
타고 다닐 나귀가 없으면 두 다리로 걸어 다니면 된다
가난하게 살면 살수록 그들의 가르침은 더욱 빛난다
아니, 가난하게 살아야만 비로소 나의 참된 제자가 아니냐?

나의 가르침을 통해서 무수한 영혼을 살리는 일보다도
좋은 음식 좋은 옷 고급 포도주를 탐낸다면
큰 저택을 짓고 많은 재산을 모으려고 한다면

그들은 오히려 허위와 위선과 탐욕의 노예가 되어
나의 가르침을 전파하기는커녕 파괴하며
나를 찬미하기는커녕 나의 이름을 더럽힐 것이다

한편 가르침을 듣는 일에만 열중한 나머지
서로 사랑하라는 나의 계명을 몸소 실천하지 않는다면
하늘과 땅의 모든 신비를 안다 한들 무슨 소용이냐?
가장 가까운 이웃인 자기 가족이 헐벗고 굶주린다면
어려운 이웃에게 자선과 선행을 베풀지 않는다면
철야기도, 단식, 바다 같은 지식인들 무슨 소용이냐?
그들은 헛된 지식으로 자기 영혼을 죽일 뿐만 아니라
원망과 불신을 통하여 가족과 이웃의 영혼도 죽인다

맹목적인 믿음도 실천이 없는 믿음도 모두 극단이다
불신도 광신도 모두가 극단이다
극단을 피하라! 그것이 바로 좁은 문이 아니냐?
너희에게 필요한 것은 한 가지뿐
그것은 좁은 문으로 들어가는 것
나의 가르침을 참으로 깨닫고 항상 실천하는 것뿐이다

그리스도가 어떻게 다윗의 자손인가
(마태오 22:45)

바리사이들은 그리스도가 다윗의 자손이라고 대답했다
그들은 자기가 믿는 그대로 솔직하게 대답했고
그 대답은 적어도 그들에게는 옳은 것이었다
그리스도가 온다면 다윗의 나라를 재건하고
그의 나라는 영원히 이어질 것이다
그들은 지상의 천년 왕국을 기다리고 있었다

그러나 그는 전혀 생각이 달랐다
다윗이 그리스도를 자기 주님이라고 불렀는데
그리스도가 어떻게 다윗의 자손이 될 수 있겠느냐?
주님인 그리스도가 다윗에게 왕국을 물려주는 것이지
어떻게 다윗이 그리스도에게 나라를 물려주겠느냐?
또한 다윗이 물려주는 나라가 어떻게 영원할 수 있느냐?
오로지 그리스도의 나라만이 영원한 것이 아니냐?

그러면 그리스도가 물려주는 나라란 무엇이냐?
화려한 왕궁에 사는 왕이 강력한 군대를 거느린 채
쇠 채찍으로 백성을 가혹하게 다스리는 그런 나라냐?
너희와 같은 아첨꾼과 위선자들이 출세하는 나라냐?
또는 주변 모든 민족을 정복한 광대한 제국이냐?
그러한 종류의 나라를 세우기 위해서라면
구태여 그리스도가 올 이유가 어디 있느냐?
칼로 일어서는 자는 칼에 쓰러지는 법이고
칼로 다스리는 자는 칼에 정복되기 마련이 아니냐?
지상의 그 어느 나라가 영원히 이어진다는 말이냐?

그리스도의 나라는, 아니, 오직 그 나라만은 영원하다
그는 칼이 아니라 사랑으로 다스리기 때문이다
그가 차지하는 것은 토지가 아니라 영혼들이기 때문이다
그는 무자비한 처벌이나 약탈을 좋아하지 않고

오히려 회개하는 사람들에게 자비를 베풀기 때문이다
그는 목숨을 빼앗는 것이 아니라 영원한 생명을 주기 때문이다
오직 그리스도만이 길이요 진리요 생명이기 때문이다

너희는 분명히 깨닫지 않으면 안 된다
다윗은 태어났다가 죽었고 그의 나라도 멸망했다
그러나 길, 진리, 생명은 다윗 이전에도 이후에도
언제나 어디서나 영원한 것이다
영원한 그리스도가 어찌 다윗의 자손이 된단 말이냐?
그가 무엇 때문에 다윗의 나라를 다시 세우겠느냐?
너희는 물론 다윗마저도 그리스도의 나라에서 다시 태어나
그를 주님으로 섬겨야 새 생명을 받지 않겠느냐?

그리스도는 어디서 오는가
(요한 7:27)

무수한 사람이 베들레헴에서 태어났다가 죽었다
앞으로도 무수한 사람이 거기서 태어나 죽을 것이다
거기서 태어났다는 이유만으로 그리스도가 되는가?
출생지가 그를 거룩하게 만드는가?
아니면, 그가 출생지를 빛나게 하는가?
머리에 기름을 부으면 누구나 다 그리스도인가?
아니면, 그리스도가 기름을 거룩하게 만드는가?

그리스도가 언제 올 것인지도 어디서 오는지도
아는 사람은 하나도 없었고 또 없을 것이다
그가 어디서 태어나는지는 문제가 되지 않고
그가 언젠가는 태어날 것이라는 사실
베들레헴처럼 하찮은 작은 마을에서 태어난다는 사실
그것이야말로 모든 사람에게 중요한 것
심지어 그리스도에게조차 중요한 것이 아닌가?

베들레헴에서 태어나지 않고 갈릴레아 출신이라 해도

머리에 기름을 부은 적이 없다 해도

그리스도가 왔다면 그가 바로 그리스도가 아닌가?

그가 진리의 길, 사랑의 길, 생명의 길을 가르친다면

자기 목숨을 바쳐서 그 가르침을 증명한다면

모든 사람의 참생명을 위해 스스로 속죄의 제물이 된다면

그 사람이야말로 누구나 기다리던 그리스도가 아닌가?

또한 날마다 그의 길을 걸어가고 그의 가르침을 실천하며

모든 사람을 위해 자기 목숨마저 내어주는 사람들이 있다면

그들이야말로 지금도 누구에게나 필요한 그리스도가 아닌가?

그들은 베들레헴에서 태어난 사람들도 아니고

머리에 기름을 부은 적도 없는 사람들이다

그들은 어느 시대나 어디서나 나온다

그러므로 그들이 어디서 오는지에 대해 많은 사람이 알지만

바로 그렇기 때문에 사실은 아무도 모르는 것이다

지도자들의 행실은 본받지 마라
(마태오 23:3)

사제들, 율법학자들, 바리사이들을 조심하라!
사람들이 선생님이라고 부르는 자들도 조심하라!
남들에게는 계명을 지키라고 가르치면서도
그들 자신은 하나도 실천하지 않기 때문이다

그들은 율법을 배우면 배울수록 피해갈 궁리만 하고
많이 알수록 남을 속여 돈을 가로챌 기회만 노린다
과부들의 재산마저 등쳐먹지 않느냐!
기도마저 건성으로 입술만 움직여 바치지 않느냐!
복잡한 새 규정들을 만들어 사람들에게 강요하면서도
자기만은 예외인 듯 뻔뻔하게 모든 규정을 무시한다

그들은 경건한 복장으로 성인인 척하고 다니지만
속은 썩은 송장이 누운 무덤이다
그들은 입만 열면 겸손과 자비를 부르짖지만
성전이든 잔칫집이든 제일 높은 자리를 다툰다

사실 그들은 남을 가르칠 자격도 없다
그러나 그들이 가르치는 말에는 귀를 잘 기울여라
너희가 계명을 충실히 지킨다면 바로 그 사실 자체가
저 위선자들 강도들을 결국은 심판할 것이다
그들의 입에서 나온 바로 그 말들이
그들의 평소 행동을 모두 공정하게 단죄할 것이다

너희는 선생님이라 불려서는 안 된다
(마태오 23:8)

사람들이 너희를 선생님이라 부르기를 바라느냐?
오히려 그것을 너희는 적극 말려야만 한다
너희에게 진정한 선생님은 오직 그리스도뿐이고
나머지는 모두 양 가죽을 쓴 늑대가 아니냐?
너희마저도 백성을 속이고 죽이는 늑대가 되려느냐?

너희는 사람들의 지도자가 되기를 바라느냐?
다스리기는커녕 오히려 섬겨야 마땅하다
너희에게 참된 지도자는 오직 그리스도뿐이고
나머지는 모두 허위와 파멸의 압제자들이 아니냐?
너희마저도 멸망의 앞잡이들이 되려 하느냐?

너희는 권력자를 너희 아버지라고 부르느냐?
어떠한 사람에게도 결코 아버지라 부르지 마라!
너희에게 진정한 아버지는 오로지 한 분뿐

하늘에 계신 너희 아버지가 아니냐?
나머지는 모두 너희를 등쳐먹는 사기꾼들이 아니냐?

너희는 한분 아버지 밑에 모두 평등한 형제들이다
너희 사이에는 선생님도 지도자도 아버지도 없다
너희는 다만 형제의 사랑으로 서로 충고, 격려하며
모르는 것은 함께 의논하고 연구할 뿐이다
또한 한마음 한뜻으로 아버지를 섬기고
아울러 같은 정성으로 서로 섬기면 그것으로 충분하다

가장 탁월한 사람이 있다면 그는 다스리는 것이 아니라
오히려 다른 모든 형제들을 가장 많이 섬겨야 마땅하다
미모, 재능, 재산, 권력을 자랑하거나 과시 또는 남용한다면
그는 바로 자신의 자랑거리 때문에 파멸하고 말 것이다
그러나 남보다 뛰어나면서도 헌신과 봉사에만 몰두한다면
그의 자랑거리를 남들이 다투어 드러낼 것이다

자기를 높이는 자는 낮아진다
(마태오 23:12)

황금 상자에 들었다고 해서 돌이 어찌 진주가 되며
나무 상자에 들었다 해서 진주가 어찌 진주가 아니냐?
비단 보자기로 싼들 나무토막은 어디까지나 나무토막
누더기로 싼들 보석은 영원히 보석이 아니냐?

못난 사람일수록 사람들 앞에서 스스로 높이려고 한다
그것은 그가 참으로 못나고 어리석기 때문에
누구보다도 그 사실을 먼저 감추고 싶어하기 때문에
그래서 가짜 포장이 절실히 필요하기 때문에 그런 것이다
그런 자를 바라보는 사람들은 그의 속셈을 뻔히 안다
그래서 사람들 마음속에서 그는 가장 낮은 자가 된다

반면에 훌륭한 사람일수록 사람들 앞에서 스스로 낮춘다

그것은 그가 참으로 진실하고 지혜롭기 때문에

높은 나무일수록 더욱 거센 바람에 쓰러진다고 알고

남보다 뛰어난 성품을 감추고 싶어하기 때문에

낮은 자리에 앉아도 자기 자신은 변함이 없으니 그런 것이다

그를 바라보는 사람들은 그의 진심을 잘 안다

그래서 그는 사람들 마음속에서 위대한 인물이 된다

그러나 참으로 훌륭한 사람은 스스로 높이지도 않고

스스로 낮추지도 않으며 자연스럽게 말하고 행동한다

시련이 닥치면 말없이 견디고

칭송을 받으면 모든 사람에게 고개 숙여 감사한다

가난하게 되면 시간을 더욱 유용하게 사용하며

재산이 생기면 모두 이웃에게 나누어준다

사람 사이에는 원래 높은 사람도 낮은 사람도 없다

그것을 깨달은 사람만이 가장 훌륭한 사람이다

오만한 바리사이와 겸손한 세리
(루카 18:13)

겉으로 드러난 사실만 살펴본다면

바리사이의 기도는 참으로 옳은 것이었다

그는 남의 것을 강탈한 적이 한 번도 없지 않은가!

그러나 자기 것을 불우한 이웃에게 나누어준 적도 없다

그는 불의한 행동이라면 무엇이든지 피하지 않았던가!

그러나 정의를 위해 자기 것은 조금도 희생하지 않았다

그는 간통할 생각조차 품은 적이 없지 않은가!

그러나 참된 사랑이 무엇인지 깨달은 적도 없었다

그는 일주일에 두 번이나 단식하지 않았던가!

그러나 굶주린 형제에게 빵을 나누어준 적도 없다

그는 모든 소득의 십일조를 바치지 않았던가!

그러나 십일조의 십일조조차 자선에 바친 적도 없다

그는 세리와 같지 않기 때문에 감사의 기도를 드렸다

그는 마땅히 그러한 감사의 기도를 바쳐야만 했다

그러나 로마의 속국에서 세금을 걷는 세리는 죄인이고
세금을 바치는 사람들은 죄인이 아니란 말인가?
나라를 잃은 왕가와 지도층이야말로 민족의 역적이 아닌가?
나라를 다시 찾기는커녕 로마제국에 아첨하고 충성하는
사제들과 지도층이야말로 민족의 역적이 아닌가?

사회의 정의를 무너뜨리고 백성을 오도하는 지도자들
사치, 방탕, 탐욕에 빠진 채 불의와 부패를 일삼는 자들
그들의 권력 유지를 위해 들러리 서는 지식인들과 무사들
이 모든 무리야말로 참으로 민족의 역적이 아닌가?
어찌하여 이들은 대대로 조직적으로 저지르는 자신의 죄를
먹고살기 위해 끄나풀 노릇 하는 세리에게 뒤집어씌우는가?

아버지 앞에서 자기 자랑만 늘어놓는 아들이 있다면
그는 칭찬은커녕 호된 꾸지람만 받을 것이다

아버지 앞에서 자기 재산을 자랑하는 아들이 있다면
그는 유산을 받기는커녕 가진 것마저 빼앗길 것이다

바리사이의 웅변적 기도는 자기 자랑에 불과했다
그래서 그는 아버지의 사랑을 받지 못하고 말았다
아니, 그는 아버지의 사랑을 스스로 거부한 것이다
자만, 오만, 자화자찬의 쓰레기로 가득 찬 그의 영혼에는
아버지의 사랑이 스며들 틈이 전혀 없었던 것이다

반면, 세리의 기도는 미사여구도 연설도 웅변도 없었다
오직 자신이 죄인임을 고백하고 용서를 빌 따름이었다
그는 사람의 말은 듣지 않고 마음속을 보시는
아버지의 사랑을 믿고 바라고 간청했다
그의 영혼은 뉘우침과 겸손으로 가득 찬 진공 상태였다
아버지는 그를 아들로 인정하고 무한한 사랑을 부어 주었다

바리사이는 내일도 오만하게 살 것이다
그러나 자신이 죄인임은 여전히 깨닫지 못할 것이다
세리는 내일도 세금을 걷을 것이다
그러나 누군가는 져야 할 짐을 지며 만족할 것이다
올바른 사람이란 남을 위해 짐을 지는 사람이 아닌가!

위선자들에게는 재앙이 닥친다
(마태오 23:13)

성전에서 봉사하는 사제들!

백성들을 가르치는 율법학자들과 바리사이들!

너희에게 맡겨진 것은 하늘나라의 열쇠들이 아니라

양 떼를 그 문 앞으로 인도하는 임무가 아니냐?

그런데 가짜 열쇠들을 쩔렁쩔렁 흔들어대면서

양들을 유혹하여 가죽을 벗기고 살코기를 베어 먹다니!

너희는 일반 상식에도 못 미칠 뿐만 아니라

자기 입으로 가르치는 것마저도 실천하지 않아

주님의 길이 잡초와 가시덤불에 뒤덮이게 한다

너희 위선과 탐욕은 참된 사랑의 길을 토막 내고

너희 거짓말, 비방, 모함, 아첨은 진리의 길을 없애며

너희 불의와 부패는 정의의 길을 한없이 위험하게 만든다

너희는 영악해서 주님의 길을 제대로 걸어갈 리가 없다
너희는 누릴 것을 누리다가 어둠의 밥이 될 것이다
그러나 무수한 사람의 길마저 막는 심보는 무엇이냐?
그들이 받을 생명 때문에 그토록 너희 배가 아프냐?
그들이 받을 사랑 때문에 그토록 질투가 나느냐?
그들이 제시할 증거 때문에 그토록 무섭고 떨리느냐?

바로 너희 자신에게 반드시 재앙이 닥치고 만다
너희는 하늘나라를 스스로 거부하는 위선자들인 데다가
남들도 못 들어가게 막는 강도들이기 때문에
남보다 백 배 천 배 더 가혹한 파멸을 당할 것이다
너희는 물론이고 너희가 아끼는 모든 보물과 재산
심지어 가족과 가축마저도 멸망의 칼에 베일 것이다

그날이 오면 너희는 목 놓아 통곡할 것이다
그러나 하늘에는 그 소리가 닿지 못할 것이다
너희 때는 이미 너무 늦은 반면
새로운 시대는 벌써 열렸기 때문이다

눈먼 지도자들은 파멸한다
(마태오 23:19)

황금보다 성전 자체가 더 귀중한 줄 누가 모르느냐?
황금이 성전을 신성하게 만드는 것이 아니라
성전 때문에 그 안의 황금이 거룩해진다는 것도 안다
제물보다 제단이 더 가치 있는 줄 누가 모르느냐?
제단 때문에 제물이 거룩해지는 것이 아니냐?

그들은 그 누구보다도 모든 것을 더 잘 알고 있지만
사람들에게는 거짓을 진실로 포장하여 가르칠 뿐이다
그것은 그들이 무지하고 어리석기 때문이 아니라
사리사욕을 채우려고 오히려 너무 영리하기 때문이다
신앙이 약하고 열성이 식었기 때문이 아니라
황금이 내쏘는 유혹의 광채에 두 눈이 멀고
제물의 달콤한 냄새에 판단력을 잃었기 때문이다

그래서 성전을 건 맹세는 구속력이 없다고 가르친다
맹세한 사람이 성전을 짓기도 불가능한 일이지만
성전을 지은들 자기들의 것이 되지 않기 때문이다
그러나 성전의 황금을 건 맹세는 지키라고 가르친다
바쳐지는 황금에는 그들 각자의 몫이 있기 때문이다
제단을 건 맹세나 제물을 건 맹세나 역시 마찬가지다

가난한 과부의 재산마저 등쳐먹으면서
탐욕에 눈먼 지도자들은 거짓 가르침으로 재산을 모으고
배불리 먹고 마시며 사치마저 즐길 수 있을 것이다
그러나 백성을 올바른 길로 인도해야만 하는 의무
어떠한 맹세보다도 더 우선적으로 지켜야 할 그 의무를
저버린 죄 때문에 파멸을 면할 길이 전혀 없다
소경이 소경을 인도하면 둘 다 구렁텅이에 빠지지 않느냐?
이승에서는 백성들 자신으로부터 버림을 받을 것이며
저승에서는 주님의 정의의 불칼을 받을 것이다

모기는 걸러내면서 낙타는 삼키느냐
(마태오 23:24)

참깨의 십 분의 일마저도 성전에 바치라고 가르치는 너희는
율법 자체를 성전 자체보다 더 끔찍이 떠받들고
율법 자체를 백성들 자신보다 더 소중히 여긴다
그러면 성전이 율법을 위해서 있는 것이냐?
백성이 율법을 위해서 있는 것이냐?
율법도 성전도 결국 백성을 위해 있는 것이 아니냐?

영혼이 떠난 육체는 썩어버릴 송장이듯이
법의 정신이 떠난 법의 규정들은 죽은 낙서다
율법의 근본정신은 정의, 자비, 신의가 아니냐?
사소한 조항들은 사람들에게 강요하면서도
근본정신은 저버리는 너희야말로 참으로 위선자들이다!

너희는 모기는 걸러내면서 낙타는 삼키는 것이 아니냐?
너희가 떠받드는 율법이란 도대체 무슨 소용이냐?
더욱이 너희가 시시콜콜 율법을 내세우는 것은
너희가 진심으로 율법을 사랑하기 때문이 아니라
최대한 백성을 쥐어짜 자기 이익을 얻으려는 것이 아니냐?

성전에 바치는 십 분의 일 세금이 아무리 중요하다 해도
최저 생계도 어려운 형제에게서 돈을 짜내는 것이 정의냐?
웅장한 건물을 짓고 화려하게 장식하면서도
이웃 사랑 실천의 자선사업은 생색만 내는 것이 과연 자비냐?
가난하고 힘없는 형제들이 그나마 성의껏 바친 돈을 가지고
자기 배나 채우고 엉뚱한 짓이나 하는 것도 신의냐?

율법을 죽이는 것은 바로 너희 위선자들뿐이다
나는 율법을 문자 그대로 완성시키려고 왔다
그것은 너희가 죽인 율법을 다시 살려내는 것
영원하고 참된 사랑의 새로운 계명을 주는 것이다
또한 무수한 아들을 율법의 굴레에서 해방시켜
그들이 아버지의 나라에 들어가게 하는 것이다
그러나 모기는 걸러내고 낙타는 삼키는 위선자들은
아버지의 나라에 결코 들어가지 못할 것이다

회칠한 무덤은 공개될 것이다
(마태오 23:27)

눈먼 바리사이들과 지도자들아!
너희는 세수하고 목욕하며 옷도 자주 갈아입어
겉모양은 말쑥하고 몸에서 냄새도 나지 않지만
어찌하여 착취할 마음과 탐욕은 버리지 않느냐?

성자인 척하지만 사실 강도인 너희 위선자야말로
겉으로는 아무리 웅장하고 화려하게 보인들
속에는 죽은 자의 썩은 뼈와 오물로 가득 찬
회칠한 무덤과 무엇이 다르다는 말이냐?

너희는 가면이 하나만 벗겨져도
썩은 오장육부가 금세 드러나게 마련이다
그래서 너희는 무수한 가면을 뒤집어쓰거나
가면이 아예 얼굴 피부로 변하게 만든다

너희의 거짓 가르침을 진리로 받아들인 사람들
너희에게 속아 진리의 길을 벗어난 눈먼 사람들
너희를 부러워하여 똑같이 닮은 사람들
그들은 너희 가면을 알아볼 눈이 없다

그렇다고 너희가 어찌 영원히 속일 수 있느냐?
아이들은 너희를 본능적으로 피할 것이다
어린애로 다시 태어난 사람들도 마찬가지가 아니냐?
더욱이 아버지의 눈을 한순간인들 속이겠느냐?

너희 각자에게 자기 때가 닥치는 날이 오면
아버지는 너희 가면을 정의롭게 벗겨 버리실 것이다
그러면 회칠한 무덤이 모든 눈에 낱낱이 공개되고
너희는 그 속에서 영원히 수치를 당할 것이다

너희도 예언자들을 죽일 것이다
(마태오 23:34)

시대의 조짐을 살펴 닥쳐올 재앙을 피하라고 외친 예언자들
올바른 삶의 모범으로 타락한 세대에게 경종을 울린 성자들
그들을 너희 조상은 제대로 대접하기는커녕
오히려 가혹하게 박해하거나 번번이 죽여 버리고 말았다

이제 너희는 그들의 무덤을 번듯하게 가꾸거나
거창한 비석으로 장식하고는 큰일이나 한 듯 빼기지만
그것은 그들을 진심으로 칭송하려는 것이 아니라
그들의 이름을 이용해 너희 명성을 얻으려는 것이다

너희는 예언자들과 성자들에 대해 조상들과는 달리
결코 박해도 살해도 저지르지 않을 것이라 장담하지만
도대체 어느 누가 너희 말을 믿을 수 있단 말이냐?
너희 자신마저도 믿지 않는 말이 아니냐?

예언자, 성자, 현자, 학자들은 끊임없이 찾아올 것이다
너희는 조상들보다 더 교묘하게 그들을 박해하고
더 뻔뻔스럽게 고문하고 죽일 것이다
너희야말로 독사들이 낳은 독사의 무리가 아니냐!

너희는 그들의 피의 대가를 단단히 치러야만 한다
그들보다 더 많이 죽거나 더 많은 피를 흘리는가 하면
수많은 사람이 노예로 팔려가 자유를 잃을 것이다
예언을 무시한 대가란 언제나 비싼 것이 아니냐!

헤로데가 당신을 죽이려 합니다
(루카 13:31)

오로지 자기 권력의 유지만 노리는 자들에게는
유능한 인재일수록 더욱 위험한 적이기 때문에
무슨 수를 써서라도 제거하기 마련이다
그들의 권력 기반이 위선과 불의와 폭력이기 때문에
특히 백성의 존경을 받는 예언자는 가장 위험하다
헤로데가 그를 죽이려 하지 않았다면
그것이야말로 오히려 이상하기 짝이 없지 않은가!

그들은 방탕, 사치, 물욕의 노예가 되었기 때문에
아무것에도 매이지 않은 육체의 참된 자유를 모른다
그들은 어둠과 죄의 노예가 되었기 때문에
진리를 깨달은 영혼의 진정한 자유도 모른다
따라서 참된 자유를 외치는 사람은 그들의 적이며
영혼의 생명을 주는 사람은 가장 위험한 적이다

헤로데가 그를 죽이려 한다는 사실 자체야말로
그의 가르침이 길이며 진리며 생명이라는 증거였다
피신을 권유한 바리사이들은 그 사실을 깨달았기에
그가 다른 곳으로 피해 더 오래 가르치기를 바랐다
그도 그 사실을 이미 잘 알고 있었기 때문에
군주인 헤로데를 여우라고 비난하면서
예언자는 반드시 예루살렘에서 죽는다고 말했던 것이다

구차하게 목숨 하나 건지려고 피신이나 계속한다면
그의 가르침은 그의 죽음과 더불어 사라질지도 모른다
이제 그에게는 더 이상 피신할 곳도 없고
굳이 피신한다면 예루살렘으로 들어가는 길뿐이다
물론 그곳에서 그를 기다리는 것은 십자가뿐이지만
바로 그것만이 그에게는 유일한 안시처
모든 영혼에게 생명을 주는 영원한 승리가 아닌가!
너희는 백성을 물어뜯는 저 여우에게 가서 전하라!
오늘도 내일도 또 다음 날도 나는 내 길을 갈 것이다!

예루살렘아! 예루살렘아!
(마태오 23:37)

예루살렘아! 네 이름은 평화의 집이기는 하지만
진정한 평화가 네게 깃들인 적은 참으로 드물다
얼마나 많은 예언자들을 너는 죽였느냐?
얼마나 많은 성자들을 너는 죽일 것이냐?
평화의 집이란 이룰 수 없는 희망일 뿐
너는 차라리 무죄한 피의 마당이 아니냐?

성전을 더럽히는 것이 어찌 이교도들뿐이냐?
썩은 정신으로 사람들을 오도하는 너희 지도자들
자신의 불의를 감추려 바른말을 막는 너희 위선자들
권력이나 이익 때문에 군중을 매수, 선동하는 독사들
바로 너희가 성전을 더 더럽히고 모독하지 않느냐?
입술로만 주님! 할렐루야! 외치는 죽은 자들의 집회소가
어찌 주님의 거룩한 집이 될 수가 있느냐?

너희가 마음과 정신과 영혼을 다 바쳐 기도하지 않는 한
성전은 이교도의 신전처럼 한낱 돌무더기에 불과하다
너희가 예언자들과 성자들을 거침없이 살해하는 한
그곳은 로마인들의 원형극장과 다를 바가 전혀 없다
너희가 아무리 자랑한들 규모가 아무리 어마어마한들
성전은 머지않아 철저히 파괴되고 말 것이다
돌 위에 돌 하나라도 포개져 있지 못할 것이다

성전의 붕괴는 정복자의 무기와 증오심 때문이 아니라
바른길을 버린 채 허위와 불의를 우상으로 받들고
예언에 귀 막은 채 부패, 타락, 방탕의 꼭두각시가 된
바로 너희들의 어리석음 때문에 닥치는 것이 아니냐?
너희는 무너지다 만 벽 앞에 모여 통곡할 것이다
그러나 예언자의 말을 듣고 주님의 길을 걷지 않는 한
너희 영혼 자체가 기도하는 집으로 재생하지 않는 한
너희에게 두 번 다시 참다운 성전은 없을 것이다
너희는 이미 성전에 들어갈 자격조차 잃어버린 것이다

가난한 과부의 헌금이 가장 많다
(마르코 12:43)

아무리 엄청난 액수의 헌금이라 해도 돈 자체는
사람의 손이 거두어 사람의 손으로 들어갈 뿐
거기 사람의 몫은 있어도 아버지의 몫은 없다
아버지의 몫이란 돈, 보석, 토지 따위가 아니라
바로 참된 믿음과 사랑에서 나오는 정성이 아니냐?

무성의한 헌금이란 사람의 눈에만 차이가 있을 뿐
아버지의 눈에는 모두 같은 액수며 하찮은 것이다
많은 헌금일수록 내는 사람의 자만심은 더욱 크고
그래서 오히려 더욱더 하찮은 것이 되고 만다

황금 덩어리나 보석 또는 거액의 헌금으로
아버지의 총애를 매수할 수 있다고 여기느냐?
너희가 제물을 전혀 바치지 않는다고 해서
헐벗거나 굶주려 죽을 아버지란 말이냐?
헐벗거나 굶주리는 것은 오히려 사제들이 아니냐?

아무리 거대한 성전을 지어서 바친다 해도
순금과 다이아몬드로 거대한 십자가를 세운다 해도
무수한 사람에게 세례를 베푼다 해도
무수한 입이 찬미와 영광의 노래를 부른다 해도
너희가 참된 믿음과 사랑을 실천하지 않는다면
너희가 어찌 아버지의 참된 아들들이 되겠느냐?

가난한 과부가 하루 먹고사는 데 필요한 동전 하나
바로 그것을 바친 것은 자기 목숨보다도
아버지를 한층 더 사랑했기 때문이 아니냐?
오늘 하루 그것을 바쳤다고 해서
가난한 과부가 굶어죽는 것은 결코 아니다
오히려 이 헌금이야말로 참된 사랑의 단식이 아니냐?

단식은 아름다운 기도지만 죽음을 초래해서는 안 된다
과부도 날이면 날마다 모든 것을 바친 것은 아니다
자신과 가족의 건전한 생활마저 유지하지 못하면서
모든 것을 바치는 헌금은 도대체 누가 바라는 것이냐?
너희가 바쳐야만 하는 제물은 바로 이웃 사랑이다
그런데 이웃이란 너희 자신과 가족은 아니란 말이냐?

사랑이 식는 날 세상은 끝난다
(마태오 24:12)

모든 빙산 모든 빙하 모든 눈이 녹아버린다 해도
일 년 내내 폭우가 계속된다 해도
그리하여 온 세상이 높은 산마저 물에 잠긴다 해도
인류 자체의 멸종이란 결코 닥치지 않을 것이다

핵전쟁이 일어난들 무수한 화산이 터진들
누군가는 어디선가 살아남을 것이다
나라마다 흉년이 거듭되어 무수히 굶어죽은들
사람의 씨가 하나도 남지 않는 일은 없을 것이다

세상의 종말은 사람들이 상상하기는 쉬워도
'말세가 왔다!' 외치는 자들이 아무리 많다 해도
그렇게 간단히 언제라도 닥치는 일은 결코 아니다
종말이 정녕 그런 것이라면 먼지 같은 이 별에서
사람의 시작과 번식은 도대체 무슨 의미가 있는가?

종말이 언제 닥칠는지는 그 누구도 알 수 없다
하늘의 천사들도 모르고 사람의 아들조차 모르며
오로지 아버지만이 아신다고 하지 않았던가?
과연 오기는 올 것인지 누구나 의심하기 때문에
어쩌면 영영 닥치지 않을지도 모른다는 희망 때문에
눈물의 골짜기에서도 사람들은 웃을 수가 있다
고통의 사막에서도 즐거움을 누릴 수가 있다

그러면 그는 과연 제자들에게 무엇을 가르쳤던가?
수많은 거짓 예언자들이 와도 결코 속지 마라!
많은 자칭 그리스도가 소리쳐도 결코 믿지 마라!
사람의 아들은 번개 치듯 순식간에 나타날 것이다
세상의 그 누구도 예측하지 못한 때에 올 것이다

전쟁, 기근, 지진, 박해가 닥쳐도 절망하지 마라!
그런 것쯤으로 세상이 끝장나는 것은 결코 아니다
정녕 종말이란 세상 자체가 무너져 끝나는 것뿐이냐?
오히려 바로 너희 자신의 멸망, 소멸이 아니냐?
너희가 멸망하면 세상이 있든 없든 무슨 상관이냐?
너희는 각자 가슴속에서 사랑이 싸늘하게 식는 날
바로 그날, 너희 자신의 종말을 볼 것이다!

천사들의 마지막 날
(마태오 24:12)

무수한 사람들이 천사를 보았다
그리고 무수한 사람들이 믿었다
아들의 출산, 기쁜 소식의 천사도
도시의 멸망, 불길한 소식의 천사도 믿었다
오로지 새들만 하늘을 날아다니고 있었다

그러나 날개도 없이 무수한 사람들이 떼 지어
하늘을 날아다니는 오늘
천사들은 모조리 꿈나라로 피신해 버리고 말았다
신의 죽음을 당당히 외치는 자들
수백만 수천만을 태연히 살육하는 자들은
천사가 아무리 무죄인들 눈에 띄기만 하면
무슨 수로든 생포해서 죽여 버리거나
노예로 팔아 치우려 벼르고 있기 때문이다

꿈에서 만나는 천사란 과연 무엇인가?

신의 손길이 인간의 생각 한구석을 건드려 일으키는

불꽃인가? 아니면 신의 신성한 감각 자체인가?

또는 인간의 무한한 욕망이 스스로 형상을 입어

잠시 둔갑한 모습, 내면의 눈에 비친 착각인가?

결국 인간 자신의 독백에 불과한 것인가?

아니면 한때 천사였던 인간이 고향에서 보았던 것에 따라

지금도 가끔 자신의 초상화를 그리고 있는 것인가?

결국 지상에서 느끼는 향수일 뿐인가?

최초의 인간은 천사보다 더 고귀한 존재였다

천사는 신의 모습에 따라 태어나지 못했지만

인간은 바로 신의 모습으로 창조된 신이 아니었던가!

그러나 이제 인간은 짐승과 다름없는 존재

천사와는 비교할 수도 없는 비천한 존재

그래서 천사와 비슷해지지 않는 한 낙원의 상태
신의 모습을 닮은 빛나는 사람으로는
결코 승화될 수가 없는 신세가 아닌가!

아직도 무수한 사람들이 천사를 믿고 있다
그러나 짐승처럼, 아니, 짐승보다 훨씬 못하게
살기 위해서는 열성으로 모든 것을 바치면서도
천사가 되려고 애쓰는 사람은 참으로 드물지 않은가!
천사는 자기가 천사라고 의식하지 않는다 해도
언제나 천사, 진정한 천사가 아닌가!

지상을 보라! 길에도 시장에도 도시에도 사막에도
무수한, 참으로 무수한 천사들이 쓰러져 있다
그러나 아무도 천사를 보지 못하고 지나쳐 간다
천사가 되려는 마음이 아무에게도 없기 때문이다
모든 것을 버리고 자유로운 천사가 되려는 사람이
사방에서 제법 눈에 띄게 될 때
쓰러졌던 천사들, 짓밟혀 죽어가던 천사들이
하나씩 일어날 것이다
그날이야말로 바로 마지막 날이 아닌가!

나의 이름을 제일 많이, 제일 오랫동안 불렀다고 해서
반드시 가장 큰 칭찬을 받게 되는 것은 아니다
그의 입이 진실이 아니라 허위와 속임수만 토해낸다면
오히려 그는 가장 깊은 수치의 늪에 가라앉을 것이다

나의 이름도 나의 가르침도 모르는 사람이라고 해서
그가 반드시 생명을 영영 잃게 되는 것은 아니다
양심의 소리에 따라 이웃을 제 몸같이 사랑한다면
나의 이름을 부르는 사람보다 더 위대해질 것이다

제일 높은 자리를 차지하고 있다고 해서
반드시 가장 큰 행복을 누리게 되는 것은 아니다
그가 무수한 사람을 짓밟고 불의만 자행한다면
오히려 자신이 만든 허무한 꿈속에서 사라질 것이다

아무 이름도 없고 가진 것이 하나도 없다고 해서
반드시 세상에서 살 가치가 없는 사람인 것은 아니다
그가 모든 고통을 참고 아무도 원망하지 않는다면
자신이 깨닫지도 못하는 참된 생명을 얻을 것이다

사람들이 첫째라고 칭송하며 떠받드는 사람은 위험하다
무수한 사람이 항상 그의 자리와 목숨을 노리며
무수한 유혹에 빠져 올바른 길을 볼 수 없기 때문이다
그는 아버지의 눈으로 볼 때 꼴찌가 될 것이다

사람들이 꼴찌로 치고 경멸하는 사람은 행복하다
그는 홀로 생명의 길을 안전하게 걸어갈 수 있으며
자기보다 더 어려운 이웃을 도울 시간이 많기 때문이다
아버지는 그를 첫째 아들로 삼아 제일 사랑할 것이다

너희는 자신이 아브라함의 자손이라고 자랑하지 마라
세상에 태어난 사람은 누구나 아버지의 아들이 아니냐?
심지어 아브라함마저도 아버지의 아들 가운데 하나다
누가 첫째고 꼴찌인지는 오직 아버지만이 가릴 것이다

하느님의 나라는 너희 가운데 있다
(마태오 24:23)

하느님의 나라는 사랑이다
사랑은 모든 생명의 샘이기 때문이다
이 광대한 우주에서 또한 무수한 별들 가운데에서
사랑이 머물 수 있는 곳이란 사람의 마음과 영혼뿐
사람 자체야말로, 오로지 사람만이 사랑의 고향이다

아버지는 자신의 사랑을 오직 사람 안에만 심어 주었고
자신의 생명의 샘은 오직 사람 안에서만 샘솟게 했다
아버지는 모든 사람을 무한한 사랑으로 사랑하기 때문이다
그러므로 누구나 아버지를 참된 사랑으로 사랑해야 한다

너희가 아버지의 사랑 안에서 참된 생명을 얻으려면
아버지를 사랑하듯이 서로 사랑하라!

이웃을 자기 몸같이, 아니, 아버지같이 사랑하라!
그러면 아버지의 나라가 이미 너희 가운데 있는 것이다
이웃을 사랑하는 것은 곧 너희 자신을 사랑하는 것이며
그것은 너희가 아버지를 사랑한다는 증거기 때문이다

그러나 이웃과 형제가 헐벗고 굶주리고 병들고 신음한다면
자유를 잃고 억압받는다면, 가진 것을 빼앗긴다면
억울하게 갇히고 매를 맞고 살해된다면
너희가 서로 미워하고 속이고 해친다면
그것이야말로 너희가 아버지를 미워한다는 증거가 아니냐?
그러면 아버지의 나라가 너희 가운데서 사라지고
암흑과 혼돈 곧 영혼의 죽음이 닥치지 않겠느냐?

너희는 이미 너희 가운데 온 하느님의 나라, 사랑의 나라가
날마다 더욱 확고히 자리 잡고 더욱 널리 퍼지도록 기도하라
기도란 너희가 서로 사랑할 때 바로 그 사랑이 아니냐?
선행을 하고 자선을 베푸는 것 자체가 기도가 아니냐?
너희는 오로지 이승에서만 참된 기도를 바칠 시간이 있다
그러므로 끊임없이, 부지런히, 말과 행동으로 기도하라!

사람의 아들은 지상에서
믿음을 발견하겠느냐
(루카 18:8)

너희가 만물의 이치를 모두 밝혀낸다 해도
세상의 모든 지식을 얻어 만물을 지배한다 해도
나의 가르침 곧 진리의 길을 믿지 않는다면
어디서 참된 진리를 얻을 수가 있단 말이냐?

너희가 온 세상의 재물을 모두 차지한다 해도
무한한 권력, 무한한 명성에 도취된다 해도
나의 가르침 곧 사랑의 길을 믿지 않는다면
어디서 영혼의 생명을 얻을 수 있단 말이냐?

나의 가르침이 너무 어렵다고 불평하지만
그것은 어린아이들도 알아들을 만큼 단순한 것이다
너무나 단순하기 때문에 너희는 믿지 않는 것이냐?
나의 가르침이 실천 불가능하다고 불평하지만
그것은 어린아이로 다시 태어나면 한없이 쉬운 것이다
너무나 쉬운 것이기 때문에 너희는 믿지 않는 것이냐?

이웃이 먼저 너희를 사랑해 주기를 기다리지 말고
오히려 너희가 먼저 나서서 이웃을 사랑하라!
이웃이 먼저 너희를 용서해 주기를 기다리지 말고
오히려 너희가 먼저 다가가서 이웃을 용서하라!
이웃이 미워한다 해도 너희는 사랑하라!
이웃이 박해한다 해도 너희는 용서하라!

너희가 지고 가야만 하는 십자가는 바로 그런 것이다
그 길에는 십자가 자체 이외에는 아무런 보상도 없다
아버지의 나라란 바로 그 십자가 자체기 때문이다
너희는 각자 그 십자가 위에서 자기를 희생할 때 비로소
나와 똑같이 아버지의 아들, 사랑의 아들이 될 것이다
그러면 사람의 아들은 이 세상에 다시 올 그때
그러한 아버지의 아들들을 몇이나 발견하겠느냐?

너희는 항상 준비하고 있어라
(마태오 24:44)

노아 시대 사람들이 대홍수를 미리 알았더라면
적어도 노아가 하는 일을 눈여겨보기라도 했더라면
다른 지역으로 미리 피난갈 수도 있었을 것이다
그러나 폭우가 쏟아지기 직전까지도 마음을 턱 놓은 채
돈벌이에 시집 장가에 마음껏 먹고 마시며 놀았다
게다가 그들은 노아를 비웃지 않았던가!
준비가 없다면 갑작스러운 재앙을 피할 길이 없다

어느 시대인들 노아 시대와 다르겠는가?
어느 누군들 그 시대 사람들과 무엇이 다르겠는가?
계절의 변화처럼 시대의 조짐이 뚜렷이 변하는데도
여전히 돈벌이에 출세에 시집 장가에 몰두하고
정신없이 먹고 마시며 노는 사람이 얼마나 많은가?
게다가 준비하는 사람을 조롱마저 하지 않는가!

태양의 죽음도 달의 소멸도 걱정하지 마라
별들의 추락도 천체의 격동도 두려워하지 마라
하나뿐인 너희 목숨을 잃는 것마저도 염려하지 마라
그것은 어차피 언젠가 한 번은 겪을 일이 아니냐?
불가피한 것이라면 걱정한들 어찌 피할 수가 있느냐?

그러나 너희가 참으로 두려워하지 않으면 안 되는 것은
바로 너희 영혼의 죽음, 그것도 영원한 죽음이 아니냐?
또한 너희 영혼이 이미 죽어버렸을 때 사람의 아들이
심판의 저울을 들고 찾아오는 바로 그 시간이 아니냐?

그는 너희가 전혀 예상하지도 못한 순간에만 찾아온다
너희 방심이 가장 심할 때야말로 가장 위험한 순간이다
도둑이 침입할 때를 안다면 집주인은 잠을 자기는커녕
눈을 부릅뜨고 밤새 지킨다는 말도 듣지 못하였느냐?

그런데 너희에게 가장 값지고 유일하며 영원한 보물
바로 너희 영혼은 어찌하여 지키지 않고 방치하느냐?

영원한 생명, 한없는 행복을 그토록 열망하면서도
너희는 건강과 장수, 안일과 쾌락을 위해서라면
무슨 짓이든 하고 거침없이 남을 해치려고 한다
양쪽으로 달아나는 토끼 두 마리를 어찌 다 잡겠느냐?
절대적 충성을 요구하는 두 주인을 어찌 다 섬기겠느냐?

그러므로 너희는 항상 깨어서 반성하고 회개하라
그것은 바로 너희 자신에게 베푸는 최대의 자선이다
또한 이웃을 위해 기도하고 기도한 만큼 항상 베풀어라
그것이 바로 영혼이 항상 준비되어 있는 유일한 방법이다

주인의 재산을 맡은 하인들
(마태오 24:45)

너희는 자기가 가진 것을 자기 것이라고 말하지만
머리카락 한 올조차 자기 힘으로는 만들 수 없다
재산은 물론, 몸과 능력, 심지어 목숨과 영혼마저도
자비로운 주인이 잠시 맡겨둔 것이 아니냐?
형제들을 돌보고 도와주는 데 너그럽고 지혜롭게
사용해야 마땅한 평생의 도구가 아니냐?

너희는 가진 것의 주인이 아니라 오히려 그 하인이다
그런데 어찌 스스로 주인이라 내세워 으스대고
형제들을 섬기기는커녕 가죽 채찍으로 후려치느냐?
가난한 형제들의 겉옷과 신발마저 빼앗는가 하면
힘없는 형제들을 잡아다가 노예로 부리느냐?

사람마다 일생의 마지막 결산 시기가 다르기는 하다
그러나 너희에게 그 시기가 조금 늦추어졌다고 해서
주인의 재산을 탕진하고 주색과 방탕에 빠진다면
너희는 무슨 면목으로 주인 앞에 나아가려고 하느냐?
그가 영영 다시 돌아오지 않기라도 한단 말이냐?

많이 맡은 사람은 남보다 더 무거운 책임을 질 것이다
그런데 적게 맡은 사람보다 오히려 선행이 적다면
아니, 남보다 악행이 더 많고 남을 더 많이 해친다면
너희는 한층 더 혹독한 처벌을 면하지 못할 것이다
무한한 사랑의 주인은 또한 무한한 정의의 주인이 아니냐!

등불을 들고 신랑을 기다리는 처녀들
(마태오 25:1)

누구나 매우 작은 등잔을 하나씩 가지고 있었다

언제 도착할지 모르는 신랑을 기다리는 긴 밤

등잔에 기름을 보충할 기름통은 필수적인 것

그것을 준비했다고 해서 특히 지혜로운 것은 아니지만

그렇지 않은 것은 참으로 미련한 짓이다

그들은 모두 잠이 들었고 신랑이 온다는 소리에 잠이 깼다

다섯 처녀의 등불은 가물가물 꺼져가고 있었다

기름통을 마련하지 않은 처녀들은 아예 처음부터

신랑을 기다릴 자격조차 없는 천치들인지도 모른다

그렇다고 기름을 나누어주지 않은 처녀들의 행동은

과연 지혜로운 것인가? 야박하고 이기적인 것인가?

기름은 나누어주기가 불가능한 것도 아니다

나누어준다고 해서 모두 다 기름이 모자란다는 법도 없다

심지를 낮추어 기름을 아껴 쓰면 모두 같이 버틸 수 있고
신랑이 예상보다 더 빨리 도착하면 아무 문제도 없다

너희에게 필요한 기름은 차라리 가게에 가서 사라!
그 말에 따라 어리석은 처녀들은 기름가게에 갔고
그 사이에 신랑이 와서 잔칫집 대문은 잠기고 말았다
지혜로운 처녀들이 정말 지혜롭고 이웃을 사랑했다면
어리석은 처녀들에게 왜 미리 충고해주지 않았던가?
그들을 위해 여분의 기름통을 왜 사오지 않았던가?
그들을 따돌리고 자기들만 잔칫상에 앉을 작정이었던가?

그들은 뒤늦게나마 등불을 밝혀들고 돌아왔다
대문을 두드렸지만 문은 결코 열리지 않았다
너그러운 신랑이라면 오래 기다린 성의를 보아서라도

그들에게 문을 열어주라고 명령했을 테지만
그들을 자기가 전혀 모르는 사람이라고 선언했다
이 이야기가 고작 이런 식으로만 해석되고 만다면
그의 제자들은 물론 후세에 무슨 의미가 있는가?

그는 이미 눈은 몸의 등불이라고 말한 바 있다
처녀들이 가지고 있던 작은 등잔은 바로 그 눈
곧 그들을 바른길로 인도하는 그의 가르침이다
또한 그는 마음의 빛을 강조했는데
이것이 바로 등잔의 기름 곧 보이지 않는 눈이다

어리석은 처녀들은 그의 가르침을 실천하지 않았다
진리를 사랑하는 마음의 눈을 스스로 멀게 하여
마음의 빛이 짙은 어둠으로 변해 버렸기 때문에
신랑이 도착할 때 그를 영접할 자격도 능력도 없었다
그들이 기름가게에 가서 기름을 사기는 했지만
그것은 신랑의 기름이 아니라 거짓과 불의의 기름이었다
되돌아와 두드리는 그들에게 문이 열리지 않은 것은
그들이 늘 십자가 없는 영광만 탐냈기 때문이다

맡은 돈을 땅에 묻어둔 하인
(마태오 25:27)

너희는 사람의 아들이 돈이 무엇인지 모른다고 보느냐?
그는 너희보다도 백 배 천 배나 더 잘 알고 있다
돈이 많을수록 너희는 생명의 길에서 더욱 멀어지지만
그는 돈의 진정한 사용방법을 너희에게 가르쳐 준다

자신의 쾌락, 만족, 탐욕을 위해서만 돈을 쓰는 사람은
아버지가 맡긴 돈을 땅에 묻어두는 어리석은 하인이므로
아버지의 외면 곧 영혼의 가난에 영원히 시달릴 것이다
그러나 선행과 자선에 모든 돈을 바치는 사람은
아버지가 맡긴 돈을 제일 잘 사용한 지혜로운 하인이므로
아버지의 칭찬 곧 영혼의 부유함을 영원히 누릴 것이다

너희 재능, 지위, 권력도 아버지가 맡긴 것이 아니냐?
자신의 부귀와 출세만을 위해 사용할 것이 아니라
남을 돕고 선행과 자선을 더 많이 베풀기 위한 것이 아니냐?
심지어 너희 마음, 정성, 시간마저도 그러한 것이 아니냐?

남을 조금도 돕지 못할 만큼 누가 그렇게 가난하냐?
남을 전혀 부축할 수 없을 만큼 누가 그렇게 힘이 없느냐?
외팔이라 해도 두 팔이 없는 사람의 등을 밀어 주어라!
애꾸라 해도 소경의 손을 잡아 길을 인도해 주어라!
숨이 넘어가는 사람이라 해도 이웃을 위해 기도하라!

아버지는 누구에게나 각종 보물을 넘칠 만큼 맡겼다
너희 생명, 너희가 존재하는 것 자체가 보물이 아니냐?
그러므로 아버지가 맡긴 보물을 땅에 묻어두지 마라!
오히려 아버지의 뜻에 따라 부지런히 잘 활용하라!
너희가 사랑의 실천으로 영혼의 생명을 얻을 기회는
오로지 지금 그리고 여기뿐이니 모든 것을 바쳐라!

하찮은 형제에게 베푼 것
(마태오 25:40)

하찮은 사람이 베푸는 것이라고 모두 하찮은 것은 아니고
오히려 부자나 높은 사람이 베푸는 것이 모두 하찮은 것이다
하찮은 사람에게 베푸는 것이 모두 하찮은 것은 아니고
오히려 부자나 높은 사람에게 바치는 것이 모두 하찮은 것이다
선물의 가치란 선물 자체보다도 마음과 정성에 달린 것
주는 사람이 하찮을수록 어려울수록 더욱 값지고
받는 사람이 곤궁할수록 더욱 고마운 것이 아니냐?

그러나 너희가 칭찬이나 총애, 이익이나 이권을 바라면서
부자와 세력가들에게 바치는 선물은 아첨의 뇌물이 아니냐?
그러한 것은 나에게 베푸는 것이 결코 아니다
권력, 재산, 허위, 폭력, 불신의 우상을 섬기는 그들은
나의 가르침을 실천하는 나의 친구가 될 수 없기 때문이다

너희는 나의 친구가 누구인지 몰라서 헛되게 베푸느냐?
가난한 사람일수록 힘없는 사람일수록 나와 더욱 친한 친구다
외로울수록 버림받을수록 나에게는 더욱 가까운 친구가 된다
고아, 과부, 홀아비, 병자, 죄수들도 모두 나의 친구가 아니냐?
노숙자, 행려환자, 거지, 나병환자, 심지어 세리와 창녀들마저도
나의 가르침을 등진 채 어둠의 노예가 된 모든 죄인들마저도
내가 목숨을 바쳐서 구하려고 하는 나의 친구들이 아니냐?

너희는 그들을 하찮은 인간쓰레기라 부르며 외면하고 있다
그렇다! 그들은 길가의 잡초처럼 참으로 하찮은 사람들이다
그러나 굶주리는 나의 친구들에게 먹을 것을 주지 않는다면
너희는 나의 손에서 생명의 빵을 결코 받지 못할 것이다
목마른 그들에게 물 한 잔마저 거절한다면
너희는 진리의 샘에서 영영 물을 마시지 못할 것이다
질병에 시달리는 그들을 치료하고 쉬게 하지 않는다면
너희는 죄악의 질병에서 벗어나지 못한 채 죽을 것이다

너희는 아버지의 사랑과 축복을 기대하기는커녕
오늘 너희 삶이 풍족할수록 더욱 엄한 심판을 받을 것이다
하찮은 나의 친구들, 하찮은 나의 형제들을 돌보지 않는
너희야말로 이슬처럼 사라질 하찮은 잡초가 아니냐!

그리스인들이 그를 만나보고 싶어했다
(요한 12:21)

발 없는 말이 천 리를 간다고 하지만
그들은 귀로 들은 소문만으로는 믿을 수가 없었고
다른 그리스인들이 던질 질문에 대답할 수도 없었다
그가 말하는 하늘나라의 아버지는 제우스신인가?
그리스도란 제우스가 파견한 헤르메스인가?
사람으로 태어난 말씀이란 제우스의 분신인가?
그들은 단순히 호기심의 충족만 바란 것이 아니라
진리를 깨닫고 삶의 지혜를 얻고 싶었던 것이다

그는 그들만 따로 만나 가르칠 필요성을 느끼지 않았다
그들은 그가 자기 손으로 선택한 제자들도 아니었다
그들은 다른 사람들과 더불어 그의 말을 들으면 그만이다
믿든 안 믿든 그들은 고향에 돌아가 전파할 것이다
그래서 그는 많은 사람 앞에서 이렇게 소리쳤다

너희는 마음의 만족만을 위해 진리를 갈망하고 있다
또한 자기 이익만 도모하기 위해 지혜를 얻으려 한다

그러나 참된 진리, 영원한 지혜가 어찌 그러한 것이냐?
죽어서 백 배의 수확을 내는 밀알 하나의 진리를 배워라!
자기 목숨을 아끼다가 오히려 그것마저 잃는 사람
세상에서 가장 비겁하고 어리석은 그를 본받지 말고
오히려 진리를 위해 죽어서 영원한 생명을 얻는 사람
세상에서 가장 용감하고 지혜로운 그를 본받아라!

사람의 아들의 가르침이 온 세상에 퍼질 때가 드디어 왔다
칼과 성벽도, 언어와 국경도, 산맥과 바다마저도 그것이
보이지 않는 바람을 타고 전파되는 것을 막을 수는 없다
그것은 온 세상의 불의를 태워버리는 불의 진리며
모든 영혼에게 자유와 생명을 주는 물의 지혜기 때문이다
그러나 사람의 아들은 먼저 밀알 하나와 마찬가지로
모든 사람 앞에서 자기 목숨을 버리지 않으면 안 된다
바로 그것만이 아버지의 이름을 극도로 찬미하는 것이다

거기 모인 사람은 누구나 귀로 듣기는 했지만
그의 가르침을 진심으로 믿은 사람은 하나도 없었다
어둠 속에서 걷는 그들은 어디로 걸어가는지도 몰랐고
이웃과 형제들을 위해 죽을 밀알은 결코 아니었기 때문이다

세상의 지배자가 이제 추방될 것이다
(요한 12:31)

그의 가르침은 분명히 세상의 지배자를 추방했다
낡은 시대가 끝나고 새로운 시대가 열렸다고 선포했다
허위의 어둠이 변질 또는 소멸된 것은 아니지만
그 어둠 자체가 진리의 빛에 침식당하기 시작했다
불의와 폭력의 지배가 여전히 계속되기는 하지만
불의는 정의에게, 폭력은 사랑에게 굴복하기 시작했다
사람들이 숭배하던 지배 원리가 기초부터 흔들리고
사람들이 외면하고 무시하고 배척하던 올바른 길이
아버지를 받드는 형제들의 새 지배 원리로 등장한 것이다

그는 온 세상을 불로 태우기 위해서 왔다
모든 영혼을 아버지에 대한 사랑으로 태우려고 한 것이다
그러나 그 불은 무수한 갈등과 충돌, 학대와 박해
심지어 가장 처참한 전쟁마저도 초래하고 말 것이다
그래서 그는 제자들에게 말했다
칼을 준비하라! 그것은 남을 찌르고 베는 칼이 아니라

바로 너희 자신의 결점과 욕망을 베어버리는 칼이다!
너희가 먼저 자신을 칼로 베어 완전하게 되지 않는다면
어찌 다른 형제들을 완전한 길로 인도할 수 있겠느냐?

세상의 지배자는 추방되었을 뿐 죽은 것은 아니다
그는 이제 너희 탐욕과 지배욕의 그늘로 숨어 들어가
정의와 진리의 탈을 쓰고 너희를 유혹할 것이다
나의 가르침을 믿는 양들을 유혹할 뿐만 아니라
그들을 가르치고 인도하는 목자들마저도 유혹할 것이다
심지어 나의 이름마저 도용하여 유혹하는 바람에
가장 뛰어난 성자들마저도 그의 올가미에 걸릴 것이다

목자의 지팡이는 목자마저도 안전하게 보호하지 못하고
고행, 단식, 자선도 완전한 방패가 되기는커녕
그가 유혹의 미끼로 사용하는 위장의 도구가 될 것이다
그는 사랑의 가면마저 쓰고 너희에게 속삭일 것이다
그러나 낙담도 실망도 말고 끊임없이 기도하라!
그리고 아버지가 너희를 무한히 사랑하듯
너희도 무한히 서로 사랑하라!
그것만이 너희가 새사람으로 다시 태어나는 것이며
그러한 너희야말로 바로 새로운 시대의 주인이 되어
낡은 세상의 지배자를 영원히 추방할 수가 있는 것이다

그를 믿는 지도자들은 비겁했다
(요한 12:43)

민심을 잃은 권력은 무기력한 허수아비가 아닌가?
거센 바람이 불면 자취 없이 날아가 버릴 뿐이다
그러나 그 권력에 빌붙어 지도자로 행세하는 자들은
자기가 옳다고 믿는 것조차 떳떳하게 공언하지 못한 채
스러져가는 권력의 허수아비가 되고 마는 것이 아닌가?

많은 지식을 가진 그들은 진리가 무엇인지 알았고
또한 그의 가르침이 생명을 주는 진리라고 믿었다
그러나 무지한 백성과 함께 그를 따라가지는 않았다
공공연하게 그의 가르침을 옹호하지도 못했다
권력을 쥔 바리사이들을 두려워했기 때문이다

그들은 백성을 바른길로 인도할 의무가 있었지만
위선과 오류의 세력에 대항해서 싸울 용기는 없었다

재산, 지위, 명성 따위를 지키려고 침묵했을 뿐이다
십자가에 매달린 그를 멀리서 구경만 하고
그가 죽은 뒤 고작 무덤이나 제공했을 뿐이다

어느 시대나 어느 곳에나 이러한 지도자는 무수하다
그래서 사람의 아들은 그들에게 이렇게 말할 것이다
돈벌이나 출세를 위해 나의 이름에 매달리지 마라!
나의 가르침 자체도 권력의 수단으로 이용하지 마라!
도박의 판돈을 걸듯 영원한 생명을 믿는 척하지 마라!
나는 너희에게 믿음을 결코 강요하지 않는다
너희에게 구원이 없다고 위협하는 것도 아니다
믿든 믿지 않든 그것은 전적으로 너희 자유가 아니냐?

그러나 진리의 길이긴 하나밖에 없지 않느냐?
아버지는 모든 사람을 아들로 삼아 무한히 사랑한다
그러므로 누구나 아버지를 무한히 사랑해야만 한다
아버지를 사랑하면 그는 진리를 위해 목숨을 버린다
오로지 이것만이 내가 가르치는 생명의 길이 아니냐?
너희는 두 주인을 결코 섬길 수가 없다
그러므로 양다리를 걸친 기회주의자가 되지 마라!

백성이 소동을 일으킬 것이다
(마태오 26:5)

사제들과 지도자들은 이미 그를 죽이기로 결정했다
그의 진리가 그들의 진리와 너무나도 달랐고
그를 따르는 무리가 날로 늘어나기 때문이었다
그들은 민심이 떠나는 것을 보고 열등감에 젖었고
자신의 부귀와 지위를 위협받아 몸을 떨었던 것이다
어떻게 하면 은밀히 그를 잡아들일 것인가?
그들에게 남은 문제는 그것뿐이었다

사람의 아들도 다가오는 자신의 죽음을 이미 알았다
무죄한 양이 피를 흘려 수많은 사람을 속죄하듯
그도 모든 사람을 위해 피 흘리는 어린양이 될 것이다
이틀이 지나면 파스카 과월절 축제가 아닌가?
그는 거리나 광장, 성전이나 과수원에서 잡힐 것이다
어디서 잡혀가든 그것이 무슨 문제인가?
그러나 제자 하나는 왜 그를 팔아넘기려고 하는가?
그에게 남은 문제는 바로 그것뿐이었다

사제들과 지도자들은 백성의 소동을 두려워하지 않았다
예루살렘 어느 구석에서 소동이 벌어지든
그들은 무력으로 돈으로 얼마든지 흩어버릴 수 있었다
그들이 마음속으로 정말 두려워한 것은
소요 진압을 구실로 로마군이 예루살렘을 점령하는 것이었다
그러면 성전이 더럽혀질지 누가 아는가?

진리의 가르침도 생명의 길도 믿지 않으면서
마음이 아니라 입술로만 주님을 찬미하면서도
그들은 돌무더기에 불과한 성전을 걱정하는 것이었다
참된 신앙이 떠난 성전이 어찌 아버지의 집인가?
참된 제사가 없는 성전이란 그들의 권력의 도구가 아닌가?

물론 그가 성전 구내에서 공공연하게 집혀갔다고 해도
백성들은 대규모 소요를 일으키지는 않았을 것이다
그의 가르침이 진리라고 믿는 마음은 있었다 해도
그를 위해 죽을 각오는 아무도 하지 않았기 때문이다
심지어 제자들마저도 모두 달아나지 않았던가?
그는 무방비의 어린양으로 홀로 끌려갈 것이다
사제들과 지도자들이 백성의 소요를 두려워한 것은
그들의 범죄 자체를 증명하는 가장 큰 오산이었다

유다는 그를 팔아넘겼다
(마태오 26:15)

사제들과 지도자들이 소동을 공연히 걱정하지 않았더라면
유다도 스승을 팔아넘기려는 생각조차 못 했을 것이다
설령 그가 그러한 제의를 했다고 해도
언제나 어디서나 그를 손쉽게 잡아들일 수 있던 그들은
코웃음만 치고 오히려 유다를 배신자라고 경멸했을 것이다

그러나 사제들은 유다에게 은화 서른 개를 주었다
그것은 노예 한 명의 몸값에 불과한 하찮은 돈이었다
사제들은 그를 하찮은 노예 한 명 정도로 치부했고
유다 역시 노예 한 명의 몸값을 받는 것으로 만족했을까?
아니면, 그를 확실하게 처형한 뒤에 거액의 사례금을 주기로
사제들은 유다에게 은밀히 약속한 것은 아닐까?

카리옷 출신 유다는 분명히 열두 제자 가운데 하나
여러 해 동안 밤낮으로 그의 가르침을 받은 사람이었다

그러한 유다가 자기 스승을 겨우 은화 서른 개에 팔았다면
제자들을 가르치는 그의 능력이 부족했다고 할 것인가?
아니면, 유다가 그의 가르침을 전혀 이해하지 못했던가?

유다가 만일 탐욕에 돈에 눈이 멀어서 그런 짓을 했다면
스승뿐 아니라 열한 명의 제자도 팔아넘길 수 있었던
마지막 만찬의 장소를 왜 그들에게 밀고하지 않았던가?
또 아무리 돈에 눈이 먼 자라고 해도
자기를 친구라고까지 부르며 진심으로 사랑해 준 스승을
고작 노예 한 명의 몸값으로 어떻게 팔아넘긴단 말인가?

그가 자신의 죽음을 여러 번 예고했을 때
다른 제자들은 놀라며 그의 말을 그대로 믿지 않았지만
유다만은 믿었고 그래서 그때 딴생각을 했을까?
그는 죄의 노예가 된 영혼들의 쇠사슬을 영원히 끊기 위해
스스로 목숨을 바치려 한다면 자신도 노예로 죽어야만 한다
그렇다면 노예 한 명의 몸값으로 그는 팔려가야만 한다
누구나 싫어하는 그 일은 제자 가운데 누군가는 해야 한다
유다는 불가피한 그 악역을 기꺼이 자진해서 맡은 것일까?

만찬을 위한 나의 방은 어디 있느냐
(마르코 14:14)

나는 오늘 밤 파스카 과월절 음식을 들 것이다
나의 제자들과 함께 마지막으로 식사를 할 것이다
그런데 식탁이 차려진 나의 방은 어디 있느냐?
너희는 모두 나의 가르침을 따르는 제자들이 아니냐?

너희 음식은 죽음을 날마다 더욱 가까이 불러올 뿐이지만
나의 음식은 모든 영혼에게 대대로 생명을 주는 것이다
너희 식탁은 각자 자기 이익만 도모하는 탐욕의 자리지만
나의 식탁은 남을 위해 기꺼이 죽을 사람들을 길러내는 곳이다

너희는 산더미같이 음식을 남겨 길에 내다버리면서도
가난한 이웃, 병든 형제들에게는 조금도 나누어주지 않는다
나의 식탁은 너무나 빈약하여 남을 것도 없지만
누구에게나 나누어주기 때문에 아무도 굶주리지 않고
버림받은 사람들이 빈손으로 돌아가는 일도 결코 없다

나는 이층 넓은 방에 식탁을 차리라고 지시했다
지상에서 한 층 떨어진 그곳은 바로 텅 빈 너희 마음이다
물욕이 사라진 마음속에 사랑의 식탁을 차리라는 것이다
그러나 너희는 음모와 배척과 투쟁의 맨땅바닥에
그 식탁 대신 증오와 약탈의 도박판을 벌여놓고 있지 않느냐?
너희는 또 주사위를 던져 나의 옷을 나누어가지려느냐?

나는 아버지의 사랑이 온 누리를 완전히 적실 때까지
너희가 마련하거나 바치는 음식은 결코 먹지 않을 것이다
너희가 정녕 나의 가르침을 실천하는 제자들이라면
내가 사랑하는 하찮은 형제들을 당연히 초대했을 것이다
그런데 나의 이 마지막 식탁에 그들은 어디 있느냐?

그는 물로 제자들의 발을 씻어주었다
(요한 13:3)

주인과 손님들의 발을 물로 씻고 수건으로 닦아주는 것은
비천한 노예들이 당연히 수행해야만 하는 의무가 아니냐?
그런데 너희 스승이자 주인인 나는 이제 마치 노예처럼
너희 열두 명의 발을 모두 물로 씻고 수건으로 닦아주었다
그것은 이제부터 너희가 나의 스승이며 주인이란 뜻이냐?
결코 그렇지 않다는 것은 너희 자신도 이미 잘 알고 있다

너희는 서로 사랑하라! 나는 그렇게 너희에게 말했다
그러나 이제부터 너희는 한 걸음 더 나아가 마치 노예처럼
서로 상대방을 스승으로 주인으로 섬겨야만 한다
나를 섬기듯 이웃과 형제들을 섬겨야만 하는 것이다
이것이 내가 오늘 보여준 모범의 참된 뜻이다
이웃이 가난할수록 형제가 힘이 없는 사람일수록
내가 너희 발을 씻어준 것처럼 더욱 정성스럽게 섬겨라!

그러나 마음속에 참된 사랑과 겸손을 품지 않은 채
겉으로만 섬기는 척한다면 오히려 재앙을 받을 것이다
형식적으로만 남의 발을 씻어준다면 저주를 받을 것이다
아버지는 너희 행동이 아니라 마음을 보기 때문이다
아무리 꾀를 쓴들 어찌 아버지의 눈을 속일 수 있겠느냐?
아무리 화려한 예식인들 그분 눈을 멀게 할 수 있겠느냐?

재산이 많을수록 그는 더욱 비천한 노예처럼 섬겨야 한다
지위가 높을수록 그는 더욱 겸손한 노예처럼 섬겨야 한다
권세가 강할수록 그는 더욱 힘없는 노예처럼 섬겨야 한다
거룩한 사람일수록 그는 더욱 죄 많은 노예처럼 섬겨야 한다
여생이 짧을수록 그는 더욱 부지런한 노예처럼 섬겨야 한다

너희가 노예처럼 가난한 이웃과 형제들을 섬긴다고 해서
실제로 그들의 노예가 되는 것도 아니고
그들이 너희를 노예로 여겨 경멸하거나 조롱하는 것도 아니다
오히려 나를 본받아 그들을 정성으로 섬기면 섬길수록
아버지가 더욱 기뻐하고 사랑하는 참된 아들들이 되는 것이다
몸과 마음으로, 정신과 영혼으로 섬기는 노예가 서로 되어라!

너희 가운데 한 사람이 나를 배반할 것이다
(마태오 26:21)

그는 한 사람도 빠짐없이 열두 제자들의 발을 씻어주었다
평소와 비교할 수 없는 완전한 사랑의 극치를 보여준 것이다
그러면서도 그의 마음은 엄청난 슬픔과 혼란에 소용돌이쳤다
사람의 아들은 사제들과 지도자들에게 잡혀가 죽을 것이다
그러나 왜 제자들 가운데 한 사람이 그를 배반한단 말인가?
그가 배반하지 않는다 해도 사람의 아들은 곧 잡힐 것이다
스승을 위해 목숨을 내어놓지는 못할망정 배신한다면
그는 차라리 세상에 태어나지 않았다면 더 좋았을 것이다!

오랫동안 혼자 속으로 번민한 끝에 드디어 제자들에게 말했다
너희 가운데 한 사람이 나를 배반할 것이다!
그러나 그는 배신자의 이름을 식탁에서 밝히지는 않았다
제자들이 서로 의심하여 분열하도록 만들려는 뜻도
그들이 스스로 조사하여 배신자를 색출하라는 뜻도 아니라
배신자 자신이 제 발로 그 자리를 떠나라는 명령이었다

그는 다른 제자들이 배신자를 해치기를 바라지도 않았고
배신자가 그 식탁에 머물러 있는 한에는 새 시대를 여는
새 제물 곧 빵과 포도주를 바치고 싶지도 않았던 것이다

제자들은 각자 갑자기 견딜 수 없는 근심에 짓눌렸다
스승이 누군가에게 배신당할 것이라는 사실보다도
자기가 배신자로 스승에게 의심받을까 두려워한 것이다
스승이 사제들과 지도자들 손에 죽을 것이라는 사실보다도
자기가 후세에도 배신자로 의심받을까 염려한 것이다
그래서 그들은 저마다 나서서 그에게 한마디씩 던졌다
나는 절대로 스승을 배신하지 않았습니다 안 그렇습니까?
이미 그를 배신한 유다도 태연하게 그렇게 말했던 것이다

바로 그때에도 그는 유다의 정체를 드러낼 수 있었지만
다른 제자들에게 준 것과 같이 그에게도 빵 조각을 주었다
그는 배신자를 향해 분노하거나 단죄하기는커녕
오히려 무한한 슬픔과 연민에 젖은 채 홀로 생각에 잠겼다
이미 엎질러진 물이다 사람의 아들과 그의 가르침보다도
돈 자루를 더 사랑하는 그의 본색은 곧 스스로 드러날 것이다
오늘 밤 사람의 아들에게는 더 중대한 사명이 아직 남아 있다
모든 영혼을 위해 그의 영원한 추억을 남겨야 하는 것이다

그는 차라리 태어나지 않았더라면 좋았다
(마태오 26:24)

스승을 고작 노예 한 명의 몸값에 팔아넘기기보다는
차라리 그가 체포될 때 다른 제자들처럼 달아나거나
베드로처럼 그를 세 번이라도 부인했더라면 좋았을 것이다
사람의 아들이 성경의 기록에 따라 떠나갈 줄 알면서도
굳이 사제들의 돈을 받고 그를 팔아넘길 바에야
차라리 그는 아예 태어나지 않았더라면 더 좋았을 것이다

그러나 태어나지 않았더라면 더 좋을 사람이 어디 한둘인가?
한동안 그를 따라다니다가 영영 떠나가 버린 제자들
그의 죽음을 본 뒤에도 그의 가르침을 끝내 믿지 않은 사람들
그를 믿는 사람들을 미워하고 박해하고 죽이는 사람들
그들이야말로 유다보다도 더 가련한 사람들이 아닌가?

또한 그의 가르침을 믿기는 하지만 실천은 없는 사람들
박해가 닥치면 쉽게 믿음을 버릴 뿐만 아니라
박해하는 자들의 앞잡이가 되어 더 잔인하게 날뛰는 사람들
그의 가르침을 믿는 척하면서 나쁜 모범만 보여주는 사람들
그의 가르침을 출세나 축재의 수단으로 삼는 사람들
그의 이름으로 무수한 사람을 학대하거나 죽이는 사람들
그들이야말로 스승의 배신자보다 더 비참한 사람들이 아닌가?

안전한 시대에 안전한 장소에서 누구나 유다를 비난하기는 쉽다
스승을 결코 버리지 않겠다고 베드로처럼 장담하기도 쉽다
그러나 사랑의 맹세보다 더 쉽게 부서지는 것은 무엇인가?
사람의 성급한 장담보다 더 빨리 사라지는 것은 무엇인가?
남을 비난하는 자보다 자기 죄를 더 숨기는 사람이 어디 있는가?

비록 태어나지 않았더라면 더 좋았을 사람이라 해도
그의 출생은 아무도 모르는 신비한 계획 때문이 아닌가?
그가 자기 시대가 아니라 차라리 다른 시대에 태어났더라면
더 좋았을 것이라고 어느 누가 감히 단언할 수 있는가?
아무리 그가 태어나지 않았더라면 더 좋았다 해도
그의 영혼이 참된 생명을 받을는지 여부란
지상의 그 어느 누가 감히 단정할 수가 있단 말인가?

네가 하려는 것을 빨리 하라
(요한 13:27)

밤이 깊었다 나의 마지막 만찬은 곧 끝날 것이다
네가 나를 팔아넘기기로 이미 결심했다면
지금이라도 공개적으로 고백하고 용서를 구하지 않겠다면
아니, 배신의 길에서 되돌아서기가 불가능하다고 믿는다면
너는 너의 길을 빨리 걸어가서 끝을 내는 것이 좋다
사제들과 지도자들이 지금 너를 기다리고 있지 않느냐?

사람의 아들은 모든 영혼에게 진리의 길을 열어준다
그러나 아무에게도 그 길을 강요하지는 않는다
강요 때문에 그 길을 걷는다면 무슨 가치가 있느냐?
각자의 선택이 참으로 어려운 일이기는 하지만
바로 그렇기 때문에 그 길은 더없이 고귀하지 않느냐?

사람의 아들은 모든 영혼에게 사랑의 길을 밝혀주지만
어느 누구에게도 자신을 사랑하라고 강요하지는 않는다

노예가 고백하는 사랑이 어찌 참된 사랑이 되겠느냐?
자유로운 영혼의 자발적인 사랑만이 값진 것이 아니냐?
그를 알아보고 모든 것을 바쳐 사랑하기란 거의 불가능해도
바로 그렇기 때문에 그 사랑을 그는 기꺼이 받아들이고
자신의 무한한 사랑을 영원히 보상으로 주는 것이 아니냐?

바로 지금 너는 돈과 권력의 공중누각에서 벗어날 수도
허위를 버리고 나를 믿어 진리의 아들이 될 수도 있다
사람의 아들은 성경의 기록대로 자기 길을 갈 것이다
그러나 바로 네가 굳이 그를 배신할 이유는 없지 않느냐?
죽은 자들이 무슨 짓을 하든 내버려두면 그만 아니냐?
어찌하여 네 영혼을 피 묻은 네 손으로 죽이려고 하느냐?

빵 조각을 그의 손에서 받아먹은 뒤 유다는 일어났지만
입술에서는 대답의 말이 한 마디도 흘러나오지 않았다
그는 유다의 어두운 표정에서 모든 것을 읽었다
어둠의 포로가 된 유다 자신도 죽음을 각오하고 있었다
은화 서른 개가 배신자에게 행복한 여생을 보장하겠는가?
그래서 그는 슬픔과 체념이 서린 어조로 말한 것이다
밤이 매우 깊었다 네가 하려는 것을 빨리 하라!

그가 사랑한 제자가 그의 가슴에 기댔다
(요한 13:23)

그가 사랑한 제자는 그의 가슴에 기댄 채 고백했다

하늘이 무너진다 해도 저는 결코 배신하지 않을 것입니다

그때 격렬하게 뛰는 스승의 심장의 고동소리가 들려왔다

나는 그 어느 제자들보다도 너를 더 아끼고 사랑했다

그렇다! 너는 결코 나를 팔아넘기지는 않을 것이다

그렇다고 네가 나를 참으로 사랑한다고는 과신하지 마라

아무리 영혼이 깨끗해도 네 육체는 연약한 것이 아니냐?

내가 잡히는 순간에는 너도 두려워서 달아날 것이다

게다가 너는 나를 팔아넘길 네 동료를 경멸하고 있다

그가 누구인지도 모른 채 무작정 미워하고 있는 것이다

그러나 너는 배신자를 경멸할 자격이 과연 있느냐?

여러 해 동안 나를 따라다니면서 나의 말을 모두 들었지만

너는 아직도 아버지의 뜻을 깨닫지 못하고 있지 않느냐?

또한 너는 배신자를 미워할 자격이 과연 있느냐?

죄인을 미워하라고 내가 가르치기라도 했단 말이냐?

너는 하늘나라에서 내 오른편에 앉게 해달라고 요청했지만
네가 다른 제자들보다 더 큰 공적을 쌓은 것이 무엇이냐?
제일 높은 사람은 노예처럼 다른 형제들을 섬겨야만 하는데
내가 너희 발을 씻겨 줄 때 너는 그냥 앉아 있기만 했다
이 마지막 식탁을 차릴 때에도 네가 한 것은 무엇이냐?
내가 지금까지 너에게 가장 많은 사랑을 베풀어 준 것은
네가 잘나서도 아니고 네가 가장 사랑스러워서도 아니며
나에게는 오로지 무한한 사랑만이 있기 때문이 아니냐?

너는 내가 다른 제자들을 너보다 덜 사랑한다고 여기느냐?
만일 그렇다면 너야말로 참된 사랑을 전혀 모르는 자다
너는 내가 나를 팔아넘길 제자를 미워한다고 여기느냐?
만일 그렇다면 너야말로 나의 사랑을 조금도 모르는 자다
너는 내가 어떠한 죄인이든 하나라도 버릴 것으로 보느냐?
만일 그렇다면 너야말로 죄의 용서를 결코 받지 못할 것이다
나의 사랑을 많이 받을수록 그만큼 더 겸손한 사람이 되어라
참으로 겸손한 사람만이 모든 죄인을 사랑할 수가 있다
모든 죄인을 사랑하지 않으면 어찌 아버지를 사랑하겠느냐?
아버지를 사랑할 줄 모른다면 어찌 나를 사랑한다고 말하느냐?

이 빵은 내 몸이다
(마태오 26:26)

너희는 내가 이미 가르쳐준 대로 하늘나라의 아버지에게
바로 오늘 너희가 먹어야 할 빵을 달라고 기도하고 있다
너희는 날마다 빵을 먹고 배가 부를 것이다
그러나 너희 빵에는 생명이 아니라 죽음이 들어 있다
빵을 먹은 뒤에도 너희는 아버지의 뜻을 실천하지는 않고
오히려 날마다 죄에 죄를 더하는 언행만 일삼기 때문이다

나의 가르침은 죽었던 영혼을 다시 살리는 진리의 길
그러므로 바로 그것만이 하늘에서 내려온 생명의 빵이다
누구든지 이 빵을 먹으면 그의 영혼은 죽지 않을 것이며
비록 육체가 죽었다 해도 영혼은 다시 살아날 것이다
나는 너희에게 가장 절실히 필요한 것을 잘 알고 있다
그것은 아무리 많이 먹어도 결국 죽음을 주는 빵이 아니라
너희 영혼을 영원히 살도록 만드는 참된 생명의 빵이다

나는 머지않아 너희 곁을 떠나 아버지에게 돌아가겠지만
그렇다고 너희를 고아처럼 여기 버려두고 가지는 않는다
시간과 공간이 없어지지 않는 한 나는 항상 너희 곁에 있다
그러므로 이제 내가 너희에게 직접 나누어주는 이 빵은
허위가 아니라 진리를 어디서나 목청껏 외칠 힘을 주는 빵
불의가 아니라 정의를 온 세상에 전파하는 용기를 주는 빵
증오가 아니라 사랑을 모든 사람에게 심는 지혜를 주는 빵
바로 나의 가르침이자 바로 나 자신의 몸
너희에게 생명을 주려고 내어주는 바로 나의 목숨이다

너희는 형제들이 두 명 이상 모인 곳이라면 어디서나
아버지를 찬미하고 빵을 축복한 다음에 나누어 먹어라!
그리고 그때마다 나의 가르침의 참뜻을 더욱 깨닫고
내가 얼마나 너희를 사랑했는지 한층 선명하게 기억하라!
나를 기억한다면 가난하고 병든 나의 형제들도 기억하여
그들에게 먹을 것 입을 것 마실 것을 넉넉히 주어라!
너희는 설령 가진 것을 모두 다 나누어준다 해도
날이면 날마다 생명의 빵은 조금도 부족하지 않을 것이다

이 포도주는 내 피다
(마태오 26:28)

세상에 모래알보다 더 많은 사람이 태어나는 것도 놀랍지만
그들이 헤아릴 수 없이 많은 죄를 짓는 것은 더욱 놀랍다
선행보다 악행이 더 많은 것은 놀랄 일도 아니고
무수한 악인이 처형을 면하는 것도 신기한 일은 아니지만
자기 죄를 뉘우치는 사람이 참으로 적은 것은 놀랍고
용서를 받는 사람이 한층 적은 것은 더욱 놀라운 일이 아닌가!

친구를 위해 자기 목숨을 버리는 것보다 더 큰 사랑은 없다
그러나 친구의 유한한 목숨을 구하기 위해서보다는
그에게 영원한 생명을 얻어주기 위해서 자기 목숨을 버린다면
참으로 그것보다 더 큰 사랑은 이 세상에 결코 없는 것이다

나의 가르침을 믿고 사랑하고 실천하는 사람이라면
누구나 언제나 어디서나 모두 나의 친구들이다
그들이 아버지로부터 모든 죄의 용서를 받도록
참된 아들이 되어 영원한 생명을 얻도록 해주려고
나는 피를 흘리고 나의 목숨을 내어줄 것이다

그러므로 이제 내가 너희에게 직접 주는 이 잔의 포도주는
나와 내 친구들의 새로운 계약을 증명하는 나의 피다
내가 피를 흘려 죽으면서까지 그들을 사랑했듯이
그들도 목숨을 바쳐 서로 사랑하지 않으면 안 된다
내가 아버지의 뜻에 복종하기 위해 목숨을 바치듯
그들도 모든 것을 바쳐 나의 가르침을 실천해야 한다

만일 그들이 나와 맺은 계약을 소홀히 하거나 저버린다면
그들이 마시는 포도주는 생명의 즙이 아니라
저주를 잉태한 독약, 죽음을 부르는 죄의 샘물이 되며
그들은 죄의 용서를 받기는커녕 새로운 죄를 추가할 것이다
차라리 내가 주는 잔의 포도주를 마시지 않았더라면
그들의 영혼은 나의 피로 물들지도 않았을 것이다

너희는 모두 내가 무한히 사랑하는 나의 친구들이다
그러므로 이 잔의 포도주를 나누어 마셔라!
또한 어디서나 형제들이 모여서 포도주를 마실 때마다
내가 너희를 위해 흘린 피 곧 나의 사랑을 기억하라!
나를 기억한다면 나의 하찮은 형제들도 또한 기억하여
그들을 제 몸같이 언제나 사랑하라!

이것은 나의 마지막 포도주 잔이다
(마태오 26:29)

누구에게나 마지막 잔은 세상에서 가장 슬픈 것
지나간 한평생이 순식간에 마지막 한 모금에 응결되면
보이지 않는 후회의 눈물만 빈 잔에 고일 뿐

그러나 그는 비록 제자의 배신을 예고하기는 했어도
일생의 모든 언행 가운데 하나도 후회할 것이 없었다
참된 아들이 되는 길을 남김없이 모두 가르치지 않았던가!
마지막 잔 자체마저 그에게는 조금도 아쉽지 않았다
마지막 잔은 누구에게나 한 번은 닥치는 것이 아닌가?

그에게는 포도주 잔이 더 이상 필요도 없었다
사랑하는 친구들과 새로운 계약을 이미 맺은 뒤였다
그에게는 이제 가장 중대한 마지막 일이 남아 있었다
취한 상태가 아니라 맨정신에 완수하지 않으면 안 된다
그에게는 일생에 가장 두렵고 강력한 유혹이 닥칠 것이다 목숨을 던질 것인가? 안전한 곳으로 피신할 것인가?
가장 무거운 책임이 걸린 결단에 포도주란 치명적이다

나는 평소에 포도주를 사양하지 않았다
내가 지나치게 많이 마신다고 비난하는 사람도 많았다
그러나 언제나 바른 말을 하고 진리를 실천한다면
과음으로 중대한 실수나 죄를 저지르지만 않는다면
음주 자체를 굳이 비난하거나 반대할 이유가 무엇이냐?
포도주가 없는 식탁에 무슨 즐거움이 있겠느냐?

아버지의 나라에도 물론 포도주는 있고
나는 거기서 너희와 함께 포도주를 마실 것이다
그곳 포도주는 아무도 맛보지 못한 전혀 새로운 것이다
그것은 만질 수도 없고 보이지도 않지만
영혼을 한없는 행복과 사랑에 취하게 만드는 것이다
그 원료는 바로 나의 가르침, 나의 피기 때문이다

나는 지상의 포도주를 다시는 마시지 않을 것이다
나의 몸은 이미 아버지에게 바쳐진 제물이며
나의 영혼은 아버지를 찬미하는 노래기 때문이다

나를 기억하여 이 예식을 거행하라
(루카 22:19)

대홍수가 끝난 뒤 아버지가 하늘에 걸어놓은 무지개는
다시는 대홍수를 일으키지 않겠다는 약속의 증거였고
노아가 제물을 바치려 쌓은 제단은
그분에게 언제나 감사하겠다는 약속의 증거가 아니냐?

이제 나는 너희를 위해 나의 몸을 내어주었고
너희를 위해 흘리는 나의 피로 새로운 계약을 맺었다
그러므로 너희는 어디를 가든 나를 기억하고
또한 나와 맺은 계약을 언제나 가슴에 새기기 위해
형제들이 모여 빵과 포도주의 만찬 예식을 거행하라!

그것은 아버지를 모르는 속인들의 잔치와는 전혀 다르다
단순히 배부르게 먹고 취하도록 마시며 떠들기만 한다면
너희가 어찌 나의 사랑과 희생을 제대로 전하겠느냐?
가난한 형제들이 한구석에서 굶주리고 목이 마르다면

너희가 어찌 나를 사랑하는 나의 친구들이냐?
부자들만 너희 모임에서 사람대접을 받는다면
가난한 사람들에게 전한 나의 기쁜 소식은 어디 가느냐?

너희는 이 예식을 거행할 때마다
내가 제자들과 함께 한 마지막 만찬을 본받아라
높은 사람일수록 노예처럼 형제들의 발을 씻어 주고
단순하고 검소하게 식탁을 마련하며
실내를 너무 화려하거나 사치스럽게 장식하지 마라

모이는 사람의 숫자에 따라 다르겠지만
가난한 우리처럼 최소한의 빵과 포도주만 마련하고
가난한 우리처럼 금은의 술잔과 쟁반은 사용하지 마라
특히 예식을 거행하는 사람은 가난한 사람의 옷을 입고
예루살렘의 대사제들처럼 금실 수놓은 옷은 입지 마라

이 예식에 참석한 형제는 단 한 명이라도
허기진 배로 집에 돌아가게 해서는 안 된다
남는 음식은 포장해서 어려운 형제들에게 나누어주고
나를 믿지 않는 가난한 사람들에게도 나누어주어라
그것이야말로 너희가 참으로 나를 잘 기억하는 것이며
또 너희가 나의 참된 제자라는 것을 증명해 줄 것이다

너희에게 새 계명을 준다
(요한 13:34)

너희는 본래 태어날 때부터 아버지의 아들들이었지만
아버지를 본 적이 없고 또 전혀 몰랐기 때문에
아버지의 뜻에 따라 생명의 길을 걸어가지 않았다
그러므로 아버지는 너희 참된 사랑을 간절히 바랐지만
너희는 그분을 아버지라 부르기조차 하지 않았다

아버지는 너희를 무한히 사랑하기 때문에 나를 보내서
너희가 그분을 알고 또 사랑하도록 가르치게 했다
지금까지 너희는 나에게서 많은 것을 듣고 배워
너희 자신이 다른 사람들을 가르칠 수 있게 되었다
그것만 해도 얼마나 다행한 일이냐!

그러나 이제 곧 나는 아버지에게 돌아갈 때가 되었다
그래서 모든 계명 가운데 가장 중요한 계명을 준다
내가 너희를 사랑한 것과 똑같이 너희도 서로 사랑하라!
이것은 새로운 계명이자 나의 마지막 유언이다

너희가 나를 진정 사랑한다면 너희도 서로 사랑하라!
너희가 제 몸처럼 서로 사랑하고 서로 목숨을 내어줄 때
세상 사람들은 너희가 서로 실천하는 그 사랑을 통하여
비로소 너희가 나의 참된 제자들이라는 것을 인정하고
그들도 나의 가르침을 사랑하게 될 것이다

너희가 이 계명을 지키는 것은 곧 나를 사랑하는 것이며
나아가서는 곧 아버지를 진심으로 사랑하는 것이다
반면에 만일 이 계명을 무시하거나 저버린다면
너희 믿음과 기도, 지식과 희생도 아무 소용이 없다

나는 길이요 진리요 생명이다
(요한 14:6)

너희가 이제부터는 더 이상 어둠 속에서 헤매지 않고
사제들이나 바리사이들의 말재주에 속지도 않으며
각자 자기 양심의 소리에 따라 아버지 앞으로 걸어가도록
나의 가르침이 직접 너희 손을 잡아 인도해 줄 것이다
그것은 내가 아버지에게 가는 길을 먼저 걸어가고
아무리 하찮은 형제라도 나를 따라올 수 있기 때문이다
나의 일생은 너희가 걸어야만 하는 바로 그 길이 아니냐?

너희는 유식한 자들이 내세우는 무수한 진리를 들었고
앞으로도 교묘한 주장들을 더욱 많이 들을 것이다
그러나 아버지도 모르고 아버지의 사랑도 모른다면
그 어느 누가 참된 진리를 하나라도 알 수 있겠느냐?
자기가 무슨 말을 하는지도 모르는 자들의 헛소리가
본인은 물론 어느 누구에게 참된 깨달음을 주겠느냐?

나는 너희에게 단 한 분뿐이신 아버지를 보여 주었고
아버지가 너희를 얼마나 사랑하는지도 가르쳐 주었다
너희가 이제부터는 헛된 제사나 제물을 바치지도 않고
위선자들의 헛된 기도나 예식에 의존할 필요도 없이
각자 최대한의 정성을 바쳐 날마다 아버지를 사랑하도록
또한 너희가 모두 아들들이 되어 진심으로 서로 사랑하도록
나의 가르침이 직접 너희 마음을 움직여 줄 것이다

그것은 아버지가 나를 사랑하듯 내가 너희를 사랑하고
아무리 하찮은 형제라도 참으로 나를 사랑한다면
아버지의 사랑을 나와 함께 항상 받을 수 있기 때문이다
그러므로 나의 일생은 너희가 믿어야만 하는 바로 그 진리다

친구를 위해 목숨을 버리는 것보다 더 큰 사랑은 없지만
나는 그보다 한없이 더 큰 사랑을 너희에게 베풀어 준다
그것은 고작 육체의 유한한 목숨을 구해 주는 것이 아니라
너희뿐 아니라 후세의 모든 사람들마저도
영혼의 생명을 죽이는 죄의 쇠사슬에서 풀어주는 것이며
너희와 모든 사람의 영혼에게 참된 생명을 주는 것이다
그러므로 오직 나의 사랑만이 바로 너희 생명인 것이다

내가 아버지에게 가는 것이
너희에게 유익하다
(요한 16:7)

내가 곧 너희 곁을 떠난다고 해서 슬퍼하지 마라
나를 위해서도 또한 너희를 위해서도 눈물을 흘리지 마라
내가 아버지에게 돌아가는 것은 나에게 영광이고
너희에게는 영원한 협조자를 얻는 유일한 기회기 때문이다

누구나 태어날 때부터 원래 그 협조자를 지니고 있는데도
지금까지 아무도 그를 알지 못하고 또 사랑하지도 않았다
사람의 아들이 너희보다 먼저 아버지에게 가지 않는다면
너희는 사람의 아들에게 매달려 그를 보지 못하고 만다
사람의 아들인들 언제까지 너희와 함께 여기 머물겠느냐?

그러나 사람의 아들이 아버지에게 돌아가고 나면
너희는 각자 영혼 속에 묻혀 있던 그를 새삼 깨달을 것이다
사람의 아들은 이미 너희에게 생명의 길을 가르쳐 주었고
너희는 새로운 계약의 빵과 포도주도 받았으며
사람의 아들이 곧 자신의 살과 피로 거두는 승리를 볼 것이다
그러면 너희는 협조자의 도움을 받아 나의 모든 가르침을
나의 일생 전체를 새로운 빛으로 비추어 볼 것이다

너희 영원한 협조자란 바로 진리의 영혼 곧 참된 사랑이다
내가 아버지에게 돌아가야만 너희는 이 사랑을 깨닫고
이 사랑 안에서 영혼의 영원한 생명을 얻을 것이다
내가 너희를 사랑하듯 너희도 서로 사랑하라는 말도
내가 아버지에게 돌아가야 너희는 비로소 깨달을 것이다
내가 아버지에게 돌아가는 것은 너희에게 한없이 유익하다!

나는 나의 평화를 너희에게 주고 간다
(요한 14:27)

정복자가 칼을 빼어든 채 무수히 쓰러진 시체를 향해
무수히 끌려가는 노예들을 향해 소리치는 승리의 노래
그것을 너희는 세상의 평화라고 하느냐?
전쟁은 잠시 멎었어도 가슴속 증오는 불타고 있는데
칼을 가는 시간을 너희는 평화라고 하느냐?
압제와 아첨, 세금과 신음소리마저 평화라고 부르느냐?

세상의 평화는 너희 모두에게 헛된 환상만 준다
강자에게는 자신의 지배가 영원히 이어진다는 환상을
약자에게는 죽은 황제보다 산 개가 낫다는 환상을 준다
부자는 돈이면 세상만사를 이룬다고 믿지 않느냐?
가난뱅이는 자유보다 빵 한 덩어리를 더 바라지 않느냐?
내세의 행복보다 이승의 쾌락을 누구나 더 탐내지 않느냐?

세상은 나의 가르침이 어디서나 패배한다고 말하지만
그것은 환상에 젖은 자들의 잠꼬대에 불과하다
나의 가르침은 이미 온 세상을 이기고 정복하였으며
영원히 완전히 패망한 것은 오히려 그들의 환상이다
세상의 평화는 목숨을 잠시 연장해 주기는 하겠지만
결국 누구나 산산이 부서진 환상 속에 죽기 때문이며
나의 평화는 진리를 위해 자기 목숨을 내어주는 것이지만
그것은 곧 모든 가슴속에서 증오심을 없애기 때문이다

세상은 나의 가르침이 언제나 고통만 불러오고
그것을 믿는 사람들은 언제나 불행해진다고 말하지만
가진 것을 모두 나누어주는 것이 어찌 고통이 되며
스스로 자기 십자가를 지는 것이 어찌 불행이 되느냐?
거짓 평화야말로 모든 고통과 불행의 원천이 아니냐?
나의 평화는 참된 생명의 희망을 주는 것이 아니냐?

나는 너희에게 나의 평화를 주고 간다
너희는 나의 평화 속에서 날마다 나를 만날 것이며
나의 평화 속에서만 서로 사랑할 수가 있을 것이다
그러나 나의 평화를 세상의 거짓 평화로 타락시킨다면
너희는 세상의 지배자들보다 더 잔인한 무리가 되고
너희가 비웃던 위선자들보다 더 큰 위선에 빠질 것이다

나의 평화는 왕관의 장식품이 아니라 양날의 칼이다
그것을 잘 지키면 너희는 영혼의 생명을 얻겠지만
악용, 오용, 남용한다면 그것이 너희 영혼을 죽일 것이다
내가 너희를 사랑하듯 너희도 서로 사랑하라!
강자일수록 스스로 노예가 되어 다른 형제들을 돌보고
높은 사람일수록 스스로 노예가 되어 형제들을 섬겨라!
나의 평화는 오직 나의 이 가르침에서만 오는 것이다!
나의 평화를 두려워하지 마라!
나의 가르침은 이미 온 세상을 이기고 정복하지 않았느냐!

나는 포도나무고 너희는 그 가지들이다
(요한 15:5)

너희는 내가 내어주는 포도주를 이미 받아서 마셨고
너희 영혼은 모두 내가 흘릴 피로 새로운 세례를 받았다
그러므로 나는 영원히 포도주를 만들어내는 포도나무고
너희는 그 나무에서 생명의 즙을 받아 마시는 가지들이다

나를 사랑하여 나의 가르침을 빠짐없이 모두 실천한다면
너희는 포도나무에 굳게 연결된 싱싱한 가지가 될 것이다
너희가 서로 사랑할수록 너희 십자가는 더욱 가벼워지고
많이 내어줄수록 너희 영혼은 결실이 더욱 풍성해지며
사람들 앞에서는 물론이고 아버지 앞에서도 너희는
영원히 칭찬을 받는 나의 참된 제자들이 될 것이다

그러나 진리, 정의, 사랑을 입으로만 부르짖을 뿐
나의 가르침을 저버린 채 오히려 나의 이름을 더럽힌다면
너희는 포도나무에서 잘려 말라죽는 가지가 될 것이다
부귀영화를 누릴수록 너희 십자가는 더욱 빛을 잃고
권력을 휘두를수록 너희 모습은 더욱 초라해질 뿐이며
황금을 긁어모을수록 너희 영혼은 더욱 빈손이 될 것이다
사람들 앞에서는 물론이고 아버지 앞에서도 너희는
날마다 나를 다시 팔아넘기는 악마의 제자들이 될 것이다

가지가 굵은 것이든 가는 것이든 아무런 상관이 없다
포도나무에 한동안 또는 오랫동안 붙어 있어도 소용없다
가지가 말라죽지 않고 추수 때 풍성한 열매를 맺으려면
처음부터 끝까지 포도나무에 단단히 연결되어야만 한다
너희는 언제나 나의 가르침 안에 머물러 그것을 실천하라!
그러면 나도 너희 영혼에게 날마다 피의 세례를 줄 것이다

너희는 모두 나의 친구들이다
(요한 15:14)

마지막 식사를 마친 그는 제자들에게 이렇게 말했다
나는 너희에게 아버지의 말을 모두 전해 주었다
이제 나는 아버지에게 돌아가야 할 시간이 되었고
이제부터는 너희가 아버지의 말을 온 세상에 전해야 한다
그러므로 너희는 모두 나의 친구들이다
너희뿐만 아니라 너희를 통하여 아버지의 말을 듣고
아버지의 뜻을 실천하는 사람들도 모두 나의 친구들이다

나는 나의 모든 친구들을 위하여 내 목숨을 버릴 것이다
눈이 있어도 진리의 빛을 보지 못하는 사람들을 위하여
귀가 있어도 생명의 말을 알아듣지 못하는 사람들을 위하여
영혼이 있어도 탐욕의 쇠사슬에 묶여 죽은 사람들을 위하여
그들에게 참된 자유와 영원한 삶의 길을 열어 주기 위하여
나는 기꺼이 나의 모든 살과 피를 제물로 바칠 것이다

친구의 목숨을 구하기 위하여 자기 목숨을 버리는 것보다
더 큰 사랑이 세상에 어찌 또 있을 수가 있겠느냐?

그것은 혈육을 위해서 자기 목숨을 버리는 것보다
더 어렵고 드물며 그래서 더욱 고귀한 희생인 것이다
내가 이토록 목숨을 바쳐 너희를 사랑한 것과 똑같이
너희도 언제나 어디서나 서로 사랑하라
내가 친구를 위하여 내 목숨을 바치는 것과 똑같이
너희도 언제나 어디서나 친구를 위하여 목숨을 던져라

너희가 만일 나의 이 유언을 충실히 이행한다면
아버지의 나라에서 떳떳한 아들로 인정을 받을 것이다
그러나 목숨을 바치기는커녕 친구를 외면하고 버리거나
악의 무리와 손잡고 친구를 잡아 가두고 죽인다면
너희 사랑은 이미 지상에서부터 죽은 것이 아니냐?
죽어버린 사랑이 어찌 너희 영혼에게 생명을 주겠느냐?

허위와 폭력을 받드는 세상은 나를 미워하게 마련이고
또한 너희를 미워하여 박해하고 죽일 것이다
너희는 비록 죽지만 너희 친구들 곧 나의 친구들은
나의 생명의 길을 온 세상에 골고루 깔아놓고야 말 것이다
그러나 그들도 친구를 위하여 자기 목숨을 바치지 않거나
오히려 친구를 위해 죽으려 나서는 사람들을 죽인다면
오늘 나를 죽이는 자들과 무엇이 다르겠느냐?

칼이 없으면 칼을 마련하라
(루카 22:36)

너희는 이제 나의 가르침을 전하러 먼 길을 떠나야 한다
허위와 폭력의 세상은 나의 가르침을 미워하기 때문에
너희는 가는 곳마다 박해를 피하지 못할 것이다
너희는 나의 이름도 모르는 늑대들에게 다가가서
사랑과 용서를 실천하라고 권고하는 양들과 같다

그러므로 칼이 없는 사람은 겉옷을 팔아 칼을 사라!
너희는 지금 가지고 있는 칼 두 자루만으로는
너희 자신을 방어하기가 불가능하다고 여기지만
내가 보기에는 그것으로 충분하다!
하나는 세상에 가득 찬 죄를 베어버리는 칼이고
또 하나는 나의 사랑을 베어 나누어주는 칼인 것이다

죄를 베는 칼을 쥐려면 너희 손이 먼저 깨끗해야만 한다
허위와 탐욕의 때가 묻은 손으로 칼을 휘두르는 사람은

죄를 베기는커녕 죄의 올가미에 목 졸려 죽을 것이다
사랑을 베어주려면 너희가 먼저 서로 사랑해야만 한다
의심과 질투, 증오와 싸움에 전 손으로 칼을 휘두른다면
사랑을 주기는커녕 조롱과 저주의 재에 숨 막혀 죽을 것이다

칼을 사면서도 그 칼이 어떠한 칼인지조차 모른다면
그보다 더 큰 위험에 빠진 자가 어디 있느냐?
칼의 사용법도 몰라 다른 사람에게 칼을 빼앗긴 다음
어둠 속에서 바로 그 칼에 맞아 죽기밖에 더 하겠느냐?
칼을 팔면서도 무슨 칼을 파는지조차 모른다면
그도 또한 바로 그 칼에 맞아 죽지 않겠느냐?

내가 너희에게 마련해 주는 두 자루의 칼 이외에는
어떠한 종류의 칼이든 모두 어둠과 죽음의 앞잡이다
나의 참된 칼 이외에 다른 칼을 휘두르는 자는 누구나
칼로 일어섰다가 칼에 쓰러지고 말 것이다
칼을 사랑하는 자는 칼의 노예가 되고
칼은 자기를 휘두르는 자의 피마저도 탐내기 때문이다

그러나 너희는 어떠한 칼에 쓰러지든 두려워하지 마라
오직 나의 칼만은 비록 너희를 베어 쓰러뜨린다 해도
나의 피로 너희 영혼을 완성시킬 것이기 때문이다

그들은 올리브 산으로 올라갔다
(마태오 26:30)

그들은 마지막 만찬 자리에서 밤을 새울 수는 없었을까?
식탁을 마련해 준 주인이라면 그 정도 아량이 없었을까?
설령 그 집이 여관이 아니라 식당일 뿐이었다고 해도
그들은 그 방을 하룻밤 빌릴 수도 있었고
사람의 아들은 거기서 기도할 수도 있었다

그러나 거기 계속 머무른다면 조금 전에 떠난 배신자가
군사들을 이끌고 곧 들이닥칠지도 모르지 않겠는가?
한자리에, 더욱이 이층에 있으면 모조리 잡힐 것이다
배신자도 그들이 거기서 밤새우기는 기대하지 않았다

그들은 모두 올리브 산으로 올라갔다
그러나 그곳은 배신자도 이미 잘 아는 곳이 아닌가?
사람의 아들은 왜 산에서 자기 적들을 만나려고 했던가?

어차피 자기를 버리고 모두 달아날 제자들이었으니
그들이 달아나기 쉬운 곳을 일부러 선택한 것인가?

그는 가난한 사람들의 복음을 산에서 최초로 선포했다
이제 그는 자신의 가르침을 마무리 짓는 단계에 이르러
마치 모세가 시나이 산에서 십계명을 받은 것과 같이
그도 아버지의 뜻을 마지막으로 산에서 받아야만 했다

착한 사마리아인이 상처에 올리브기름을 발라준 것과 같이
그도 올리브 산에서 모든 사람의 죄의 상처들을 어루만져주었다
사람의 아들은 양들을 하나도 다치지 않게 하고 홀로 잡혀가
해골산에서 자기 가르침의 마지막 승리를 거둘 것이다
그는 배신자도 이미 잘 아는 바로 그 산으로 올라간 것이다

너희는 모두 나를 버릴 것이다
(마태오 26:31)

너희는 누구나 비록 나와 함께 죽는 한이 있더라도
나를 모른다고 하거나 버리지는 않겠다고 말한다
아직은 내가 너희와 함께 여기 머물러 있고
또 이곳은 한적하고 안전한 곳이기 때문에
너희는 제자로서 그토록 굳세게 다짐하고 있는 것이다

너희는 나를 위해 목숨을 버리기가 그렇게 쉽다고 보느냐?
너희 자신을 위해서도 목숨을 버리기는 어려울 것이다
나의 가르침의 증인으로 목숨을 어찌 쉽게 바치겠느냐?
너희 주장을 위해서도 목숨을 버리려고 하지 않을 것이다

사람의 아들이 드디어 어둠의 세력에게 넘겨지고
너희 자신에게도 그들이 손을 뻗어 잡아가려고 하면
너희는 예외 없이 모두 나를 버리고 달아날 것이다
그 후에도 사람들이 너희를 의심하여 질문할 때마다
너희는 예외 없이 나를 모른다고 부인할 것이다

특히 베드로는 오늘 밤 세 번이나 나를 모른다고 하겠지만
그렇다고 그가 다른 제자들보다 믿음이 약한 것도 아니고
그보다 다른 제자들이 나를 더 사랑하는 것도 아니다
그는 끌려가는 나의 뒤를 좀더 가까이 따라오는 바람에
더 많은 의심과 질문을 받게 되는 것일 뿐이다

나를 보지 않고도 나의 가르침을 믿을 무수한 사람들도
오늘 밤 나의 제자들과 조금도 다름이 없을 것이다
박해를 피할 수 있을 때는 피하는 것이 좋다
그러나 나의 이름을 반드시 증언하지 않으면 안 될 때
반드시 증언해야 할 자리에 있는 사람이 부인한다면
그가 어찌 나의 참된 제자라고 자부할 수 있겠느냐?

오늘 밤 너희는 모두 예외 없이 나를 버릴 테지만
나는 너희를 예외 없이 모두 끝까지 사랑한다
나의 사랑을 믿어라! 뉘우치고 나에게 다시 돌아오라!
그러면 용서를 받고 다시 나의 제자가 될 것이다
나를 모른다고 일곱 번씩 일흔 번 말했다 해도
결코 절망하지 마라! 나의 사랑을 믿고 돌아오라!

그는 슬픔과 공포와 번민에 짓눌렸다
(마태오 26:38)

겟세마니에서 그의 삶은 드디어 막다른 골목에 이르렀다
아버지의 아들은 곧 아버지의 사랑 속으로 돌아가겠지만
사람의 아들은 더 이상 적을 피해 갈 곳이 없었던 것이다

아버지의 아들은 그의 가슴속에서 큰소리로 외쳤다
아버지의 약속을 믿고 아무것도 두려워하지 마라!
너는 사람으로 태어났기 때문에 사람들의 모범이 되려고
반드시 죽음의 문을 통과하지 않으면 안 된다
그러나 바로 그 순간 너는 영원한 승리를 거둘 것이다
너는 아버지를 사랑하는 모든 사람들의 영혼 속에서
다시 살아나고 그들에게 참된 생명을 줄 것이다

그러나 사람의 아들은 극도의 슬픔과 공포와 번민에 눌려
얼굴에서는 핏방울 같은 굵은 식은땀이 땅에 떨어졌다
사람이라면 누군들 곧 닥칠 죽음을 두려워하지 않겠는가?

더욱이 아무 죄도 없는데, 아니, 아무 죄도 없기 때문에
죽어야만 한다면 사람에게는 더없이 큰 슬픔이 아닌가!
적을 굴복시킬 힘이 전혀 없기 때문이 아니라
바로 그 힘을 사용해서는 안 되기 때문에
극도의 고통 속에 죽어야 한다면 가장 큰 번뇌가 아닌가!

비록 아버지의 아들보다 사람의 아들이 더 크게 말했지만
겟세마니에서 그의 감정은 더 큰 소용돌이에 휘말렸다
그는 자신의 가르침이 아직 제대로 싹트지도 못했는데
사제들과 바리사이들은 물론 형제들조차 믿지 않는데
아니, 한 줌 제자들의 믿음마저 흔들리는 갈대인데
모든 것이 미완성인 채 홀로 떠나가는 것이 너무 슬펐다

얼마나 많은 양들이 어둠 속을 헤매다가 쓰러질 것인가?
얼마나 많은 영혼이 죄의 사슬에 묶인 노예가 될 것인가?

사제들과 지도자들은 얼마나 큰 허위와 위선으로 오도하여
예루살렘과 백성을 회복 불가능한 파멸로 이끌 것인가?
또 얼마나 많은 거짓 사제들과 지도자들이 나타나
진리를 위장한 채 그의 가르침 자체를 파괴할 것인가?
미래의 양떼를 위한 나침반 하나도 마련되지 않았는데
홀로 아버지에게 가는 것은 양떼를 버리는 것이 아닌가?
그에게는 이 모든 것이 견딜 수 없이 가혹한 번민이었다

그의 얼굴에서는 핏방울 같은 굵은 식은땀이 흘러내렸다
비록 사람의 얼굴에서 흘러내리는 것이기는 했지만
그것은 무한한 시간과 공간의 포도밭을 적시는 최고의 비료
무수한 포도가지들에게 영원히 흘러 퍼질 생명의 즙이었다
또한 그것은 사람의 얼굴에서 흘러내린 것이기 때문에
그의 가르침을 실천하는 무수한 사람도 흘려야만 하는 것
포도가지들이 맺어야만 하는 결실 곧 그의 사랑이었다

이 잔을 거두어 주십시오
(마태오 26:39)

그날 밤 겟세마니는 그 어느 곳보다 더 어두웠다
그는 어둠을 벗어나 다른 곳으로 가려고 했을지도 모른다
그보다 누가 어둠을 더 싫어했던가?
한편 곧 닥칠 수난을 도저히 피할 길이 없다면
차라리 그 자리에서 숨이 멎기를 바랐을지도 모른다

아버지! 이 잔을 나에게서 거두어 가 주십시오!
아버지는 모든 일이 가능하지 않습니까!
물론 아버지는 그 잔을 치워버릴 수도 있었고
시기와 방법을 달리 정할 수도 있었을 것이다
그러나 사람의 아들은 아버지의 대답을 듣지 못했다

바로 그렇기 때문에 그는 대답을 들을 때까지
세 번이나 같은 곳에서 같은 기도를 반복한 것이다
나는 이 잔이 나를 피해가기를 간절히 바랍니다!
그러나 나의 뜻이 아니라 아버지의 뜻을 이루십시오!
그것은 아버지의 확실한 대답을 간청하는 절규였지만
아버지는 과거와 달리 천둥소리로 응답하지도 않았다

이윽고 그는 아버지의 침묵이 바로 천둥소리라고 깨달았다
사람의 아들은 바로 그 시간을 위해 온 것이 아닌가!
아버지는 그가 그 잔을 마시기를 바라는 것이 아닌가!
사람의 아들이 세 번이나 피땀마저 흘리며 기도한 것은
바로 그가 다른 사람과 똑같은 사람이라고 증명했지만
그렇다고 그의 기도가 거절당한 것은 결코 아니었다
그의 얼굴에서는 핏방울 같은 땀이 이미 멎었다
슬픔도 번뇌도 지나가고 한없는 평온이 깃들어 있었다

너희는 어찌 이토록 약하냐
(마태오 26:40)

사람의 아들이 죽음을 코앞에 둔 다른 사람들처럼
갑자기 슬픔과 두려움과 번민에 짓눌린 채 기도하는 동안
제자들은 졸음 하나 참지 못하고 누워서 자고 있었다
스승과 함께 죽겠다고 조금 전에 맹세한 그들이 아닌가?
오죽 답답하면 같은 기도를 세 번이나 반복한 그는
그들이 깨어서 자기처럼 기도하기를 얼마나 바랐던가!
그들이 맑은 정신으로 간절한 기도를 함께 했더라면
그에게 얼마나 든든한 위로와 격려가 되었겠는가!

유혹에 넘어가지 않도록 깨어서 기도하라!
그것은 자기를 버리고 몰래 달아나지 말라는 경고였고
그는 세 번이나 그들이 있는 곳에 돌아와 보고 확인했다
물론 그들은 그를 배신하여 몰래 달아나지는 않았지만
그것은 스승과 함께 죽겠다는 굳은 각오 때문이 아니라
너무 졸려서 달아나겠다는 결심조차 못했기 때문이다

그는 그들의 풀린 눈을 보고는 기도를 기대하지도 않았다
잠이 들기는 했어도 제자리에 있는 것만도 기특했다
마음은 나를 따르려 하지만 육체는 어찌 그리 약하냐?
적 앞에서 보초가 잠이 들었다면 그보다 큰 죄는 없다
그러나 그의 말은 엄하게 질책하는 것은 아니고
다만 자기가 떠나간 뒤에 한층 더 조심하라는 충고였다

죽음이란 지금은 오직 나에게만 닥치지만
언젠가는 너희도 피할 수가 없을 것이다
오늘은 내 차례, 내일은 너희 차례가 아니냐?
그때도 너희는 오늘 밤처럼 잠만 자고 있을 것이냐?
평소보다 더 간절히 기도해야 마땅하지 않겠느냐?

너희가 나의 빵을 먹고 포도주를 마셨다고 해서
곧 새사람으로 완전히 변한 것은 아니다
유혹자는 자기 이익이 없어도 부지런히 유혹하고 있다
항상 깨어서 그보다 더욱 부지런히 기도하지 않는다면
어떻게 그의 덫에 걸리지 않고 무사할 수 있겠느냐?

그러나 잠기운에 그들은 멀거니 바라볼 뿐
무슨 대답을 해야 좋을지 아무도 몰랐다
무슨 대답이든 그에게는 이미 상관이 없었다

일어나 가자
(마태오 26:46)

사람의 아들이 죄인들 손에 넘겨질 때가 되었다
그들은 무죄한 사람을 잡아가려고 다가오고 있다
그들의 재판은 백성을 속이는 정치 쇼일 뿐 아니라
자기 양심을 마비시키는 상습적 마약이다
너희는 의혹의 잠에서 깨어 일어서라!
그리고 그들이 벌이는 자멸의 쇼를 보라!

그들은 자기 조상을 본받아 예언자들을 죽이며
그들의 후손도 진리의 사람들을 죽일 것이다
그들의 명분은 진실을 가장한 허위일 뿐이며
그들 자신의 눈을 멀게 하는 치명적 독약이다
너희는 비겁함의 잠에서 깨어 일어서라!
그리고 그들의 유혈 잔치의 산 증인이 되라!

그들은 나의 양들을 달콤한 말로 유혹도 하고
무서운 말로 위협도 하며 재산몰수뿐 아니라

투옥, 고문, 유배, 처형 등 온갖 방법을 동원하여
나를 부인하고 나의 가르침을 버리도록 강요할 것이다

그것은 나의 가르침이 참으로 옳다고 온 세상에
그들이 본의는 아니어도 스스로 고백하는 것이며
자신의 범죄를 자기 말과 행동으로 단죄하는 것이다
너희는 한탄과 패배주의의 잠에서 깨어 일어서라!
그리고 그들의 영원한 패배와 불행을 증언하라!

나는 세상의 지배자들과 곧 마지막 대결을 할 것이다
너희는 모두 일어서라! 그리고 나와 함께 가자!
너희야말로 내가 가장 사랑하는 제자들이 아니냐?
나를 위해, 나와 함께 죽기로 맹세하지 않았느냐?
너희가 아니면 누가 나의 싸움을 끝까지 지켜보며
내가 거두는 참된 생명의 승리는 누가 증언할 것이냐?

제자들은 잠에서 깨어 일어서기는 했지만
아무도 선뜻 그의 뒤를 따라 걸어가지는 않았다
그럴 기회도 시간도 그들에게는 주어지지 않았다
마지막 만찬 때까지만 해도 제자들 가운데 하나였던
배신자가 바로 그 자리에 이미 와 있었기 때문이다
일어나 가자! 제자들은 제자리에 얼어붙었다

선생님, 안녕하십니까

(마태오 26:49)

선생님, 안녕하십니까?
배신자는 마지막 순간까지 그를 스승이라 불렀지만
로마 식이 아니라 유대인 식으로 인사했을 것이다
선생님, 당신에게 평화를 기원합니다!

물론 배신자는 스승에게 평화를 주려고 온 것은 아니다
아무 말썽 없이 또한 틀림도 없이 바로 그가 체포되도록
군사들에게 신호를 주면 배신자의 임무는 완수되고
그것은 배신자가 거기서 거두는 자기만의 평화였다
배신자는 다른 제자들에게 거짓 인사마저 하지 않았다
그들 사이에는 평화의 기원조차 끼어들 수 없었던 것이다

사람의 아들은 배신한 제자를 끝까지 친구라고 불렀다
배신을 알면서도 엄한 질책이나 저주를 하기는커녕

자기 뺨에 키스하도록 허락했을 뿐만 아니라
오히려 배신자의 다음 행동을 재촉까지 했다
내 친구여, 여기서 하려던 네 일을 시행하라!

배신자에게는 키스 이외에 더 이상 할 일이 없었다
사람의 아들이 그 사실을 모르고 있었던가?
아니다! 그는 배신자에게 마지막 결단을 촉구한 것이다
네가 배신해도 나는 너를 끝까지 친구로 사랑한다
너는 나의 제자들과 하나가 되기를 아직도 바라고 있다
내가 끌려간 뒤 그들에게 가서 용서를 청하라!

배신자는 당장이라도 그의 발아래 쓰러져 울고 싶었다
그러나 제자 가운데 하나가 칼을 빼어 들었을 때
배신자는 겟세마니에서 이미 사라진 뒤였다

칼을 빼는 사람은 칼에 죽는다
(마태오 26:52)

칼집에는 칼날뿐 아니라 죽음도 들어 있다
칼을 빼는 사람은 죽음도 동시에 빼어낸다
칼과 죽음은 결코 분리될 수 없는 것이므로
칼은 곧 죽음의 화신인 것이다
그러므로 칼을 빼는 사람은 남의 칼에 죽든
자기 칼에 죽든 결국 칼에 죽고야 말 것이다

칼은 눈먼 폭군이다
아무것도 그 누구도 분별하지 못한 채
닥치는 대로 찌르고 가르고 베고 잘라버릴 뿐이다
칼은 오로지 그것을 위해 만들어진 것이다
그러므로 칼을 빼는 사람은 남의 칼에 베이든
자기 칼에 베이든 결국 칼에 베이고야 말 것이다

칼은 피에 무한히 굶주린 괴물이다
피가 있는 곳이라면 물불 가리지 않고 달려가고

피가 있는 것이라면 남김없이 그 피를 흘리게 한다
피 냄새를 맡기만 하면 칼은 곧 미치기 때문이다
그러므로 칼을 빼는 사람은 남의 칼에든
자기 칼에든 결국 칼에 피 흘리며 죽을 것이다

칼에 대항할 수 있는 것이 전혀 없는 듯 보이고
칼이 온 세상을 정복하여 전능한 것처럼 보이지만
그것은 칼을 빼는 자들이 한때 부리는 하찮은 허풍
또는 어리석고 비겁한 자들의 착각에 불과하다

가장 강한 것이 가장 약한 것에 굴복하듯이
칼은 물을 가를 수 없고 불을 막을 수 없으며
사람의 마음도 결코 베지 못한다
하물며 사람의 영혼을 어찌 벨 수 있겠느냐?
녹슨 칼은 버림받고 부러진 칼은 대장간에 간다

사람의 아들의 가르침이 세우는 나라는
칼을 빼는 자들이 다스리는 나라와 전혀 다르다
나의 양들이 가진 것을 모두 내어주는 헌신은 곧 물이며
원수를 위해서도 기도하는 그들의 사랑은 곧 불이다
그들은 세상에서 가장 약하게 보이지만 가장 강하다
그러므로 칼은 한때 그들의 목마저도 베겠지만
칼을 빼는 자는 칼에 죽는다는 진리는 변함이 없다

내가 강도란 말이냐
(마태오 26:55)

두 손과 온몸이 밧줄에 묶인 채 사람의 아들은 외쳤다
내가 강도란 말이냐?
물론 군사들을 파견한 사제들과 바리사이들의 눈에는
그가 강도보다 더 흉악하고 무서운 범죄자로 보였다
강도는 고작해야 몇몇 사람을 죽이고 약탈할 뿐이지만
그는 어둠과 죄의 지배자들의 기초를 무너뜨리고
그들의 손아귀에서 무수한 사람들을 빼앗아가기 때문이다

칼과 몽둥이로 무장한 채 나를 잡으러 왔단 말이냐?
지배자들은 그가 무력으로 대항할 것은 예상하지 않았다
사람의 아들로 자처하면서 논쟁이나 즐기는 그가 아닌가?
그들은 한 줌에 불과한 제자들도 두려워하지 않았다
무식하고 비겁한 어부들, 오합지졸이 아닌가?

그러나 평소 그를 따르던 군중이 둘러싸고 있을지도 모른다
그를 잡으려고 군사들이 움직인다는 소문이 어찌 비밀인가?
지배자들은 군중의 소동을 낮보다 밤에 더욱 염려했다
충돌이 벌어지면 그가 어디론가 달아날지도 모른다
그러므로 횃불도 가져가라! 만나자마자 그를 잡아라!

나는 날마다 성전에서 공개적으로 가르쳤는데
왜 그때는 손대지 않고 이제 밤에 여기 왔느냐?
그것은 질문이 아니라 일종의 무력한 비난이었다
언제 어디서 범죄자를 잡아들이는 것이 좋을지는
잡히는 자가 아니라 잡는 자가 결정하는 것이 아닌가?
더욱이 성전에서 군사들이 그에게 손대지 않은 이유를
사람의 아들도 지도자들도 백성들도 다 알지 않는가?

그가 무슨 말을 하든 군사들은 아무 대꾸도 하지 않았다
명령에 따라 움직이는 그들은 굳이 대꾸할 필요도 없었고
받은 명령이 옳은지 그른지도 판단하지 않았던 것이다
그들의 눈에 체포된 것은 이미 사람이 아니라
상부에 전달하면 그만인 한낱 물건일 뿐이었다

제자들은 모두 달아났다
(마태오 26:56)

제자들은 한두 달이 아니라 여러 해 동안 함께 살았다
사람의 아들과 함께 먹고 마시며 잠도 함께 잤다
그의 가르침에 관해 비유뿐 아니라 해설도 들었다
사람들도 가르쳤고 그의 이름으로 세례도 베풀었다
마지막 만찬에서는 그의 빵과 포도주도 직접 받았고
스승과 함께 죽겠다고 굳게 다짐한 그들이었다

그러나 사람의 아들이 막상 밧줄에 묶이고 나자
그들은 하나도 남김없이 모두 달아나버렸다
사실 그들은 그 자리에서 함께 잡혀갔다고 해도
사람의 아들처럼 목숨이 위험한 것도 아니었다
그들이 무슨 사형에 해당하는 죄를 지었단 말인가?
고작해야 약간의 매를 맞고 풀려나지 않았겠는가?

그럼에도 불구하고 모조리 달아나고 말았다
스승과 함께 가서 죽자고 큰소리친 토마스도 달아났고
다른 제자들이 모두 스승을 버린다 해도
자기만은 끝까지 충성하겠다던 베드로도 달아났다
그가 누구보다도 가장 사랑했던 제자
마지막 만찬에서 그의 가슴에 기댔던 요한도 달아났다
그들이 맹세한 사랑은 바람에 날아간 빈말이었다
그들 가운데 사나이다운 사나이는 한 명도 없었다

그들은 무식하고 어리석고 비천한 자들이기 때문에
군사들의 칼과 횃불을 보고 두려움에 질렸기 때문에
또는 일단은 달아나고 보자는 이기심 때문에 그랬던가?
아니다! 그가 여러 번 예고했음에도 불구하고
그들은 그의 수난이 현실로 닥친다고는 믿지 않았다
아니, 도저히 믿을 수가 없었다

그는 하늘나라의 아버지의 아들이 아닌가!
그는 자신이 이미 온 세상을 이겼다고 말하지 않았던가!
그는 제자들에게 영광의 자리를 약속하지 않았던가!

그가 기도하는 동안에는 잠을 자던 그들이었지만
이제는 정신이 번쩍 들어서 놀란 토끼처럼 달아났다
그리고 각자 자신의 행동이 옳다고 굳게 믿었다
그들은 바로 사람의 아들이 직접 뽑은 제자들이었다
드디어 그는 홀로 끌려갔다
그의 마음은 한없이 고요했다

거짓 제자들

(마태오 26:56)

사람의 아들은 참으로 정직하고 올바른 사람이었다
바리사이들도 대사제들도 심지어 사두가이들마저
나름대로 율법에 충실하고 정직했다
그들만큼 메시아를 갈망한 자 그 누구인가?
그들인들 구원을 열망하지 않았겠는가?

그러나 우리는 그들이 사악하다고 비난한다
그들이 이기주의에 싸인 위선자라고 단죄한다
그들은 메시아를 살해한 영원한 죄인
구원의 빛을 보고도 멸망한 족속이라고 비웃는다

그러면 우리는 그들보다 더 정직한가?
그들보다 모든 계명을 더 잘 지키는가?
사람의 아들의 제자라고 자처하는 바로 우리가

사람의 아들처럼 원수마저 용서하는가?
원수는커녕 자기 형제마저 살해해 버리는,
어쩌면 카인보다 더 흉악한 자들이 아닌가?

카인은 동생 한 명을 죽이고도 저주를 받았는데
우리는 도대체 몇 천만 명을 더 죽여야
형제살해를 그치고 만족하려는가?
언제 우리가 형제를 죽였느냐고 반문하는가?

보라! 네 주위에서 얼마나 많은 사람이 소리 없이 죽는가?
무한한 탐욕이 낳은 전 세계의 굶주림, 폭력과 독재
속임수와 불의와 부정과 부패
그 쇠망치에 맞아 얼마나 죽어 나가고 있는가?
그들이 내지르는 비명이 네 귀에 들리지 않는다 해서
하늘마저 귀머거리인 줄 아는가?

사람의 아들을 날마다 다시 죽이는 것은
대사제도 바리사이도 아니다
그것은 그분의 이름을 내걸고 자기 배를 채우는
바로 거짓 제자들이 아닌가!

많은 사람이 불리한 증언을 했다
(마태오 26:60)

많은 사람이 나서서 증언을 했지만 말이 서로 틀렸다
새 성전을 짓는다는 그의 말을 들었다는 증언들마저도
사제들과 최고회의의 요구를 만족시키지 못했다
사람의 아들은 아무리 자기에게 불리한 증언을 들어도
전혀 입을 열지 않고 아무런 대꾸도 하지 않았다

그렇다! 그들은 이미 그를 죽이기로 결정했고
거짓 증언마저 형식만 갖추면 채택할 작정이었으니
그들의 속셈을 잘 아는 그가 대꾸할 리도 없었고
아무리 올바른 대꾸를 해도 소용없는 일이 아닌가!

겟세마니에서 또는 거기서 대사제의 저택에 이르는 동안
그들은 얼마든지 그를 조용히 처치할 수도 있었지만
왜 굳이 미리 공모한 재판이라는 쇼를 했던가?
그가 백성을 속이는 자라고 분명히 공표하고 싶었던가?

그렇다! 그래야 그가 죽으면 가르침도 잊혀질 것이다!
그러나 그의 신성모독죄를 입증할 길이 없었다
그렇다면 아무리 쇼라 해도 재판은 거기서 끝난 것이다
재판이란 과거에 지은 죄를 다루는 것이 아닌가?

그때 대사제가 자신의 직권으로 그에게 명령했다
살아 계신 하느님께 맹세하라!
그리고 네가 하느님의 아들인지 우리에게 말하라!
그것은 재판의 심문이 아니라 교활한 함정이었다

재판의 탈을 쓴 쇼의 실패를 깨달았기 때문에
대사제는 무슨 수를 써서라도 그를 죽이려고 나섰다
그러나 그들은 목적을 달성하는 순간 그들 자신이
바로 그 함정에 빠져서 패배할 줄은 몰랐다

사제들과 바리사이들도 그에게 대답을 독촉했다
네가 만일 메시아라면 우리에게 말하라!
그것은 로마황제에게 바치는 세금에 관하여
그들이 던졌던 것보다 더 치명적인 덫이었다

그가 자신이 메시아라고 명백히 선언한다면
그것이야말로 그들이 기다리던 대답이 아닌가!
그들은 아무 거리낌도 없이 그를 처형할 것이다
반면, 자신이 메시아가 아니라고 대답한다면
그동안 백성을 속인 죄로 처형당할 것이다

그들은 처음부터 그를 믿지 않았고
그가 메시아든 아니든 상관하지도 않았다
오로지 눈엣가시인 그를 없애려고만 들었다
그래서 그는 그들도 잘 아는 성경구절을 인용했다
사람의 아들은 그분 오른쪽에 자리 잡을 것이다

덫이 실패하자 그들이 집요하게 다시 물었다
그러니까 네가 바로 사람의 아들이란 말인가?
그는 치명적인 대답을 굳이 할 필요가 없었고
끝까지 침묵을 지켰더라면 더 좋았을지도 모른다
그러나 자신의 길을 알고 담담하게 대답했다
그것은 너희 자신의 입에서 나오는 말이 아닌가?

그는 마땅히 죽어야만 한다
(마르코 14:64)

창조주 아버지의 무한에 비하면 우주도 티끌 한 점이다
그분에게 어떻게 오른쪽이든 왼쪽이든 있을 수 있는가?
굳이 비유적으로 말하자면 그분 오른쪽이란
그분의 뜻을 실천하며 살아가는 모든 올바른 사람들
곧 아버지의 참된 아들들의 자리란 의미가 아닌가?
사람의 아들도 그런 뜻에서 오른쪽에 앉는 것이다

그는 다윗 왕국을 재건할 메시아라고 말하지도 않았다
그의 나라는 칼로 일으키는 지상의 나라가 아니라
사랑의 불로 모든 가슴속에 세울 영혼의 나라가 아닌가?
그가 그 나라를 세울 사람의 아들이라고 말했다 해도
그것이 어찌하여 아버지를 모독하는 말이 되는가?
오히려 아버지의 뜻을 찬미하는 기도가 아닌가?

그는 마땅히 죽어야만 한다고 그들은 판결했지만
참으로 마땅히 죽어야 하는 것은 바로 그들이었다
그들은 자신도 진리를 받아들이지 않고
백성들도 진리를 받아들이지 못하게 막았다
그들은 자신도 아버지의 뜻을 실천하지 않고
백성들에게 아버지의 뜻을 제대로 가르치지도 않았다
그들은 백성을 바른길로 인도할 지도자들이 아닌가!

만장일치나 절대다수로 결정이 이루어졌다고 해서
모든 결정이 반드시 다 옳은 것은 결코 아니다
오히려 그럴수록 허위와 불의의 도구인 경우가 많고
합법을 가장할수록 그 자체가 불법을 더욱 증언한다
재판도 아닌 쇼에서 그들이 내린 사형판결이란
고작해야 집단적 증오의 선언에 불과한 것이었다
사람들은 그가 모든 영혼의 메시아라고 믿었고
그들도 바로 그것을 항상 두려워하지 않았던가!

누가 너를 때리는지 말해 보라
(마태오 26:68)

백성은 평소 그들의 위선과 불의에 침을 뱉었다
그래서 그들은 그의 얼굴에 침을 뱉었다
그는 백성의 영혼을 비추는 거울이기 때문이다

백성은 평소 그들의 착취와 탐욕을 저주했다
그래서 그들은 그를 마구 때렸다
그는 백성의 고통을 지는 어린양이기 때문이다

그들은 그의 얼굴을 가린 채 때리면서 말했다
네가 메시아라면 누가 때리는지 말해 보라!
그들이 아는 메시아란 고작 그 정도였다

그들은 폭언과 욕설을 거침없이 퍼부었고
하인들마저 가세하여 그를 때리고 모욕했다
그들은 무죄한 사람 앞에서 부끄러웠던 것이다
그는 아무 말도 없이 신음소리조차 내지 않았다
그래서 그들은 더욱 난폭하게 매질을 했다
새벽아 다가왔지만 그들에게는 희망이 없었다

나는 그를 알지 못한다
(마태오 26:72)

제자가 자기 스승을 모르는 사람이라고 말하는 것은
차라리 그를 비난하거나 욕하는 것보다 더 나쁜 짓
그를 자기 마음속에서 죽이는 것이나 다름이 없다
더욱이 저주하고 맹세까지 하면서 부인하다니!
당신들이 말하는 이 사람을 나는 모릅니다!
베드로는 여러 사람 앞에서 그렇게 소리쳤던 것이다

세 번 부인했다는 것 자체는 그리 중요하지 않다
마음속에서 한 번 죽이나 세 번 죽이나 마찬가지
한 번 죽은 사람이 세 번 죽을 리는 없는 것이다
그러나 한 번 부인한 뒤 자리를 피할 수 있었고
두 번 부인한 다음에도 다른 곳으로 갈 수 있었다

베드로는 왜 굳이 그 자리에 계속 머물렀던가?
대사제와 아는 사이인 다른 제자도 속수무책인데
갈릴레아 어부가 거기서 무슨 도움이 되겠는가?

스승의 운명이 어떻게 될지 지켜볼 작정인가?
설령 끝까지 지켜본들 무슨 묘책이 나올 것인가?

새벽까지 닭이 두 번 우는 것은 누구나 들었다
그러나 베드로가 세 번 부인하는 말은
제자들 가운데 누가 옆에서 들었단 말인가?
그가 밖으로 달려 나가 우는 것은 누가 보았던가?
나중에 베드로 자신이 공개 고백이라도 한 것인가?
그래서 공식적으로 용서를 받았다는 뜻인가?

달아났다가 대사제의 마당까지 따라간 베드로라면
오히려 다른 제자들보다 스승을 더 사랑한 것이다
그러니까 베드로의 부인을 유난히 부각시키는 대목은
달아난 다른 제자들의 처신을 대변하는지도 모른다
그들도 다른 사람들의 추궁과 비난을 받을 때마다
스승을 모르는 사람이라고 잡아떼었을 것이다

재판을 받을 때나 매를 맞을 때나 사람의 아들은
제자들이 자기를 부인한다는 사실을 알고 있었다
그러나 그는 그들을 더욱 사랑하고 신뢰했다
그러기에 그는 그들에게 자기 양떼를 맡기지 않았던가!
그러기에 그들은 그를 위해 목숨을 바치지 않았던가!

유다는 스스로 목매달아 죽었다
(마태오 27:5)

사제들과 최고회의가 스승의 처형을 결정했고
게다가 그를 로마 총독에게 넘겼다는 말을 들었을 때
비로소 유다는 사제들에게 속았다고 깨달았다
스승은 십자가를 지고 갈 것이다!
그것은 상상도 못 한 최악의 결과가 아닌가!

무죄한 사람을 사제들 손에 넘긴 것은 죄다
무죄한 피를 흘리게 한 것도 죄다
유다는 뉘우쳤고 그래서 은화들을 돌려주려 했다
그러나 사제들은 그를 비웃으며 냉정하게 대꾸했다
네가 죄를 지었든 뉘우치든 우리가 무슨 상관이냐?
너의 일은 네가 처리해야 마땅하지 않느냐?

그는 은화들을 성전 사제들을 향해 던져버린 다음
마지막 만찬의 장소로 숨 가쁘게 달려갔다

다른 제자들은 분명히 모두 거기 모여 있을 것이다
스승을 구출할 방법을 궁리하고 있을 것이다
유다는 그렇게 확신했기 때문이다
그는 목숨을 던질 각오도 이미 했고 필요하다면
무력마저 동원할 현실적 복안도 마련했을 것이다
그는 솔직하고 용감하고 영리한 현실주의자였다

그러나 만찬 장소는 텅 비어 있었다!
빈 접시 빈 술잔은 여전히 식탁에 널려 있었지만
제자들은 그림자조차 얼씬거리지 않았다
스승과 함께 죽기로 너도나도 맹세하지 않았던가?
그들의 목소리는 거기 하나도 메아리치지 않았고
고요뿐, 십자가보다 더 무거운 고요뿐이었다
그것은 천둥보다 더 크게 그의 뇌리를 때렸다

맏형으로 큰소리치던 베드로도 없었다
스승이 그토록 사랑한 젊은 요한도 없었다
그의 손에서 직접 빵과 포도주를 받아먹은 식탁
그것은 모든 제자들이 버리고 떠난 황야와 같았다
그들은 비겁하다! 그들이야말로 배신자가 아닌가!
그의 온몸이 부들부들 떨리기 시작했다
까닭 모를 분노마저 화산처럼 폭발하여 자기도 모르게
흘러내리는 눈물을 더욱더 하염없이 자극했다

가눌 길 없는 고독에 두 다리마저 후들후들 떨렸다
무릎을 꿇어 예수가 앉았던 의자에 매달린 채 기도했다
당신을 사랑했습니다! 지금도 사랑합니다!
용서해 주십시오!
그는 스승의 무한한 사랑을 굳게 믿었다
동시에 자기도 동료들에게 배신당한 사실을 깨달았다

그는 스승의 용서를 확신했다

동시에 그도 동료 제자들을 용서했다

그러나 절망의 심연을 내려다보는 그의 영혼은 결심했다

제자들 가운데 누군가는 죽어야만 한다!

스승을 위해, 스승과 함께, 오늘, 죽어야만 한다!

그것은 무한한 제물과 함께 바쳐지는 지극히 작은 제물

아무도 알아줄 리는 없지만

그에게는 가장 큰 제물 그리고 마지막 제물이었다

자살의 동기란 무엇인가
(마태오 27:5)

자살의 동기란 과연 무엇인가?
그것은 아직은 죽지 않은 구경꾼들이나 따지는 것
자살한 사람에게는 무의미한 말이 아닌가?
그는 이미 세상을 떠나버렸고
이제는 어떠한 질문에도 대답할 수 없으며
또한 대답할 필요도 의무도 없는 것이 아닌가?

다만 한 가지 분명한 사실은 있다
그가 세상을 저버린 것이 아니라
세상이 그를 저버렸다는 것뿐
그가 내세를 믿었는지 여부는 중요하지 않다
내세에 그가 어디 갔는지 어느 누가 알겠는가?
자기 이익만 챙기는 구경꾼들이 떠드는 소리는
도깨비들의 헛소리에 불과하지 않은가?

남의 구원은 물론 자기 자신의 구원마저도
지상에서는 아무도 단정할 수 없는 것
더욱이 확인이란 아예 불가능한 것이 아닌가?
영혼의 생명이란 아버지가 무상으로 주는 것
그분이 원하는 대로 아들들에게만 베푸는
신비한 선물 이외에 무엇이겠는가?

피의 밭
(마태오 27:8)

비록 자기 손으로 스스로 목숨을 끊기는 했지만
사람의 아들이 피를 흘리며 죽던 그 무렵에
목숨을 바치겠다고 한 만찬 서약을 지킨 제자란
열두 명 가운데 오로지 유다뿐이 아니었던가?
그의 죽음은 최초의 순교가 아닐지는 몰라도
과연 그를 싫어하고 미워하던 사람들의 기록대로
수치스럽고 무가치하고 무의미한 것에 불과한가?

그가 어디 묻혔는지는 아무도 모른다
누가 그의 시체를 거두어 묻었는지도 모른다
그것은 살아남은 사람들이 생각하기에는
기록해 둘 가치가 전혀 없는 일이었을 것이다
그러나 최소한 그가 피의 밭을 남겼다는 사실은
그들의 판단이 전적으로 옳지는 않다고 말해주지 않을까?

그가 포기하고 내던진 은화 서른 개를 거두어들이면서
사제들이 제일 먼저 생각한 것은 무엇이었던가?
가난한 사람들에게 베푸는 자선이 아니라
성전 금고 곧 자기 자신들의 금고가 아니었던가?

율법에 맞기만 한다면 그것을 금고에 넣었을 것이다
그러나 그것은 사람의 아들의 피의 대가였고
동시에 유다가 자기 피의 대가로 포기한 것이므로
그들은 옹기장이의 밭을 사서 공동묘지를 마련했다
유다는 외국인들을 위해 좋은 일을 하고 간 것이다

피의 밭이란 배신자의 피만 고인 곳도 아니고
외로운 외국인들의 넋만 허공에 떠도는 곳도 아니다
오히려 회칠한 무덤들이 모이는 곳마다
독사의 무리들이 우글거리는 곳마다
불의가 정의를, 허위가 진리를 짓밟는 곳마다
증오가 사랑을, 육체가 영혼을 죽이는 곳마다
무수한 피의 밭들이 오늘도 생겨나고 있지 않은가!

너는 유대인들의 왕이냐
(마태오 27:11)

사제들과 백성의 지도자들이 그를 로마총독에게 넘긴 것은
자기들 손으로 돌을 던져 그를 죽이기보다는
로마의 권력이 그를 십자가에 매달도록 하려는 것
곧 적이 적을 죽이도록 만들려는 교활한 속셈이 아닌가?

그는 우리 백성들이 봉기하도록 선동하고 다녔습니다!
그들은 로마에 대한 충성을 과시하려고
그렇게 집단적으로 비열한 고자질을 했지만
사실은 그의 인기를 질투해서 그렇게 고발한 것이다

총독은 그들의 속셈을 간파하고 첫 번째 혐의를 묵살했다
반란이나 그 선동이란 조금만 낌새가 드러나도
사방에 깔린 로마 스파이들이 이미 보고하지 않았겠는가?

그는 로마황제에게 바치는 세금을 막았습니다!
그들은 로마에게 가장 아픈 곳인 세금을 들먹거렸고
총독에게 가장 두려운 존재인 황제의 이름을 내걸었지만
사실은 근거 없는 혐의라도 일단 그에게 씌워본 것이다

총독은 그들의 속셈을 간파하고 두 번째 혐의도 묵살했다
황제의 것은 황제에게, 하느님의 것은 하느님에게 바치라고
그가 한 말은 이미 스파이를 통해서 보고받았던 것이다
게다가 세금 징수는 그 어느 때보다도 순조롭지 않은가?

그는 자칭 메시아, 유대인들의 왕이라고 주장했습니다!
그들이 그를 질투하든 미워하든 상관할 바 아니지만
왕의 참칭만은 총독 자신도 묵과할 수 없는 문제였다
소홀히 다루면 좌천되거나 목숨마저 위태롭게 될 것이다
총독은 비로소 긴장했다

너는 유대인들의 왕이냐?
총독의 그 질문에 사람의 아들은 이렇게 대답했다
나의 왕국은 이 세상에 있는 것도 아니고
이 세상의 왕국과 같은 종류의 것도 아니다
총독은 긴장을 풀었다
지상의 왕국이 아니라면 정치를 벗어난 것이다
무장하지 않는 한 사교 따위는 대수로울 것도 없다

그러니까 네가 왕은 왕이란 말이냐?
총독은 건성으로 물었지만 그는 진지하게 대답했다
그렇다! 나는 왕이다!
진리의 증인으로 태어난 진리의 왕이다!
그런 왕 따위는 총독에게 정신병자에 불과했다

진리란 무엇이냐
(요한 18:38)

네가 말하는 그 진리란 무엇이냐?
오로지 지상의 왕국에만 관심이 있었기에
총독은 대답을 기다리지도 않고 나가버렸다
돈이나 쾌락, 지위나 권력, 명예나 출세만 탐낸다면
누구나 총독처럼 대답을 기다리지 않을 것이다
진리 따위는 그들에게 필요한 것이 결코 아니다

진리란 바로 하늘나라의 아버지를 아는 것이다!
그 말을 들었다면 총독은 배를 잡고 웃었을 것이다
신들의 아버지는 제우스나 유피테르가 아닌가?

진리란 누구나 그분의 아들이 되는 것이다!
그 말에 총독은 오만하게 대꾸했을 것이다
올림포스의 신들은 원래부터 방탕하기 짝이 없다
온 세상이 그들의 자손으로 가득 차야 된단 말이냐?
차라리 로마인들이 그런 자손보다 더 훌륭하지 않느냐?

진리란 남을 제 몸같이 사랑하는 것이다!
그러면 총독은 그를 경멸하면서 내뱉었을 것이다
세상의 지배자는 오직 약육강식의 원리뿐이다
사람은 누구나 자기 이익만을 위해 행동한다
네 말은 비현실적인 몽유병자의 잠꼬대일 뿐이다

진리란 원수마저도 사랑하는 것이다!
드디어 총독은 그를 정신병자로 단정했을 것이다
원수는 미워하고 죽이는 것이 당연하다
원수를 살려두면 언젠가 내가 그의 손에 죽을 것이다
하물며 원수를 사랑하는 사람이야 어찌 되겠느냐?

진리란 원수를 위해서도 자기 목숨을 내어주는 것이다!
총독은 더 이상 참지 못하고 버럭 소리쳤을 것이다
입을 닥쳐라! 나를 바보로 알고 놀리는 것이냐?

사람의 아들은 총독의 반응을 이미 예측했다
칼로 지배하는 자가 어찌 진리를 바라겠는가?
더욱이 진리를 들을 마음조차 없는 사람이라면
들어도 듣지 못하는 귀머거리가 아닌가?
그는 밖으로 나가는 총독을 불러 세우려 하지 않았다

진리가 어찌 다수결로 결정되는가
(마태오 27:14)

갈릴레아 나자렛의 하찮은 사내가 어찌 메시아란 말인가?
사제들과 지도자들은 압도적 다수결로 사형을 결의했다
사람의 아들은 마침내 간절히 바라던 것을 얻었고
마지막 숨결로 십자가 위에서 모든 것을 이루었다
그러나 다수결은 결정적 오류를 저지르고 말았다

그 후 종교 지도자들이 모여 각종 교리를 선포했다
많은 사람들이 그것을 진리로 믿었지만
도저히 받아들일 수 없어 떠나간 사람들도 적지 않았다
무수한 사람이 믿는다고 반드시 선포된 교리가 진리인가?
인간의 다수결은 허위도 진리로 만들 수가 있는가?

유사 이래 고작 일만 년 미만의 세월이 흘렀고
앞으로는 수백억 년의 역사가 흐를 것이다
고작 이천 년 정도의 지혜를 모았다고 해서
그것도 모든 지혜의 극히 일부만 갖춘 집단이나 개인이
모든 진리를 깨닫고 밝힐 수 있다고 믿는가?

진리, 그것은 네가 진리라고 말하는 것일 뿐이다
진리, 그것은 네가 진리라고 믿는 것일 뿐이다

인류의 대부분이 아무리 어떤 것을 진리로 선포해도
설령 백만 년 동안 진리로 믿는다 해도
만일 그것이 처음부터 진리가 아니라면
언제나 어디서나 오류로 남을 수밖에는 없지 않은가?
오직 한 사람만이 진리라고 주장하는 것도
만일 그것이 진리라면 나머지 인류가 모두 반대해도
그것은 결국 언제나 진리일 수밖에 없지 않은가?

진리의 기준이란 무엇인가? 그것은 과연 있는가?
있다면 어느 누가 그것을 제시할 수 있는가?
또 무슨 근거로 그것이 옳은 기준이라 단언하는가?

진리의 이름으로 죽이지 마라
(마태오 27:14)

네가 믿는 진리에 따르지 않거나 반대한다고 해서
다른 사람들을 네가 박해하고 심지어 죽인다면
너는 과연 올바른 인간인가?
누가 너에게 그런 권리를 주었던가?

네가 적을 죽이려 덤빈다면
적도 너를 죽일 권리가 당연히 있을 것이다
진리의 이름으로든 하느님의 영광을 위해서든
사람을 죽이는 것은 살인 이외에 그 무엇인가?

아무리 오묘하고 고매한 진리라 해도
사람들에게 자유, 평화, 행복을 주지 못하는 것이라면
억압, 착취, 파괴, 약탈, 살육을 초래할 뿐이라면
그 따위 진리가 인간에게 왜 필요하다는 말인가?

입으로는 사랑의 하느님을 외치면서도
손으로는 사방에 증오의 씨를 뿌린다면
칼로 형제들의 목을 벤다면 그것이 참된 신앙인가?
헐벗고 굶주리는 형제들을 도우라고 소리치면서도
자기 곳간은 돈 자루로 채우는 것도 사랑인가?

진리를 자주 외치는 자는 그만큼 죄가 무겁다
크게 외치는 자는 그만큼 위선이 심하다
널리 외치는 자는 가는 곳마다 수치를 당한다
자기도 실천하지 않는 진리는 가르치지도 마라!
자기 입으로 가르치는 것은 모두 솔선수범하라!
네 행동만이 언제나 너를 심판할 것이다

그는 아무 반론도 제기하지 않았다
(마태오 27:14)

사제들과 지도자들이 아무리 불리한 혐의를 씌운다 해도
사람의 아들은 아무런 반론도 제기하지 않았다
굳게 다문 그의 입에 놀란 것은 그의 적들이 아니라
그의 생사를 결정할 권한이 있는 바로 총독이었다

그는 앞길이 아직 창창한 삼십대 청년이 아닌가?
자기 목숨을 구하려고 하지 않는 이유는 무엇인가?
마지막으로 주어진 이 기회를 왜 스스로 포기하는가?

그는 적들이 거는 수많은 혐의가 거짓임을 알고 있었다
그것은 적들 자신도 이미 알고 있는 것이고
총독마저도 만일 중립을 지킨다면 쉽게 간파할 것이다
그러나 그의 침묵에는 더 큰 이유가 있었다

그의 적들은 무슨 수를 쓰든 그를 반드시 죽일 것이다
그들은 총독이 가장 두려워하는 것을 올가미로 삼고
총독마저 그 올가미에 걸어 위협할 것이다
그러면 막강한 권력의 총독도 뒤로 물러설 것이다

사람의 아들이 아무리 혐의를 모두 뒤집는다 해도
형식에 불과한, 정치 쇼에 불과한 재판의 자리에서는
그것은 털끝만큼의 효과도 없을 뿐만 아니라
오히려 아버지의 뜻을 거스르는 결과만 낳을 것이다
그가 자기 목숨을 구하려고 애쓴다는 것 자체가
아버지의 뜻이 아니라 자기 뜻을 따르는 것이 아닌가!

그가 항변하면 할수록 재판시간만 길어질 뿐이다
사람의 아들이 걸어가야만 하는 길은 이미 정해졌다
그의 눈에는 무고하는 유대인들도 보이지 않았고
그의 귀에는 로마인 총독의 목소리도 들리지 않았다
그는 허수아비 쇼가 빨리 끝나기만 바랄 뿐이었다

그는 사형받을 죄를 저지르지 않았다
(루카 23:15)

너희는 그를 정치적 선동가라고 내 앞에 끌어왔지만
나는 그에게서 사형받아 마땅한 죄를 발견하지 못했다
갈릴레아의 지배자 헤로데의 결론도 똑같지 않은가!
로마제국의 총독이 선언한 그 말은 최종 판결이었다

그 말은 총독의 입에서 단 한 번 나오면 그만이었다
누가 감히 총독의 말에 이의를 제기할 수 있겠는가?
그러나 총독 빌라도는 그 말을 세 번이나 반복했고
게다가 자기 말을 끝까지 관철시키지도 않았다

사제들과 지도자들은 군중을 매수하든 폭동을 일으키든
사람의 아들을 십자가에 매달기로 굳게 작정했다
총독이 무슨 생각을 하든 무슨 말을 하든 문제가 아니다
사람의 아들이 정치적 선동가가 아니라 해도 좋다
그는 반드시 죽어야만 한다
그는 자칭 사람의 아들이기 때문이다

총독의 권위는 유대인 군중 앞에서 이미 무너졌고
그는 비겁하게도 그들과 타협하려고 했다
최고 권력의 자리에 앉은 로마의 총독인데도 불구하고
최종 판결에 해당하는 말을 세 번이나 반복했기 때문이다

그러나 그는 자기 권위를 회복하기는커녕
유대인 지도자들과 타협하는 것마저 성공시키지 못했으며
오히려 그때까지 가장 두려워하던 말까지 듣고 말았다
만일 스스로 왕이라고 참칭하는 자를 총독이 풀어준다면
당신은 로마 황제의 친구가 아니라 적이 됩니다!
우리를 다스리는 왕은 오로지 로마 황제뿐입니다!
이제는 총독 자신이 반역자로 몰리는 위기가 닥친 것이다

그래서 총독은 재판관의 자리로 걸어가며 생각에 잠겼다
무죄지만 억울하게 처형되는 일은 로마에서도 흔한데
무명의 유대인 한 명의 처형이 무슨 대수로운 일인가?
더욱이 그것은 유대인들 자신이 요구하는 것이 아닌가!
하찮은 유대인 한 명이 처형되어 소동이 가라앉는다면
그래서 총독이 황제의 적이라는 비난이 사라진다면
유대인 따위는 지도자나 저명인사 백 명을 처형해도 좋다!

너희는 내가 누구를 석방해 주면 좋겠는가?

총독의 그 질문은 사제들과 지도자들은 물론이고

총독 자신도 이미 예상하고 있었던, 관례에 따른 것이지만

그 다음 말은 바로 그 축제에만 해당하는 것이었다

너희는 내가 바라빠를 풀어주기를 바라는가?

아니면, 사람들이 메시아라고 부르는 예수인가?

총독이 바라빠의 이름을 먼저 제시한 것은

아무리 예수를 시기하고 증오하는 유대인들이라 해도

살인과 강도짓을 저지른 폭도 바라빠의 석방만은

선뜻 받아들이지 못할 것이라고 예상했기 때문이다

그러나 그는 자기 예상이 빗나갈 줄은 전혀 몰랐다
알았다면, 관례 자체를 아예 무시할 수도 있었을 것이다
게다가 사제들과 지도자들이 매수하든 위협하든
군중을 장악한다는 사실도 제대로 고려하지 않았다
사실 그들은 이미 선수를 친 뒤였다

열광하는 군중은 미친 듯이 외쳤다
바라빠! 바라빠! 바라빠!
그것은 살인자의 석방뿐만 아니라 또 다른 살인
무죄한 사람의 처형도 동시에 요구하는 아우성이었다
그들은 최소한의 정의마저 자기 손으로 무너뜨렸고
그래서 자신들이 학살될 때 항변할 권리도 잃었다

메시아를 풀어달라고 외치는 소리는 정말 없었을까?
멀리 떨어져 구경하는 사람들 가운데 많은 사람이
마음속으로는 예수의 이름을 외쳤을 것이다
그 가운데 몇몇은 입을 열어 소리도 쳤을 것이다
그러나 그들의 목소리는 군중의 함성에 파묻힌 채
총독의 귀에 닿지 못했다 그래서 로마인들은 말했다
들리지 않은 소리는 하지도 않은 소리다!

보라! 여기 그 사람이 있다
(요한 19:5)

총독은 사람의 아들을 끌어내 군중 앞에 세우고 말했다
보라! 여기 그 사람이 있다!
매우 많은 사람이 그를 따랐다는 사실도 알았기 때문에
총독은 군중이 분열해서 자기들끼리 다투기를 바랐을까?
그가 일으킨 신기한 일들의 소문도 많이 들었기 때문에
총독은 그때 엄청난 이변이라도 기대한 것일까?

총독은 그를 사람이라고 불렀다
총독의 눈에는 물론이고 군중 속 그 누구의 눈에도
밧줄에 두 손이 묶인 그는 하찮은 사람에 불과했다
가장 약한 로마군사 한 명에게도 대항할 수 없는
세상에서 가장 무력한, 곧 처형될 죄수에 불과했다

하늘나라는 이미 너희 가운데 와 있다!
그러나 그가 선포한 그 나라는 과연 어디 있는가?

회개하라!
그러나 아무리 회개해도 그 나라는 보이지 않았다

그는 권력의 꼭두각시로 소리치는 군중을 불쌍히 여겼다
그들은 자기가 하는 짓의 의미를 모르고 있었던 것이다
그는 군중을 꼭두각시로 만든 권력자들도 가련히 보았다
그들 자신도 질투와 증오와 권력욕의 꼭두각시가 되어
자기들이 무슨 짓을 하는지 깨닫지 못하고 있었던 것이다

그는 군중의 꼭두각시로 전락한 총독도 불쌍히 여겼다
총독은 진리를 거부한 채 소신 없이 살다가 파멸할 것이다
그는 자기를 때리고 죽일 군사들의 처지도 동정했다
그들은 총독의 꼭두각시로 전쟁터에서 살해될 것이다
그는 비겁하게 침묵을 지키는 수많은 사람들도 동정했다
그들은 평생 죄의식과 수치에 시달리며 괴로워할 것이다

총독은 말했다
보라! 여기 그 사람이 있다!
사람의 아들은 속으로 소리쳤다
보라! 여기 너희들이 있다!
여기 빛을 거부하는 너희들이 있다!
여기 참된 생명을 스스로 죽이는 너희들이 있는 것이다!

보라! 여기 너희 왕이 있다
(요한 19:14)

총독이 다시 말했다

보라! 여기 너희들의 왕이 있다!

그것은 그가 참으로 유대인들의 왕이라고 인정하거나

유대인들에게 진리의 나라의 왕을 받들라는 말인가?

그런 뜻이 아니라 사실 총독은 사람의 아들은 물론

그를 죽이려는 유대인들마저도 조롱하고 있었다

로마의 속국인 주제에 진리의 왕이 무슨 소용인가?

왕이나 왕국이라는 말은 왜 써서 공연히 의심받는가?

무수한 신을 섬기는 세상에서 제우스를 욕해도 그만인데

독신죄는 사형이라는 법도 법이란 말인가?

설령 유일신을 모독했다고 해도 신은 가만히 있는데

무슨 권한으로 사람들이 사람을 죽인단 말인가?

더욱이 외국인 총독에게 자기 동족을 죽이라고 요구하다니!

총독은 그가 정치범이 아닌 줄은 이미 깨달았지만
일단 유대인들이 그를 반란 선동가로 몰아댄 이상
십자가 처형의 명분을 발견해서 공개적으로 선언한 것이다
보라! 여기 너희들의 왕이 있다!
그러나 유대인들은 총독의 속셈을 알아채지도 못하고
그가 자기들마저도 반역의 무리로 본다고 오해했다
우리의 왕은 오로지 로마 황제뿐입니다!

그 함성은 그들 자신도 열망하던 메시아를 부정하고
로마 황제를 자신들의 메시아로 공식 선언한 것이었다
로마 황제만이 그들의 왕이라고 소리친다면
그들이야말로 하늘의 아버지를 모독하는 것이 아닌가!
이제 막다른 골목에 몰린 총독은 결단을 내려야만 했다
하찮은 유대인 몽유병자 하나쯤 십자가에 매다는 것은
로마 총독에게는 그야말로 하찮은 일이 아닌가?
그런 데다가 총독은 의외로 어마어마한 소득을 얻었다
유대인들은 로마 황제만이 자기들의 왕이라고 소리친 것이다!

십자가에 못 박으시오
(마태오 27:22)

십자가란 생각만 해도 소름이 끼치는 나무틀
극도의 고통, 공포, 저주의 처형도구가 아닌가?
십자가에 못 박으시오! 십자가에 못 박으시오!
그들이 막무가내로 그 말만 반복해서 고함쳐댄 것은
사람의 아들을 그토록 미워했다는 증거가 아닌가?

당시에 어느 누가 십자가를 사랑했던가?
지금도 누가 십자가 자체를 진심으로 사랑하는가?
당시에 어느 누가 십자가를 외면하지 않았던가?
지금도 누가 십자가 자체를 외면하지 않고 있는가?
당시에 어느 권력이 십자가를 이용하지 않았던가?
지금도 어느 세력이 십자가를 이용하지 않고 있는가?

십자가에 못 박으시오! 십자가에 못 박으시오!
권력의 꼭두각시인 군중이 그렇게 외친 것은

사제들과 지도자들이 미리 공모해서
그들이 외칠 소리마저 정했다는 증거가 아닌가?
그들의 외침이 자발적이고 즉흥적인 것이었다면
어떻게 한 가지 처형 방법만 외쳤단 말인가?
게다가 군중이 처형의 방법마저 결정한단 말인가?

십자가에 못 박으시오! 십자가에 못 박으시오!
사람의 아들인들 어찌 십자가를 두려워하지 않겠는가?
그는 가장 고통스럽게 가장 수치스럽게 죽을 것이다
그러나 그들은 그가 미리 한 말을 잊어버리고 있었다
고통과 수치가 클수록 그의 승리는 더욱 빛날 것이다
배척과 증오가 심할수록 그의 용서는 더욱 값질 것이다
오직 십자가만이 그가 간절히 바라고 있던 것이 아닌가!

누구든지 나의 제자가 되려면
모든 것을 버리고 자기 십자가를 지고 나를 따라라!
사람의 아들은 그렇게 외치고 모든 것을 버렸다
형제도 친척도 친구도 제자들도 모두 그를 버렸다
그는 누구보다도 먼저 자기 십자가를 지고 갔다
십자가란 오로지 사람의 아들만이 사랑했던 것이다
지금도 그의 참된 제자들만이 사랑하고 있는 것이다

총독은 물로 손을 씻었다
(마태오 27:24)

사제들과 지도자들이 로마 총독의 권력을 이용해서
무죄한 사람을 죽이려는 역사적 정치 쇼를 거치면서
이제는 총독 자신이 그들에 대해 신물이 났다
그들의 내부 싸움에 더 이상 말려들기도 싫었다
더욱이 폭동의 위험으로 자기를 은근히 위협하는
그들을, 가능하다면, 단칼에 모조리 처치하고도 싶었다

그러나 속국의 통치는 감정이나 군대만으로 될 수 없고
형식적이나마 토착세력의 협조가 반드시 필요하다
노련한 총독이 기본적 원리를 어찌 모르겠는가?
유대인들이 요구하는 대로 유대인을 처형하는 것은
그가 무죄든 유죄든 원래 총독에게는 관심 밖이다
총독이 속국에서 정의를 세울 의무가 어디 있는가?

나는 이 사람의 피에 대해서 조금도 책임이 없다
그의 피는 너희가 요구했으니 너희가 책임을 져라!
어느 유대인이 총독에게 책임을 물을 힘이 있는가?
황제인들 총독에게 책임을 물을 까닭이 어디 있는가?
그럼에도 총독은 왜 공개 장소에서 그렇게 말했던가?
세상에서 가장 올바른 백성이라고 자부하는 그들이
그래서 이교도들을 속으로 경멸하는 바로 그들이
동족을, 그것도 무죄한 사람을 죽이는 짓 자체를
로마인으로서 경멸, 조롱, 혐오했기 때문이 아닌가?

그는 모든 사람이 보는 앞에서 물로 손을 씻으면서
모든 책임이 자기에게서 씻겨 내려갔다고 보여주었다
그러나 물로 손을 씻는 바로 그 행동으로 그는
자기도 숨기고 싶었던 단순한 사실마저 동시에 드러냈다
물이란 살인자의 손에 묻은 피는 씻어버리겠지만
양심에 묻은 피는 결코 씻어 없앨 수가 없는 것이다!

그의 피는 우리와 자손이 책임을 질 것입니다!
총독의 마지막 결단을 요구하며 고함치는 군중은
그의 피에 대해 무슨 책임을 져야 하는지도 몰랐고
알았다 해도 책임을 질 생각은 전혀 없었을 것이다

그들은 사제들과 지도자들의 조종으로 소리칠 뿐이니
사실 그들 자신에게는 져야 할 책임도 없었을 것이다
매수당했든 권력이나 위협에 굴복했든
꼭두각시들에게 무슨 책임이 있는가?
하물며 태어나지도 않은 자손에게 무슨 책임이 있는가?
그들은 자손의 책임까지 내걸 자격도 권리도 없었다
책임을 반드시 지지 않으면 안 되는 사람들이 있다면
그것은 오로지 군중을 뒤에서 조종한 사람들만이 아닌가?

물론 사제들과 지도자들이든 군중 속의 사람들이든
아무도 그의 피에 대한 책임 따위는 겁내지도 않았다
누가 감히 그들에게 책임을 물을 것인가?
물로 손을 씻은 총독은 그들의 동조자가 아닌가?
그의 제자들은 모조리 달아나서 숨어 있을 뿐
그들에게 보복할 힘은 아예 처음부터 없었다

그의 피는 우리와 자손이 책임을 질 것입니다!
그들은 총독을 안심시키려 그렇게 건성으로 소리쳤다
빨리 처형하시오! 안식일이 다가오고 있습니다!
그들에게는 무죄한 죽음보다도 율법이 더 중요했다

그러나 그들은 미래에 책임을 지는 것이 아니라
이미 그 자리에서 각자 책임을 지고 있었다
사람의 아들의 마지막 모습을 직접 바라보면서도
그의 가르침을 믿지도 깨닫지도 못했기 때문이다
그들은 그가 흘릴 피의 제사에 참여하지 못하고
영혼은 생명이 아니라 죽음 속에서 헤맬 것이다
그들이 군중의 함성으로 사람의 아들을 죽이는 것은
그들의 영혼을 동시에 스스로 죽이는 것이었다
그것만이 그들 스스로 떠맡은 책임이었다

군사들은 그에게 채찍질을 했다
(마태오 27:26)

유대인들은 가혹한 채찍질이 때로는 목숨을 끊기 때문에
40대 미만으로 제한했고 바오로도 39대까지 맞았다
그러나 사람의 아들이 유대인이라고 해서
로마 군사들이 유대인들의 관습을 따를 리는 없었다
게다가 가죽 채찍에는 뼛조각이나 납덩이들이 달려
맞으면 피가 튀고 살점들마저 떨어져나가는 것이었다

군사들은 그가 유대인들의 왕이라고 들었다
유대인들이 그를 진짜 왕으로 인정하지 않는다 해도
그의 나라가 지상의 왕국이 아니라고 해도
그가 자신을 진리의 나라의 왕이라 부른다 해도
그런 것은 로마 군사들에게 전혀 문제가 되지 않았다
그들은 유대인들의 왕을 채찍으로 후려칠 뿐이다

매질이란 고통으로 육체의 힘을 꺾을 뿐 아니라
굴욕과 수치, 억울한 심정, 무력감, 절망감 등으로

자존심과 투지, 명예와 인격마저 파괴하는 것이다
심지어 맞는 자의 증오심마저도 철저히 죽이는 것이다
그들은 총독의 명령으로 채찍질을 했고
더구나 유대인들의 왕에게 채찍질을 하는 것이다
그들은 일반 죄수를 때릴 때보다 더욱 신바람이 났다

사람의 아들은 고통에 못 이겨 비명을 질렀을까?
그는 군사들이 모르는 것을 혼자 알고 있었다
채찍이 그의 육체를 모질게 후려칠수록
진리를 모르는 영혼들은 더욱 괴로운 비명을 지른다
채찍에 맞아 그의 살이 터지면 터질수록
증오의 세계는 사랑의 나라에서 더욱 멀어진다
그의 몸에서 살점이 많이 떨어져나갈수록
그의 제자들이 지고 갈 십자가는 더욱 많아지고
그의 가르침은 온 세상에 더욱 널리 퍼질 것이다

채찍질에 지친 것은 그가 아니라 오히려 군사들이었다
그들은 채찍질에서 아무것도 얻은 것이 없지만
그는 그들이 힘껏 채찍질을 해준 바로 그 덕분에
자신의 가르침을 제일 먼저 몸소 실천했고
그래서 그것이 진리라는 것을 증명한 것이다

그는 가시관을 썼다
(마태오 27:29)

로마 군사들은 가시나무 가지로 가시관을 엮어서
그의 머리에 얹은 다음 꾹꾹 눌러 박았을 것이다
예리한 가시가 그의 머리를 파고들든 피가 흐르든
그것은 그들이 조금도 알 바가 아니었다
또한 그에게도 그리 대수로운 일은 아니었다
총독이 이미 그에게 십자가형을 선고했으니
그는 어차피 곧 처형당할 사형수가 아닌가!

군사들은 극심한 고통을 주고 마음껏 조롱하기 위해
그에게 가시관을 씌웠지만 무엇을 얻었던가?
가시관의 가시들은 그의 정신을 찌르는 창날이었던가?
그의 이마에서 흘러내리는 피는 그들의 승전가였던가?
그의 머리를 치는 막대기는 그들의 전리품이었던가?
피에 젖은 그의 옷은 그들의 개선행렬의 양탄자였던가?

어느 나라 왕이든 누구나 화려한 왕관을 쓰고 있지만
썩어 없어질 죽은 왕의 시체마저도 왕관은 쓰고 있지만
오로지 사람의 아들만은 스스로 왕관을 쓴 적이 없다
다른 사람이 그에게 왕관을 씌워준 적도 없다
왕관이 없어도, 아니, 왕관을 쓴 적이 없기 때문에
어제도 오늘도 영원히 그는 진리의 왕이 아닌가!
오로지 사람의 아들만이 사랑의 왕이 아닌가!

로마인들은 가시관을 씌운 뒤 그의 죽음을 얻었지만
그는 바로 그 가시관으로 모든 왕들의 왕이 되었다
오늘날 제자들은 그에게 황금과 보석의 관을 씌우지만
그들은 바로 그 관으로 그를 죽은 왕으로 만든다
그들은 스스로 황금과 보석의 관을 쓰고 있지만
바로 그 관으로 자신의 영혼을 죽일 뿐만 아니라
가시관이 증명했던 그의 가르침마저 내버리고 있다
로마인들은 그가 누구인지 몰라서 파멸했지만
그들은 그를 알면서도 스스로 어둠의 길을 걷는다

유대인들의 왕 만세
(마태오 27:30)

'보라, 여기 너희 왕이 있다!' 고 총독이 말했을 때
'유대인들의 왕 만세!' 라는 함성은 왜 터지지 않았던가?
유대인들이 그렇게 소리쳤다면 세상은 과연 변했을까?
예루살렘 거리마다 피의 강물이 흐르는 것이 아니라
사람의 아들이 영혼들의 왕국에서 왕이 되었을까?

사제들과 지도자들이 그를 왕이라고 부르지 않은 것은
그를 유대인들의 왕으로 인정하기도 싫었고
그들의 권력과 이권을 포기하기도 싫었기 때문이다
백성의 구원마저 바로 그들만이 결정할 문제가 아닌가!

오늘날 그의 제자들이 그를 유대인들의 왕이 아니라
인류 전체의 왕이라고 부르는 것은
그들의 권력과 이권을 영원히 확보하고 싶기 때문이다
인류의 구원마저 바로 그들만이 좌우할 문제가 아닌가!

그러면 비록 조롱의 목적으로 붙여준 호칭이긴 해도
왜 로마 군사들만 그를 유대인들의 왕이라 불렀던가?
그들은 그가 유대인들의 왕으로 죽기를 바랐기 때문이다
그의 가르침이 로마제국보다 더 널리 전파되어
그가 직접 온 세상을 다스리는, 모든 왕들의 왕이 된다면
그것이야말로 로마의 누구에게나 참혹한 악몽이 아닌가!

유대인들의 왕 만세!
예루살렘의 사제들도 지도자들도 그렇게 외치지 않았고
오늘날 그의 제자들 가운데 그렇게 외치는 사람은 없다
다만 그를 믿지도 않는 로마 군사들만 그렇게 소리쳤다
그는 유대인들의 왕으로 태어나 그들의 왕으로 죽었다
그러나 사람의 아들 이외에는 그 누구도
유대인들의 왕이 무슨 뜻인지 깨닫지 못했다
지금도 그것이 무슨 말인지는 아무도 모른다

시몬이 십자가를 대신 지고 갔다
(마태오 27:32)

시몬은 자진해서 십자가를 지고 간 것이 결코 아니다
북아프리카 키레네 출신인 그는 우연히 마주쳤고
군사들은 강제로 그에게 십자가 운반을 맡긴 것이다
마침 그는 반대 방향에서 걸어오는 중이었고
로마인이 아니라 그들이 경멸하는 유대인이 아닌가?
영문을 몰라 두리번거리는 그는 그들 앞에서 멈추었고
다른 유대인들은 뒤에서 멀리 떨어져 있지 않은가?

그것은 그들이 지칠 대로 지친 사람의 아들을 동정해서
잠시나마 고통을 덜어주려는 배려에서 나온 조치였던가?
천만에! 철저한 직업군인들이 사형수를 동정하다니!
그들은 조금이라도 더 빨리 처형장에 도착하고
조금이라도 빨리 일을 끝낸 뒤 쉬고 싶었을 뿐이다

유대인을 처형할 십자가를 유대인이 대신 지고 갔다
그러나 키레네 사람 시몬은 불평하지 않았다
로마군의 창칼 앞에서 유대인이 무슨 불평을 하겠는가?
바쁜 일이 있다고 핑계 댄들 통할 리가 있겠는가?

십자가를 난생 처음 지고 가면서 시몬은 비틀거렸다
두 번 다시는 그런 것을 지지 않겠다고 결심했다
앞에서 걸어가는 사형수를 호기심에 슬쩍 바라보는 순간
시몬은 속으로 적지 않게 놀랐다
자기 몸 하나 가누지 못하면서 걸어가는 사내가 아닌가!
이 무거운 것을 어떻게 여기까지 지고 왔단 말인가?
저 사내는 이것을 지고 저 오르막길을 올라갈 수 없다!
아무도 거들어주지 않는다면 나라도 도와주자!

시몬은 그를 몰랐고 그의 가르침도 몰랐지만
그가 무슨 죄로 왜 죽어야만 하는지도 알 리가 없었지만
처형장으로 걸어가는 그의 뒷모습이 너무나도 가련했다
군사들이 강제로 자기 어깨 위에 얹어준 십자가라 해도
이제 시몬에게는 더 이상 지긋지긋한 짐이 아니라
오히려 자기도 모르게 반가운 선물로 변하고 말았다
달아난 제자들보다는 시몬이 백 배 훌륭한 사람이었다

나를 위해서는 울지 마라
(루카 23:28)

남자들이 아버지의 사랑을 받는 아들들이라면
여자들도 아버지의 똑같은 사랑을 받는 딸들이다!
사람의 아들은 그렇게 가르쳤다
그는 남자들에게도 여자들에게도 누구에게나 똑같이
그들의 영혼이 생명을 얻는 유일한 길을 열어주었다
어느 예언자가 여자들의 인격을 그토록 존중했던가?

처형장의 비탈길을 걸어 올라가는 그의 뒤를 따르던
여자들이 드디어 눈물을 흘리거나 통곡하기 시작했다
갈릴레아에서 따라와 시중들던 여자들이 아니라
예루살렘 여자들이 그의 죽음을 애도하는 것이었다
그들도 사제들과 지도자들의 위선과 죄악을 알았고
그의 가르침이 옳다는 것을 깨닫고 있었던 것이다

그는 잠시 걸음을 멈추고 돌아서서 이렇게 말했다
예루살렘의 여자들이여, 나를 위해서는 울지 마라!

너희는 나의 길에서 오직 슬픔과 고통만 바라볼 뿐
내가 아버지께 드리는 기쁨과 행복은 보지 못하고 있다
너희는 나의 십자가에서 수치와 절망만 바라볼 뿐
아버지가 내게 베푸는 영예와 희망은 보지 못하고 있다

내가 걸어가는 이 길만이 참된 생명의 길이며
나의 길을 벗어나면 곧 죽음의 길이 아니냐?
지금 너희가 통곡하지 않으면 안 될 때가 왔다
그러나 그것은 나를 위해서 울어야 할 때가 아니라
오히려 너희 자신을 위해 통곡해야만 할 때가 아니냐?

진리와 정의와 사랑을 외치던 예언자가 처형되고 나면
이제 누가 감히 창칼 앞에서 입을 열어 소리치겠느냐?
남자들의 눈먼 폭력이나 사악한 권력의 횡포로부터
이제는 어느 누가 나서서 여자들을 보호해 주겠느냐?

로마 군사가 가죽채찍을 허공에 높이 쳐들었지만
곧장 내려치지는 못하고 말았다
그것은 한층 커진 통곡소리 때문이 아니라
말없이 채찍을 바라보는 그의 두 눈에
대항할 수 없는 참된 사랑이 담겨 있었기 때문이다

그는 해골산에서 처형되었다
(마태오 27:35)

사람들이 그곳을 해골산이라 부른 것은
그곳의 지형이 해골처럼 생겼기 때문인가?
아니면 그곳이 해골이 많은 공동묘지였기 때문인가?
골고타든 칼바리아든 명칭 자체는 그리 중요하지 않다
그를 못 박은 십자가가 분명히 높은 곳에 세워졌다는
바로 그 사실만이 한없이 깊은 의미가 있는 것이다

그들은 양쪽으로 벌린 그의 손에 각각 못을 박았다
아래쪽 두 발에도 굵은 못을 박았다
그리고 밧줄을 당겨 십자가를 단단히 세웠다
경험이 많은 로마 군사들에게는 그런 작업이
그다지 어렵지도 힘들지도 않은 일이었다
사형수는 도중에 죽지 않았고 십자가에 매달려 있다
임무를 완수한 그들이 보고할 말은 매우 간단했다
그는 죽었다!

권력을 독점한 자들은 만족의 미소를 지으며 말할 것이다
그는 죽었다! 그의 가르침도 같이 죽었다!
그러나 여전히 그들은 보아도 보지 못하는 소경이었고
들어도 듣지 못하는 귀머거리에 불과했다
못이 그의 손과 발을 뚫어 온몸을 나무에 고정시켰다 해도
십자가 형틀은 그를 포로로 만들 수 없었기 때문이다

십자가에 높이 매달린 그의 시선이 어루만지는 것은
예루살렘, 유데아, 사마리아, 갈릴레아뿐만 아니라
그 너머 무한한 새로운 하늘과 새로운 땅이었다
그의 손에서 떨어지는 피는 대지에게 세례를 베풀고
그의 발에서 떨어지는 피는 그의 가르침이 거침없이
온 세상을 걸어 다니도록 사방으로 큰 길을 열었다

그의 숨결은 곧 멎을 것이다
그러나 그의 가르침은 아무도 막지 못할 힘을 얻어
무수한 사람들에게 새 생명을 줄 것이다
그를 죽인 자들은 모두 곧 죽어서 영영 사라질 것이다
그러나 그는 살아 있는 영혼들 안에 영원히 살 것이다
그는 죽었다!
바로 그것만이 그를 영원히 살게 하는 것이 아닌가!

해골산으로 끌려간 사람의 아들의 손
(마태오 27:35)

사제들과 지도자들의 손은 하얗고 부드럽다

총독의 손도 왕의 손도 역시 부드럽다

그러나 자유를 잃은 사람의 아들의 손은

가난한 목수의 두 손

손가락마다 옹이가 박힌 거친 손

그리고 이미 피투성이다

권력을 쥔 손들은 황금 술잔을 들기 위해

화려한 파티 장소로 향할 것이다

무죄한 손은 쇠못에 뚫리기 위해

해골산으로 끌려왔을 뿐이다

이제 남은 것은 마지막 잔뿐
우주의 밭을 날마다 손질하는 그분은
농부의 거친 손을 내밀어
우주의 아들에게 그 잔을 기울인다
신 포도주나마 아들은 기꺼이 한 모금 마신다

이윽고 힘없이 고개를 한쪽으로 기울인다
아버지, 나의 모든 원수들을 용서해 주십시오!
그의 기도는 말이 아니라 머릿속에서만 맴돈다
이제 무슨 말을 더 남길 필요가 있는가?
그는 이미 모든 사람을 용서하지 않았던가!

오늘도 권력을 쥔 손들은 돈과 지위를 독점하고
무죄한 손들은 어두운 골방으로 끌려간다
역사적 사건들은 그 사이에 시간이 존재하지 않고
언제나 현재의 거울에서 서로 반사할 뿐이다
어제가 오늘이고 내일도 오늘이 아닌가!

아버지, 저 사람들을 용서해 주십시오
(루카 23:34)

그들은 그에게 용서해 달라고 요청하지 않았다
그들은 아버지에게도 용서를 빌지 않았다
자기들이 무슨 짓을 하고 있는지도 깨닫지 못하고
무슨 죄를 지었는지조차 알지 못하는 그들에게
용서를 빌지 않는 죄마저 추가한들 무슨 소용인가?

아버지, 저 사람들을 용서해 주십시오!
그는 하늘을 우러러보며 그렇게 소리칠 필요는 없었다
그러나 그들의 어리석음과 완고함은 참으로 가련했고
그들에게 닥칠 인과응보는 더없이 참혹한 것이 아닌가!
그는 그들을 동정할 뿐 아니라 여전히 사랑하고 있었다
머지않아 그들이 극도의 두려움에 사로잡힌 나머지
절망과 자포자기에 빠지지 않도록 해주고 싶었다

오른쪽 뺨을 때리는 자에게 왼쪽 뺨마저 내어주어라!
형제와 친구들뿐 아니라 원수들마저도 사랑하라!

그렇게 가르친 그는 이미 그들을 용서해 주었다
그들이 먼저 빌지 않는다 해도 진심으로 용서해 주었다
사람의 아들이 자기를 죽이는 그들을 용서한다면
아버지도 용서해 줄 것이라고 굳게 믿었기 때문이다

그래서 그들이 분명히 귀로 듣도록 크게 소리친 것이다
저 사람들은 자기가 무슨 짓을 하고 있는지도 모릅니다
그들에게 죄가 있다면 어리석음과 환상뿐이지만
사람의 아들은 조금도 단죄하지 않고 모두 용서합니다
아버지! 아버지도 그들을 용서해 주십시오!
사람의 아들이 그들을 영원히 사랑하듯이
아버지도 그들에게 영원한 사랑을 베풀어 주십시오!

너희는 서로 사랑하라!
그것은 참으로 그의 마지막 새로운 계명이었다
원수들마저도 사랑하라!
그는 빈말이 아니라 행동으로 그것을 증명했다
아버지, 저 사람들을 용서해 주십시오!
바로 이것은 사람의 입에서 나온 모든 말 가운데
가장 드물지만 가장 감동적이고 가장 위대하며
가장 약하지만 가장 세차게 온 세상을 뒤흔드는 것이다

그들은 그의 겉옷마저 빼앗아 가졌다
(마태오 27:35)

그에게 마지막으로 남은 것이란 겉옷 하나뿐이었다
그것은 그의 가족이나 친척들의 몫이 아니었던가?
그러나 로마 군사들은 그것마저 빼앗아 가졌다
제비를 뽑아 한 사람이 그것마저 차지해버린 것이다

골고타에서 사형수의 겉옷에 눈독을 들여야 할 만큼
군사들의 주머니는 결코 궁색하지 않았을 것이다
오히려 그것을 탐내던 사람들은 입을 것이 없거나
그날 저녁거리조차 없는 극빈자들이 아니었던가?
그러나 그의 옷이 필요한 사람들에게는 힘이 없었고
그것이 불필요한 자들에게는 주사위가 있었다

오늘 그에게 마지막으로 남은 것이란 무엇인가?
내가 너희를 사랑하듯 너희도 서로 사랑하라!
나는 길이요 진리요 생명이다! 나는 착한 목자다!

그렇게 외치고 죽은 그가 자신의 살과 피로 증명한
바로 그의 가르침 자체가 그의 마지막 겉옷이 아닌가!

예루살렘의 사제들도 지도자들도 모두 죽었고
총독과 군사들, 로마 제국마저도 오래 전에 사라졌다
그러나 지금도 누군가 그의 겉옷을 빼앗아 가고 있다
그것이 필요한 사람들에게는 여전히 힘이 없고
그것이 불필요한 자들은 아직도 주사위를 던지고 있다

머지않아 그들은 십자가마저 빼앗아 토막 낸 다음
시장바닥에 장작으로 내어놓고 팔아먹을지도 모른다
사람의 아들을 죽인 자들은 참으로 어리석었지만
그의 가르침을 죽이는 자들은 참으로 영악하다
그들은 도대체 누구인가?
지금 어디서 무슨 자리를 차지하고 있는가?

그는 강도들 사이에 매달렸다
(마태오 27:38)

총독은 그를 유대인 반란군들 사이에 매달고 싶었겠지만
당시 로마에 대항하다 잡힌 유대인 포로가 없었기 때문에
차선책으로 강도 두 명을 그와 함께 처형하고 말았다
총독은 강도들을 굳이 반란군이라고 주장하지 않았지만
그의 십자가 위에는 유대인들의 왕이라는 팻말을 걸었다
십자가 셋이 세워지고 한가운데 그가 매달렸으니
히브리어나 라틴어나 그리스어를 아는 사람이 본다면
그는 누구의 눈에도 패배한 반란군의 왕이 분명했다

그가 만일 좀더 늦은 다른 시기에 잡혔더라면
그의 십자가에는 바라빠가 매달려 있었을 것이다
바라빠야말로 살인과 폭동을 저지른 강도 두목이 아닌가!
그러나 사제들과 지도자들은 바라빠가 아니라
바로 그가 강도의 두목으로 처형되기를 바랐다
그들에게 유대인들의 왕이라는 팻말 따위는 무의미했다
좌우에 강도를 거느린 채 매달린 자는 그 두목이 아닌가!

그는 총독도 인정하지 않는 강도로 매달렸다
그는 유대인들도 인정하지 않는 그들의 왕으로 매달렸다
강도 하나는 그를 어느 쪽으로도 인정하지 않았고
강도 하나만이 그의 나라를 인정하고 받아들였을 뿐이다

그가 강도들 사이에 매달린 진짜 이유는 사실 아무도 몰랐다
그를 강도들 사이에 매다는 자들조차 그것을 깨닫지 못했다
세리와 창녀들이 너희보다 하늘나라에 먼저 들어갈 것이다!
강도들마저도 자기 죄를 뉘우치면 용서를 받을 것이다!
그렇게 외친 그의 말을 그때 아무도 기억하지 못하고 있었다
십자가 아래 죄인들뿐 아니라 십자가 위의 강도들마저도
그는 자기 목숨이 끊어지기 직전까지 사랑했던 것이다
아니, 지금도 그는 그들을 모두 사랑하고 이렇게 외치고 있다
회개하라! 그리고 다시는 죄를 짓지 마라!

여인이여, 그는 당신 아들입니다
(요한 19:26)

그의 어머니 마리아는 십자가 아래 서 있었다
그의 이모이며 클로파스의 아내인 마리아도
막달라 출신의 마리아도 거기 서 있었다
베드로를 비롯한 다른 제자들은 모두 달아났지만
그가 사랑하는 제자만은 거기까지 따라가 서 있었다

그들은 모두 그가 숨이 끊어질 때만 기다리고 있었던가?
하늘이 갈라지고 땅이 꺼지며 그가 광채에 휩싸인 채
십자가에서 내려오는 기적을 끝까지 바라고 있었던가?
나의 뜻이 아니라 아버지의 뜻이 이루어지기를 빕니다!
그와 함께 아버지에게 바로 그 기도를 바치고 있었던가?
아니면, 그의 극도의 고통과 참혹한 최후에 압도되어
아무런 생각조차 하지 못한 채 눈물만 흘리고 있었던가?

끝까지 맑은 정신을 가장 잘 유지한 것은 바로 그였다
여인이여, 그는 당신 아들입니다!

그것은 마리아가 자기 어머니라는 사실뿐만이 아니라
이제는 외아들마저 잃은 가련한 과부라는 사실 때문에도
그 여생에 대해 따뜻한 배려를 아끼지 않는 유언이었다

외아들이 있어도 오랫동안 떠돌아다니는 아들이었으니
과부 마리아는 얼마나 어려운 삶을 살아왔던가?
아들 없는 과부는 얼마나 서러운 삶을 살아야 하는가!
그런 사정을 그가 몰랐다면 어떻게 사랑을 외쳤겠는가?
가난한 과부의 동전 두 개를 왜 그토록 칭찬했겠는가?

그는 과부 마리아의 새 아들을 처음부터 찾고 있었지만
마지막 만찬 때까지도 누구를 지명할지 결정하지 못했다
그러나 십자가에 매달린 지금 더 이상 미룰 수도 없는데
마침 그가 사랑하는 제자가 십자가 아래 서 있지 않은가!
드디어 그는 결심하고 유언의 마무리를 지은 것이다
사랑하는 나의 제자야, 너의 어머니가 네 곁이 서 있다!
평소에 내가 한 것보다 더 극진하게 잘 모셔라!

과부에게는 그것보다 더 충격적인 기적의 말이 없었다
정신이 몽롱해진 마리아가 비틀거리며 쓰러지려고 할 때
새 아들이 자기 어머니의 팔을 잡아 부축해 주었다
그들의 머리 위로 그의 손에서 핏방울이 떨어졌다

네가 메시아라면 십자가에서 내려오라

(마태오 27:37)

그가 참으로 메시아 곧 이스라엘의 왕이라면
지금 당장이라도 십자가에서 내려와 보라!
그러면 우리가 그를 믿고 따를 것이다!
사제들과 지도자들이 마음껏 그렇게 그를 조롱한 것은
로마 군사들이 세운 십자가를 잘 알기 때문이었다
어느 누가 스스로 거기서 내려온 적이 있는가?
사람 가운데 누가 그렇게 할 힘이 있단 말인가?

그는 자기가 아버지의 아들이라고 큰소리쳤으니
이제 아버지가 아들을 구출해 주는지 두고 보자!
그들이 아버지마저 시험하는 모독의 말을 던진 것은
그가 아버지의 아들임을 조금도 믿지 않았기 때문이다
설령 그가 아버지의 아들임을 인정한다고 해도
그들은 아버지의 구출 가능성을 전혀 믿지 않았다

그러나 만일 그가 십자가에서 내려왔더라면
과연 그들은 그를 메시아로 믿고 따랐을 것인가?
그의 손발에서 못이 뽑혀 나가고
그가 그들 앞에 기세 좋게 내려섰다고 해도
그들은 믿지도 않고 놀라지도 않았을 것이다
오히려 못을 박은 로마 군사들이 매수되어
쇼를 부렸다고 총독에게 달려가 고발했을 것이다

그들은 죽은 자가 부활하여 진리를 전해준다 해도
그의 부활 자체를 부정하는 온갖 구실을 꾸밀 것이다
그들은 자기들의 조상 아브라함이 다시 온다고 해도
가짜라고 비난하며 돌을 던질 것이다

지금 당장이라도 십자가에서 내려와 보라!
사람의 아들이 그들의 요구를 따르는 것은

처음부터 아버지의 뜻이 아니었고
이제는 더 이상 사람의 아들의 뜻도 아니었다
오로지 조롱하는 그들만이 그것을 깨닫지 못했다

그가 만일 그들의 요구대로 십자가에서 내려왔더라면
그래서 아버지의 뜻이 아니라 자기 뜻을 따랐다면
오히려 그들은 그를 믿어서는 안 되었다
그러나 그가 십자가에서 내려오지 않았기 때문에
죽을 때까지도 오직 아버지의 뜻만 따랐기 때문에
오히려 그들은 그를 믿지 않으면 안 되었던 것이다

사람의 아들은 십자가에서 끝내 내려오지 않았다
그들은 멀리서 구경만 하고 있는 백성들에게
그가 아버지의 아들이 아님을 증명했다고 믿었다
그러나 실패한 것은 그가 아니라 바로 그들이었다

INRI

강도들마저 그를 조롱했다
(루카 23:39)

네가 유대인들의 왕이라면 네 목숨을 건져보아라!
유대인들의 왕이라는 팻말을 그의 십자가에 달았던
로마 군사들이 오만하게 그를 비웃은 것은 당연했다
유대인은 단 한 명도 그를 구하러 오지 않을 것임을
그들보다 더 잘 아는 사람도 거기 없지 않았던가?

그러나 사제들과 지도자들이 그를 경멸하고 조롱할 때
강도들마저 나서서 그를 조롱한 까닭은 무엇인가?
네가 참으로 메시아라면 지금 당장 네 목숨도 건지고
우리 목숨마저도 건져주어야 마땅하지 않느냐?

십자가에 매달린 그들은 이미 목숨을 포기했지만
삶에 대한 미련만은 버리려 해도 버릴 수가 없었다
누구에게나 그것은 허파 속 끝까지 찬 공기가 아닌가!
그래서 불가능한 마지막 희망을 그에게 건 것인가?
그가 초인적 힘을 발휘하도록 일부러 자극한 것인가?

그가 메시아인지 아닌지는 강도들이 알 리도 없었고
처음부터 그를 믿지도 않은 그들이었다
그러나 사제들과 지도자들, 구경꾼들과 로마 군사들이
그에게 십자가에서 내려와 보라고 소리치는 것을 보고는
어쩌면 그가 정말 메시아인지도 모른다고 의심했을까?
그가 정말 메시아로 행동하기를 무의식적으로 바랐을까?
그래서 살려달라고 절망적으로 부르짖은 것일까?

강도들은 자기들이 던지는 야유가 십자가에 매달린
세 사람 모두에게 무의미하다는 것을 잘 알고 있었다
그들은 다만 고통을 잠시라도 잊어버리고 싶었을 뿐이다
대상이 있든 없든, 의미가 있든 없든 가리지 않고
욕설, 비난, 조롱, 저주 등 무엇이든지 지껄이기만 하면
적어도 그 순간만은 고통을 잊는다고 믿었던 것이다

게다가 사람의 아들은 이제 숨이 거의 끊어지려고 했다
그를 조롱할 수 있는 시간도 얼마 남지 않았던 것이다
그들은 무의미한 자기 고통을 잊으려고 그를 조롱했지만
그는 의미 깊은 자기 고통을 더욱 생생하게 맛보기 위해
그들을 탓하기는커녕 조롱을 기꺼이 받아들이고 있었다

너는 나와 함께 낙원에 들어갈 것이다
(루카 23:43)

강도 하나는 사람의 아들을 계속해서 조롱하고 있었지만
다른 강도는 어느새 슬그머니 입을 다물었다
그가 비유로 든 착한 사마리아인의 이야기를 술집에서
언젠가 우연히 주워들었던 기억이 떠올랐기 때문이다
그 강도 자신도 사마리아 출신이 아니었던가?
차별과 압제 속에 먹고살 길이 막힌 처지가 아니었던가?

아무리 가난하고 당장 굶어죽을 형편이라 해도
강도는 강도고 그에게 십자가 처형은 당연한 것이다
그러나 가운데 매달린 저 사람은 아무 죄도 없다!
오히려 그는 우리 사마리아인들마저 사랑하고 있다!
강도가 다른 강도를 꾸짖으며 소리쳤다
강도를 일삼은 주제에 너는 하늘이 두렵지도 않으냐?
저 사람이 네게 무슨 나쁜 짓을 한 것이 있느냐?
그가 우리처럼 십자가에 매달릴 일을 한 것이 무엇이냐?

이어서 강도는 사람의 아들에게 간절한 어조로 말했다
선생님은 이제 곧 당신이 사랑하는 나라로 들어갑니다
그곳은 착한 사마리아인들도 분명히 들어갈 것입니다
나는 사마리아인이기는 하지만 착한 사람은 아닙니다
그러나 당신이 먼저 그 나라로 들어갈 때
당신 곁에서 십자가에 매달린 나를 기억해 주십시오!
나는 강도이므로 그 나라에 들어갈 자격이 없지만
선생님이 기억해 주는 것만으로도 큰 위안이 될 것입니다!

그는 로마인 백인대장의 믿음을 보았을 때보다
한층 더 큰 놀라움과 기쁨을 동시에 맛보았다
그 강도야말로 아버지에게 돌아온 탕자가 아닌가!
죽었다가 다시 살아서 돌아온 아들이 아닌가!
그는 강도에게 사랑 어린 목소리로 약속했다
너야말로 아버지에게 가장 사랑스러운 아들이다!
아버지는 오늘 나와 함께 너도 받아줄 것이다!

나의 하느님, 왜 나를 버렸습니까
(마태오 27:46)

낮 열두 시부터 오후 세 시까지 온 땅이 캄캄해졌다
일식으로 해가 자취를 감추어 버린 것이다
허공에 매달린 그는 짙은 어둠만 응시하고 있었다
그때 그가 끊임없는 기도 속에 물리치려고 애쓰던 적은
고통의 시간과 마지막에 닥칠 죽음 자체가 아니라
바로 아무것도 보이지 않는 어둠 그 자체였다

어둠이란 세상을 지배하는 허위와 증오가 아닌가!
그것은 그의 가르침을 죽이는 독이 아닌가!
이제 그가 십자가에 매달린 사실로 진리를 증명하고
십자가의 죽음으로 사랑의 나라를 세우려고 하는데
어찌하여 어둠이 온 세상 사람들의 눈을 가려버리는가?
사람들은 십자가에 매달린 그를 보지 못하고
그가 죽는 순간도 똑바로 목격하지 못할 것이 아닌가?

그는 거의 절망적인 목소리로 기도하기 시작했다

내가 처음부터 끝까지 십자가에 매달려 있는 것을
사람들은 밝은 태양 아래 분명히 보아야만 합니다
내가 강도들과 똑같이 사람으로서 당하는 고통을
그들은 멀리서나 가까이에서 직접 느껴야만 합니다
내가 흘리는 피가 강도들의 피와 똑같은 사람의 피라고
그들은 손으로 만져보고 영원히 기억해야만 합니다

친구를 위해 목숨을 바치는 것보다 더 큰 사랑이 없음을
그들은 내가 죽는 순간을 목격하고 깨달아야만 합니다
아니, 그들은 나의 친구일 뿐 아니라 형제가 아닙니까!
그들은 나와 똑같이 아버지의 아들들이 아닙니까!

아버지! 그런데 어찌하여 어둠을 지금 보냅니까?
아버지! 어찌하여 어둠 속에 나를 버려두어
아무도 나의 모습을 볼 수 없도록 만들었습니까?
잠시 어둠이 온 세상을 덮는 것도 아버지의 뜻이라면
나의 뜻이 아니라 아버지의 뜻이 이루어지게 하십시오!

탈진한 그의 기도는 혼잣말처럼 가늘게 떨릴 뿐
십자가 아래 그 누구도 명확히 알아듣지 못했다
사실 아무도 열심히 귀를 기울이지 않았다
그를 사랑하는 사람들은 슬픔에 정신을 못 차렸고
그를 미워하는 자들은 무심한 구경꾼에 불과했던 것이다

나는 목이 마르다
(요한 19:28)

그가 마지막 기도를 마칠 무렵 드디어 일식이 끝나
뜨거운 햇살이 그의 온몸을 때리기 시작했다
마지막 만찬 이후 아무것도 먹지 못한 그에게
굶주림은 참으로 견디기 힘든 고통이었지만
평소에 포도주를 즐겨 마시던 그에게는
갈증이야말로 그보다 더 괴로운 시련이었다

나는 그야말로 배가 고파 죽을 지경이다!
그가 그렇게 말했다 하더라도
그에게 줄 빵이 골고타에 있을 리 없고
십자가에 매달린 그는 먹을 힘도 없었다

굶주림은 접어둔 채 그가 말했다
나는 목이 마르다!
매달린 강도들마저 그렇게 외치고 싶었을 것이다
그러나 거기에는 군사들이 마실 것조차 없었고
사형수에게는 꿈도 꾸지 못할 사치품이 아닌가?

그런데도 그는 왜 목이 마르다고 말했던가?
온 세상이 캄캄한 어둠에 잠겨 있는 동안
사람들이 얼마나 엄청난 분량의 어둠을 마시는지
또한 사람들이 그 어둠에 얼마나 심하게 취하는지
그는 분명히 보고 더욱 심한 갈증을 느꼈던 것일까?

아니면, 다시금 밝은 해가 비치는데도 불구하고
여전히 어둠의 사람이 너무 많았기 때문에
누구나 그의 십자가를 뚜렷이 보는데도 불구하고
아무도 자기 십자가를 지려고 하지 않기 때문에
그것을 깨닫고 더욱 불타는 갈증을 느꼈던 것일까?

너희는 내가 목이 마를 때 마실 것을 주었다
하찮은 나의 형제에게 베푸는 것은 무엇이든지
곧 나에게 베푸는 것이기 때문이다
그렇게 이미 말한 바 있는 그가 십자가 위에서 말했다
나는 목이 마르다!
그러므로 그것은 그의 하찮은 형제들이 목마를 때마다
착한 사마리아인처럼 마실 것을 주라는 명령이 아닌가!
숨이 끊어지기 직전 그가 남긴 마지막 계명이 아닌가!

나의 임무는 완수되었다
(요한 19:30)

나무는 그 열매를 보고 좋은지 나쁜지 판단하라
사람은 말이 아니라 그의 행동으로 판단하며
특히 죽는 순간까지 어떻게 행동하는지 살펴보라
사람의 아들이라고 해서 어찌 예외가 되겠는가?
나의 임무는 완수되었다!
그것은 그의 입에서 나온 마지막 말이 아니라
바로 그의 마지막 순간이 보여준 행동 자체였다

죽는 순간 그렇게 말할 수 있는 사람은
참으로 드물지만 역시 참으로 행복하다
임무를 완수했기 때문에 가장 행복하게 죽고
바로 임무의 완수 때문에 더욱 큰 축복을 받을 것이다

사람의 아들은 아버지가 맡긴 사명을 참으로 완수했다
아버지가 아들을 사랑하듯 그는 모든 사람을 사랑하고

목숨을 바쳐 원수들마저도 사랑했기 때문에
참된 아들이 되는 길을 모든 사람에게 열어주었다
그는 마지막까지 아버지의 뜻을 따랐기 때문에
참된 생명을 얻는 길을 모든 사람에게 보여주었다

그러나 그의 임무는 사실 완수된 것이 아니었다
세상이 끝나는 날이 언제 올는지는 아무도 모르지만
그는 그날까지 사랑하는 사람들 곁에 머물러서
그들이 참된 생명을 얻도록 힘껏 도와줄 것이다

그것은 제자들에게는 물론 모든 사람에게도
그가 영원히 지키겠다고 한 사랑의 약속이 아닌가?
그는 지금도 그 약속을 지키고 있지 않은가?
그의 임무는 영원히 완수되지 않을 것이다
바로 그렇기 때문에 그의 숨이 끊어지는 순간
사람의 아들의 임무는 이미 완수된 것이다

내 영혼을 아버지 손에 맡깁니다
(마태오 27:50)

아버지! 내 영혼을 아버지 손에 맡깁니다!
그는 마지막 힘을 다 모아 큰소리로 그렇게 외쳤다
아버지는 내내 아들을 지켜보고 있었기 때문에
아버지는 사람의 영혼 속까지 들여다보기 때문에
그는 반드시 그 말을 크게 소리칠 필요는 없었다
그의 마지막 말이 없었다고 해서
그의 영혼을 아버지가 어찌 받아주지 않을 것인가?

그것은 아버지에게 간절히 드리는 말이라기보다는
십자가 아래 모든 사람들에게 외치는 명령이었다
아버지! 내 영혼을 아버지 손에 맡깁니다!
아버지의 아들인 내가 이렇게 외친 것과 똑같이
너희도 모두 마지막 순간에 이렇게 외쳐라!

너희는 몸도 영혼도 모두 아버지의 것이 아니냐?

아버지에게 받은 것을 아버지에게 바치지 않는다면
너희가 어찌 아버지의 참된 아들들이 될 수 있느냐?
나는 발가벗은 몸으로 태어나 빈손으로 돌아간다
입던 옷마저 모두 벗어서 주고 돌아가는 것이다
가진 것을 모두 내 형제들에게 나누어주지 않는다면
너희가 어찌 아버지에게 영혼을 바친다고 하느냐?

이윽고 그는 숨이 끊어질 때 고개를 숙였다
그것은 떠나가는 영혼에게 몸이 보내는 작별인사
오랫동안 영혼에게 번민과 고통을 끼쳐준 데 대하여
영혼의 참된 자유를 번번이 방해한 데 대하여
용서해 달라고 비는 사과의 마지막 몸짓이 아닌가?

그는 죽었다!
그를 미워하던 사람들은 모두 그 말을 기다렸다
그러나 바라던 것은 끝내 얻지 못하고 말았다
그의 가르침은 더욱 강인하게 살아남았기 때문이다
그는 죽었다!
그를 사랑하던 사람들도 모두 그 말을 기다렸다
그리고 바라던 것을 드디어 얻고 말았다
그의 가르침이 영혼 안에서 부활했기 때문이다

그는 위대하고 또 착한 사람이었다

(루카 23:47)

로마군 백인대장이라면 전투 경험이 풍부할 뿐만 아니라
처참한 시체도 이미 무수히 직접 목격했을 것이다
십자가에 매달린 죄수들은 그에게 아무것도 아니었다
그들에게 동정이든 관심이든 기울일 필요도 없었다
그러나 사람의 아들이 숨을 거두었을 때 그는 말했다
이 사람은 위대하고 또 착한 사람이었다!

총독이 물로 손을 씻으며 하는 말을 들었을 때부터
백인대장은 사람의 아들의 무죄를 분명히 알았다
그가 모진 채찍에 맞으면서도 비명을 지르지 않았고
가시관을 쓴 채 조롱을 당하면서도 침묵을 지켰으며
십자가에 매달려 있는 동안 끝까지 태연했다는 것을
백인대장은 누구보다도 더 잘 알고 있었다

그래서 깊은 감명을 받아 자기도 모르게 한 마디 던졌다 그는 참으로 위대한 사람이었다!
그것은 처형된 죄수의 인내와 용기, 긍지와 인격에 대해
자존심 강한 로마군 장교가 바친 최대의 찬사였다

백인대장은 사제들과 지도자들의 행동도 지켜보면서
십자가에 매달려 꼼짝도 못하고 죽어가는 유대인을
같은 유대인인 그들이 조롱하는 것을 속으로 비웃었다
조롱당하는 자가 그들을 저주할 것이라고 예상했는데
그가 저주하기는커녕 그들을 용서해 주는 것을 보고
백인대장은 참으로 놀라지 않을 수가 없었다

매달린 자가 아버지라고 부르는 그는 도대체 누구인가?
매달린 자가 자기 영혼을 맡긴다는 그는 정말 누구인가?
숨이 끊어질 때까지도 원수들을 조금도 저주하지 않다니!
저렇게 처형당하는 죄수가 어디에 있을 수 있단 말인가!

아무리 냉정한 백인대장이라 해도 저절로 입이 벌어졌다
그는 참으로 착한 사람이었다!
그것은 십자가에 매달렸던 무수한 죄수들 가운데
단 한 명에게 그리고 단 한 번만
난폭한 로마군 장교가 바친 최대의 존경이었다

구경꾼들은 가슴을 치며 돌아갔다
(루카 23:48)

나는 이 사람의 피에 대해서 아무 책임이 없다!
물로 손을 씻으며 총독이 그렇게 말하던 바로 그때
그들은 각자 자기 가슴을 치면서 소리쳤어야만 했다
그는 무죄한 사람이니 당장 풀어주십시오!
오히려 살인강도 바라빠를 십자가에 매달으십시오!
그를 무고한 사제들과 지도자들을 채찍질하십시오!

가시관을 쓴 채 그가 십자가를 지고 가던 바로 그때
그들은 각자 자기 가슴을 치면서 소리쳤어야만 했다
어리석은 우리 머리야말로 가시관을 써야 한다!
사악한 지혜만 짜내는 자들의 머리야말로
더 예리하고 긴 가시에 찔려야 마땅하지 않은가!
죄 많은 우리 어깨야말로 십자가를 져야만 한다!
탐욕과 불의에 찌든 자들의 어깨야말로
더 크고 무거운 십자가를 지고 가야 마땅하지 않은가!

못이 그의 손발을 꿰뚫던 바로 그때
그들은 각자 자기 가슴을 치면서 소리쳤어야만 했다
남을 해치기만 한 우리 손이야말로 못 박혀야 한다!
죄와 쾌락의 길만 골라 다니는 자들의 발이야말로
더 굵고 무딘 못으로 십자가에 박아야 하지 않는가!

그러나 아무도 그렇게 소리치지 않았다
그들은 십자가 근처에 몰려들어 구경만 하다가
그의 숨이 끊어진 것을 알았을 때 비로소 가슴을 쳤다
그가 전무후무한 어마어마한 기적이라도 일으키기를
그가 눈부신 광채에 휩싸인 채 십자가에서 내려오기를
그들은 정말 마지막 순간까지 기다리기라도 했던가?
그가 자기 영혼을 아버지에게 바치고 고개를 숙일 때
위대한 예언자를 잃었다고 그제야 겨우 깨달았단 말인가?

그들은 가슴을 치며 각자 집으로 돌아갔지만
그들의 가슴에는 그의 가르침이 고여 있지 않았다
그들의 집에는 그의 사랑이 깃들어 있지 않았고
그들의 영혼에는 그의 생명이 머물러 있지 않았다
그들은 사람의 아들을 스스로 저버렸을 때
아버지의 뜻, 지혜, 사랑도 영영 배척했기 때문이다

그의 친구들은 멀리서 구경만 했다

(루카 23:49)

그는 홀로 십자가에 매달려 죽어가고 있었지만
그의 친구들은 모두 멀리서 구경만 하고 있었다
그는 세상의 죄를 씻어주는 피를 흘리는 어린양이 되어
스스로 자기 목숨을 제물로 바치고 있었는데
모든 사람뿐 아니라 그의 친구들을 위해서도
십자가에 매달려 피를 흘리고 있었는데
그의 친구들은 모두 멀리서 구경만 하고 있었다

무장한 로마 군사들 앞에서 우리는 속수무책이 아닌가?
설령 우리가 그를 구출한다 해도 어디로 갈 것인가?
총독이 군사들을 풀면 우리가 어떻게 대적할 수 있는가?
그는 다시 잡혀서 지금보다 더 처참하게 처형되고
무수한 사람들이 참혹하게 처형될 뿐이 아니겠는가?
민족 전체가 파멸하기보다는 한 사람이 죽는 것이
차라리 낫다는 사제의 말은 진리의 명언이 아닌가?
그들은 속으로 그렇게 말하며 자신을 위로했을 것이다

그러면 멀리서나마 지켜보는 그들의 모습이
십자가에 매달린 그에게 과연 위로와 격려가 되었을까?
친구를 위해 목숨을 바치는 사랑이 가장 큰 사랑이다!
사람의 아들은 그렇게 외쳤고 또 그 말을 증명했지만
그들 가운데 누가 그를 위해 목숨을 바치려 했던가?
어느 누가 그와 함께 십자가를 지려고 했던가?

몸에 상처도 없고 고통도 없이 살아 숨쉬는 그의 친구들
바로 그들의 모습 자체가 그에게는 더욱 괴롭지 않았던가?
시간이 갈수록 더욱 가물가물해지는 시선으로
그가 그들을 아예 볼 수 없었더라면 더 낫지 않았을까?
그래서 그들이 멀리서 구경했다는 사실만 기록되고
그들의 이름 자체는 기록에서 사라진 것이 아닐까?
남성 위주 사회에서 그곳에 있던 여자들의 이름만 남고
그의 친구들의 이름은 전해지지 못한 이유는 무엇인가?

오늘날 그의 친구로 자처하는 사람은 무수히 많지만
대부분은 십자가를 지금도 멀리서 구경만 한다
속세의 세력 앞에서 우리는 속수무책이 아닌가?
예전과 똑같이 그렇게 말하면서 자신을 위로할 뿐
십자가를 지는 그의 친구는 참으로 드물지 않은가!

군사가 창으로 그의 옆구리를 찔렀다
(요한 19:34)

그가 겟세마니에서 마지막 기도를 바치는 동안
제자들은 잠을 한 시간도 참지 못해 자고 있었다
너희는 마음은 깨어 있고 싶어도 육체는 연약하다!
그는 심하게 꾸짖지 않고 그렇게 지적했을 뿐이다

골고타에서 십자가에 매달려 있던 사람의 아들도
마음은 극도의 고통을 더 오래 견디고 싶었다 해도
그의 육체는 한없이 강한 것은 결코 아니었다
험한 일이나 고통에 단련된 강도들의 육체보다
그의 육체가 훨씬 더 약한 것은 당연했다

그래서 다른 군사들이 죽음을 확인하러 왔을 때
강도 두 명은 아직도 숨이 붙어 있었지만
그는 이미 오래 전에 숨이 끊어지지 않았던가?

그들은 강도들의 다리를 꺾어 끝장낸 다음
한 군사가 창으로 그의 옆구리를 푹 찔렀다
창술 연습도 악의적 장난도 아니었다
오히려 사실상 불필요한 동작이었지만
로마 군사답게 그의 죽음을 직접 확인한 것이다

그는 죽었다!
그것은 로마 군사의 창이 분명히 확인했고
이제 그의 시체는 저주 받은 물건에 불과했다
안식일에 계속 매달려 있어서는 안 된다

그는 죽었다!
로마 군사의 창에 찔리기 전에 이미 죽었다
그 창날은 지상의 권력이 그의 몸에 퍼부은
무의미하고 무력한 학대, 마지막 폭력이었다

그는 죽었다!
백인대장의 보고에 총독은 놀랐다
그렇게 빨리 죽었단 말인가?

그는 무덤에 묻혔다
(마태오 27:60)

하늘의 새도 둥지가 있고 여우도 자기 굴이 있지만

사람의 아들은 머리 하나 뉘일 곳조차 없다

그는 그렇게 말했고 그렇게 살았다

죽어서도 남의 신세를 지지 않을 수 없어

아리마태아의 요셉이 제공한 새 무덤에 묻혔다

살아생전에 오막살이 한 채도 없던 그가 무슨 수로

바위를 파서 만든 무덤을 평소 마련할 수 있었겠는가?

아니, 자기 무덤을 미리 마련할 필요도 없지 않았던가?

사람의 마음속까지 항상 들여다보는 아버지의 품이라면

사람은 누구나 어디서 태어나면 어떻고

또 어디서 쓰러져 어디에 묻힌들 무슨 상관이란 말인가?

묻히지도 못한 채 그냥 사라진들 무슨 차이가 있는가?

아무리 화려한 장례식이든 아무리 큰 무덤이든

죽은 자에게 무슨 의미가 있는가?

그것은 산 자들의 허영을 만족시킬 뿐이 아닌가?

요셉은 올바르고 고결한 사람이었기 때문에
그의 가르침이 진리라는 것을 믿고 제자가 되었다
그러나 사제들과 지도자들의 배척과 탄압이 두려워
그의 제자라는 사실을 쉬쉬하며 숨긴 채
최고회의 의원 자리를 계속 유지하고 살았다
요셉은 누구나 부러워하는 대단한 부자였지만
그가 죽은 뒤에야 고작 무덤 하나를 내어놓았다

이 세상 자체도 그가 영원히 머물 곳은 못 된다
하물며 남의 무덤이 어찌 그의 안식처가 되겠는가?
그는 그 무덤마저도 영원히 떠날 것이다
사흘 후 그의 무덤은 텅 비었다
그의 가르침을 믿고 실천하는 사람도 누구나
사람의 아들처럼 언젠가 자기 무덤을 떠날 것이다

그는 거짓말을 했습니다
(마태오 27:63)

제들과 바리사이들은 총독에게 몰려가 이렇게 말했다
저 사기꾼은 자기가 사흘 뒤 다시 일어날 것이라고
말한 적이 있고 우리는 그것을 분명히 기억하고 있습니다
제자들이 와서 그의 시체를 훔쳐가 백성들을 속인다면
그것은 저 사기꾼의 예언보다 더 큰 사기가 될 것입니다
총독은 그들이 무장 군사들을 동원하도록 허가했고
그들은 무덤을 봉인하고 그 앞에 군사들을 배치했다

제자들이 와서 그의 시체를 훔쳐갈지도 모른다니!
기록된 그들의 말이 왜곡되거나 와전된 것이 아니라면
그들은 이만저만 큰 착각과 오해를 한 것이 아니었다
시체의 도난 가능성을 총독마저 정말 인정했다면
그의 제자들에 관해서 틀린 보고만 받고 있었던 셈이다
오히려 집요한 유대인들을 속으로 비웃지 않았을까?
혹시 나중에 귀찮은 문제가 생겼을 때 비난을 면하려고

로마 군사들을 무덤에 파견하지는 않고
그 대신 그들의 성전 경비대 동원을 허가한 것이 아닌가?

겟세마니에서 그가 잡힐 때 제자들은 모두 달아났다
십자가 밑에는 고작 그가 사랑하던 제자 한 명만 있었다
사흘 뒤 다시 일어날 것이라고 그가 생전에 한 말은
제자들 자신도 무슨 뜻인지 몰랐고 또 믿지도 않았다
믿었다면 그렇게 행동했을 리가 결코 없지 않은가?
향료와 향유를 가지고 무덤에 간 여자들도 믿지 않았다
믿었다면 왜 향료와 향유를 가지고 갔는가?

시체를 훔쳐가다니!
비겁한 제자들은 그럴 생각조차 못 하고 있었다
사흘 뒤에 그의 무덤을 제일 먼저 찾아간 것은
제자들이 아니라 힘도 없는 여자들이 아닌가?

설령 제자들이 시체를 훔쳐간 뒤 거짓말을 한들
누가 믿어 주며 그런 거짓말이 얼마나 오래 가겠는가?
그런 거짓말이 그들에게 도대체 무슨 이익이 되는가?
그들 자신이 거짓말을 제일 잘 알지 않는가?

차라리 무장한 군사들이 무덤을 지키지 않았더라면
사제들과 바리사이들은 나중에 할 말이 있었을 것이다
그러나 그들은 너무 영리해서 제 꾀에 넘어가고 말았다
무덤이 텅 빈 뒤에 그들이 퍼뜨린 악의적 소문은
당시에도 믿는 사람이 그들 자신밖에 없었고
지금도 믿어 주는 사람은 하나도 없지 않은가?

시체가 제 발로 무덤에서 걸어 나올 수 있겠는가?
그렇게 믿는다면 경비병이 되지도 못했을 것이다
밤새도록 무덤을 지키면서 분명히 그들은 불평했다
그의 제자들이란 비겁하기 짝이 없는 자들이다
도대체 어느 미치광이가 시체를 훔쳐간단 말인가?
사제들과 바리사이들은 정말 제정신인가?
그들의 말에 장단을 맞추어준 총독은 허수아비인가?

그 일요일 아침에는 햇살이 평소보다 더욱 강렬했다
졸음에 겨운 눈을 손등으로 비비던 그들은
무덤 쪽을 바라보는 순간 소스라치게 놀랐다
큰 돌이 굴려진 채 무덤 입구가 열려 있지 않은가!
그 돌에는 이미 봉인이 되어 있던 것이 아닌가!
그들의 뇌리에는 사제들의 말이 번개처럼 스쳤다
시체가 사라지면 너희 목숨도 같이 사라질 것이다!

그들은 모두 자리에서 벌떡 일어섰다
큰 돌을 굴려서 다시 무덤을 막으려고 한 것이다
그래야만 그들이 책임을 면할 수 있지 않겠는가?
시체가 없어진 사실이나 봉인이 깨진 사실이
나중에 드러나든 말든 생각할 경황도 없었다
바로 그때 흰 옷을 입은 여자들이 나타났다
향료와 향유를 시체에 바르려고 온 여자들이었다

그들은 썩은 나무가 쓰러지듯이 다시 주저앉았다
온몸에서 기운이란 기운은 모조리 빠져나가고
핏기가 사라진 얼굴은 죽은 자의 얼굴과 같았다
무덤 입구가 열린 사실을 이제는 감출 수가 없고
그것을 본 여자들의 입을 막을 길도 없었기 때문이다
그들은 살아 있어도 이미 죽은 자들
여자들이 무덤 안으로 들어가는 것을 바라보면서도
손가락 하나 꼼짝할 수가 없었다
자기 숨이 끊어졌다고 스스로 착각할 지경이었다

그의 무덤은 텅 비었다
(루카 24:3)

사흘 뒤에 그가 다시 일어날 것이라고 믿었다면
여자들은 향료와 향유를 들고 가기는커녕
날이 새기가 무섭게 정신없이 맨발로 달려갔거나
전날 밤부터 무덤 앞에서 기다리고 있었을 것이다

그러나 그들은 시체에 바를 향유를 들고 갔고
무덤을 막은 큰 돌을 누가 굴려줄는지 걱정했다
제자들은 무덤에 갈 생각조차 하지 않았고
경비병들이 돌을 굴려줄 것은 기대할 수도 없었다

여자들의 걱정은 쓸데없는 것에 불과했다
큰 돌은 더 이상 무덤을 막고 있지 않았던 것이다
그들이 가져간 향료와 향유도 쓸데가 없었다
그들은 상상조차 하지 못했던 일이지만
안장되었던 그의 시체가 보이지 않았던 것이다

여자들이 무덤 안으로 들어가 바라보았을 때
무덤은 텅 비어 있었다
그의 시체가 다른 곳으로 운반되었다니!
누가 왜 어디로 가져갔단 말인가?
그들은 눈앞이 캄캄해져서 생각조차 할 수 없었고
한동안 멍하니 제자리에 서 있기만 했다
너무 어처구니가 없고 분해서 온몸이 떨렸다

머리 수건과 수의만 따로따로 놓여 있을 뿐
그의 시체는 보이지 않는 무덤 안에서도
그가 다시 일어날 것이라고 한 말을
여자들은 여전히 깨닫지 못하고 있었다
아니, 그 말을 다시 기억할 정신도 없었다

겁에 질린 채 여자들은 무덤에서 물러갔다
제자들에게도 알리지 않기로 모두 굳게 약속했다
빈 무덤의 이야기를 누가 믿어줄 것인가?
빈 무덤의 의미는 여자들 자신도 못 깨닫는데
도대체 무슨 말을 해줄 수가 있단 말인가?

그는 다시 일어났다
(루카 24:6)

겁에 질려서 한 약속은 마음이 가라앉으면 변한다
집으로 돌아간 여자들은 여전히 멍한 상태였지만
그가 한 말이 이윽고 기억에 새삼 떠올랐다
빈 무덤에는 반드시 특별한 의미가 있을 것이다
제자들만은 그것을 알고 있지 않겠는가?

그러나 제자들은 한 곳에 모여 울고 있었다
스승의 죽음을 슬퍼하면서 눈물만 흘리고 있었다
막달라 마리아가 오고 다른 여자들도 와서
그의 무덤이 텅 비어 있다고 말했을 때
제자들 가운데 누가 그들의 말을 믿었던가?

어리석은 여자들이 지어낸 헛소리거나
스승에 대한 사랑, 그리고 극도의 슬픔 때문에
여자들이 정신이 돌아서 하는 소리라고
제자들 가운데 누가 그렇게 생각하지 않았던가?

이윽고 두 제자가 무덤으로 달려갔다
베드로는 그를 세 번 부인했기 때문에
요한은 변함없는 사랑 때문에 달려갔다
머리 수건과 수의는 있어도 시체는 없는 무덤
그것은 참으로 놀랍고 기가 막히는 것이었다

빈 무덤에서 그들은 각자 속으로 부르짖었다
선생님, 어디로 가셨습니까?
선생님이 떠나버린 이 무덤은 무엇입니까?
우리에게 무슨 의미가 있는 것입니까?
가련한 우리에게 무덤조차 남기지 않으십니까?

그때 그들의 영혼 한구석 가장 깊은 곳에서
그의 우렁찬 목소리가 하늘과 땅을 뒤흔들고 있었다
나는 죽은 지 사흘 뒤에 다시 일어난다고 말했다
그것은 나의 가르침이 반드시 승리한다는 뜻이다

달아났던 너희가 사흘 뒤 나의 무덤에 돌아오는 것
그것은 바로 내가 다시 일어나 승리한 것이 아니냐?

바로 지금 여기서 나의 빈 무덤을 똑똑히 보고
너희가 나의 가르침을 깨닫는 것이야말로
내가 다시 일어나 너희 죽음을 물리친 것이 아니냐?
너희가 나의 가르침을 실천하는 것이야말로
내가 다시 일어나 어둠과 허위를 이긴 것이 아니냐?

너희가 나의 가르침을 땅끝까지 전파하는 것이야말로
내가 다시 일어나 온 세상을 정복한 것이 아니냐?
너희가 나의 가르침을 위해 목숨을 바치는 것이야말로
내가 다시 일어나 세상 마칠 때까지 너희 안에 살아 있고
너희 영혼에게 아버지의 영원한 생명을 주는 것이 아니냐?

너희는 나를 사랑하듯 나의 가르침도 사랑하라!
바로 그것이 내가 다시 일어나는 것이다!
내가 너희를 사랑하듯이 너희도 서로 사랑하라!
바로 그것이 내가 다시 일어나는 것이다!
너희 모두에게는 오로지 내가 다시 일어나는 것만이
참된 길, 참된 진리, 참된 생명이 아니냐?
나는 길이요 진리요 생명이다!

두 제자는 비로소 영혼의 눈을 크게 떴다
그의 빈 무덤은 그들의 영혼을 품는 자궁이었고
집으로 돌아갈 때 그들은 새로 태어난 사람들이었다
이제부터 그들은 아무것도 겁내지 않고 외칠 것이다
무수한 사람들이 그의 빈 무덤으로 들어갈 것이다
그리고 새사람으로 태어나 목숨을 바칠 것이다

'시로 읽는 복음서' 전직 대사 이동진씨 출간

세례 요한의 탄생부터 예수 그리스도의 부활까지…. 마태오(마태) 마르코(마가) 루카(누가) 요한 등 4대 복음서의 모든 내용을 산문서사시 430편으로 정리한 시집 '사람의 아들은 이렇게 말했다'(해누리)가 발간됐다.

저자는 전직 대사인 이동진씨. 서울대 법대를 졸업하고 평생 외교관 생활을 한 이씨는 한때 사제를 지망해 소(小)신학교(고교과정)와 신학대 1학년까지 다녔던, 독실한 가톨릭 신자이다. 비록 사제의 꿈은 접었지만, 그는 이 시집을 통해 예수 그리스도에 대한 사랑과 깊은 신앙고백을 하고 있다.

'시로 읽는 복음서'라는 부제처럼 시집의 가장 큰 미덕은 가톨릭이나 개신교 신자가 아니더라도 4대 복음서의 내용을 잘 이해할 수 있도록 내용별로 430개의 장면으로 나눠 정리했다는 점이다. 4대 복음서 중 서로 겹치는 내용은 하나로 정리했고, 여기에 자신이 묵상한 내용을 더해 무려 863쪽의 시집으로 엮었다. 시인은 때로는 현실적인 비유를 들고, 때로는 해설하듯 예수의 생애를 재구성한다.

'죄 없는 자가 먼저 돌을 던져라'(요한 8:7)는 말씀에 대해서는 "여자 홀로 간음하는 것은 분명히 불가능한데도 불구하고/ 함께 죄를 지은 남자들은 모두 어디로 갔단 말인가?"라며 "어떠한 죄인도 회개하면 용서해 주어야 한다/ 일곱 번씩 일흔 번도 용서하라는 것은 무한한 용서다/ 한 번 잘못했다고 돌로 쳐서 죽인다면 언제 회개하느냐"고 묻는다.

저자 이씨는 "각 가정이나 개인의 기도와 묵상을 위한 재료가 됐으면 좋겠다"고 말했다.

(2007. 6. 7일자)